Prólogo

Era la primera vez que lograba cerrar una maleta sin tener que sentarse encima. Tenía dos delante de ella, a dos metros de la puerta. Vicky las miró y suspiró. Dos maletas negras, semirrígidas y con una cremallera un tanto dura. Muy lejos estaban de las llamativas maletas de Luis Vuitton que guardaba en el trastero del ático.

Se giró para mirarse en el mural del espejo de la entrada. No había logrado colocarse bien las horquillas y el flequillo se le veía demasiado abombado. Soltó el maletín en el suelo para arreglarse el pelo. Su teléfono sonaba, un sonido que conocía bien. Videollamada de las locas del chat.

Sonrió al descolgar y allí vio los cuatro recuadros.

—Rapidito, chicas, que no tengo mucho tiempo —comenzó Natalia. La vio fruncir el ceño hacia la cámara y abrir la boca—. La madre que te parió, Vicky.

Vicky rio mientras se miraba en el espejo de reojo.

—Qué fuerte. —Mayte había abierto con fuerza sus ojos, ya de por sí grandes, y parecía un *meme*.

Claudia observaba la imagen en silencio, esperando su turno.

—Tía, te operaste la miopía en primero de carrera, ¿qué coño haces con gafas? —dijo cuando se hubo repuesto de la sorpresa.

Vicky arqueó levemente las cejas tras aquellas gafas circulares y doradas.

—Os presento a la nueva Victoria —les dijo.

Natalia aún conservaba el ceño fruncido.

—La nueva Victoria parece haber salido de *Grease* —dijo La Fatalé.

Vicky se encogió de hombros. Natalia seguía observándola.

—Esa mierda que te pincharon en los labios y que hizo que se te pusieran como dos salchichas, se ha ido, gracias a Dios. Pero… ¿dónde están la otra mitad de tus tetas?

Vicky comenzó a reír.

—Teníais todas razón, son enormes y una horterada. —Se giró para verse de perfil—. No necesitaba más de una copa B. Así que me he puesto un sujetador reductor.

Claudia sonrió.

—¿Estás mejor? ¿Te sirvió la terapia? —le preguntó su amiga.

—La terapia la dejé a los dos meses de empezar. —Levantó la mano quitándole importancia—. No necesito pagar a nadie para que me diga que soy una vaga y que necesito hacer algo con mi vida. Para eso ya os tengo a vosotras.

Natalia seguía mirándola de aquella manera extraña. Una mirada nívea que podía sentir atravesando su piel y clavándose dentro como finas agujas.

—Estás diciendo que… —comenzó La Fatalé—. ¿Te vas a tomar en serio este trabajo?

Vicky asintió.

— ¿Como cuando decidiste comenzar pintura creativa? — preguntó Mayte.

—¿Como cuando decidiste estudiar chino mandarín?

—¿Como cuando dijiste que tu sitio estaba en el periodismo de deporte?

—¿Como cuando dijiste que harías un canal de *YouTube*?

—Vale, vaaaaale. —Suspiró—. No me deis más caña. Lleváis razón. Todas lleváis razón.

—¿Cómo conseguiste el trabajo? —preguntó Natalia.

Vicky se puso la mano en la frente.

—Por un enchufe, como siempre, sí —reconoció—. Un enchufe muy gordo.

Claudia se acercó a la cámara, Vicky dedujo que quería verla al completo. Una falda de vuelo hasta la rodilla color camel y una rebeca de algodón con botones delanteros sobre una camiseta ajustada de manga corta. En los pies llevaba unos zapatos tipo salón de tacón corto.

—Bueno —dijo sonriendo con ironía—. Tenemos que reconocer que es la primera vez que el cambio es verdaderamente notable. —Torció los labios—. Yo me inclino por darle un voto de confianza esta vez.

Vicky sonrió, agradeciendo el apoyo de Claudia.

—Vale —confirmó Mayte—. Una vez más, Vicky.

Natalia seguía en silencio, Vicky esperaba su veredicto. Que La Fatalé no dijera nada, le causaba desconcierto. Cuando era su voz y su criterio el que más necesitaba. Las tres la miraron.

—Yo creo —comenzó—. Que ponerte unas gafas sin graduación, peinarte a la moda de los setenta y usar esas rebecas de maestra de internado antiguo, no te va a servir para cambiar nada —sentenció—. Pero si eso te hace recordar que no puedes volver a hundirte en la mierda de estos meses atrás, adelante.

No era mucho, pero se conformaba con las palabras de Natalia.

—Ahora bien, ¿cuál es exactamente el trabajo? —añadió.

Vicky negó levemente con la cabeza.

—Es algo sencillo —comenzó—. Convivir un mes en un circo para preparar el documental, luego grabaríamos unos cuatro días y a casa.

—Convivir en un circo. —Claudia sonrió—. Qué pasada.

Natalia negó con la cabeza.

—Van a meterla en una caravana con la mitad de metros que su cuarto de baño. ¿Algo sencillo? Ya veremos.

—Hemos dicho que vamos a darle un voto de confianza —intervino Mayte.

Natalia negó con el dedo índice.

—Eso lo habéis dicho vosotras dos, yo aún no he dicho nada de eso —dijo firme.

Vicky se mordió el labio. La aprobación de Natalia siempre era la más dura de conseguir. De hecho, nunca la había conseguido en sus otros intentos por esa misma razón, pensaba que sería buen augurio que esta vez le mostrase algún apoyo.

—Lo sé. Inmadura, vaga, infantil, payasa… vivo en una realidad distorsionada —les dijo suspirando.

—Bueno. —Mayte sonrió—. Todo eso en un circo pasará desapercibido, ¿no?

—¿Qué crees que va a encontrar en un circo? —preguntó Natalia dejándose caer en la silla.

—Pues música, colorido… —respondía Mayte.

Natalia sacudió la mano.

—La última vez que fuisteis a un circo tendríais… ¿ocho años? —La cortó Natalia—. Música, colorido, *ok*, así suelen ser las funciones. Pero en un circo hay personas.

Miró a Vicky.

—La caprichosa hija de un multimillonario. ¿Cuántas veces le pidió a su padre que la llevara a un circo?

Vicky bajó la cabeza.

—Muchas —respondió.

—Y ahora, a los veintiocho años, vuelves a un circo escondida tras unas gafas, como si con un simple cambio de look y apartando la ropa de marca, pudieses esconder lo que verdaderamente eres. ¿Te avergüenza, Vicky?

Vicky negó con la cabeza.

—No es eso, sabes que llevo tiempo intentando encontrar el camino. —Cuando Natalia comenzaba con aquel semblante, apenas era capaz de unir las palabras—. Lo necesito.

Y sabía que sus amigas eran conscientes de ello.

—Necesito encontrar el camino —insistió—. Mi padre construyó un imperio. Y mis hermanos han sabido aprovecharlo para construir el suyo propio. Pero yo… —Se llevó de nuevo la mano a la frente.

—Esta vez va a salir bien —le dijo Mayte—. A mí ese cambio me ha encantado. No le eches cuenta a Natalia.

—El cambio de fuera no tiene importancia. —Natalia agarró un boli.

—Natalia, quitas las ganas de vivir —protestó Claudia—. Eres muy dura con Vicky.

Natalia miró el bolígrafo sin prestar atención a la regañina de su amiga.

—Bueno, chicas, me tengo que ir. —Sacudió la mano en una despedida—. Deseadme suerte al menos.

—Suerte —le dijo Mayte sonriendo.

—Suerte. —Claudia le lanzó un beso.

Natalia seguía en silencio, Vicky esperó unos segundos. Pero ella seguía atenta a su bolígrafo, inmóvil.

—Avisa cuando llegues. —Fue lo único que dijo antes de colgar la llamada.

El recuadro de Natalia quedó oscuro. Ya solo quedaban las otras.

—Ánimo, Vicky. Sabemos que te irá bien —insistió Claudia.

Vicky asintió intentando sonreír. Pero tenía cierta pena en la garganta. Realmente necesitaba la aprobación de Natalia.

—Queremos saberlo todo como siempre, ¿te enteras? —pidió Mayte—. Así que, aquí estaremos todo lo posible. El pacto de las unicornio. No estás sola.

Aquellas palabras la hicieron sonreír.

—Gracias, chicas. —Les lazó un beso—. Os quiero.

Ambas desaparecieron. Vicky se quedó de nuevo frente al espejo observando su imagen. Se quito las gafas, suspiró y volvió a colocárselas. Natalia llevaba razón, el cambio de fuera no tenía importancia mientras no cambiase el interior. Y ese lo tenía bastante acomodado y atrofiado.

Miró la hora, tenía que irse. Cogió sus maletas, activó la alarma y salió del ático.

1

Su avión aterrizó en Roma y un taxi la llevó hasta las afueras. Según le había explicado la agencia, el circo era de origen italiano, pero en aquellos ambientes era normal la mezcla de culturas. Así que el idioma que utilizaría sería el inglés. Agradeció haber tenido una educación multilingüe y sus numerosos viajes a todas partes del mundo. Dominar cinco idiomas de manera casi innata era una de las ventajas de haber recibido una educación privilegiada. Algo que agradecer a su padre, que había puesto todo de su parte para que sus tres hijos pudiesen llegar lejos. Sus hermanos estaban en ello, pero ella no había encontrado su sitio. Su padre siempre criticaba su actitud, diferente a sus hermanos. Natalia siempre le decía que la diferencia era que sus hermanos sí tenían edad consciente cuando su padre trabajó su imperio, y ella prácticamente nació teniéndolo todo. Creció sin límites de ningún tipo. La vida para ella era un juego constante, en el que hacer y deshacer a su antojo no tenía consecuencias. Inmadurez, ausencia de obligaciones y reglas que la llevaron a caer en una decepción cuando la locura de la juventud pasó de largo, y se topó con que no sabía qué hacer con su vida. O lo que era aún peor, que no se sentía capaz de hacer nada que le supusiera salir de su zona de confort. La zona de confort estaba claramente delimitada a salir con amigos, ir de compras o ver series en la tele. Llevaba unos dos años viviendo fuera del núcleo familiar, un consejo inútil de su terapeuta, que solo la hizo sentirse más sola y bombardear a sus amigas a todas horas en aquel chat en el que la distancia no era un obstáculo.

Pero todas sus amigas habían encontrado un camino, una motivación. Y aquello no hacía más que aumentar su sensación de parecer estancada. Había probado varios proyectos, pero todos quedaron atrás en un intento de salir de aquel agujero que ella misma había cavado con sus propias manos. Quizás aquella hazaña era lo único que había logrado hacer por sí misma, sin ayuda de nadie.

Pero se acabó. Una última oportunidad.

Su padre y sus hermanos no creían ya en ella. De hecho, no hacía mucho que su padre le confesó que en el testamento ella era a la única de sus hijos a la que le había puesto un administrador. Para que, tras su muerte, fuera al menos capaz de conservar el patrimonio lo que le quedara de vida y no lo consumiese en unos años.

Suspiró. Tampoco sus amigas, aquella familia de locas, creían en ella, aunque Claudia y Mayte no dejaban de animarla. Natalia, más directa y sincera, no disimulaba su disgusto cada vez que emprendía algo. Pero esta esta vez era diferente. Se había dispuesto a cambiar, a madurar en la medida de lo posible, a no tomarse la vida a broma.

De momento había comenzado por un cambio por fuera, un lavado de imagen más maduro, menos superficial, menos llamativo. Se miró de reojo en el reflejo del coche, el flequillo había vuelto a abombarse, quizás por haberse recostado en el avión. Sacó más horquillas del bolso y lo arregló en la medida de lo posible. Recordó a las locas y la observación de Natalia diciendo que parecía salida de la película *Grease*. Cogió la parte suelta y la recogió en un moño bajo informal. Así estaba mejor, al menos le daba un aspecto más serio y profesional, que era la primera impresión que quería dar en el circo Caruso.

El circo estaba en una parcela a las afueras de Roma, aún no habían comenzado la gira. La productora había elegido aquel circo en concreto porque era de los pocos que habían accedido a dejar grabar un documental de aquella naturaleza, y porque aquel año, celebraba su cuarenta aniversario.

Desde la carretera ya podía apreciar la pradera llena de

numerosas carpas, caravanas, tráileres y autocaravanas. Hasta lo que sabía, aún estaban preparando el espectáculo. La gira estaba prevista para empezar en cuatro semanas, justo cuando comenzaba su reportaje.

El taxi se detuvo, pagó. Y tal y como el taxista le puso las maletas en el suelo, se quedó sola, frente a la puerta de una valla que delimitaba la finca.

Envió un mensaje al único contacto que le habían dado del personal de circo. Una mujer llamada Adela.

Era primavera y a pleno sol, la rebeca de algodón comenzaba a darle calor. Nadie respondía al mensaje. Podía oír el sonido de fondo en el interior de las carpas a pesar de estar alejadas de la puerta. La finca era realmente extensa, desprovista de árboles, un solar no muy cuidado por lo que había podido comprobar. Rodeado de solares similares también sin edificar.

En medio del puto campo, con estas pintas y sabe Dios cuándo van a recibirme.

En el móvil solo había mensajes del chat de las locas. Adela no daba señales de vida. Esperó unos veinte minutos y envió un segundo mensaje mientras daba vueltas alrededor de sus dos maletas. Se detuvo a leer un mensaje de Claudia preguntando por su llegada.

Vicky movió la mano para espantar una mosca molesta que zumbaba cerca de su oído. Se acercó el móvil a la boca, presionando el botón de grabar, pero una segunda mosca la invadió por el lado contrario. Movió el móvil y enseguida dio un salto hacia atrás.

Su puta madre, es una avispa.

Se alejó de las maletas en un correteo bochornoso. Los zumbidos se multiplicaron a su alrededor.

Me cago en la leche.

Supuso que tendría que ser el perfume lo que hacía que aquellos insectos la confundieran con una flor. Volvió a dirigirse hacia las maletas y las arrastró hasta la puerta. La empujó, estaba cerrada con una cadena. Resopló. Las moscas la estaban poniendo realmente nerviosa y al ser consciente de que no sabía distinguir el sonido de una avispa y una mosca, no se atrevía a hacer aspavientos con las manos.

Tumbó una de las maletas y se sentó encima. Ni una sombra a kilómetros, si tardaban mucho en abrirle, a aquellas horas del mediodía y a pleno sol y sin agua, la tendrían que recoger con una cucharilla. Se quitó la rebeca.

—Tías, aquí estoy en medio del campo, en la puerta de un solar lleno de caravanas y carpas. Media hora y solo han venido las moscas a recibirme.

Envió el mensaje. Con el sol apenas podía ver la pantalla del móvil. Las moscas la estaban desesperando.

—¿En serio? —Fue Claudia la primera en responder—. Mira a ver si te has equivocado de número. Que de ti no me extrañaría.

Entró un audio de Mayte, pero no había grabado sonido.

Mayte no da una con el audio.

Las moscas seguían molestando en sus oídos y ya no las soportaba más. Se puso la rebeca en la cabeza para cubrirse la cara con ella. La sombra le permitía ver mejor la pantalla y, al menos, disipaba el sonido de las moscas.

Tengo que estar ridícula.

Envió un tercer mensaje a Adela, e incluso le hizo una llamada que esta no respondió. Decidió esperar un rato más para seguir insistiendo. Miró el reloj, una hora allí sentada. El calor y la sed comenzaban a hacer estragos.

—¿Sigues en la calle? —preguntó Mayte.

—Ojalá estuviese en la calle. —Levantó la rebeca para mirar hacia las carpas. No parecía haber nadie por allí—. En una calle al menos habría algún sitio donde comprar agua.

—¿Has llamado al teléfono? —Esta era Claudia de nuevo.

—Claro que he llamado. —Resopló—. Pasan de mí.

Las suelas de sus zapatos rechinaban en la arena del suelo.

—Pues nada, a esperar hasta que salga alguien. —Llegó un nuevo audio de Claudia—. Tía, pega voces a ver si te escuchan.

—No pienso llegar como una loca, ni hablar —respondió con rapidez—. Prefiero esperar. He dicho que me lo voy a tomar en serio. Profesional.

Negó con la cabeza aún cubierta con la rebeca.

—Pues te van a comer las moscas —le dijo Claudia.

Literalmente.

Las chicas se despidieron. Vicky insistió con un par de llamadas más, pero quien quisiera que fuese Adela, seguía sin responder. Tampoco respondía a los mensajes. El tiempo pasaba despacio y su estómago emitía ruidos, era la hora del almuerzo. Había desayunado temprano aquella mañana.

Miró la hora unas cinco veces, llevaba allí dos horas y media. Le sudaban hasta las orejas.

Esto es una tomadura de pelo.

Se quitó la rebeca de la cabeza y se puso en pie. Volvió a empujar la puerta, pero la cadena la hizo rebotar y colocarse de nuevo en su lugar.

—¿Hay alguien? —gritó y se sintió ridícula.

Volvió a empujar la puerta, esta vez con más fuerza.

—¿Me escucha alguien? —gritó una segunda vez y su grito sonó algo más desesperado.

A tomar por culo. Cojo un taxi y me vuelvo. Menuda mierda de trabajo.

Su móvil sonó. Miró la pantalla deseando de que fuese Adela. Pero era un nuevo audio del chat.

—Acabo de escucharos. —Era la voz inconfundible de La Fatalé—. Si no he calculado mal, llevas dos horas y tres cuartos en medio del campo.

—Sí, parece que se han reído de mí —respondió desesperada.

Natalia le puso un emoticono riendo.

—No te rías, esto es una mierda de campo lleno de moscas. —Movió la mano para espantarlas, mirando desconfiada por si alguna de ellas era otra cosa—. Y de bichos de todos los colores.

Más emoticonos de La Fatalé.

—¿Qué esperabas? ¿Unas vacaciones? Es trabajo, Vicky.

Vicky seguía sacudiendo la mano cerca de su oído derecho.

—No, pero al menos que me recibieran —protestó.

—Porque eres alguien sumamente importante para esa compañía supongo, ¿no? Deben de recibirte con todo tipo de detalles. Lo mismo te tienden en el suelo una alfombra roja para que llegues hasta tu caravana.

Las palabras de Natalia aumentaron su cabreo.

—Solo esperaba que me abriesen la puñetera puerta —le respondió—. Y entrar y comenzar mi trabajo.

—Pero no te la abren y estás a punto de llamar a un taxi para que te recoja.

Joder, pues sí. Lo de esta tía es sobrenatural.

—¿Y qué hago? Estoy sudando la hostia aquí a pleno sol y rodeada de bichos. —Volvió a espantar las moscas, pero una de ellas no era una mosca. Vicky se quedó inmóvil mientras la avispa inspeccionaba de cerca sus pendientes. Contuvo la respiración y cerró los ojos mientras oía el zumbido en el oído.

Vete, vete, vete.

Notó un nuevo audio y este saltó de manera automática.

—Entre tú y ese trabajo en el que tan decidida estabas hace unas horas, solo hay una puñetera puerta, seguramente de barrotes. —La voz de Natalia era tremendamente solemne. Le encantaba oírla. Siempre anheló aquella manera de hablar—. Solo una puerta, Vicky. ¿Qué es eso?

La avispa se había alejado, Vicky abrió los ojos. Era una verja vieja y oxidada de barrotes verticales y los atravesaba uno largo en diagonal.

—Pero si lo prefieres, llama a un taxi y que te lleve de vuelta al aeropuerto —añadió Natalia.

Apretó los dientes. Natalia era irónica, le encantaba cabrearla. Resopló con fuerza.

—Vale, lo que tú digas, Fatalé. A ver si al menos no empiezo partiéndome una pierna.

Soltó el móvil dentro del bolso. Arrastró la primera maleta algo más alejada de la puerta y la cogió en peso. Se alegró de no haberla llevado tan cargada como solía hacer en todos sus viajes. Parecía que al menos el cambio radical por fuera comenzaba a surtir efecto de alguna forma. Levantándola era difícil pasarla al otro lado, no llegaba. Tendría que lanzarla.

Empujó la puerta una última vez, zarandeándola para hacer ruido.

—¿Hay alguien? —gritó con más fuerza que las veces anteriores.

A la mierda. Me salto la valla.

Cogió por un asa la maleta y se alejó de la puerta dándole la espalda, tendría que aprovechar la inercia del giro para lanzarla hasta el otro lado.

Una, dos y... ¡tres!

Giró su cuerpo con rapidez y la maleta troley voló por encima de la puerta. Oyó un grito. Vicky gritó a su vez.

Hostiaaaaaaas.

La maleta había caído sobre una mujer que llegaba por el camino de arena hacia la puerta. No pudo ver si era joven o mayor, estaba en el suelo y la maleta le cubría la cara y el torso hasta las caderas, solo podía ver sus piernas y unos zapatos de salón negros.

¡Ay! Que la he matao. No se mueve. La he matao.

Se subió a la puerta y apoyando los pies en la barra diagonal, consiguió llegar hasta arriba y pasar al otro lado.

Sigue sin moverse. La he matao.

Bajó de la mitad de la verja de un salto hasta el suelo.

Sin ni siquiera poner un pie dentro del puto circo, ya la estoy liando.

Quitó la maleta de encima de la mujer. Oyó voces procedentes de la carpa. Estaba acuclillada junto a la señora. Tendría unos cincuenta y cinco años bien llevados, por lo que estaba comprobando. No estaba inconsciente del todo.

—¿Está bien? —le preguntó en su mejor inglés.

Las voces se acercaban. No fue capaz de levantar la cabeza para mirar a quienes se acercaban. El bochorno había aumentado su sudoración de manera considerable. Enseguida se vio rodeada de gente.

No había nadie y ahora aparecen todos, joder.

—Señora, ¿se encuentra bien? —Volvió a preguntar.

Qué vergüenza, por Dios.

Un joven se inclinó hacia la mujer.

—¿Mamá? —Le dio una palmada en la cara. Luego levantó la mirada hacia Vicky con el rostro tenso.

—No la había visto, yo…

Él ignoró sus excusas y enseguida incorporó a la mujer. Un hombre algo más mayor y muy bajito, llevó una botella de agua.

—Lo siento —decía Vicky a la señora, esta la miró, pero era evidente que aún no se había repuesto del golpe.

Se oían murmullos, varios hablaban. Oyó una mezcla extraña de idiomas: inglés, italiano y otro más que no entendía.

—Yo la acompaño al médico —le dijo ayudándola a incorporarse.

La mujer pareció volver en sí por un momento y la miró de

reojo. Una mirada que a Vicky no le gustó en absoluto.

Vicky levantó las cejas intimidada y miró a su alrededor. Había un grupo de jóvenes vestidos con mallas y varios con monos blancos de trabajo. Y otra mujer, de una edad similar a la que había golpeado, se le acercó.

Vicky intentó evitar las miradas de reproche a su alrededor y atendió a la mujer que le acababa de agarrar del brazo.

—Tú debes de ser Victoria —le dijo.

Voy a llamar a un taxi y me piro de aquí de inmediato.

Se puso en pie comprobando que la mujer que había caído al suelo ya se levantaba con la ayuda de su hijo, que llevaba las mismas mallas que el resto de jóvenes.

Quiero morirme ahora mismo.

—Sí, soy Victoria —le respondió.

El joven que sujetaba a su madre la miró.

—La periodista. —A pesar de haber dicho claramente «periodista», sonó a «la intrusa», «la mierda» que estaban esperando que llegara.

—Sí —respondió Vicky. Miró a la mujer, que ya le regresaba el color a la cara, aunque tenía la parte superior de la frente colorada del golpe. Recordó que la parte interior de la maleta estaba reforzada con una placa dura.

Y menos mal que no era una rígida de las que suelo llevar.

—¿Ella es Adela? —preguntó casi con timidez mirando a la mujer que le cogía del brazo.

—Yo soy Adela —le dijo—. Ella es Cornelia, la mujer de Fausto Caruso, el director del circo.

La madre que me parió.

No se llevó la mano a la frente porque estaba rodeada de gente y todos la miraban atónitos.

Y la madre que parió a La Fatalé por darme la idea.

—De verdad que lo siento —insistió con la mujer y su hijo.

—Él es Luciano Caruso —le presentó Adela al hijo de Cornelia—. Es el encargado de los trapecistas.

Luciano la miró sin ni siquiera sonreír.

Está bueno, pero con esa cara de estúpido no da ni morbo. Claro que tampoco sé la cara que tendría si yo no hubiese noqueado a su madre.

—Encantada —les dijo a ambos.

Cornelia la miró de reojo. Simplemente hizo un gesto con la cabeza, algo que Vicky tomó como la mayor cordialidad que podría tener después del golpe.

—Cogemos el coche y vamos a que te miren eso—le dijo Luciano a su madre.

Ella negó con la cabeza.

—Estoy bien, solo me duele el cuello —respondió.

—Sería mejor que te lo viese un médico. —La llevaba hacia dentro.

—Si queréis, puedo…

Pasaron de ella por completo.

Acompañaros.

El grupo de trapecistas los siguieron. Vicky se quedó junto a Adela allí en medio.

—La culpa en parte es mía —le dijo la mujer—. Se me olvidó por completo que llegabas hoy.

Adela se dirigió hacia la cadena de la verja y la abrió.

—Dejé el móvil en la caravana —añadió cogiendo la otra maleta de Vicky—. ¿Llevas mucho tiempo esperando?

Vicky miraba tras de sí a la comitiva que ya había entrado en una de las carpas.

—Unas tres horas casi —respondió sin mirar a Adela.

Joder, qué vergüenza, por Dios.

—De verdad que lo siento —dijo a Adela, ya no sabía cómo disculparse—. Puedo llamar a un taxi y llevarla a un médico si…

—Ellos se encargarán de Cornelia, no te preocupes. —La cortó Adela sonriendo.

Vicky giró la cabeza hacia Adela. De todos los que la habían rodeado, ella era la única que no parecía darle importancia a lo ocurrido. De hecho, no le prestó atención ninguna a Cornelia.

—Bienvenida al circo Caruso —le dijo Adela poniendo la segunda maleta de Vicky delante de ella—. Espero que estés cómoda entre nosotros.

Comodísima voy a estar, si ya he empezado de lujo con la mujer del jefe.

—Gracias. —Volvió a mirar hacia la carpa.

—Vamos dentro, voy a enseñarte las instalaciones —decía Adela tirando de una maleta mientras Vicky recogía del suelo la otra. Oía su móvil vibrar en el interior del bolso, pero lo ignoró. Supuso que sus amigas estarían interesadas en cómo había ido el salto de valla.

Hubiese preferido partirme una pierna.

Bajó la cabeza abochornada en cuanto entraron en la carpa. Había cables, focos, grúas y mucha gente.

—Esta es la carpa de los acróbatas —explicaba Cornelia—. Aquí es donde suelen ensayar. Sabrás que estamos preparando un nuevo espectáculo, por eso quizás encuentres un ambiente ciertamente tenso estos días. —Se detuvo para mirar a Vicky—. Los nervios.

Vicky asintió, colocándose bien las gafas que se habían resbalado hasta la punta de su nariz.

Pudo ver a más personajes ataviados con los mismos monos que llevaban los que salieron a atender a Cornelia. Había algunos a unos metros de altura. Estuvo a punto de abrir la boca sorprendida de lo que estaban haciendo, pero Adela le dio un toque en el brazo para que la siguiera.

Entraron en una segunda carpa. Esta estaba más tranquila, aunque también tuvo que sortear tubos.

—Aquí hay una mezcla de números —continuó la mujer—. Desde que el circo decidió eliminar los números con animales, hemos tenido que ir incorporando otro tipo de números. Fuego, malabares, músicos, etc.

Adela volvió a tirar de ella, pero Vicky se detuvo. Del techo colgaba una tela de un azul intenso. Enganchada a ella había una joven vestida con unos *shorts* cortos.

Qué puta pasada.

La chica había enredado sus piernas a la tela y giraba alrededor de la pista.

¡Qué puta maravillosa pasada!

Adela miró a la joven y luego a Vicky. Sonrió.

—Hay números verdaderamente sorprendentes —le dijo—. Ya los irás conociendo uno por uno. No sé exactamente en qué consiste el trabajo que vas a realizar aquí.

—Es un documental. —Vicky no dejaba de mirar a la chica que ahora se había abierto de piernas en la tela y se había quedado sujeta por los tobillos.

—Úrsula no nos los ha explicado bien —añadió Adela—. ¿Has hablado con ella?

Vicky reaccionó a la pregunta.

Ni puta idea de quién es Úrsula. Nadie ha hablado conmigo.

Negó con la cabeza.

—Es la productora del espectáculo —le dijo Adela al comprobar que realmente no sabía nada—. Pensaba que ella ya había hablado contigo.

Vicky entornó los ojos hacia Adela.

—¿Tú también haces un número? —preguntó con interés. La gente pintoresca con habilidades especiales siempre le llamó la atención.

Adela negó con la cabeza.

—En este nuevo espectáculo no —le respondió la mujer—. Durante más de treinta años me he dedicado a números con perros. Pero Úrsula ha decidido que está ya anticuado y... —La vio coger aire—. Ahora me encargo de que todos tengan lo que necesitan.

Parte del servicio, entendido.

—¿Entrenabas perros? —dijo Vicky sonriendo y Adela asintió—. Tengo un hermano adiestrador de perros.

La mujer hizo un gesto extraño con la cara.

—No es exactamente ese tipo de adiestramiento —le respondió riendo la mujer—. Aún viven en el circo. Un día puedo enseñártelo.

Vicky sonrió. Claro que quería verlo, quería ver absolutamente todo lo extraordinario que podía hacer aquella gente.

—Adela. —Oyó una voz firme, parecida al tono solemne de Natalia.

Vicky se giró. Una mujer de altura media, algo más joven que Vicky y con un modelazo que juraría que lo tenía también en su vestidor, se acercó a ellas.

La joven miró a Vicky con interés, reparando en sus zapatos.

Soy más alta que tú, sí.

—¿La periodista? —le preguntó a Vicky sin ni siquiera tenderle la mano—. Soy Úrsula, la productora.

Vicky sonrió asintiendo.

—Ya me han contado que tu llegada ha sido algo... indiscreta —dijo con ironía y Vicky se ruborizó.

La joven se giró levemente hacia Vicky.

—Fue idea mía que estés aquí, así que intenta pasar desapercibida. —La señaló con el dedo y Vicky no supo si aquella advertencia era una especie de ironía y debía reír para agradarle.

—Ha sido un accidente, de verdad que lo siento. —No sabía ya cómo disculparse con aquella gente.

—¡Úrsula! —La llamaban.

—Adela te enseñará el resto de las instalaciones —le dijo la joven alejándose de ellas—. Ya hablaré contigo del documental.

Vicky la observó alejarse con andares decididos.

Pisa con garbo la chica. Productora, de unos veinticinco... esta tía es de pasta.

Sacudió la cabeza para volver a la realidad. Por un momento había visto algo que ya reconocía en aquella Úrsula decidida y segura, joven pero que hablaba con una rectitud que solo había visto en poderosos como su padre o similares.

Cogió aire y llenó sus pulmones antes de seguir a Adela.

—Vamos a tu caravana —le decía Adela—. Así podemos soltar tus cosas.

Salieron de la carpa y llegaron a otra zona cubierta, una especie de comedor enorme. También lo atravesaron y llegaron hasta las caravanas y los tráileres, la carpa era enorme, diez veces más que las anteriores. Bajo ella estaban las pequeñas viviendas de los trabajadores del circo.

Vicky arqueó las cejas. Adela señaló a un lado una enorme casa prefabricada.

—Ese es el despacho de Úrsula y ese de ahí el de Fausto Caruso. —La miró de reojo—. Creo que es mejor que dejes pasar unas horas antes de conocerlo.

Adela se apartó de inmediato y Vicky se sobresaltó. Un joven pasaba a toda velocidad en silla de ruedas.

¿Este también tiene número?

Vicky se apartó con rapidez para dejarlo pasar si no quería ser arrollada, él ni siquiera se detuvo en ellas. Iba veloz hacia la carpa comedor.

—Él es Adam Caruso, el hijo mayor de Fausto —le explicó Adela al ver la cara de sorpresa de Vicky. Pero no dejaba de ser llamativo que el director de un circo tuviese un hijo trapecista y otro en silla de ruedas. No hizo comentarios al respecto—. Espera un momento.

Adela se alejó y se perdió entre las caravanas. Vicky se quedó entre sus dos maletas. Vio a un joven acercarse. Era muy delgado, alto y de pelo rubio pajizo.

Llevaba un pantalón vaquero y una camiseta blanca con la tela algo pasada.

—¿La periodista? —le preguntó tendiéndole la mano con una amplia sonrisa.

Vicky se fijó en sus paletas separadas. Supuso que tendría más o menos su edad.

—Mi nombre es Matteo. —Le apretó la mano—. Soy uno de los payasos del circo.

Entonces nos llevaremos de maravilla.

—Victoria —respondió ella.

—Bienvenida al circo Caruso —le dijo él adelantándose unos pasos—. Lo que necesites de los de mi gremio, estamos a tu disposición.

Vicky arqueó las cejas, sorprendida por la cordialidad, que era de agradecer. Aparte de Adela, nadie había hecho el intento de acercarse a ella y no los culpaba, con aquella gloriosa entrada en el circo ya tendría para unos días de poca hospitalidad.

—Ya me he enterado de lo de Cornelia. —El payaso sacudió la cabeza—. No ha estado mal.

Matteo apretó el puño mientras hacía una mueca. Vicky se quedó contrariada.

—Lo que necesites —le repitió ya a unos metros de ella.

Joder. Me parece que aquí esa tal Cornelia no es tan

apreciada por todos.

Aunque los trapecistas la hubiesen mirado como si fuese una asesina en serie, pudo comprobar que Cornelia no era tan apreciada por todos. Adela tampoco pareció darle importancia.

Vicky se giró hacia el otro lado, por donde se había perdido Adela, pero esta no volvía. Había gente que pasaba de un lado a otro. Intentaba no mirarlos, todo el mundo sabía ya del desafortunado incidente.

Oyó un ruido procedente del suelo, continuo, grave, casi inapreciable entre el murmullo de las conversaciones que la rodeaban. Bajó la cabeza y entornó los ojos.

Una bola rodaba despacio, en línea recta, acercándose a ella por la izquierda. Alzó las cejas sin dejar de observarla, podía ver reflejada la luz en la curvatura del cristal, lo que producía una especie de destello de colores similares a las pompas de jabón.

La esfera seguía rodando, por un momento pensó que chocaría con uno de sus pies, pero esta pasó a escasos milímetros de él y se detuvo justo delante de ella, entre las dos puntas de sus zapatos.

Entreabrió los labios y cogió aire.

Que mal rollitoooooooo.

Miró a su alrededor, nadie parecía estar buscándola. Vicky se inclinó en el suelo y acercó un dedo hacia la esfera. Le dio un pequeño toque y esta se desplazó unos centímetros. Una imagen se le vino a la cabeza y no pudo evitar sonreír.

El rey de los Goblins.

Dentro del laberinto, una de sus películas preferidas. Su niñez, cuando la fantasía era un don mágico y no un lastre que impedía madurar, cuando se podía permitir tener miles de sueños sin que nadie le reprochase tener la cabeza rellena de demasiados pájaros. El tiempo mágico de la fantasía y los sueños había expirado para ella, como le había dicho su padre unos años atrás, cuando llegó la hora de enfrentarse a la realidad.

Movía la bola con el dedo para acercarla de nuevo hacia ella. Llevaba unos años en el mundo real, los suficientes para comprobar que ese mundo no le gustaba. Sus amigas no habían cesado en su intento de ayudarla a encontrar un camino que le motivase y la sacara de aquellos pensamientos extraños, la sensación de inutilidad permanente.

Cogió la bola con la mano y la miró de cerca, podía verse reflejada en ella.

El mundo real no tiene nada de extraordinario.

Adela ya se acercaba, Vicky levantó la cabeza y se puso en pie en cuanto la mujer se detuvo junto a las maletas.

—He ido a buscar la llave de la caravana —le dijo alzando un llavero—. Vamos.

Entre tanto tráiler, casas prefabricadas y caravanas, no sabía cómo iba a encontrar la suya por sí misma. Anduvieron por una calle hasta el final de la gigantesca carpa. Adela se detuvo ante una.

¿En serio?

No sabía qué leches habría dentro, pero dudada de que su cuerpo cupiera tumbado dentro de aquel cacharro.

—Parece pequeña. —Era evidente que su cara le había delatado los pensamientos—. Pero tiene de todo.

De todo en miniatura, me imagino.

La mujer abrió la caravana y le dejó paso. Una cama individual, una pequeña mesa para trabajar, un armario de medio metro de ancho y una puerta que supuso que sería el baño.

De perfil lo mismo puedo ducharme.

—El depósito de agua caliente no es muy grande —le advirtió la mujer—. Tenlo en cuenta cuando te estés duchando.

Vicky intentó sonreír, no podía ser desagradecida cuando aquella gente la estaba acogiendo, supuso, de la mejor manera dentro de las posibilidades que tendrían en su mano. Aunque había visto al comienzo de la carpa casas enormes, que supuso que serían las de las estrellas del espectáculo. Pero la suya era una más de un par de docenas exactamente iguales, que más le recordaban a los baños púbicos de PVC, que a una vivienda.

Solo un mes, tampoco voy a morirme.

—Suelta tus cosas y ahora vuelvo a por ti para seguir enseñándote —le dijo la mujer.

Adela la dejó sola y Vicky metió dentro ambas maletas, cogió las llaves de la cerradura antes de entrar.

Madre mía, esto es un tercio de mi vestidor.

La sensación de ahogo allí dentro aumentó. Abrió una ventana y giró sobre sí misma.

Dos pasos de un lado a otro.

La puerta del armario estaba cubierta por un espejo y se miró. Ya no recordaba su renovado look y casi se sobresaltó al verse. Natalia llevaba razón, parecía una maestra de escuela antigua. Ni siquiera le había dado tiempo a abrocharse la rebeca después del incidente, y aquello la llevó a recordar que la estrechez de la caravana no tenía demasiada importancia comparada con su hazaña en la llegada. Se llevó las manos a la frente.

Si es que soy un desastre. No tengo remedio.

Abrió el armario. Unas cuantas perchas de plástico para colocar lo que llevaba. Abrió la maleta, sacó su portátil y el *iPad*, y los colocó en la mesa. Miró el interior del armario. A ver qué Tetris se le ocurría para meter allí su ropa.

2

En cuanto contó lo sucedido en el chat, llovieron los audios. Claudia había intentado mandar tres, pero solo podía dar carcajadas y esbozar comienzos de palabras. Mayte le aconsejó que fuese enseguida a disculparse con toda la familia Caruso, comenzando por el padre. El audio de Natalia fue menos alentador.

—Nadie tenía dudas de que la ibas a liar. Pero hasta yo tenía la esperanza de que lo hicieses dentro de unos días —le había dicho La Fatalé.

—La mujer del director —intervino Mayte.

Vicky se encogió de hombros.

—La única que estaba cerca. —Suspiró—. El hijo trapecista me fulminó. Yo creía que me noquearía a mí también.

—¿Un hijo trapecista? —preguntó Claudia, que al fin podía hablar.

—Es el encargado de los trapecistas —respondió Vicky—. Tiene otro hijo en silla de ruedas.

Se quedó pensativa recordando al joven y a la velocidad con la que iba con la silla. No hubo audios al respecto. Supuso que la sensación en todas había sido la misma que en ella. Una silla de ruedas en un circo, un hermano volando entre barrotes y el otro en el suelo con la movilidad limitada.

—¿Y están buenos los trapecistas? —Se notó que la pregunta de Mayte fue para romper aquella sensación.

—Todos, sin excepción —respondió Vicky y llovieron los emoticonos.

Realmente no había tenido tiempo de mirarlos y menos en una situación extremadamente bochornosa. Pero era la respuesta que sus amigas esperaban de ella. Sonrió mirando el chat. Aquel chat le alegraba la vida demasiadas veces. Las echaba de menos, lamentaba que cada una hubiese acabado en una punta de Europa y que solo pudiesen verse en pequeñas cuadrículas en la pantalla del móvil.

Se sobresaltó cuando oyó que alguien llamaba a la puerta.

—¿Victoria? —Oyó la voz de Adela.

—Ya salgo —le dijo cogiendo el bolso.

La estrechez de aquel lugar hizo que el bolso rozara lo que tenía en la mesa. Un bote de colonia se volcó y le dio a la esfera de cristal que había encontrado en el suelo. La agarró antes de que cayese de la mesa. Comprobó que el bote no se había roto y guardó la bola junto con el móvil en el bolso, y se dispuso a abrir la puerta de la caravana.

—¿Todo bien? —preguntó Adela.

Hostias, las putas gafas.

Dejó la puerta entreabierta mientras las cogía de la mesa y se las colocaba. Vio cómo Adela se asomó al interior de la caravana.

—Todo bien —le respondió saliendo de nuevo y cerrando la puerta.

He tenido que hacer malabares para que las cremas me entren en el mueble del baño, y apenas puedo moverme con las dos maletas ahí en medio, pero bien.

Sonrió a Adela, aquella sonrisa que siempre le funcionaba.

—Vamos, entonces —le dijo la mujer—. ¿Cómo es exactamente el tipo de documental que vais a hacer?

—A mi productora le interesa lo que hay detrás del espectáculo, las personas —respondió—. Rodaremos en el aniversario y en las primeras funciones de la gira. También necesito varias entrevistas, artistas de manera aleatoria que cuenten su historia.

Adela asentía. La llevó hasta otra de las carpas. Un lanzador de cuchillos y varios malabaristas. El sonido de los cuchillos clavándose en el tapiz retumbaba en la carpa.

Qué mal rollo da ese.

—Aquí tienes artistas donde elegir —le dijo Adela.

Su mirada se desvió hacia otro hombre extremadamente delgado que plegaba su cuerpo junto a un tubo.

—Shira, el hombre sin huesos —dijo Adela viendo que Vicky se había fijado en él.

Da peor rollo que el otro.

Intentó disimular el gesto al ver cómo doblaba los codos para introducirse en el tubo. Le dolió hasta la barriga mirándolo. Miró hacia el lanzador de cuchillos.

—Él es Dylan, su mejor número es con el fuego, aunque no se le dan mal los cuchillos —añadió Adela.

Vicky giró su cuerpo, varios malabaristas se pasaban aros unos a otros.

—Este número va a quedar de maravilla —continuaba Adela mientras Vicky volvía a girarse para mirar al resto—. Tiene un juego de luces espectacular, los aros brillan y…

La voz de Adela pareció alejarse, apenas podía escucharla en un murmullo a pesar de estar cerca de su oído. Su mirada se había perdido completamente en aquellos destellos de colores que reflejaban la luz. Parecían pompas de jabón, ligeras, flotantes, giraban unas con otras en una oleada constante, sin detenerse y sin dejar de reflejar la luz, a veces transparentes, otras más opacas.

—Victoria. —Se sobresaltó al escuchar su nombre y se giró hacia Adela.

La mujer sonrió y dirigió la mirada tras Vicky.

—Andrea Caruso, el otro hijo del director —le dijo la mujer.

Tuvo que hacer un esfuerzo por volver en sí, por retomar la atención. Sintió algo en el pecho a la vez que retumbaba el sonido de otro cuchillo al clavarse en el tapiz, como si este se hubiese clavado en ella produciendo una corriente que le aceleró las pulsaciones.

Se giró de nuevo para mirar tras de sí y con su gesto las bolas se detuvieron impidiéndole volver a quedar embelesada con ella. Entornó los ojos hacia él.

—Vamos —dijo la mujer dándole un toque en el hombro.

—¿Malabarista? —preguntó Vicky aún sin moverse.

Adela se inclinó hacia ella mientras la rebasaba.

—Mago —lo dijo cerca de su oído.

Jo-der.

Andrea levantó los ojos hacia ella y Vicky fue consciente de que las esferas no eran las únicas capaces de reflejar la luz en aquella carpa. Otro cuchillo volvió a clavarse en el tapiz y con él, la sensación en el pecho de Vicky aumentó.

Desvió la vista hacia las bolas que comenzaban a moverse de nuevo, esta vez acercándose a ella, en un suave pero continuo movimiento sobre la mano de Andrea.

—La periodista. —Su voz grave y tranquila acompañaba a la sensación que le producía verlas girar. Ahora, más cerca, también podía apreciar el sonido que hacían al rozarse. Otro cuchillo se clavó en el tapiz, debía de ser más grande que los anteriores porque esta vez resonó como un trueno. Y lo sintió llegar hasta sus costillas.

—El Mago. —Sonrió apartando la mirada de las bolas y dirigiéndola a él.

En la lejanía le habían parecido azules, similares a los ojos de Natalia. Pero era un iris color esmeralda con motas doradas, rodeado por un aro negro.

Pocos trucos le harán falta a este. Madreeeeee, qué espectáculo.

Se irguió ante él sin ser realmente consciente de que no llevaba sus enormes tacones, ni aquellos escotes que tanto le gustaba mostrar a los hombres atractivos, tampoco llamativos complementos, ni siquiera mucho maquillaje. Natural, simple y seria, era la imagen que quería dar mientras estuviese entre aquella gente peculiar. «La periodista», sonaba bien. Sonaba a formación, esfuerzo y trabajo. Salvo de lo primero, carecía de lo demás, pero ellos no lo sabían.

Ni lo sabrán. Voy a hacer un trabajo impecable.

Oyó las bolas rozarse de nuevo unas con otras y las miró en un acto reflejo. Andrea las detuvo.

—¿Qué pasa? ¿En tu mundo no hay magos? —le preguntó con ironía.

¿Se lo tiene subidito el tío, o es que parezco demasiado imbécil mirando las putas bolas?

—Hay tres —respondió alzando las cejas y él entornó los ojos—. Si te portas bien, una vez al año te traen regalos.

Pero para alelarme del todo, necesitarás más que unas cuantas bolas dando vueltas.

Se giró para seguir a Adela, que ya se había adelantado unos pasos. Mientras él contenía la sonrisa.

—A pesar de haber oído que tu llegada ha sido algo aparatosa —le dijo sonriendo. Muchas sonrisas como aquella y sus padres, ambos dentistas, estarían arruinados—. Bienvenida.

Vicky le devolvió la sonrisa. Dio unos pasos y se detuvo para meter la mano en el bolso. Se giró hacia Andrea.

—Te falta una —dijo lanzándosela con cuidado.

Andrea puso la palma y controló la esfera, luego giró la mano y esta rodó por el torso de su mano, volvió a girar la muñeca y la bola cayó de nuevo en su palma para luego rodar hasta las otras y unirse en aquel baile de destellos.

Y yo solo traigo una docena de bragas.

Abrió la boca para coger aire. Lo vio mirarla de reojo, ya no sonaban los cuchillos en la carpa, pero ella los seguía sintiendo uno a uno.

Tuvo que buscar a Adela con la mirada, por un momento había perdido la consciencia de que ella la acompañaba. Un joven con peto vaquero se cruzó con ella. Lo reconoció enseguida, Matteo.

Se alegró de verlo y le lanzó una sonrisa sincera.

—¿Quieres comer algo? —le preguntó él.

—Eso mismo iba a preguntarle yo. —Adela se había acercado—. Ha pasado la hora de la comida en la puerta.

Adela hizo una mueca de lamento y Vicky negó con la cabeza, quitándole importancia.

—¿Está bien Cornelia? —preguntó y notó cómo sus mejillas se ruborizaban, aunque supuso que ya las tendría algo encendida de antes.

Matteo y Adela se miraron.

—No la he vuelto a ver —dijo el muchacho. Adela tampoco la había visto.

—Lo mismo está en el comedor con Úrsula. —Adela tiró de ella.

Llegaron a la carpa del comedor. Olía a leche caliente, cacao y café molido. Su estómago hizo acto de presencia con un rugido que ni Nanuk en sus peores momentos.

Matteo le enseñó la especie de *buffet* libre que tenían en el circo. Donde solían colocar cada cosa y un resumen del menú que solían comer. Dieta parecida a la que hacían los deportistas, al fin y al cabo, era algo similar lo que habitaba allí.

Vio a la joven de los *shorts* que se colgaba de las telas. Vicky se fijó en sus piernas. Ella siempre fue demasiado delgada y le llamaban la atención las piernas musculosas y contorneadas. Por mucho que su hermano hubiera puesto de su parte en entrenarla, nunca consiguió ensancharlas lo suficiente. La joven la miró, eran más o menos de la misma altura. Tenía unos bonitos ojos castaños algo rasgados y las facciones pequeñas, le recordaba a Claudia.

Se detuvo junto a Matteo.

—La periodista —dijo sonriendo.

—Ella es Ninette. —La presentó Matteo.

Ninette hizo un gesto con la cabeza, el que hacen los artistas cuando acaban su número. Pero Vicky lo notó elegante, una forma de mover el cuello poco común. Aquella chica llamaba su atención sobremanera.

—Es maravilloso lo que haces —le dijo Vicky—. Realmente impresionante.

Ninette amplió su sonrisa, pero la notó forzada, como si no creyese su halago como algo sincero. Vicky entornó los ojos, extrañada por su reacción.

—No hemos vuelto a ver a Cornelia, ¿sabes algo? —le preguntó Adela.

—Está bien, no ha querido ir al médico —le dijo Ninette dando unos pasos hacia atrás para alejarse de ellos—. Voy a buscar a Luciano.

Volvió a sonreír a Vicky.

—Bienvenida al circo Caruso —dijo antes de marcharse.

Vicky la observó mientras se alejaba fuera de la carpa.

—Es la novia de Luciano —le dijo Matteo en un susurro—. Y sí, lo que hace es realmente maravilloso.

Vicky lo miró de reojo. Matteo también había sido consciente de la reacción de Ninette a su halago.

Se acercaron a la zona donde procedía el olor a cacao y café.

—¿De dónde es? —preguntó Vicky.

—De Rusia —respondió Adela.

Vicky sacó su libreta del bolso y un boli. Matteo la miró con interés. Cuando acabó de apuntar el nombre en el cuaderno, lo guardó. Adela y Matteo la miraban perplejos.

—Creo que ya he elegido a mi primer personaje del documental —les dijo y torció el labio.

Y al segundo también. Al primero no he tenido ni que apuntarlo.

Matteo y Adela sonrieron.

—¿Fausto y Cornelia hacen algún número? —preguntó y Adela negó con la cabeza.

—Fausto hace tiempo que no actúa. Cornelia nunca ha sido artista —respondió Adela.

Vicky alzó las cejas, sorprendida. Mujer y madre de artistas, y no tenía un don entre gente peculiar y extraordinaria. No lograba encajarlo.

Notó algo en sus tobillos y se giró. La rueda de la silla del otro hijo de Caruso le rozaba el talón. Enseguida se apartó y tocó el mango para empujar y ayudarlo a pasar.

El joven detuvo la silla y le lanzó una mirada poco hospitalaria. Vicky apartó la mano, como si la silla fuera fuego.

—Gracias, pero no soy un inútil —dijo en tono regio. Volvió a hacer rodar la silla—. Aunque lo parezca.

Vicky abrió la boca, abochornada, mientras él se alejaba. Adela la miró con gran apuro.

—Eso es porque… ¿he golpeado con una maleta a su madre? —preguntó con los ojos brillantes.

Matteo le cogió el antebrazo y se lo apretó.

—No lleva mucho tiempo así y se está adaptando —le dijo.

El lanzador de cuchillos estaba lejos, pero aún sentía la sensación de tener la espalda en el tapiz. Esta vez había recibido el cuchillo en un costado.

—Y Cornelia no es su madre. Créeme, le importa poco que la hayas tumbado con una maleta.

Vicky aún digería lo que acababa de escuchar. Que llevase poco tiempo en una silla explicaba la buena forma física que mantenía a pesar de estar impedido.

—¿Qué era? —preguntó, aunque ya se lo imaginaba.

—Trapecista. —Matteo le soltó el antebrazo—. El mejor que hayas visto.

Joder.

Enseguida se le vino a la mente su documental y la historia que podía trabajar en él, pero se abochornó con rapidez de su propia idea. Nunca le gustó vender las miserias ajenas.

Los ojos brillantes por la vergüenza aumentaron su brillo, en esta ocasión por otro sentimiento. Uno más oscuro y profundo.

—¿Y no hay vuelta atrás? —No sabía de qué otra forma preguntarlo.

—Nunca lo ha dicho, pero por su actitud, todos deducimos que no la hay. —Matteo miró a Adam, que estaba al otro lado de comedor—. Él no tenía ese carácter antes.

Vicky entornó los ojos hacia él.

—Dos trapecistas y un mago —musitó Vicky, enseguida sacudió la cabeza, pensaba que estaba hablando para sí, pero lo había dicho en voz alta.

Aquí más me vale que controle la conexión entre mi cabeza y mi lengua, o mal lo llevo.

Adela tiró de ella hacia las tazas.

—Te dejo con Matteo, tengo que hacer un par de cosas, creo que él te puede enseñar lo que te queda por saber. —Se colocó ante Vicky—. No todo el mundo está de acuerdo con tu presencia aquí, ni con ese documental —le advirtió—. Así que no esperes que todos colaboren.

Vicky asintió.

—Cualquier cosa, andaré de aquí a allí —añadió la mujer y Vicky sonrió.

Adela se marchó y Matteo la siguió con la vista. Luego se inclinó hacia Vicky.

—Ella hubiese sido un buen personaje para tu documental —le susurró—. Pero puedes deducir qué han hecho con ella.

Vicky frunció el ceño.

—Ha habido muchos cambios últimamente en el circo —añadió—. Demasiados cambios.

Vicky rellenó la taza y cogió un plato de rosquillas, siguió a Matteo hasta una de las mesas.

—Con esto de adaptarse y renovar, muchos se han quedado atrás —decía el joven—. Hasta yo pensé que me quedaría fuera del nuevo espectáculo.

—¿Tú? —Se extrañó ella. No concebía un circo sin payasos.

—Ya nadie aprecia la risa. —Matteo mojó una rosquilla en la taza.

—Son necesarias. —Ella lo imitó y sintió la mirada de Matteo sobre ella—. De hecho, serás otro de mis personajes del documental.

—¿A quién le interesa un estúpido payaso? —preguntó con la boca llena.

Vicky frunció el ceño.

Aquí tenéis todos el ego por el suelo. Salvo los Caruso, estáis todos hechos una puta mierda.

Vicky no respondió y sacó su libreta. Apuntó su nombre y profesión para que él lo viese y guardó la libreta.

—Dime, ¿qué más puede interesarle a la gente? —le preguntó ella.

—A Ninette ya la tienes. —Sonrió—. El del fuego no puede faltar. Al contorsionista… —Entornó los ojos—. El mago.

El lanzador de cuchillos debía de tener buena puntería, porque esa vez fue directo a la parte alta del pecho.

—Otro Caruso. —Mojó de nuevo la rosquilla.

—Es el Caruso más amable que vas a encontrar aquí —respondió Matteo y Vicky alzó la vista hacia él—. Pero no sé si querrá participar en algo así.

Desde luego que los otros dos Caruso no pueden ser más capullos. Aunque ambos tengan sus razones, ser capullo es ser capullo y punto.

—Todos los trapecistas colaborarán —añadió Matteo—. Suelen dejarse llevar por las ideas de Úrsula.

Movió la rosquilla hacia Adam.

—Aunque a veces acabe en algo así.

Vicky abrió la boca, pero no fue capaz de pronunciar palabra. No era educado preguntar qué había pasado. Pero saberlo se acababa de convertir en una necesidad.

Sacó su libreta enseguida.

—Me has dicho que el del fuego —dijo con el boli en la mano.

—Dylan, es el que has visto lanzando cuchillos —explicaba Matteo.

Y no deja de clavármelos uno a uno.

—El contorsionista es…

—Shira. —Matteo miraba el cuaderno.

—¿El mago? —Esperó a que dijera el nombre antes de escribirlo.

—Andrea —continuó Matteo.

Vicky contuvo la sonrisa al escribirlo.

—¿Y de los trapecistas? —preguntó apartando el boli del cuaderno.

—El ideal sería Adam, pero ya no puede ser, así que… Luciano.

Vicky miró de reojo a Adam, estaba segura de que su historia era mucho más interesante que la del estúpido de Luciano. Sintió a Matteo chocar la mano contra alguien y el gesto la sacó de sus pensamientos. Vicky se giró enseguida y se recolocó en la silla.

—Estás en la lista —dijo Matteo riendo.

Andrea miró el cuaderno y Vicky sintió las ganas de cerrarlo de golpe. Él la miró frunciendo el ceño.

Ni que fuera una lista de pretendientes. No me tiene por qué abochornar en absoluto. Es trabajo, coño. Será la poca costumbre que tengo de trabajar.

—¿Y para qué es exactamente esa lista? —le preguntó él, altivo, apoyando las manos en la mesa.

Por lo menos no trae las bolas, lo cual sería menos tenso si no me hubiese plantado la varita mágica tan cerca de mí.

Levantó los ojos hacia él.

—Necesito protagonistas para el documental —le explicó cerrando el cuaderno—. Sois muchos y necesito los que más llamen la atención.

No tendría que haber dicho eso último.

Intentó no hacer ningún gesto con la cara que delatara sus pensamientos. Él mantenía el ceño fruncido. Sintió el arrebato de echarle las culpas a Matteo de que él estuviese en esa lista. De todos modos, él se lo había sugerido, sería una buena forma de excusarse.

—¿Y qué exactamente llamaría la atención de mí? —preguntó con ironía.

—Va relacionado con tu pregunta de antes —le respondió con tanta seguridad como pudo—. En mi mundo no abundan los magos.

—Solo tres, ya. —Rio. Luego negó con la cabeza—. Comenzando porque no pienso colaborar en nada ideado por Úrsula, sigo por el hecho de que Úrsula tampoco creo que te permita incluirme en el documental, tampoco me gusta esa obsesión que tenéis los de ese mundo tuyo por averiguar dónde está la trampa del truco y desvalorar la magia llamándola engaño.

—No me interesan los trucos. —Volvió a coger otra rosquilla apartando la mirada de él. Eran de canela, estaban realmente buenas, algo en lo que concentrarse ante dos ojos enormes y transparentes a la luz de los focos de la carpa. No quería alcanzar a imaginárselos al sol—. No me importan los bolsillos que lleve tu chaqueta, ni la maquinaria que utilices para tus números. Solo me interesa tu historia y el resultado.

Andrea se inclinó hacia Vicky.

—Mi historia no tiene nada de extraordinario y en cuanto al resultado, ni siquiera lo has visto —le dijo en tono vacilante.

—Puedo hacerme una idea, me gustan esas bolas.

Y aparta ya la varita que me está poniendo nerviosa.

—Pero me limitan el uso de esas bolas —añadió él inclinándose hacia Vicky.

—No deberían —intervino Matteo y Vicky se lo agradeció, porque ella ya no sabía qué responder—. Tengo aquí el proyecto para que se lo enseñes a Úrsula, el que diseñamos.

—No escuchará nada que yo le proponga —rebatió.

Tiene mal rollo de cojones con la Úrsula esa.

—Pero será mejor que lo hagas tú a que se lo presente un payaso como yo —le dijo Matteo sacando de su bolsillo unas hojas—. Mira, esta es la esfera gigante y esto es…

Algo llamó la atención de Vicky a lo lejos, la voz de Matteo se perdía mientras entornaba los ojos hacia la joven de los *shorts*, que atravesaba la carpa a gran velocidad. No pudo interpretar el gesto de su cara, iba demasiado rápido. Se cruzó con Adam, lo vio girar la silla levemente hacia ella. Pero Ninette ni siquiera se detuvo, salió de la carpa a la misma velocidad con la que había entrado.

Una mujer que es capaz de hacer cosas extraordinarias, ¿de qué huye?

Le llamó la atención su expresión. ¿Lloraba? Quizás estaba a punto de hacerlo en aquella carrera para atravesar la carpa entre el ir y venir del resto. Solo Adam y Vicky parecieron darse cuenta. Matteo seguía hablándole a Andrea. Cuando Vicky fue consciente de que aún seguía en la mesa, con un último trozo de rosquilla en la mano, y con la «varita mágica del mago» a unos escasos centímetros de su brazo, ya Matteo garabateaba en unos planos con su boli.

Había una gran bola dibujada con una precisión y perspectiva digna de un profesional bien cualificado. Había un monigote junto a ella, supuso que representaba a una persona, seguramente al mago, lo cual indicaba que la esfera sería de gran altura, tanto como para que una persona entrase dentro.

Atendió por un momento a la explicación de Matteo.

—Ninette sería la perfecta. —Lo oyó decir.

Una acróbata y un mago en un escenario, no sonaba mal. Miró a su alrededor, a pesar de que todos ellos llevaban ropa deportiva o de calle, de que parecían gente corriente que podía encontrar en cualquier lugar, fue consciente de que estaba rodeada de personas extraordinarias, capaces de hacer cosas inusuales y asombrosas.

Bajó la cabeza. Sentirse pequeña entre personas con dotes de aquel calibre no era difícil. El sonido de unos tacones hizo que elevara su vista. Ya recordaba el conjunto de Elizabetta Franchi de la temporada del anterior año que Úrsula llevaba puesto. Lo tenía en su vestidor, pero en otro color. Le encantaba aquella diseñadora italiana y supuso que a Úrsula, al ser de la misma tierra, aún le gustaría más.

Úrsula se apoyó al otro lado de la mesa, frente al mago, justo en la misma postura que él. La vio con intención de dirigirse a ella sin reparar en el resto, pero enseguida su mirada se dirigió hacia el dibujo de Matteo.

Vicky miró de reojo al payaso, que cruzó una leve mirada con el mago. No entendía si ambos necesitaban presentarle el proyecto a Úrsula, cómo podían estar incómodos con que los pillara con el proyecto entre las manos.

—Otra vez inventando gilipolleces. —Le soltó a Matteo.

Ahora sí lo entiendo.

Vio a Matteo abochornado bajar la cabeza.

—Gilipolleces tremendamente caras por lo que veo —añadió la joven.

Y ella es tremendamente brusca.

Vicky se mordió el labio mientras Matteo doblaba el dibujo.

—¿Pensabais decírmelo o ibais a montarlo por vuestra cuenta? —Úrsula levantó la mirada hacia Andrea—. Claro que ibais a decírmelo. La factura corre por mi cuenta, ¿me equivoco?

Levantó su dedo índice.

—No habrá cambios en tus números —añadió mirando a Andrea y este se retiró levemente de la mesa sin dejar de mirar a Úrsula—. Ya has salido demasiado caro.

Vicky permanecía sentada en medio de ambos, sus ojos estaban justo a la altura de sus caderas.

La varita se retira del chumino, gesto de rechazo. O tienen lío, o tuvieron lío, o tendrán lío.

Hizo una mueca y apoyó la espalda en el respaldo de la silla. Levantó los ojos hacia ellos, el mal rollo entre aquellos dos encajaba a la perfección con aquella nueva teoría.

—Lo que digas —respondió él con ironía dando unos pasos hacia atrás. Luego miró a Vicky—. Puedes tacharme de esa lista.

Fantástico, y la mierda entre ellos me salpica.

Vicky alzó las cejas mirando a Matteo, este se encogió de hombros. Una vez que el mago estuvo lejos, Úrsula se inclinó hacia Vicky.

—Ni te preocupes —le dijo ella—. Yo te daré la lista de las personas sobre las que vas a trabajar.

¿Cómorrr?

Vicky la miró de reojo. Si la había oído bien, ella le daría la lista.

Para una vez que he decidido hacer algo por mí misma, ¿esta piensa meter las narices?

Su documental era parte de la publicidad de aquella nueva gira que estaban preparando, una gran publicidad ya que se emitiría en varios idiomas. Era lógico que Úrsula se cerciorara de que saliera bien, contaba con ello. Pero no sonaba a asesoramiento o supervisión su frase, sonaba a algo más que no le gustaba en absoluto.

—Y tú. —Úrsula se dirigió hacia Matteo—. Tira eso.

Úrsula les dio la espalda y se marchó con los mismos andares apresurados con los que se había acercado a ellos. Vicky cogió aire y miró a Matteo.

—¿No había dicho antes que no me echaría cuenta? —le dijo a Vicky.

Vicky ladeó la cabeza alargando la mano hacia la hoja y la desplegó.

—Me gustan las esferas. —Sonrió mirando el dibujo.

Matteo sonrió levemente.

—Es algo que hemos ideado Andrea y yo, pero ya has oído a la jefa. —Lo giró para ponerlo de cara a ella.

Vicky lo arrastró hacia sí para verlo mejor.

—Andrea es capaz de hacer cosas que ni imaginas —añadió Matteo.

Y prefiero no imaginar. Sí, es mejor. La imaginación es infinita y traicionera.

—Esto sería…—Matteo se tapó la cara con las manos—. Veo las luces, veo a Ninette dentro.

Vicky levantó los ojos hacia él. Realmente pensaba que Ninette haría algo desde fuera, era una acróbata. No tenía sentido encerrarla en una jaula de cristal.

Matteo apartó las manos de su cara, pareció entender la expresión de Vicky.

—Ninette no siempre perteneció a un circo. Lleva aquí un par de años —le explicó Matteo.

Pues si en un par de años es capaz de hacer lo que he visto, cuando pasen tres años más, ni imagino.

—Era bailarina de ballet —dijo a la vez que señalaba la esfera del dibujo—. ¿La ves ahora?

El vello se le erizó, como si desde las cortinas de la carpa hubiese entrado una corriente de aire.

—¿Y por qué no le presentáis esto al director? —Cogió el papel sintiendo una necesidad extraña. No alcanzaba su conocimiento al funcionamiento de luces, al juego que formarían esos efectos junto a la música, junto a una bailarina con un vestido dorado, y un mago. Pero la idea le estaba encantando.

—Porque el director solo se encarga de dirigir y es Úrsula la que controla el espectáculo.

La pasta manda. Don dinero, viejo conocido mío.

—Pero Úrsula tiene una visión de espectáculo muy diferente a la mía y… —Miró de reojo hacia donde se había dirigido la muchacha—. No suele aceptar muchas sugerencias.

Levantó enseguida las manos.

—No es que ella lo haga mal. —Le vio terror en los ojos. También reconocía esa expresión. Pasaba en todas las empresas cuando no tenían un enchufe con las altas esferas. Una crítica costaba el puesto —. De hecho, es mérito suyo que el circo esté en pie a día de hoy.

Vicky entornó los ojos, Matteo acaba de trazarle el boceto del «Cuadro Caruso».

—Quiero decir…

—Que el circo iba a pique y ella lo rescató. —Vicky acabó la frase y Matteo se sobresaltó.

Era evidente que estaba incómodo al darle aquella información y ahora se sentía arrepentido, abochornado y temeroso de que alguien lo hubiese escuchado. Su mirada se dirigió enseguida hacia los trapecistas.

Joder, aquí me parece que hay material para un documental, pero de tres temporadas.

Él abrió la boca apurado para añadir algo más. Vicky levantó una mano.

—Tranquilo, las cuentas del circo no son relevantes para el documental que quiero hacer. —Sonrió —. Y quien las paga tampoco.

Matteo resopló tranquilo. Vicky bajó los ojos hacia el proyecto.

—Y me parece un número muy interesante. —Torció los labios—. Claro que soy periodista y no tengo ni idea de este mundo.

Matteo sonrió agradecido, volviendo a coger su dibujo y doblándolo.

—Ya lo creo que no tienes ni idea —le respondió—. Yo llevo toda la vida aquí y tampoco la tengo.

Lo vio suspirar.

—¿Naciste aquí? —Se interesó Vicky.

Él asintió con la cabeza.

—Mis padres siempre trabajaron para Caruso. —Sacudió la mano—. Ahora están jubilados, pero ambos eran malabaristas.

Se encogió de hombros.

—Yo jamás conseguí dominar tres aros, ni siquiera dos. —Rio—. Ni tenía puntería para lanzar cuchillos, las alturas me dan miedo, y no sé sacar cartas de la manga.

Vicky frunció el ceño escuchándolo. La voz de Matteo reflejaba bochorno.

—Fausto y mis padres lo intentaron todo, pero la verdad es que no tenía habilidad para nada. —Miró a su alrededor—. Es muy difícil sobrevivir aquí cuando no tienes un don.

Bajó los ojos.

—Úrsula no te dejará incluirme en el documental, así que puedes borrarme de la lista —le dijo. Mismas palabras que el mago, pero sin pedantería. Con humildad, abochornado.

Vicky negó con la cabeza.

—No sabes la falta que hacen las risas desde donde yo vengo. —Le apretó con la mano el brazo.

Matteo hizo una leve mueca cordial, quizás por compromiso. Luego se levantó.

—Voy a enseñarte el resto del circo —dijo tirando de ella.

Vicky lo siguió pasando de nuevo junto a Adam, esta vez Vicky tuvo sumo cuidado para ni siquiera rozar su silla. Vio a Adam mirarla de reojo con recelo.

Está claro que aquí soy un estorbo para la mayoría.

Matteo la llevó por las distintas carpas, comenzaba a familiarizarse con algunos pasillos. Con paredes de tela agradeció que fuese primavera. En invierno y con lo friolera que era, no quería ni imaginarse lo que llegaría a ser estar allí en medio del campo.

—Esta es la zona de los directivos y de las estrellas del espectáculo —le dijo cuando llegaron a las viviendas prefabricadas.

Vicky las recorrió con la mirada. Eran enormes, largas como tráileres y anchas. A su lado, la suya era tan solo una esfera como la del dibujo de Matteo.

Ladeó la cabeza mirando la más grande de todas.

—Esa es la de Úrsula, supongo. —Alzó las cejas y Matteo se sobresaltó por el acierto. Vicky sacó su libreta.

Si no hay que ser muy despierta para comprobar cómo se maneja aquí el cotarro.

—Creo que he completado mi lista —dijo dándole la espalda a Matteo.

Pero él la rodeó para asomarse a la libreta.

—Úrsula tendrá que aprobar tu lista y ya te adelanto que no va a estar de acuerdo con la mayoría —le advirtió esperando qué más iba a escribir en la libreta.

Vicky entornó los ojos.

¿Que no qué? Pues sí que está funcionando esta indumentaria de maestra antigua. No tienes ni idea, chaval.

—¿Úrsula no va a estar en tu lista? —Se extrañó él.

Vicky negó con la cabeza.

—Aparecerá en mi documental, tendrá su entrevista, pero nada más. No creo que tenga relevancia su historia. —Se inclinó levemente hacia él—. Ella no pertenece a este mundo vuestro.

Alzó las cejas de nuevo, esperando respuesta. El payaso entornó los ojos hacia ella. Quizás por un momento logró ver a la verdadera Vicky debajo de aquella apariencia seria, sofisticada y profesional. Enseguida apartó la mirada y agarró su libreta. Oía los tacones de Úrsula.

Ella pasó por delante de ellos, sin detenerse, en dirección hacia la oficina de Fausto. Era al último al que Vicky conocería y aunque no estaba nerviosa, no le era del todo agradable presentarse ante él después de su gloriosa entrada con Cornelia.

Vicky torció los labios mientras observaba a Úrsula entrar.

—¿Me recibirá bien el director? —preguntó e hizo un esfuerzo por contener la sonrisa.

Matteo no pudo contenerla.

—Cornelia está bien, no ha sido nada —dijo él con sonrisa irónica.

Vicky ladeó la cabeza sin dejar de mirar la puerta de la oficina. Luego miró a Matteo, este seguía divertido.

—¿Qué? —Vicky dio un paso atrás para dirigirse hacia la oficina.

—Que has hecho lo que muchos sueñan, pero no se atreven —respondió alejándose de Vicky.

Esta vez le costó más contener la sonrisa.

—Lanzáis cuchillos de fuego, hacéis piruetas en el aire, magia, acrobacias, malabares… —Hizo un gesto extrañada—. Pero no os atrevéis.

Miró de reojo hacia la oficina.

—Suerte —le dijo Matteo antes de dejarla sola.

Vicky lo observo alejarse. Luego su mirada se dirigió hacia la puerta de cristal. Cogió aire.

Vale, le has estampado a la esposa una maleta en la cara, pero tienes que echarle morro. No te queda otra.

Se dispuso a subir los escalones metálicos, pero oyó algo a su espalda. Se giró enseguida, casi sobresaltada.

Buscó con la mirada y la localizó enseguida. Venía rodando hacia ella, como lo había hecho a su llegada aquel medio día.

Sus ojos la siguieron todo el tiempo mientras la bola rodaba cada vez más despacio hasta detenerse frente a sus pies.

No pudo aguantar la sonrisa al ser consciente de que era complicado que un mago perdiese dos bolas en pocas horas, y aún más que ambas fueran a parar a ella.

Tiene guasita el mago. Me gusta.

Sin embargo, comprobó que su dueño no estaba por allí, o al menos no en un lugar en el que pudiese verlo. Se inclinó hacia la esfera y la tocó con la punta de los dedos. Un cosquilleo extraño llegó hasta su muñeca. La cogió y se puso en pie. Pudo ver su imagen reflejada en la curvatura, sus gafas se veían demasiado grandes para su cara, supuso que era la perspectiva curva del reflejo. Su sonrisa aumentó.

Volvió a comprobar que él no andaba por allí. La puerta se abrió y se sobresaltó. Se apartó de inmediato. Era Adam, que salía de la oficina de su padre y, aunque su semblante ya sabía que era regio, algo habría pasado dentro porque salió echando fuego por los agujeros de la nariz.

Las ruedas rodaron con rapidez por la rampa lateral y Vicky tuvo que retirar un pie para que no le pasara por encima. Ni siquiera reparó en ella más de un fragmento de segundo. Vicky frunció el ceño, intentando comprender que la adaptación de aquel joven a su nueva situación aún le llevaría mucho tiempo.

Tras él salió Úrsula. Esta sí reparó en Vicky, sobre todo en su mano, donde llevaba la bola. Y Vicky vio cómo los ojos azules de Úrsula cambiaron de expresión, a una parecida a la que había mantenido ante Matteo y Andrea. La joven alzó su mirada hacia la cara de Vicky y la miró con curiosidad, una curiosidad extraña, la que solían tener las personas cuando acababan de descubrir que algo no era lo que parecía en un primer momento.

A Vicky se le despejaron todas las dudas.

Esta y el mago tuvieron lío.

Dio un paso atrás para dejar pasar a Úrsula, ignorando aquella forma de mirarla.

—¿Qué te está pareciendo el circo Caruso? —preguntó la joven y en su voz notó curiosidad.

—Está lleno de personas extraordinarias, no esperaba menos. —La sonrisa ingenua nunca solía fallarle. Le permitía el margen justo para comprobar cómo se comportaban las personas ante alguien con las neuronas justas. Los necios siempre solían ser testigos de lo más cercano a la realidad. Nadie perdía el tiempo en esforzarse en aparentar ante un tonto.

La vio bajar la vista hacia su mano.

—Para que la mayoría no quisiese ese estúpido documental y que tu presencia aquí fuese un estorbo —añadió Úrsula observando su cara con la misma expresión interesada—. Me está sorprendiendo la buena acogida que te están dando.

Úrsula entornó levemente los ojos hacia Vicky.

—Y le daré las gracias por ello al señor Caruso ahora mismo.

—Se apresuró a decir.

Vicky alargó la mano hacia el pomo de la puerta del despacho de Fausto. Necesitaba que aquella tensión extraña que le estaba produciendo Úrsula se acabara, no sabía hasta qué punto unas gafas doradas, un moño y un conjunto a lo *Grease*, podrían contener su lengua.

—No está de humor ahora —le advirtió Úrsula—. Yo que tú, esperaría a otro momento.

Os estáis perfilando unos a otros de maravilla. Mañana mismo podría hacer el documental.

—Seguro que me he visto en peores —respondió Vicky con seguridad girando el pomo.

—Tú misma. —Se alejó de ella —. No sé si te habrás visto en peores.

Úrsula echó una sonrisa burlona, chulesca. No le estaba gustando su actitud, la estaba tratando con la misma superioridad con la que trataba a Matteo y al resto. Y ella no era el resto, no era empleada del circo. Al contrario, el circo necesitaba de su documental y era su productora la que les pagaba por hacerlo.

Bajó la mirada hacia la bola, estaba segura de que aquel objeto había sido el detonante del cambio de actitud de Úrsula. La apretó en su mano y levantó la cabeza hacia la mujer.

—Asesinos y criminales —respondió tranquila y Úrsula dejó de reír—. Claro que me he visto en peores.

Le lanzó una de sus sonrisas dulces e inocentes, esas solían cabrear a las personas altivas como Úrsula. La joven no respondió nada más. Hizo un gesto con la cara señalándole la puerta para que entrase y se alejó.

El pecho de Vicky se abrió dentro de aquel apretado sujetador. Cuando sus allegados le decían que el trabajo producía una satisfacción personal insuperable, nunca creyó que fuera cierto hasta aquel momento. Había trabajado poco en su vida, cierto era. Pero su única experiencia anterior como periodista había sido intensa e intuitiva al límite. Y dejar con la boca abierta y sin palabras a Úrsula, no tenía precio.

Guardó la bola en su bolso.

Con que está molesta por el mago. Lo de siempre, los hombres inician guerras absurdas entre mujeres. Y yo que he llegado aquí por casualidad, me tengo que llevar los dardos.

Aquel pensamiento amplió el cosquilleo de sus muñecas al dejar la esfera caer entre sus cosas. Cogió aire y llamó a la puerta.

—¿Me vais a dejar en paz de una puta vez hoy? —Oyó al otro lado.

Simpatía en estado puro.

Sin embargo, abrió la puerta decidida. Se encontró a un hombre de una edad cercana a la de su padre, sentado en una mesa.

—¡Ah, eres tú! Pasa —añadió él en tono poco cordial.

—Soy la…

—La periodista, lo sé. —La cortó.

Vicky apretó los dientes mientras cerraba la puerta tras ella.

Aquí son todos unos capullos.

—Siento mucho lo de su esposa —comenzó.

—Ya, ya. —La calló.

Fausto Caruso la miró serio. Un hombre con demasiadas canas y el rostro algo envejecido para su edad, sin embargo, pudo apreciar que años atrás tuvo que ser tan atractivo como su hijo mago. Pero los ojos de Fausto eran oscuros, una oscuridad que desprendía su propia presencia. Y Vicky pudo percibir la ansiedad y la presión arrastrada durante años. Podía olerlo entre aquel aroma a ambientador con olor a pino, que más correspondía al olor de un baño que al de un despacho.

—Voy a ser claro contigo y espero que me des los menos dolores de cabeza posibles mientras estés entre nosotros —comenzó—.

No estaba a favor de tu reportaje, pero Úrsula ha insistido una y otra vez.

Y ella manda, ya.

—No quiero que vendas las miserias de mi circo, ¿está claro?

Vicky entornó los ojos hacia él.

—Está claro —repitió.

—No eres bienvenida, pero al parecer tu medio da publicidad y la necesitamos. Así que no esperes cordialidad, ni simpatía, ni cercanía, ni amistad por parte de los que habitamos aquí.

—He venido a trabajar, señor Caruso. Realmente no espero más que hacer bien mi trabajo.

Se hizo el silencio un instante. Parecía que su respuesta fue rotunda, más de lo que aquel hombre esperaba.

—Y yo espero que tu trabajo no nos perjudique más de lo que pueda beneficiarnos.

Vicky negó con la cabeza.

—Pondré de mi parte, tiene mi compromiso —añadió Vicky.

—El compromiso de los de tu gremio no goza de buena reputación —respondió Caruso—. Todos sabemos lo que buscáis los periodistas, y lo que realmente le gusta al público al que entretenéis. Ahora te harás la tonta y me dirás que no sabes de lo que hablo.

Vicky negó con la cabeza.

—Claro que lo sé —respondió, y eso que su lema en situaciones tensas solía ser «hacerse la tonta»—. Un circo arruinado bajo el mandato de una productora que no todos los trabajadores aceptan, un trapecista que ha quedado en silla de ruedas, un director con tres hijos, pero solo uno de su actual mujer. —Alzó las cejas— Lo de su hijo mago y la productora aún no lo tengo claro. —Sacudió la cabeza—. Claro que sé lo que entretiene a mi público.

Todo eso en medio día y me queda aquí un mes.

Fausto arqueó las cejas sorprendido y hasta abochornado.

Tienes el circo lleno de mierda, y yo podría convertir los mojones en oro.

—Porque estoy convencida de que vendería —continuó—. Pero le repito que no es el tipo de documental que vengo a hacer.

Lo vio resoplar.

—Por eso no quería a ratas de tu gremio por aquí —farfulló indicándole con la mano que se marchara—. Encontráis la mierda exacta en un estercolero.

Vicky se giró dándole la espalda.

—Espero no ser una rata molesta —le dijo en el tono más cordial en el que pudo ante tal trato.

—Claro que lo serás. —Lo oyó decir a su espalda.

Vicky fue a abrir la puerta, pero esta se abrió. Se encontró de frente con Andrea. Se sorprendió de verlo, pero no vio sorpresa en la expresión de él al encontrarla allí.

—Pensaba que Adam estaba aquí —le dijo a su padre.

—Se ha ido hace un momento —respondió el director en el mismo tono en el que le hablaba a Vicky, sin ni siquiera levantar la mirada hacia su hijo.

Aquí... ¿hay alguien que tenga una relación normal? Distancia y mal rollo por todas partes. Menuda mierda de circo, normal que estén en la ruina.

Andrea se apartó para dejar salir a Vicky. Para su sorpresa, él cerró la puerta en cuanto ella hubo salido, quedándose también fuera.

—Como ves, es así con todo el mundo —le dijo Andrea.

—Y por mi parte no hay ningún problema. —Vicky dio unos pasos hacia delante.

Este se cree que me voy a sentir amedrentada por el padre. Un estúpido más, un estúpido menos, qué poco me conocen.

—¿Me has borrado ya de la lista? —preguntó él con ironía.

Vicky se giró para no darle la espalda.

—¿Por qué iba a borrarte de la lista? —respondió y él frunció el ceño.

Quiero a esos ojos en mi documental. Los quiero para verlos una y otra vez.

—No quieres participar en nada ideado por Úrsula, ni ella dejará que estés en él, ya. —Buscaba en su bolso la esfera—. Pero no es su trabajo, es el mío.

Sacó la esfera y se la tendió a Andrea.

—Úrsula está acostumbrada a abrir la boca y obtener lo que quiere —dijo él rozando la bola con los dedos y haciéndola resbalar hasta caer en su palma. Vicky volvió a sentir aquel cosquilleo en las muñecas y le estaba encantando la sensación—. Claro que será su trabajo y su documental.

Vicky se mordió el labio inferior pensando en lo que fuese que pasara entre Úrsula y el mago. Su imaginación en aquellos asuntos funcionaban rápido encajando las miles de posibilidades.

Negó con la cabeza mientras regresaba a la conversación.

—Úrsula solo quiere un documental que promocione vuestra nueva gira. —Sonrió levemente—. Lo que contenga lo decidiré yo.

Se miró la mano, el cosquilleo de la muñeca no se le quitaba, no podía creer que aquello fuera solo la respuesta de su cuerpo a algo inmaterial, invisible, que producían aquellas esferas y su dueño. Quizás tuviesen dentro algún imán o mecanismo y él podía controlarlas, y por esa razón siempre se detenían entre sus pies. Si era así, prefería no descubrirlo. Siempre le gustó creer en la magia.

Comprobó que Andrea la observaba mientras ella se miraba la muñeca. Aquello hizo que el cosquilleo se extendiera por su antebrazo. Contuvo el aire y levantó los ojos.

Yo creo que no son las bolas. Qué coño van a ser las bolas. Es él.

— ¿Decidir en el Circo Caruso? —Rio Andrea—. Solo llevas

medio día aquí. Te aseguro que mañana pensarás de otro modo.

No tienes ni idea.

—La gente de tu mundo siente curiosidad por mi mundo. —Se pasó la bola de una mano a otra. Fue moverla y Vicky clavó sus ojos en ella—. Les interesa cómo vivimos, qué hacemos aquí, y cómo hemos llegado a hacer las cosas que hacemos.

Se sintió estúpida al no poder dejar de seguir con la mirada aquel movimiento, sacudió levemente la cabeza y levantó los ojos hacia él.

—Por esa razón estoy aquí —dijo manteniéndole la mirada.

Y mantenerle la mirada es difícil de cojones. Menudo tigre.

Él negó con la cabeza.

—No importa lo que les muestres. Jamás entenderán nada sobre nosotros. Siempre seremos solo un espectáculo.

Lanzó la bola hacia arriba para volver a atraparla en el aire mientras daba un paso hacia atrás. Vio que Andrea dirigió la mirada hacia la enorme casa móvil de Úrsula.

—Ni siquiera ella lo entiende por mucho empeño que le ponga —añadió.

Vicky miró también la casa móvil.

—No lo entiende, ¿porque no es capaz de hacer cosas extraordinarias? —preguntó entornando los ojos con curiosidad.

Vio una media sonrisa en Andrea ante su pregunta.

—Las personas no nacen extraordinarias —respondió—. Eliges un camino, el que quieras, y tienes que seguirlo con todas las consecuencias. Dedicar toda una vida a recorrerlo. ¿Naciste periodista?

Vicky negó con la cabeza.

—Aquí pasa lo mismo —añadió. Luego ladeó la cabeza hacia la casa móvil—. Ella no eligió ningún camino. Nunca le hizo falta. Llegó directa hasta donde está.

Como yo.

El mago se alejaba de ella sin darle la espalda. Vicky se mordió el labio de nuevo. Úrsula era más similar a ella de lo que podía parecer a simple vista, o al menos, a la vista de aquella gente. Ella se había visto reflejada en ella en cuanto la vio.

Bajó la cabeza, avergonzada, aunque era consciente de que Andrea no sabía nada sobre ella. El desconocimiento o la imagen que pudiesen tener de ella no era suficiente para que el bochorno y su sensación de inutilidad se disipara. Natalia tenía razón una vez más. Unas estúpidas gafas, un moño y ropa clásica, no servían para nada.

—¿Y qué es lo que pasa cuando se llega sin recorrer un camino? —Se atrevió a preguntar. Necesitaba preguntarlo.

Andrea ya se marchaba y se giró de nuevo hacia ella, sorprendido por la pregunta. Vicky esperó la respuesta en silencio mientras Andrea volvía a acercarse a ella.

— En unos días vas a comprobarlo —respondió alzando la mirada tras el hombro de Vicky.

Ella se giró, ya conocía el sonido de la silla de Adam. Regresaba hacia las carpas. Llevaba la misma cara de enfado con la que salió de la oficina de su padre.

Se oyó una voz, alguien hablaba con rapidez en italiano. Demasiado fuerte para ser una charla cordial. Una de las puertas de las casas móviles se abrió. Adam giró la silla enseguida hacia el sonido.

Ninette salió de una de las casas, lo hizo con agilidad y rapidez, casi flotando igual que podía hacerlo en el aire entre telas. Pero esta vez volvía a huir atravesando el pasillo. Entonces Vicky logró deducir qué le ocurría a la mujer extraordinaria.

Los Caruso me están cayendo como el culo.

Miró a Andrea de reojo.

Bueno, este Caruso no.

—¿Cómo se sobrevive a dos hermanos con semejante genio? —Entornó los ojos hacia la casa móvil de donde había salido Ninette.

Luego se sobresaltó por su propia estupidez, tan típica de Vicky. Acaba de salirse del papel. Y no podía salirse del papel, o la acabaría cagando del todo. Si dejaba entrever a aquella gente a la verdadera Vicky, se perdería la profesionalidad y su objetivo allí. Acabaría peor vista que Úrsula, al menos a esta le temían, era necesaria para que todos conservasen el trabajo. Pero ella era ya de por sí un estorbo, no quería que encima se enterasen de que el estorbo era, además, inútil.

—Es fácil si no eres exactamente su hermano —respondió tranquilo y Vicky se giró enseguida hacia él.

Acabo de meter la pata hasta el culo.

Andrea miraba hacia un lado pensativo y ella lamentó aún más su desafortunado comentario. No fallaba, en cuanto «La Vicky» sobresalía un poco, se salpicaba de mierda. No supo si disculparse por su indiscreción. Decidió que lo mejor era mantenerse con seguridad, sin dar importancia al comentario. No podía añadir nada a aquella respuesta.

Voy a parecer una cotilla.

Pero lo cierto era que no podía remediar ser una cotilla y quería saber.

Ya se lo sacaré a Matteo.

Guardó silencio sin hacer ningún gesto, a pesar de que él la estaba observando. Dio unos pasos para apartarse de él.

—Ha sido demasiada información por hoy. —Se excusó mientras se alejaba.

—Demasiada información —repitió él con ironía—. ¿Es tu trabajo, no?

Lleva razón. Soy periodista, cómo coño voy a quejarme de demasiada información. Seré idiota.

—Por eso voy ahora mismo a pasarla toda al ordenador —añadió enseguida frunciendo el ceño—. Voy a hacer un guion.

—Es bueno planificar, sí. —Seguía con su extraño tono irónico.

—Por supuesto —respondió Vicky—. Hasta mañana.

Se irguió para seguir pasillo abajo.

—No es por ahí —le dijo él y ella se detuvo.

Andrea le señaló el camino por donde había huido Ninette.

—Quizás le deberías pedir a Matteo que te dibuje un plano para no perderte. —Alzó las cejas.

Ella lo miró de reojo mientras cambiaba de dirección. Arrugó la cara en una mueca cuando lo tuvo a su espalda, la misma mueca que solía hacerle a su padre cuando este le reñía en la adolescencia.

Cambio de opinión. Los Caruso me caen como el culo, todos sin excepción.

Se detuvo de repente. Acababa de descubrir por qué se había equivocado de camino y por qué aquellos pasillos eran tan liosos.

La madre que me parió.

De un metro de ancho y unos dos de largo, había un espejo que reflejaba las casas móviles. Algo más adelante había otro que reflejaba la misma calle. Era como un laberinto de feria, de esos en los que los espejos confundían el camino. Seguramente tendrían su función en el espectáculo, como tantos trastos que había sueltos por allí.

Miró a Andrea a través del espejo mientras sentía la cara ardiendo.

Y mira que es difícil que yo pase vergüenza.

Pero a él no había parecido ofenderle su morisqueta a pesar de haberla visto claramente en el espejo. Al contrario, parecía divertido, su sonrisa irónica la hizo sentir aún peor.

Suspiró.

La estoy cagando por segundos.

Se colocó bien las gafas y siguió su camino. Tardó más de lo que esperaba en encontrar su caravana.

3

Había conseguido hacer un guion con los protagonistas del documental que ella quería hacer, no sabía lo que le sugeriría Úrsula. Adela había ido a verla para comprobar que todo iba bien y le había avisado de la hora de la cena.

Se había dado una ducha. Aquel baño era realmente incómodo. Demasiado estrecho, cuando se duchaba mojaba el diminuto WC, y apenas entraba de lado. Fuera como fuese, había mojado más allá de la puerta y ahora el agua se extendía por el suelo de la caravana.

Con el pelo aún mojado y un vestido azul marino de algodón de manga larga, salió a buscar algo con lo que secarlo. Se cruzó con una pareja que ya le sonaba de las carpas y les preguntó. Le señalaron unas casetillas de rayas, parecidas a las que había en las playas británicas, donde se almacenaban cosas para la limpieza.

Abrió una de ellas, allí había trastos de todo tipo: escobones, plumeros, barreños, y algunos mochos de fregonas.

No tienen palo. Los habrán cogido todos los Caruso, eso explica la cara que tienen.

Cogió uno de los mochos. El único momento en su vida que recordó haber cogido un mocho de fregona fue para ponérselo en la cabeza y asustar a su hermano. Resopló.

¿Dónde hay un puto palo?

Trasteó a oscuras en la casetilla. Encontró un palo, pero estaba ya ocupado con una mopa. Pisó la mopa con los pies para girarlo. El olor a amoniaco allí dentro era intenso y le estaba dando fatiga.

Justo cuando el palo pareció desprenderse de la mopa, la luz de la casetilla se encendió. Vicky dio un grito.

—Con la luz apagada te será difícil encontrar nada aquí. —Andrea tenía aún la mano en una cuerda que accionaba una bombilla amarillenta—. Aunque sin gafas tampoco creo que vayas a encontrar nada.

Lo de las gafas no era buena idea, ya las locas me dijeron que era una estupidez.

Miró a Andrea desconcertada.

¿Y este de dónde ha salido? ¿También se teletransporta?

Guiñó los ojos levemente a ver si así subsanaba el olvido, como si el esfuerzo la hiciese verlo con más claridad.

—El suelo se ha inundado y he tenido que salir corriendo. —Se excusó—. Y tampoco veo tan mal sin las gafas.

Él asintió con la cabeza casi divertido, luego miró el palo que Vicky había liberado ya por completo. Ella cogió el mocho y salió de casetilla con rapidez, antes de que le subieran los colores. Andrea se apartó para dejarla pasar.

—¿No necesitas un cubo? —le preguntó con ironía.

Cierto, un cubo. Las fregonas se usan con cubos. Madre mía cuando me toque lavar la ropa.

Se giró, Andrea ya le tendía un cubo por el asa.

—No te recomiendo que llegues tarde a las comidas —le advirtió—. Lo mejor suele acabarse pronto.

Vicky alzó las cejas.

—Victoria, te estaba buscando. —Matteo, que pasaba por allí, se detuvo junto a ellos—. Te aconsejo que no te demores en la cena.

—Ya, ya me han advertido. —Miró de reojo a Andrea y este contuvo la sonrisa—. Enseguida voy.

Se apartó de ellos y llegó hasta la caravana, secó el suelo como pudo y se dispuso para sacar el cubo con el agua sobrante.

¿El agua del baño tiene que salir oscura?

Prefirió no valorar que le hubiesen dado un habitáculo sin

limpiar. Hizo una mueca mirando el cubo y se fue hacia las casetillas de la limpieza. Lo soltó en la primera que encontró.

A tomar por culo.

Cerró la puerta de golpe. Se sobresaltó con la presencia de alguien, casi dio un grito.

Aquí aparecen todos de la nada.

Era la joven de los *shorts*. Aún llevaba la misma ropa con la que la había visto por la tarde. Unos pantalones diminutos, como los que solían llevar las jugadoras de vóley, y una camiseta de sisa ancha. La joven en cuanto la vio, enseguida se metió por una de las calles.

Vicky entornó los ojos hacia ella. Dio unos pasos hacia la calle por donde se metió Ninette. La encontró apoyada en la pared, tras las casetillas.

Ninette tenía el pelo castaño abundante y lleno de ondas, como podía apreciar, naturales. Le encantaban aquel tipo de melenas, ella siempre fue escasa de pelo y aunque probó las extensiones más de una vez, no podía soportar los picores que le causaban.

—¿Ninette? —La llamó.

La joven levantó una mano hacia ella para que se detuviese. Vicky ladeó la cabeza. La joven tenía las mejillas enrojecidas, sin lugar a dudas, había llorado y mucho. Pero Vicky ignoró su gesto y su estado.

—Necesitaba hablar contigo, había pensado en…

—Ahora no, por favor —le pidió girándose para darle la espalda.

—No, quizás no es un buen momento ahora. —Vicky también se giró sin apartar la vista de ella—. Pero cada vez que te he visto hoy, pareces estar huyendo de algo. —Hizo una mueca. —Así que si hay en este circo algo invisible y peligroso que persigue a damiselas, dímelo, porque ahora mismo hago las maletas y me largo.

La vio contener la sonrisa con sus palabras.

Ahora mejor.

Vicky sonrió. Se acercó a ella un poco más. Sentía un aura a su alrededor que no debía traspasar, así que se detuvo a cierta distancia.

—Solo llevo medio día en el circo —comenzó de nuevo—. Pero entre todas las personas extraordinarias que he conocido hoy, tú me has llamado verdaderamente la atención.

Y el mago. Ese me ha llamado demasiadas cosas.

Ninette negó con la cabeza.

—Hay muchas personas que hacen lo mismo que yo, eso no tiene nada de extraordinario. —Bajó la cabeza y se puso la mano en la frente—. Hay muchas personas que lo practican en el mundo, demasiadas.

Vicky entornó los ojos.

—No es solo eso lo que me ha llamado la atención —añadió y bajó levemente la cabeza para ver mejor la cara de Ninette—. Me encantaría que fueses uno de los personajes principales de mi documental.

Tenía claro que la quería en su documental, pero eso de personaje principal fue algo improvisado que se le acababa de ocurrir y ni siquiera le encontró un porqué a aquel sentimiento. La chica levantó la cabeza y la miró como si hubiese enloquecido.

—¿Yo? —Negó levemente asustada—. Yo no…

Vicky alzó las cejas.

—Tu no, ¿qué? —La cortó.

—No creo que le interese a nadie. —Miró a un lado—. Aquí los hay mucho mejores.

Vicky dio unos pasos más hacia Ninette, acababa de atravesar aquel aura infranqueable e invisible de las personas que pasaban malos momentos.

—¿A quién me aconsejarías tú? —preguntó, aunque ya sabía la respuesta.

—A Luciano —respondió enseguida.

Los monos enormes que gritan a muchachas dulces no me interesan en absoluto.

—Sí, es el mejor trapecista, me han dicho —respondió—. ¿Mejor que Adam?

Ninette abrió la boca para responder, pero la cerró de repente.

—Adam ya no es un trapecista —añadió Vicky.

Vio a Ninette cruzarse de brazos, la joven miró de reojo a ver si había alguien más en el pasillo, pero al parecer estaban todos en la cena. A Vicky le llamó la atención su gesto, en todo el día no había visto a Ninette en compañía de nadie, a pesar de que todos solían ir en grupos.

—Después de un día de trabajo no creo que quieras demorarte en la cena —le dijo Vicky—. Ya me han advertido que el tiempo apremia en ese sentido.

Pero la chica no reaccionó a su comentario. Seguía con los brazos cruzados. Vicky observó que tenía el vello erizado.

—Si quieres espero a que cojas una chaqueta y vamos juntas. —Torció los labios—. Así no me pierdo entre el laberinto de espejos.

Ninette negó levemente con la cabeza.

Es tarde y ha refrescado. Llevas la misma ropa que este mediodía cuando el sol daba de pleno en estas lonas. Estás muerta de frío.

Alzó la mano hasta el brazo de la chica y comprobó que estaba helada.

—Voy a sacarte algo para que te lo pongas —le dijo y no fue una proposición, sonó tan rotunda que Ninette se sobresaltó.

Se dio prisa en entrar y salir de aquella caravana diminuta, temiendo que la chica volviera a escabullirse. Su mente creativa ya comenzaba a funcionar sobre las razones por las que aquella muchacha estaba en aquel estado y la razón le hervía la sangre.

Regresó junto a Ninette, se alegró de que aún estuviese allí. Le acercó un cárdigan gris. Hizo un ademán con la mano.

—No es que te pegue mucho con la ropa, pero… —No fue capaz de terminar la frase. Otra vez se volvió a reconocer como Vicky. Cerró los labios de golpe mientras Ninette alzaba las cejas—. Abriga, abriga bien.

Ninette se colocó el cárdigan. Le quedaba algo largo de mangas y más largo que los *shorts*. Hasta en la estatura le recordaba a Claudia. Sonrió al mirarla.

—Ahora sí, ¿vamos a cenar? —le dijo y Ninette la miró sin devolverle la sonrisa. Apenas había balbuceado un leve «gracias».

Con lo fácil que es mandar a la mierda a capullos como ese. Ainss, si no estuviese aquí como periodista…

Como la joven no reaccionó, Vicky tiró de su brazo y la sacó de aquel estrecho pasillo.

—Vamos —le dijo con un segundo tirón.

—No es buena idea —respondió Ninette.

—¿Cenar? Yo pensaba que era necesario para subsistir.

La vio contener la sonrisa.

Ser Vicky, a veces, es fantástico.

—Que yo forme parte del trabajo ese que vas a hacer —añadió Ninette—. No sé si Úrsula lo aprobará.

—Úrsula firmó un contrato, ¿sabes? No necesito aprobaciones de nadie.

Ninette alzó las cejas y tragó saliva.

—Tampoco sé si a Luciano le hará gracia que yo participe.

Eso lo imaginaba yo. Y ya te adelanto que no.

—Tampoco manda en mi documental. —Hizo un ademán con la mano.

Acababan de llegar a la carpa del *buffet*. Vicky recorrió las mesas con la mirada, estaban todas ocupadas. Realmente albergaba la esperanza de encontrar un lugar apartado para cenar a solas con Ninette y hablar algo más con ella. Sentía cierta necesidad de acercarse a la joven de alguna manera. No se paró a buscarle explicación a aquel sentimiento, nunca se detenía en esos absurdos. Lo sentía y punto.

Ninette estaba a su lado con los brazos cruzados. Vio en una mesa a Úrsula con los diferentes trapecistas, entre ellos Luciano. Este había levantado la cabeza hacia Ninette y observó su vestimenta. Vicky miró de reojo la reacción de la joven, ella esperaba deseosa alguna señal por parte de Luciano, pero este apartó la vista con los labios apretados, ignorándola por completo.

Hasta sin hablar se puede insultar.

Cogió aire por la boca mientras sentía cierto ardor en el pecho. Tiró de Ninette con suavidad en cuanto divisó a Matteo. Tuvo que contener la sonrisa cuando vio que este estaba sentado con Andrea.

Notó que Ninette no avanzaba.

Con esta me va a costar trabajo. Está peor de lo que imaginaba.

Entornó los ojos hacia Luciano.

Qué suerte tienes de que yo haya venido a trabajar. Anda, que si me pillas en mi salsa y con una botella de Moet, te ibas a cagar.

Tiró con más fuerza de Ninette mientras daba un paso hacia delante y se chocó con alguien. Se giró enseguida y sujetó a la mujer para que no cayese de espaldas.

Esto no puede estar pasando.

Se hizo el silencio en la sala y todos los ojos se dirigieron hacia ellas.

—Lo siento —le dijo a Cornelia, que le lanzó una mirada de reproche.

La mujer la soltó en cuanto recuperó el equilibrio.

—Y siento también lo de esta mañana —añadió.

Cornelia la miró en silencio.

—Úrsula dice que tu trabajo va a ser beneficioso para la gira. —Cornelia entornó los ojos—. También dice que los periodistas son observadores silenciosos, casi invisibles, y que ni siquiera notaremos tu presencia.

Vicky abrió la boca para replicar, pero llevaba razón, en eso consistía su trabajo. En observar siendo invisible.

—Pues eso es lo que espero —añadió la mujer con firmeza—. Que seas invisible.

Vicky estaba a punto de preguntarle si estaba mejor del golpe, pero las ganas de interesarse por ella se desvanecieron de repente. Cornelia dio unos pasos para alejarse, pero fue consciente de la presencia de Ninette.

—Y tú —le dijo a la joven—. Espero que pongas de tu parte para no desconcentrar a mi hijo con vuestras discusiones estúpidas. No quiero que acabe como Adam.

Ninette no respondió y Vicky deseó de nuevo tener la maleta a mano para volvérsela a lanzar a la cabeza, pero aún con más fuerza.

Vaya pedazo de estúpida.

Cornelia se fue camino a la mesa de Úrsula, Vicky pudo ver cómo su rostro cambiaba de expresión. La mujer había alargado la mano hacia la nuca de su hijo y se dirigía sonriente a Úrsula.

Invisible. Qué mal lo voy a pasar aquí.

Algo más de medio día y ya echaba de menos ser Vicky. Cogió aire por la boca y lo echó de golpe. No soltaba a Ninette, la veía con la intención de seguir a Cornelia hasta la mesa de Luciano. Tiró de nuevo de ella, esta vez con más suavidad. Tuvo que frenar de nuevo, esta vez logró no chocar contra la silla de Adam y que este le soltase otro improperio.

Qué agobio de circo, por Dios.

Vio a Adam mirar de reojo a Ninette y enseguida dirigir la mirada hacia la mesa de su hermano Luciano. Su silla se atascó entre una mesa y un barrote de la carpa. Adam movió las ruedas, pero no se liberó en el primer intento, tampoco en el segundo. Y Vicky comenzó a angustiarse al verlo entrillado.

Alargó la mano despacio hacia la silla, vio la expresión de terror de Ninette, casi le decía con sus ojos que no la tocase.

—Estoy convencida de que puedes hacerlo solo —soltó agarrando los puños con fuerza—. Pero para entonces ya se habrá terminado la comida y creo que los tres estamos sin cenar.

Adam se giró para comprobar quién cometía tal osadía, Vicky no le miraba la cara, estaba concentrada en sacarlo del entramado. Tuvo que alzarlo levemente y lo dejó caer, pesaba demasiado, la silla sonó contra el suelo. Volvió a sentir las miradas a su alrededor. El chico abrió la boca para protestar, pero Vicky empujó la silla en dirección al pasillo de mesas. Lo hizo con fuerza, casi lanzándolo. No supo si fue capaz de calcular bien la distancia, pero la silla de Adam se detuvo a medio metro de Matteo y su hermano mago.

Así que tiró de nuevo de Ninette y llegaron hasta la mesa. Se dirigió hacia Adam.

—Tengo el cupo de bochornos del día cubierto —le dijo apoyándose en el reposabrazos de la silla—. Y los Caruso estáis resultando tremendamente desagradables.

Miró hacia Matteo y Andrea.

—Así que cenamos tranquilos, y mañana me seguís diciendo que no soy bienvenida, y que soy un estorbo, y que no pensáis colaborar en mi trabajo aquí. ¿Es muy insoportable depender de Úrsula y sus ideas?

Vio cómo la cara de Ninette emblanquecía al escucharla decir aquello. Matteo bajó la cabeza. Sin embargo, Andrea frunció el ceño mirando a Vicky.

Adam, dentro de su inmovilidad, pareció quedar petrificado. Miró de reojo a Ninette, que con la cabeza baja se sentaba en una de las sillas. Luego miró a Vicky entornando los ojos, esta vez no era una mirada de reproche, vio cómo su enfado se disipó levemente.

En la mesa, Matteo y Andrea tenían una amplia bandeja con un popurrí de cosas. Vicky pensó que habría suficiente comida, al menos a ella se le habían quitado las ganas de comer, y eso para su estómago ya era difícil.

—Bienvenida al circo Caruso. —Oyó la voz irónica de Andrea en cuanto se sentó, estaba entre Adam y Matteo.

—Un placer —respondió resoplando.

La «imagen Victoria» le había dado para media tarde. Aquella gente se lo estaba poniendo tremendamente difícil.

—¿No te ha gustado el circo? —Andrea tenía el ceño fruncido.

Vicky le lanzó una mirada de reproche.

—No es exactamente lo que esperaba. —Miró a su alrededor—. Pero mi trabajo es sacar en escena lo mejor de vosotros.

—En algunos te va a costar —intervino Matteo con una breve risa.

Vicky alzó las cejas. Por primera vez en su vida estaba conociendo la ansiedad provocada por una situación real, y no por estupideces que imaginaba su mente.

Dirigió sus ojos hacia Ninette, habría un ser maravilloso debajo de aquella ruina de muchacha. Luego miró a Andrea, prefería no pensar qué había tras aquella mirada felina. Frente a ella estaba Matteo, un payaso cuyas aspiraciones estaban lejos de su trabajo. Y lo de Adam ya eran palabras mayores.

Resopló a pesar de que los cuatro la estaban observando. Lo del resto era de narices también. Úrsula, Fausto Caruso, Cornelia, Luciano y los demás monos trapecistas. Soltó la gamba rebozada medio fría que había cogido con la mano.

—Haré lo que pueda —respondió.

Vio a Ninette mirar tras de sí a la otra mesa.

—Come, anda. —Intentó distraerla y que dejara de observar a Luciano. Este no parecía afectado por la discusión o lo que tuviese con Ninette. Ni mucho menos preocupado por el estado en el que se encontraba ella.

—Tengo una amiga en Londres con un bebé de año y medio que cuando se enfadaba, se daba cabezazos contra el suelo —le dijo a Ninette y esta la miró, extrañada por el comentario sin venir a cuento. Vicky, sin embargo, sonrió—. Una psicóloga infantil les dijo que era muy usual esa reacción en niños siempre y cuando tuviese espectadores. —Guiñó los ojos—. Unos espectadores en concreto: sus padres.

Matteo, Andrea y Adam también atendieron a su relato.

—En cuanto sus padres se iban y él comprobaba que no lo miraban, dejaba de autolesionarse y comenzaba a jugar. —Vicky alzó las cejas—. Su única intención era castigar a sus padres cuando no conseguía algo, asustarlos con el temor a que se hiciese daño. Mi amiga dice que en cuanto lo dejaron solo unas cuantas veces cuando comenzaba a darse golpes, el crío perdió aquella horrorosa costumbre. Ahora es un león tranquilo.

Levantó el dedo índice.

—Yo soy su madrina. —Sonrió. Luego miró hacia Luciano—. Solo está enfadado cuando sabe que tú lo estás mirando.

Ninette se sobresaltó al oírla decir aquello. Negó con la cabeza intentando rebatirle. Vicky alzó una mano.

—Todos hemos oído los gritos hoy —intervino Adam. Vicky notó que estaba deseando intervenir.

Se giró hacia él.

Desde esta mañana querías hablar con ella. No dejas que nadie toque la silla, tienes malas contestaciones, genio, y sueles permanecer con un enfado constante. Pero querías hablar con Ninette porque has notado lo mismo que yo. Aún queda algo salvable de ti ahí dentro.

—Menuda imagen que estamos dando —dijo Matteo recostándose en la silla.

—Podéis actuar durante dos o tres horas de espectáculo —respondió Vicky—. Pero yo he venido a ver la realidad.

Ladeó la cabeza.

—Y una vez descubierta, creo que vamos a tener que hacer magia para darle un poco la vuelta. —Miró de reojo a Andrea y este contuvo la sonrisa.

Vicky se dirigió hacia Adam.

—Aún tengo un hueco entre mis protagonistas —le propuso.

Vio a Matteo abrir la boca. Andrea alzó las cejas, sorprendido por la frescura de Vicky.

—Ya sé por dónde vas —protestó Adam negando con la cabeza.

—No pienso vender miserias —añadió ella—. Quiero al mejor trapecista y dicen que eres tú.

Adam miró su silla.

—¿Sí? ¿Soy un trapecista? —le respondió de mala forma—. ¿Estás de broma?

Lo vio dirigir sus manos hacia la rueda de la silla, su rostro se enrojecía por momentos. Vicky sujetó la silla para impedirle moverse.

—¿Qué eres? —preguntó ella sin soltar la rueda.

—Lo que ves. —Él se inclinó hacia ella, fulminándole con la mirada—. Un puto inútil.

Vicky soltó la silla.

—Podríamos obviar la silla y lo que te llevó a ella. Entre tú y Luciano. —Miró hacia Ninette, luego volvió a dirigirse hacia Adam—. Te prefiero a ti.

Esperó a que Adam moviese las ruedas para irse. Pero este no se movió. Sentía los ojos de tigre de Andrea clavados en ella.

—He venido a un circo en ruinas y los únicos que pienso que podrían salvar el documental no quieren colaborar —continuó. Levantó la cabeza hacia Matteo—. Tú porque no crees que tengas el suficiente talento para algo como lo que voy a hacer. —Luego miró a Andrea—. Tú por una absurda guerra con Úrsula. —No se detuvo en él y siguió con Ninette—. Tú porque no sabes si a Luciano le parecerá bien que destaques demasiado. —Ignoró la expresión de miedo de la chica para dirigirse finalmente a Adam—. Y tú porque te sientes un inútil.

Los vio perplejos. Lejos de abochornarse ni sonrojarse, se acomodó en el respaldo de la silla.

A tomar por culo la periodista correcta. Mola ser Vicky.

—La verdad es que esperaba encontrarme otra cosa, tenéis un mal rollo de la leche. —Arrugó la nariz y vio a Ninette taparse la boca para ocultar la sonrisa. Andrea seguía mirándola con las cejas alzadas.

Aquí nadie se ríe una mierda, normal que estéis en la ruina.

—Y si no me ayudáis a mostrar algo de luz, va a salir una reverendísima porquería —concluyó y torció los labios. Alzó las cejas—. Os quiero a los cuatro, así que tenéis unos días para pensarlo.

Se giró para mirar al grupo de Úrsula y los trapecistas.

—O vosotros, o ellos —murmuró entornando los ojos y recordando las palabras de Úrsula en cuanto al documental. Se fijó en cómo Cornelia ponía una mano en el hombro de Úrsula. Su gesto, su sonrisa, desprendían una adulación exagerada.

Es mi documental, y en mi documental soy Dios.

Medio día había sido suficiente para calarlos a todos, y algunos provocaban en ella una honda que hacía que su sangre hirviese con hilos de ira sin aparente motivo.

Menudo mes me espera.

No dejaba de observarlos mientras en su mesa unos se miraban a otros en silencio. Vicky resopló y se levantó de la silla.

—Yo he tenido bastante por hoy —les dijo—. Mañana más,

supongo.

Les hizo un gesto para despedirse. Vio a Andrea seguirla con la mirada mientras ella salía deprisa de la carpa. Esperaba no perderse en el laberinto en el que estaba su caravana. Sorteó las esquinas de los espejos, rebasó las casetillas de la limpieza y llegó hasta aquella puerta cuya cerradura estaba oxidada y, por lo tanto, bastante dura.

Cerró con fuerza para que la puerta no se quedara cogida y se apoyó en la mesa donde tenía el ordenador. Aspiró hondo un par de veces. Se quitó las gafas y las dejó caer en la mesa.

¿A quién quiero engañar? No puedo ser Victoria ni aunque me lo proponga.

Ser Victoria significaba ser una periodista normal. Llegar allí con una maleta, ser invisible como decía Cornelia. Observar y callar. No establecer vínculos, ni expresar opiniones subjetivas, ni reflejar lo que aguardaban sus pensamientos.

Cerró los ojos.

Por esa razón nunca encajé bien en ningún trabajo como periodista.

Pensó en un nuevo fracaso y el pánico la invadió. El voto de confianza que le habían dado sus hermanos o sus dos amigas, se perdería otra vez como las veces anteriores. Y llevarían razón Natalia o su padre, cuando no creyeron en ella cuando aceptó el trabajo.

Un circo, algo fácil a simple vista.

Su teléfono sonaba sin parar. Le extrañó tener tantos *WhatsApp* sin leer. Normalmente era ella la que colapsaba el chat. Pero esta vez sus amigas preguntaban sin parar qué era lo que había pasado.

Abrió el chat de las locas. Querían una videollamada antes de dormir. No estaba en su mejor momento. Demasiada información, demasiadas sensaciones que aún tenía que digerir.

«Un circo». Repetía en su mente. Allí, en su memoria, permanecían las imágenes de luces, de las risas y de espectáculos maravillosos que contemplaba de niña. Tras ese espectáculo suponía que encontraría a personas extraordinarias a las que había idealizado. No eran reales más allá del maquillaje de purpurina y de aquellos trajes brillantes. Quizás los imaginó viviendo en una burbuja, en una especie de limbo entre el mundo civilizado y la fantasía.

Volvió a suspirar. Se sentó frente a la mesa y colocó el *iPad* en el soporte. Le dio al botón de llamada en grupo. Mayte fue la primera en descolgar, luego Claudia apareció en la cuadrícula. Finalmente, Natalia con expresión divertida.

—Primera noche en el circo —le dijo Claudia con una sonrisa—. Cuenta.

Vicky expulsó aire y vio a Natalia asentir en un «lo sabía desde antes de que llegases allí».

—No es lo que esperaba —confesó.

—Claro que no. —La Fatalé no tardó en responder.

Vicky puso los codos en la mesa y se sujetó la cabeza con las manos.

—No empieces a echarme la bronca, que de verdad me estoy agobiando. —Levantó la cabeza y dejó caer la espalda en el respaldo.

—Pero ¿qué es lo que pasa? —Mayte tenía el ceño fruncido.

—Que Vicky esperaba una extensión de un espectáculo como los que veía de niña. —Se oyó la risa de Natalia.

—¿Ha sido por lo de la mujer del director? —preguntó Claudia—. Fue sin querer, le hubiese pasado a cualquiera.

—No, no le hubiese pasado a cualquiera —aclaró Mayte—. Pero se ha disculpado y la mujer al parecer está bien, ¿no?

Vicky asintió, volvió a suspirar. Levantó los ojos hacia el *iPad.* En cuatro recuadros podría ver a las cuatro juntas, de la única forma que podían estar juntas de momento.

—¿Qué es lo que has encontrado que no esperabas, Vicky? —preguntó Claudia seria.

Vicky meditó un instante, buscando la forma correcta de explicarlo.

Solo hay una forma de explicarlo, clara y directa.

—Dos brujas, un genio que se cree estúpido, una mujer capaz de hacer cosas extraordinarias pero que tiene miedo a todo, un chaval inmóvil, y un mago. —Negó con la cabeza y se llevó la mano a la frente—. Esto no es un circo, chicas. Esto es el puñetero mundo de Oz.

Hasta Natalia levantó las cejas. Claudia rompió a carcajadas. Vicky hizo un ademán con la cabeza.

—Y salvo a las brujas. —Encogió la cara—. Los quiero a todos en mi documental, pero ninguno tiene mucho ímpetu en colaborar.

Las cejas de Natalia se levantaron aún más.

—Observar, recabar información objetiva, ser invisible —continuó Vicky—. Una de las brujas me ha dejado muy claro cuál es mi papel aquí. La otra parece querer dirigirme el documental a su conveniencia y antojo, con sus personajes principales, una idea que está bastante lejos de lo que quiero hacer. —Hizo un ademán con la mano—. Y no es precisamente de las personas que están acostumbradas a que alguien la contradiga. —Frunció el ceño—. Algunos le tienen realmente miedo. Ya sabéis, quien tiene el dinero, tiene el poder. Y aquí hasta el director es una marioneta.

Claudia asintió. Natalia estaba callada y eso no era buena señal.

—¿Y por qué has elegido a esas personas en concreto y no otras? —preguntó Mayte con curiosidad.

Vicky miró hacia un lado.

—He estado toda la tarde ojeando. —Desplazó las gafas en la mesa—. Ni siquiera recuerdo a la mayoría que me han presentado. Pero ellos me han llamado la atención desde un principio. Razones que no sé explicar, sensaciones quizás. No me preguntéis.

—Sensaciones que no sabe explicar —intervino Natalia al fin. Vicky la miró enseguida poniendo toda su atención en ella—. Habéis escuchado como yo cómo nos ha ido nombrando uno por uno a cada uno de ellos. —Entornó los ojos hacia Vicky, esta se removió en el asiento—. Razones que desconoce.

Vicky frunció el ceño, contrariada con la ironía de Natalia.

—Eres incapaz de ser objetiva, Vicky —le dijo Natalia—. El circo no es lo que esperabas porque imaginabas una nube y te has encontrado con personas reales. Y dentro de esas personas reales, estas te han parecido diferentes. Nos lo has dejado claro: el espantapájaros, el león cobarde, el hombre de hojalata. Personas que por alguna razón te han transmitido que poseen una necesidad que quizás ni siquiera ellos sean conscientes de que la tienen. Por mucho que lo intentes, no puedes dejar de ser la Vicky que conocemos.

Natalia negó con la cabeza.

—Elegiste el periodismo porque por aquel entonces te hacía ilusión salir en la tele, pero careces de las cualidades necesarias para ser imparcial —continuó y sus amigas rieron. Natalia alzó las cejas—. Y como según tu resumen, el mago no tiene ninguna necesidad aparente. —La señaló con el dedo—. Lo has elegido porque te ha molado.

Hija de puta, no sé cómo lo hace, pero es sobrenatural.

Natalia encogió la cara satisfecha. Mayte y Claudia abrieron la boca. Claudia rompió a carcajadas de nuevo.

—Dime que la de la maleta, la mujer del director, era una de las brujas —preguntó Claudia y Vicky asintió—. ¿En serio? ¿Y la has tumbado como Dorothy a la bruja del Este?

—Sí, solo se le veían las piernas bajo la maleta —respondió Vicky.

Mayte rompió a carcajadas. Hasta Natalia se tapó la cara con la mano.

—Joder, sí que estás en el puñetero mundo de Oz. —Claudia se limpiaba las lágrimas.

Natalia se había cruzado de brazos.

—Llevas diciéndonos un año que necesitabas encontrar un camino —le dijo Natalia. Levantó la mano para señalarla—. Ya lo tienes y está hecho de baldosas amarillas, así que intenta no perderte.

Claudia ya se había recuperado de la risa.

—A la mierda las brujas —dijo Claudia—. Háblanos del mago.

4

Sonó el despertador del móvil. Cuando abrió los ojos y vio el techo tan bajo de la caravana, dio tal salto que casi se puso en pie.

Hostias, que estoy en el puto circo.

Por un momento se hacía en Madrid. Le dolía el lateral derecho del cuello, la almohada y el colchón no eran del todo cómodos. Ladeó la cabeza y oyó el leve crujir de las vértebras cervicales.

Yo paso de estar así un mes. Hoy mismo pregunto si alguna empresa de mensajería llega hasta aquí y compro una almohada.

Apretó con una mano el colchón, sumamente fino.

Cuando dormía sobre los aislantes y sacos de los campamentos, no me resultaban tan incómodos.

Supuso que la diferencia erradicaba en los veinte años de diferencia. Abrió el armario y cogió la ropa del día. Una camisa y otra nueva falda de vuelo con rebeca. Segundo día y ya comenzaba a lamentarse de aquella estúpida falsa apariencia.

Al menos tendría que haber escogido un atuendo sport como Claudia. Aquí hubiese desentonado menos con las mallas de unicornio que con esto.

Se rio con su propio pensamiento. Se cogió las horquillas y se maquilló de la misma forma suave con la que lo había hecho el día anterior. Salió de la caravana.

La gente andaba apresurada, se notaba que las mañanas eran de trabajo. El murmullo era notable en la carpa. Sonido de hierros mezclado con algún motor. Más voces en italiano.

Con el móvil aún en la mano y su bolso en la otra, se dirigió hacia la carpa del *buffet*. Olía a café y pan tostado. Apenas había cenado, su estómago rugía.

—Victoria. —Llevaba poco tiempo allí, pero podía reconocer ciertos timbres de voz. Uno solemne y altivo.

Se giró hacia Úrsula.

—Aquí tienes a los artistas sobre los que vas a trabajar. Ya he hablado con ellos y colaborarán tal y como necesitas. —Le tendió un sobre de plástico, de esos sobres de vinilo con broche, de un estampado lila romántico y alegre.

Vicky lo cogió.

—Las estrellas del espectáculo —añadió Úrsula.

Entornó los ojos hacia el sobre.

Estrellas del espectáculo.

Úrsula esperaba con impaciencia a que abriese el sobre. Leyó los nombres, eran cinco, por supuesto, Luciano uno de ellos. Y hasta estaba la propia Úrsula.

Los monos alados de la bruja del Oeste. No me interesa ninguno.

Levantó los ojos hacia Úrsula.

¿Se lo digo ahora?

—Buenos artistas —le dijo Úrsula, quizás entendiendo la expresión indiferente de Vicky—. Te estoy facilitando las cosas, los conozco bien a todos y son los que mejor papel harían en un reportaje. Y ya te garantizo que van a colaborar. ¿Qué más quieres?

—Necesito unos días para seguir observando —le soltó devolviéndole el sobre—. Gracias de todas formas.

Úrsula entornó los ojos, no cogió el sobre. Vicky bajó los ojos hasta los zapatos de la joven. Una maravillosa pieza en blanco y dorado. Aquella mujer tenía gran gusto, uno muy parecido al de ella misma.

Y soberbia, y suficiencia.

Demasiadas cualidades que reconocía. Subió de nuevo los ojos hasta Úrsula. Al fin recogió el sobre, un gesto rápido, casi arrebatándoselo de la mano.

—Pensaba que el mayor problema del documental sería la falta de disposición de mis artistas —dijo Úrsula—. Jamás esperé que se le añadiese la falta de colaboración de la persona que me han enviado.

Vicky, sin embargo, alzó las cejas ante tal fresca, con aquella expresión ingenua que siempre le funcionaba. La aprendió de una actriz venerada por su madre: Marilyn Monroe. Ambas tenían las cejas triangulares, lo cual le facilitaba que el gesto se mostrase más verosímil.

—Algo que comunicaré a la productora de inmediato —soltó la joven girándose y dándole la espalda—. Que pases buen día.

La vio alejarse con aquellos andares seguros y prepotentes. Cogió aire por la boca y suspiró. Quizás Úrsula pensaba que sus palabras amenazantes surtirían algún efecto en ella, casi le divirtió el intento de la chica de amedrentarla con el trabajo. La observaba de lejos, el conjunto de dos piezas blanco y dorado era realmente maravilloso. El dinero daba seguridad, sin ninguna duda lo había vivido en su propia piel. También otorgaba libertad de hacer lo que a uno le viniese en gana, también conocía aquel privilegio. Y, por supuesto, daba poder para amedrentar a personas en una situación más desfavorable.

Y entendió el miedo de Matteo de que lo despidiesen, quizás también Ninette y sus problemas con Luciano la llevaran a temer quedarse fuera. Si Úrsula no dudaba en amenazarla a ella, ajena a la empresa, no alcanzaba a imaginar qué haría con los de dentro.

Miró su móvil y lo desbloqueó.

«Buenos días. Suerte en Oz». Era el mensaje que le había enviado Claudia.

Sonrió.

Sintió cómo la rebasan con rapidez, hasta pudo percibir cierto aire de la velocidad. Levantó la cabeza con un leve sobresalto. Andrea se había girado de cara a ella sin detenerse.

—No sé qué le habrás dicho —dijo con una sonrisa maliciosa—. Pero me gusta.

Lo vio reír y seguir su camino. Las amenazas de Úrsula no le habían producido nada, pero la sonrisa del mago era capaz de formar un tornado en su ombligo que se ampliaba en el pecho. Podía sentir girar dentro de ella las esferas, con tanta ligereza como las hacía girar su dueño.

Tú sí que me gustas.

Apretó los labios. Recordó su conversación con las locas la noche anterior.

«Como cuando quiero un bolso, unos zapatos o una pulsera. Solo que esta vez está en el escaparate de una tienda en la que no puedo comprar».

Aquellas habían sido sus palabras exactas para explicarles a sus amigas la situación. Todas la entendieron, ya eran dos las que habían pasado por algo similar y ella misma era la que solía animarlas. Ahora era consciente de sus propias burradas. Negó con la cabeza. Tenía que mantenerse objetiva en ese sentido si esta vez quería cumplir con el trabajo como se había prometido.

Llegó hasta la carpa. Estaba tan concurrida como a la hora de la cena. Buscó con la mirada al mago, pero él no estaba allí.

¿Qué más da? De todas formas, no me iba a sentar con él.

Pero aquello no mejoró su decepción. Tampoco encontró a Ninette, a pesar de que sí estaba Luciano. Cornelia parecía ser la guarda de su hijo. Le llevaba las tostadas a la mesa.

No se vaya a romper la espalda al ir él a por ellas.

Pero sí que había alguien con la espalda rota recogiendo sus tostadas. Se dirigió hacia él con decisión.

—Buenos días —le dijo a Adam.

Él la miró de reojo. Lo notó balbucear un extraño buenos días.

Los serán para mí, ya. Estás cabreado con la vida, no me lo jures.

Adam giró las ruedas de su silla y se alejó de allí con su plato en la mano. Vicky lo vio situarse en una mesa sin más compañía. Observó que solo había llevado las tostadas. Cogió una bandeja. Leche con cacao, café y agua hirviendo con varios sobres de infusiones, tres rebanas de pan y porciones, y no tardó en llegar hasta la mesa de Adam para plantar en medio de ambos la bandeja.

—Para ahorrarte el viaje —le dijo y lo vio apretar los labios.

—No hace falta —respondió.

—No, no hace falta. De todos modos, es un gesto a agradecer aún para alguien que tenga facilidad para moverse.

Adam apartó de él la bandeja.

—Pues siento ser un maleducado. —Miraba los distintos vasos que Vicky había llevado—. Pero suelo desayunar con zumo.

Coño, lo único del buffet que no he traído.

Dirigió la mirada hacia la máquina amarilla del zumo, de esas automáticas que cortaban las naranjas y las exprimían en segundos. Se alzó para levantarse.

—Ni se te ocurra, voy yo —le dijo él moviendo la silla.

Vicky suspiró. Volvió a poner el culo en la silla.

—Vale, pues trae dos —dijo con frescura.

—¿Cómo? —Adam detuvo la silla.

—Que quiero uno también —le dijo. Adam alzó las cejas—. ¿Puedes traérmelo?

No le respondió y giró las ruedas avanzando hacia la máquina. Había notado cómo desde que se acercó a Adam, la gente de su alrededor la observaba con interés y no solo por ser la intrusa. Aunque supuso que el mal carácter del extrapecista era más que conocido por todos.

Adam llevaba las dos copas de zumo cruzadas en su mano izquierda, mientras giraba la rueda de la silla con la derecha. Vicky lo miró satisfecha. Lo observó sin moverse mientras él ponía las copas en la mesa. Lo vio cabreado, tanto como esperaba.

—Gracias —dijo cogiendo una de ellas

Él no le respondió con ningún gesto. El hecho de que Adam llevara las dos copas de zumo había causado aún más interés a su alrededor. Incluso oyó murmullos.

—Me gusta desayunar solo. —Lo oyó decir—. No pienses que por ser amable conmigo, voy a aceptar colaborar en ese estúpido reportaje.

—No me he sentado aquí para convencerte, de hecho, no pienso convencerte —respondió untando sus tostadas y lo vio sobresaltarse—. Mi trabajo no es convencer, es preguntar y saber. Y por eso estoy aquí, en tu mesa. Soy un incordio, no me lo digas.

Adam entornó los ojos hacia ella. Era de los tres hermanos, el más parecido físicamente a su padre. Sus ojos oscuros, la cara alargada y hasta su expresión huraña.

—¿Quieres que te cuente cómo acabé en una puta silla? —dijo de mala forma.

—No, eso se lo preguntaré a otros. —Dio un bocado a su tostada. Negó con la cabeza, aquella mantequilla sabía realmente extraña. La expresión de enfado de Adam se difuminó ante su mueca de asco—. ¿Qué leches es esto?

Miró la etiqueta de la porción. «Crema de cacahuete».

Su puta madre.

Bebió un sorbo de zumo. Aquello era pastoso a más no poder.

—Calorías para aguantar las horas de entrenamiento —dijo Adam mirando las tostadas de Vicky.

Ella lo miró sorprendida. El tono de Adam había cambiado por un momento. Pudo notar su ceño relajado, una voz diferente.

Salvable.

Enseguida su expresión se tornó a la de antes.

Salvable con cierta dificultad. Pero no está todo perdido.

—Así que vas a preguntar a otros sobre mí. —Arqueó los labios, ofendido—. Extraña forma de trabajar de un periodista.

—No es extraña. Tú no piensas contarme nada que yo quiera saber sobre ti. —Alzó las manos —. Ninette tampoco va a contarme nada relevante sobre ella. —Apartaba la crema de cacahuete del pan—. Matteo tampoco lo hará, creo que él ni siquiera es consciente de lo relevante que hay en él. Y Andrea. —Hizo una mueca—. Hasta que no tenga a Úrsula en contra del documental, no va a soltar absolutamente nada.

Ladeó la cabeza y dio un nuevo mordisco a la tostada, esta vez con poca crema de cacahuete. Le supo mejor.

—Así que tú me contarás sobre Ninette, Ninette sobre Matteo, Matteo sobre Andrea, y tu hermano sobre ti.

Alzó las cejas mirando la expresión contrariada de Adam.

—¿Extraña forma de trabajar? —Vicky negó con la cabeza—. Seguro que es más efectiva que perder el tiempo insistiendo con vosotros.

Adam negó con la cabeza. Casi lo pudo ver contener la sonrisa.

—¿Por qué nosotros? —Miró hacia la mesa de su hermano Luciano—. Tienes a las estrellas de Úrsula dispuestas a hacerlo sin rechistar.

Vicky sonrió.

—Pero es mi documental. —Lo corrigió. Adam volvió a sobresaltarse.

—Te dan el trabajo en bandeja ¿y prefieres complicaciones? —Se extrañó él.

Vicky hizo un ademán con la mano.

—Una amiga me enseñó que no hay que fiarse de lo que te ponen en bandeja —respondió recordando su aventura con Natalia.

Adam abrió los ojos de forma exagerada. Pudo ver bien sus ojos azules, eran realmente bonitos, aunque aún distaban de los de Andrea.

—Y no habrá complicaciones —añadió.

Sintió su móvil sonar en el interior del bolso. Se limpió las manos con rapidez y lo cogió.

—¿Cati? Dime. —Era una de las encargadas de la productora, un imperio familiar bastante cercano al suyo.

—¿Ya la estás liando, Vicky? —le soltó en cuando respondió.

—¿Yo? Si acabo de llegar. —Hizo una mueca a Adam, que estaba contrariado. Entonces recordó que seguramente él no entendía el español.

—Pues ya han llamado desde el circo pidiendo un cambio de periodista —dijo Cati.

Pues sí que vuelan rápido las escobas.

—¿Y qué le habéis dicho? —Sonrió divertida por las molestias inmediatas que se había tomado Úrsula.

—Que no es posible un cambio —respondió Cati.

Ser hija del dueño de un imperio de clínicas estéticas y dentales, tiene su punto.

—Pero intenta dar los menos problemas posibles, por favor. Te hemos dado un trabajo fácil.

Los cojones fácil.

—Vicky. —Le recordó al tono que usaba su padre—. Tienes una imagen brutal para televisión. Esta es una buena oportunidad. Hazlo bien y no te faltará trabajo los próximos años. Eso lo sabes.

—Voy a hacerlo bien —respondió.

Oyó a Cati suspirar.

—Espero que no me llamen más. —La oyó protestar.

No prometo nada.

—Todo irá bien —respondió.

Se despidió de Cati y colgó. Alzó la mano hacia Adam.

—Pues no, no soy bienvenida aquí —le dijo y guardó el móvil.

—Sigue las directrices de Úrsula, será mejor para todos. —Ni siquiera la miró. Se acababa su tostada. Parecía tener prisa.

—¿Cuál es tu trabajo ahora? —le preguntó y Adam casi se atragantó.

—Es evidente. —Dejó caer lo que le quedaba de tostada en el plato—. Ninguno.

—¿Y por qué desayunas como si alguien fuese a robarte la tostada? Vas a atragantarte. —Le acercó el agua.

—Porque no me agrada estar acompañado y quiero irme cuanto antes —respondió rechazando el agua.

—De eso nada. —Negó con el dedo índice y Adam volvió a apretar los labios—. Necesito que me hables de Ninette.

Lo vio apretar aún más los labios.

—Un disparate —farfulló mientras giraba hacia atrás las ruedas de las sillas para retirarse de la mesa.

—¿Qué es un disparate? —preguntó Vicky levantándose para seguirlo.

—Tú —respondió él cogiendo velocidad por el pasillo entre las mesas.

Luciano los miró al pasar. Vicky ignoró su mirada, supuso que ya sabía su rechazo a la propuesta de Úrsula. Apresuró el paso tras Adam, que ya salía de la carpa.

—Cierto, soy un disparate. —Lo adelantó y se puso delante de él cortándole el paso. Adam tuvo que frenar.

—Déjalo ya —protestó—. Ya has visto que este absurdo te traerá problemas. Así que deja de insistir y ve a lo seguro. Y lo más importante, déjanos en paz.

—Antes quiero comprobar si los problemas merecen la pena. —Apoyó las manos en los reposabrazos de la silla de ruedas.

Vio a Adam encogerse ante la invasión de espacio por parte de ella.

—¿Mereció la pena? —le preguntó decidida.

—¿Qué dices? —Le apartó ambas manos de su silla.

—Sabes bien lo que te digo. —Abrió las piernas cortándole el paso por completo—. ¿Mereció la pena volar para acabar sin alas?

Lo vio apartar la mirada.

—¿No decías que ibas a preguntarle a Matteo sobre mí? —le reprochó.

—Pero esta pregunta solo la puedes responder tú.

—No íbamos a hablar de la silla, ¿verdad? Ya tienes mi respuesta sobre el documental. —Giró las ruedas para rodear a Vicky—. Y es un no.

Adam se alejó de ella. El móvil de Vicky vibró.

«¿Cómo va la cosa?». Preguntaba Mayte en un mensaje.

«Empiezo a lo grande, chicas. La bruja del Oeste ya quiere echarme de Oz, me acaban de llamar de la productora».

«¿Un solo día? ¿Qué has hecho, Vicky? Aparte de escalabrar a la mujer del director».

«A la productora del espectáculo no le ha gustado que rechace sus sugerencias. Pero con eso ya contaba».

«¿No le gustan tus candidatos?».

«No se lo he dicho, pero se los imagina. Y la veo muy decidida a imponer los suyos».

«A ver si va a llevar ella razón y has escogido a los frikis más *mataos* de todo el circo. ¿Te has parado a pensarlo?». Intervino Natalia.

«No son unos mataos, confiad en mí. Pero lo voy a tener

difícil, no hay quien demonios mueva al hombre de hojalata».

«Menuda Dorothy de pacotilla que estás hecha». Natalia acompañó su comentario con emoticonos.

«A ti me gustaría verte aquí».

Resopló. El sol comenzaba a calentar el techo de la carpa y la rebeca le sobraba. Se la sacó de un hombro y la resbaló del brazo mientras esperaba más mensajes de sus amigas. Sacó el otro brazo y este chocó con alguien. Se sobresaltó.

El rostro de Luciano era ancho, al contrario que el de sus hermanos. También contrastaban sus ojos oscuros y la piel algo más tostada. Con aquel mono de licra, podía verle los hombros enormes. Era más alto que Andrea, unos notables centímetros, desconocía si Adam en pie tendría tremenda estatura. Se fijó en sus trapecios, salían desde su ancho cuello en una extraña forma descendente. Lo miró a los ojos con descaro.

Un auténtico orangután.

—Parece que tus intenciones giran en torno a Ninette —le dijo él en tono recto, altivo. Luciano mantenía la barbilla alta y miraba hacia abajo para clavarle los ojos. Los tacones de Vicky no eran suficientes para igualarlo, apenas le llegaba a la barbilla—. Su respuesta a lo que te propones es no. Así que, ni te acerques a ella.

La rebasó y se alejó antes de que Vicky pudiese pronunciar palabra. Ella lo miraba alejarse con el ceño fruncido. Desconocía si las rarezas en los andares del trapecista tendrían algo que ver con el excesivo músculo abductor. Fue consciente de que sus andares eran bien cercanos a los de un primate. Entornó los ojos hacia él.

No lo entiendo. Un tío que está bueno y, sin embargo, si yo tuviese que echarle algo, sería una bolsa de cacahuetes.

Hizo una mueca de asco. Luego recordó las palabras del trapecista. Resopló.

Pierdo también a mi leona cobarde.

Se mordió el labio inferior. Esta vez fue Úrsula la que pasó por su lado con su espectacular traje blanco y dorado. Esta la miró y esbozó una sonrisa de suficiencia.

Tu puta madre.

Su móvil sonó.

«No te rindas». Fueron las palabras de Claudia. La verdad es que al menos tenía que agradecerle que acertara en el momento de decírselas.

«La leona tampoco quiere participar. Ha ganado el miedo».

Dio unos pasos hacia la otra carpa, donde ya habían comenzado los ensayos y entrenamientos de algunos artistas.

«Recuerda esto: en caso de angustia, duda, desesperación, o anhelo de abandono; busca al mago». Claudia lo acompañó con emoticonos. «En el cuento funcionaba, ¿no?».

«Claudia, se te ha ido la pinza y mucho». Intervenía Mayte. «Es Vicky, tú dile más veces eso de buscar al mago. Que nos podemos hacer una idea de cómo puede acabar».

«¿Haciendo trucos con varita mágica?». Fue la respuesta de Claudia.

«Tías, ¿podemos tener alguna conversación seria en este chat?». Natalia intervino con un emoticono de *stop*. «Para una vez que Vicky necesita seriedad».

Los emoticonos se multiplicaron.

«Vicky». Era Claudia de nuevo. «Ahora en serio. Si de verdad estás en Oz, busca al mago».

Tuvo que sonreír con el mensaje y con su sonrisa regresaba aquel cosquilleo en las muñecas. Su mirada enseguida se dirigió hacia el suelo. No había rastro de Andrea, ni tampoco de aquellas esferas cuya presencia precedían. Recorrió la carpa, saliendo y entrando en otra. «Busca al Mago».

Buscar al mago.

Sonaba bien. Su angustia se difuminaba y el ardor que le había dejado Luciano en el pecho, y la decepción de Adam, se alejaban para dar paso a algo que podía mantener la luz encendida.

Tengo aún veintinueve días por delante.

Entonces lo vio. Estaba junto a Matteo. Tenían unos papeles sobre una mesa, el payaso explicaba mientras dibujaba en un plano. Andrea tenía una baraja de cartas y se las pasaba de una mano a otra de una forma muy peculiar, volaba una tras otra hasta quedar completamente encajadas en la baraja de nuevo.

Ya no solo son las bolas. Ahora también voy a parecer imbécil mirando hipnotizada las cartas.

—Ya he pedido el presupuesto. Con un adelanto, nos lo tendrían listo para la gira y Úrsula solo tendría que poner el resto. Quizás así, sí acepte. —Oía decir a Matteo.

Andrea levantó los ojos hacia Vicky. Lo hizo tranquilo, a pesar de no haberla mirado, pudo apreciar que era consciente de que ella se acercaba. Matteo, sin embargo, se sobresaltó.

—No te había visto —dijo Matteo, lo vio aliviado de que fuese ella, quizás esperaba a la bruja del Oeste.

—Porque soy invisible —respondió Vicky y vio a Andrea sonreír—. O al menos debo serlo.

Alzó las cejas hacia Matteo.

—Ni una palabra de esto a Úrsula —le pidió el payaso.

Vicky negó con la cabeza.

—Soy la periodista, mi misión es solo observar. —Se apoyó en una de las barras de la carpa, a medio metro de la mesa.

Matteo miró a Andrea contrariado, sin saber si continuar o no. Este le hizo un gesto para que siguiese.

—Pagamos un tercio. —Lo vio dibujar en el papel—. He hablado con ellos y con ciertos recortes tendríamos suficiente.

—No la quiero con recortes. —Lo cortó Andrea.

—Pues tendrás que conformarte con la opción recortada o con nada. No podemos convencer a Úrsula de otro modo.

Vicky miraba la expresión de uno y otro. Realmente comenzó a sentirse transparente mientras ellos seguían con su conversación. Giró su cabeza al oír la silla de Adam cruzar la carpa. Él ni siquiera reparó en ella. A lo lejos, en una puerta, pudo reconocer la silueta de Ninette. En cuanto se cruzó con los ojos de Vicky, desvió su cuerpo y se perdió en el pasillo.

Invisible. Mi nuevo superpoder.

Hizo una leve mueca. Volvió a centrar su atención en Andrea y Matteo. Ahora ambos miraban lo que parecía un albarán o factura. Hablaban de cantidades y números. Le sorprendió que los precios de aquel tipo de maquinarias o dispositivos fuesen tan elevados. Y en parte entendió la postura de Úrsula. Con lo que costaba aquel aparato, tendría para unos cuantos modelazos como el blanco y dorado de aquel día.

Matteo recogió sus cosas. Miró a Vicky casi con una expresión de disculpa cuando pasó por su lado.

—Te dije que te ayudaría en todo lo que estuviese en mi mano —le dijo y negó levemente con la cabeza.

Matteo se mordió el labio inferior.

—Lo entiendo. —No hizo falta que continuase. Supuso que el poder de Úrsula era lo suficientemente grande allí dentro como para vetarla. Había diferentes maneras de imponerle en su trabajo y estaba comprobando que no iba a demorarse en desplegar su poder ante ella.

Vicky se cruzó de brazos sin dejar de mirar a Matteo alejarse. Luego dirigió los ojos hacia Andrea. Solo le quedaba él o sucumbir a los deseos de Úrsula.

Busca al mago.

Recordaba que el mago era el único en Oz que no temía a las brujas. Tampoco Andrea parecía temer a Úrsula.

Las cartas volaron de una mano a otra de Andrea. Vicky sonrió.

—También cartas —dijo ella.

Él frunció el ceño, mirándola.

—Cartas, aros, una varita mágica, una chistera —enumeró acercándose a ella—. Lo que viene a ser un mago.

No me nombres la varita que se me distorsionan los pensamientos.

Andrea había rodeado la mesa, estaba frente a ella.

—¿Puedes hacer desaparecer cosas? —le preguntó Vicky.

—¿Qué tipo de cosas? —A pesar de que el tono de Vicky no tuvo una pizca de ironía, él pareció entender el verdadero significado de la pregunta.

—Cosas molestas. —Esta vez tuvo que sonreír.

Andrea negó con la cabeza.

—Ya me gustaría. —Rio él también bajando la cabeza.

Levanta los ojos. Alégrame el día.

Andrea la miró. Con la luz del día, el color esmeralda de sus ojos era realmente llamativo. Podría perderse en las distintas motas de sus iris.

—¿Ya has cambiado de opinión respecto al reportaje? —Andrea soltó las cartas en la mesa.

Vicky entornó los ojos hacia una caja de cartón que había sobre ella. Podía ver los aros y una chistera negra. Desconocía el atuendo que pudiera tener Andrea para los espectáculos, pero fuera como fuese, estaba deseando verlo.

No respondió a la pregunta de Andrea. Él frunció el ceño.

—¿Con todos en contra? ¿Qué clase de documental vas a hacer si nadie colabora? —Se giró para guardar las cosas en la caja.

—Llevo aquí un día —respondió—. Me quedan veintinueve para empezar a grabar.

Él la miró de reojo.

—Y te sobran veintinueve —dijo—. No habrá mucho más, aunque pasen los días.

Vicky alzó las cejas.

—¿Esa varita funciona? —dijo ella inclinándose hacia la caja para ver bien lo que había dentro.

Andrea rio.

—La magia es completamente inútil en el mundo real. —Cogió la varita y se la tendió a Vicky —. Pero si quieres lanzársela a alguien…

Vicky aguantó la risa mientras cogía la varita. Era ligera, supuso que estaba hueca por dentro y ese detalle sería parte del truco. Se la devolvió a Andrea.

—Aunque tu maleta es más efectiva. —Rio él.

Vicky tuvo que girar la cabeza para reír. Notó la punta de la varita bajo su barbilla, se dejó mover la cabeza hacia Andrea de forma casi inconsciente.

Las bragas, Vicky, las bragas.

No sabía qué tipo de hipnotismo le producía aquel hombre, pero le estaba encantando.

—Déjate conducir por Úrsula —añadió él moviendo la varita bajo su barbilla, y con ella haciendo que Vicky girase la cabeza de nuevo lentamente—. Es lo que ella hace con todos.

Pero ella no tiene tus ojos ni una varita mágica. La lleva clara conmigo.

Andrea apartó la varita de su barbilla y sonrió.

Vicky entornó los ojos.

—Pero contigo no —le rebatió.

—Y así me va. —Dejó caer la varita en la caja.

Vicky volvió a inclinarse sobre la caja.

—¿Cómo acabó Úrsula aquí? —preguntó. Le mataba la

curiosidad.

Andrea agarró la caja y la levantó para apilarla junto a otras a un lado de la carpa.

—Su padre es un empresario muy conocido en Italia —comenzó Andrea—. A ella, al parecer, le gustaban los circos de niña y en uno de sus cumpleaños, él nos contrató para ser parte de la fiesta de cumpleaños que le había preparado en su mansión de Milán. Por entonces el circo estaba a punto de desaparecer y mi padre aceptó el trabajo. —Se irguió después de soltar la caja—. Y a Úrsula le gustó tanto la sorpresa, que pidió a su padre comprar el circo para ella.

Vicky alzó las cejas.

Y yo pensaba que le pedía cosas absurdas a mi padre. Esta tía me echa la pata.

—No comprarlo literalmente, conservaría el nombre, algunos números, aunque completamente renovado a su gusto —continuó—. Y aquí la tienes.

—¿Y entendía de circos? —Oír aquello hacía que sus locuras no lo pareciesen tanto.

—Antes del circo había comenzado decenas de cosas. —Andrea miró hacia la puerta de la carpa—. Diseñadora de ropa, una línea de cosmética, una revista de moda… —Negó con la cabeza—. Pensábamos que su «nueva afición» duraría poco tiempo. Que esto sería tan pasajero como sus proyectos anteriores, pero que al menos nos ayudaría a relanzarnos. Pero han pasado dos años. —Ladeó la cabeza—. Y yo no creo ni que considere el irse.

Ahora entendía el mal humor de Fausto Caruso. Tener a aquella niña ricachona adueñada de su proyecto y sin posibilidades de echarla de allí. Aunque Cornelia parecía estar encantada con ella.

—Aquí tiene todo lo que quiere en su vida. —Cogió otra caja y la apiló sobre las anteriores—. Títeres y marionetas.

Vicky entornó los ojos hacia él.

—¿Y cuándo decidiste dejar de ser una marioneta? —preguntó y él se sobresaltó girándose hacia ella.

Deducir se me da de maravilla. Venga, dime, ¿cuándo acabó vuestro lío?

—Hace unos meses —respondió desviando la vista y volviendo a andar hacia la mesa.

Así que no era un lío. Era más que un lío. Esto se pone fino.

—¿Desde el accidente de Adam? —preguntó de nuevo y recibió una mirada extraña de Andrea. Acababa de pasarse con la pregunta, le había quedado claro.

—Algo después. —Lo vio apretar la mandíbula.

Qué pena que Matteo esté completamente cagado con la puta bruja. Aquí hay una madeja para desenliar más grande de lo que esperaba. Y a este no puedo pregúntaselo todo.

Andrea se dirigió hacia unas cortinas, supuso que para sacar más material. Vicky se asomó a la caja superior, la última que había colocado el mago. Allí estaban las esferas transparentes.

Y lo que me mola a mí esto.

Miró de reojo a Andrea, se había perdido tras aquellas cortinas negras, aunque se oía trastear al otro lado. Vicky se mordió el labio inferior.

Y Úrsula se las limita...

Cogió una y miró a través de ella. Podían verse las cosas del revés a través del cristal curvo. Su cabeza comenzó a valorar las distintas posibilidades que tenía con el documental. Podía seguir con su empeño e insistir hasta que Úrsula estallase, y Adam y el resto la mandase al mismísimo carajo. Entonces acabaría como siempre: cagándose en la puta madre de Úrsula y haciendo las maletas sin documental.

Ladeó la cabeza mirando la esfera, la mirase desde la postura que la mirase, las cosas seguían del revés. Entornó los ojos fijándose en los elementos de la carpa reflejados pequeños y bocabajo. Apartó la mirada de la bola para verlos sin filtro curvo.

Sin embargo, cada uno sigue en su lugar.

Si algo había aprendido de su intensa aventura con Natalia, había sido la posibilidad de jugar.

Del revés. Eso es. Gracias, Fatalé.

Sonrió complacida ante sus pensamientos. Hizo resbalar la bola por su mano, como hacía Andrea. A simple vista parecía fácil, pero aquel cachivache era excesivamente suave y ligero. Cayó al suelo.

Hostias, que la he cascao.

Miró de reojo, la cortina se movía, Andrea seguía trasteando dentro. Vicky apretó la lengua entre sus dientes y recogió la esfera del suelo. La grieta era notable, cogía media esfera.

La leche.

Podía echarla en la caja con el resto, se asomó para verlas. Había muchas, pasaría desapercibida. La miró un instante. Todas eran completamente transparentes. Saltaría a la vista enseguida, así que la guardó en el bolso.

Se irguió cuando vio a Andrea aparecer entre las cortinas negras. Lo miró de reojo. Si la había visto guardarse la bola, no hizo ningún gesto al respecto. Sin embargo, sí que se asomó a la caja junto a la que estaba Vicky, donde se guardaban el resto de ellas.

—¿Por qué a Úrsula no le gustan? —preguntó con curiosidad. Lo vio sonreír levemente, no sabía si por la pregunta o porque era consciente de que faltaba una.

—¿Que no le gustan? —Vicky se sorprendió de sus palabras—. En parte, fueron estas bolas las que la atrajeron hasta aquí.

Ella frunció el ceño. No esperaba esa respuesta. Aquello hacía que el puzle se desmontase y se volviese a construir dentro de su cabeza.

—Úrsula es caprichosa, antojadiza —continuó él girándose

para ponerse frente a Vicky—. Si le gusta algo quiere tenerlo y controlarlo a toda costa. Nació teniéndolo todo con tan solo desearlo. Es una forma de hacer magia en tu mundo, supongo. En el mío nada de eso vale más que para romper cosas.

Vicky sintió una punzada en el pecho. Notó un leve ardor en las mejillas y los ojos brillantes. Un bochorno que no le correspondía y que nada tenía que ver con el haber roto una bola.

Bajó los ojos. Aquellas palabras también podrían describirla a ella. Tener privilegios, acceso a todo lo impensable. Abrió la boca para espirar el aire. Andrea bajó la vista hacia su bolso.

—¿Por qué te la llevas? —preguntó.

Ella levantó los ojos hacia él, sobresaltada. Entre unos y otros, por fuera y por dentro, le iban a poner difícil el alejar las ganas de abandonar. Negó levemente con la cabeza mientras metía la mano en su bolso.

—Ha sido sin querer, lo siento. —La sacó y la tendió en su palma hacia Andrea.

Él observó la bola. Estaba resquebrajada, era evidente a simple vista. Vicky prefería fijar su mirada en la bola que en su dueño. Le ardían hasta las orejas.

—No está rota del todo. —Puso una mano sujetando la de Vicky, con la otra cogió la bola y la movió en su otra mano—. Ahora solo es diferente al resto.

Hizo aquel movimiento que había intentado Vicky. Se veía tan ligero y fácil en la mano de Andrea… Ella dejó caer el peso de su mano sobre la de él. El tacto de la palma del mago era tan suave como el del cristal de la bola. Sentía que hasta su propia mano podría resbalar por la de él, haciendo aquel mismo balanceo. Él dejó caer la bola de nuevo sobre la palma de Vicky. Pero esta vez la esfera no se quedó quieta, podía moverse, o era él el que la movía de algún modo. Con una mano emparedada entre el mago y el cristal, no tardó en sentir el cosquilleo en la muñeca y el vello entero se le erizó. Andrea puso la otra mano sobre la esfera. Vicky la sintió levitar un instante para luego volver a caer sobre su palma. La sensación de la muñeca enseguida invadió por completo el resto de su cuerpo.

Él retiró la mano que cubría la bola y la dejó a la vista de Vicky. Ella alzó las cejas y los ojos le brillaron al verla. Dentro de la bola había una pequeña flor rosa. Estaba convencida de que se le habría quedado una expresión de imbécil monumental.

Andrea quitó la mano que tenía bajo la suya. Vicky agarró bien la bola para que no volviese a caer al suelo. Aún conservaba la grieta, era la misma bola, la había sentido todo el tiempo en la mano, no la había perdido de vista, ni del tacto, apenas un fragmento de segundo en el que él la había hecho levitar. Abrió la boca para hiperventilar.

—Ser diferente puede considerarse un defecto, o podemos hacer que se convierta en algo extraordinario. —Sonrió dando un paso atrás para apartarse de ella—. Puedes quedártela.

Y tú puedes quedarte con mis bragas si quieres.

Vicky seguía petrificada mirando la esfera, la flor estaba dentro, en medio del cristal, tan inmóvil como ella. No había huecos ni más ranuras que la rotura de la caída y lo que fuese aquel truco había ocurrido delante de sus ojos, en un fragmento de segundo. Seguía hiperventilando. Notaba cómo la sonrisa de Andrea se había ampliado al observarla. Levantó los ojos hacia él, sabía que no podía ocultar el asombro. Tenía el pulso acelerado y sentía las piernas ligeras, como cuando montaba en aquellas atracciones que solo sujetaban el torso y dejaban los pies colgando. Ella, a la que solían llamar el Hada Madrina, acababa de descubrir la verdadera magia. Andrea llevaba razón, la magia en el mundo civilizado iba unida al poder, a las posibilidades, y a un dinero que ni siquiera le pertenecía si no era por sangre.

Fue consciente de la verdadera magia y vio con claridad que

ella no la poseía. Tan claro como había podido ver a través de la esfera qué hacer con el circo, con Úrsula, y con el documental.

Busca al mago.

Sus amigas no pudieron ser más acertadas en todos los sentidos. Su mente se había despejado por completo. Las trabas que le habían puesto en el circo dejaban de tener importancia, esas pertenecían al mundo real y acababa de descubrir otro mundo paralelo que le atraía tanto como aquellas cosas circulares que Andrea hacía flotar.

Sonrió. Úrsula no tenía poder en aquel mundo si no era para romperlo.

—Gracias —dijo apretando la esfera en su mano.

Andrea inclinó la cabeza de esa forma que hacían los artistas en los espectáculos para agradecer los aplausos. Ella bajó los ojos hasta su propia mano, observando la flor rosa.

—En el mundo civilizado, la fantasía es inmadurez y volar es tener la cabeza llena de pájaros. —Sonrió—.Y es cierto, allí hay otro tipo de magia. Así que creo que es mejor dejarme dirigir por Úrsula —añadió levantando la bola.

No vio reacción de decepción en él, quizás lo contrario.

Del revés.

Vicky dio un paso atrás para marcharse.

—Nos vemos a la hora de comer. —Lo oyó decir y tuvo que contener la sonrisa—. Ya sabes eso de no llegar tarde a las comidas.

Ella asintió y salió de la carpa, aun apretando la esfera en la mano. Cogió su móvil y se lo llevó a la boca sin dejar de caminar hasta donde estaban los tráileres y las caravanas.

—¿Me llamáis el Hada Madrina? ¿A mí? No tenéis ni idea. Chicas, no sé si es Oz o en qué clase de mundo estoy ahora mismo, pero esto está lleno de personas verdaderamente extraordinarias.

Soltó el botón del audio para que se enviase. Bajó los ojos

hacia su otra mano, el cosquilleo no se iba, al contrario, aumentaba. Sonrió.

Busca al mago.

Guardó la bola en el bolso.

He encontrado el camino de baldosas amarillas.

Se detuvo frente a la oficina de Úrsula.

Veintinueve días.

5

Úrsula estaba en su despacho, Vicky llamó a la puerta suave. Oyó la voz de Úrsula al otro lado, indicándole que pasara. Cuando entreabrió la puerta, pudo ver la cara de satisfacción de la joven. Desconocía qué edad podría tener. Bastantes menos que ella, eso era evidente. Úrsula tenía un lunar sobre el labio superior. Lejos de los típicos lunares de bruja, era un lunar sensual, de los que según modas a lo largo de los años, se habían pintado o adornado con pegatinas.

Vicky le sonrió, aquella falsa sonrisa de azafata que tanto le gustaba a Natalia en el trabajo.

—Vengo a por tu carpeta —le dijo.

Vio a Úrsula contener la sonrisa.

—¿Ya has observado suficiente? —respondió buscando en un cajón.

—Tampoco hay mucho que observar —respondió con frescura y Úrsula se sobresaltó.

Mierda, que se me va la lengua.

Volvió a usar su sonrisa ingenua.

—Llevas razón, tú los conoces bien y yo acabo de llegar. —Cogió la carpeta que le tendía Úrsula—. La verdad es que no tengo ni idea de circos.

La joven entornó los ojos hacia Vicky.

—Y es mejor que empiece a trabajar cuanto antes, veintinueve días pasan rápido y la grabación no quiero que se alargue mucho.

Dio unos pasos hacia la puerta.

—Gracias por tu ayuda. —Volvió a sonreírle—. ¿Te gustaría algo en especial?

Úrsula negó con la cabeza.

—Quiero que hagas hincapié en la historia del circo, en su aniversario. —Torció los labios—. Fausto te ayudará en eso. Ya lo hablaré con él. Quiero que hagas una presentación completa, que hables sobre la gira y te centres en mis estrellas. Atrae la atención de los espectadores, que cuando vean los carteles del circo sepan quienes somos.

—Publicidad, ya. —Vicky se giró para irse.

—Por cierto —dijo Úrsula y Vicky se detuvo—. Andrea no está ni estará en ese documental.

Vicky ya con el pomo de la puerta en la mano, giró su cabeza hacia Úrsula.

—Así que no pierdas tu tiempo de trabajo con él —añadió.

¿Y el tiempo que no trabaje? ¿Tampoco?

Levantó la carpeta.

—Voy a centrarme en esto —respondió—. Cualquier cosa que quieras añadir, dímelo.

Salió del despacho.

Qué tía más cabrona.

Tuvo que contener la risa. En otras circunstancias, le encantaban aquellos arrebatos de celos en las mujeres y aún más aumentarlos. Le divertían, fuese con ella misma o con sus amigas. Le gustaba ver aquella forma de reaccionar soberbia a la que nunca le había encontrado explicación. Puesto que si un hombre decide ya no estar al lado de una mujer y acercarse a otras, es porque esa mujer pertenece a un tiempo pasado en su vida.

Y ahora puedo ver que él lo tiene claro, pero que ella no lo digiere.

Recordó la esfera de la flor rosa y se imaginó la cara de Úrsula si la hubiese visto. Quizás alguno de sus monos alados sí que lo había visto y se lo habría chivado, tenía muchos en el circo. Y ahora ella misma tendría que pasar tiempo con ellos.

Leyó los nombres de la lista.

Bien, pues empecemos.

6

Levantó la mano para llamar al despacho de su padre, pero la puerta se abrió antes de que llamase. Úrsula salía de la oficina y le lanzó una de sus miradas soberbias. Le parecía impensable que después de todo, Úrsula pensase que él aún la miraba con los mismos ojos de antes, que aún la vería hermosa, que aún pensase que ella era el ángel que pudiese dar luz a aquel circo lleno de sombras.

Bajó la cabeza por cortesía, como hacía siempre que se la cruzaba y que ella aún lo tomaba como un gesto de sumisión. La vio sonreír levemente a su gesto.

—Por mucho que insistas con esa periodista —le dijo ella—. No habrá magia que te meta en ese documental.

Andrea levantó los ojos hacia ella. Claro que ya no le parecía hermosa aunque su atuendo siguiese siendo impecable. Un perfume llamativo, que solía dejar una estela por donde pasase que hacía que no hiciese falta ver para saber que Úrsula estaba cerca. Los altos tacones que solía combinar con cada uno de sus numerosos conjuntos, sus llamativas joyas de diseño, aquella ropa exclusiva, y demasiado maquillaje podrían hacer que él volviera a verla como antes. Ni siquiera se explicaba cómo había podido caer de aquella forma ante ella.

Era consciente de que ella aún lo deseaba, de la misma forma que deseaba el último modelo de *iPhone*, un coche, o un bolso. Pero esta vez ese deseo no se podía satisfacer con dinero ni con nada que estuviese a su alcance. Era suficiente para que su deseo aumentase llevándola a la rabia. Eso era lo que reflejaba en sus ojos. Aún pensaba que su distanciamiento era tan solo un castigo, como los que a veces, las menos, solía darle su padre. Pero Andrea estaba muy seguro de las razones para no tener a Úrsula cerca.

—En cuanto a eso. —Bajó los ojos hacia las manos de Andrea, donde llevaba los presupuestos que había pedido Matteo. Ella se cruzó de brazos—. ¿A mis espaldas?

No se asombró de que lo supiese. Ella siempre tenía formas de enterarse de todo.

—Puedes tirarlo cuando quieras. —Miró hacia el interior de la oficina—. Tienes mi negativa y la suya.

Volvió a mirar a Andrea.

—Deja de inventar a mis espaldas. —Sonó firme.

—Esto era cosa de Matteo y mía.

—Pero es mi espectáculo, el que yo pago y por lo que aún este circo sigue vivo.

Andrea inclinó su cuerpo hacia Úrsula.

—Pues déjalo morir —respondió—. Sería mejor para todos.

—¡Andrea! —Oyó a su padre desde el interior llamarlo.

Úrsula hizo una mueca y bajó los escalones para irse. Andrea la miró espirando aire. Realmente albergaba la esperanza de que ella se acabaría aburriendo allí, pero lejos de eso, estaba más aferrada que nunca a su puesto de poder. Y sabía que él era la razón. No podía tenerlo a él, pero podía poseerlos a todos. Esa era la forma de pensar de aquella mujer. Y entre sus nuevos caprichos estaba que él se arrepintiese cada día de haberla dejado.

—¡Andrea! —La voz de su padre no sonaba afable. Aunque nunca fue afable cuando se dirigía a él, por mucho que hiciese memoria.

Entró en el despacho y cerró la puerta. Su padre negaba con la cabeza.

—Cada día nuevos problemas —protestó—. ¿Cómo se te

ocurre diseñar esa estupidez con Matteo?

—No es una estupidez. Es un número diferente, original. —Se detuvo al recibir la mirada fulminante de su padre.

—Una estupidez como tantas que llevas en este circo. —Lo cortó.

Andrea apretó los labios. Había estado toda la vida intentando demostrar que era tan hijo suyo como los otros dos. Cierto que no siguió la tradición familiar como trapecista, pero en lo suyo era bueno, había trabajado duro durante años para serlo. A pesar de ello, nunca fue suficiente para contentar a su padre. Él siempre lo miró como a uno más, no como al resto de sus hijos. Quizás fuera, en un principio, por temor a Cornelia, pero con el tiempo fue tratándolo igual que lo hacía ella. Como si no existiese la mayor parte del tiempo salvo cuando había que reprenderle algo.

Y cuando apareció Úrsula, en el peor momento económico del circo y que él fuese la razón del interés de la joven en ayudarlos, albergó la esperanza de que su padre, por una sola vez, se sintiese orgulloso y lo mirase como algo útil dentro del negocio familiar. Pero las consecuencias de dejar entrar a Úrsula en sus vidas fueron caras, principalmente para Adam. Y su padre ahora, además, lo culpaba de todo. De haber perdido el control del fruto de toda una vida, de ver a un hijo en una silla.

Espiró con aquella punzada en el pecho que le producía estar frente a su padre.

—Si te importamos algo —añadió Fausto Caruso—. Deja de enfadar a Úrsula. Poco me importa el juego que andes haciendo con ella, ni lo que buscas. Así que déjalo ya.

Andrea negó con la cabeza.

—No estoy jugando. Acabó, no hay más.

—Ya lo creo que no hay más. —Fausto se levantó—. Por eso tu hermano está como está.

Andrea se giró para darle la espalda. Había perdido la cuenta de las veces que su padre le había echado en cara que Úrsula decidiese dejar de contribuir a los estudios sobre Adam. Justo en el momento en el que él se distanciase para siempre de ella. Aquel fue uno de los castigos que ella impuso contra él, el que precedería a la tensión posterior.

—No tengo nada más que hablar —respondió Andrea dirigiéndose hacia la puerta.

—Sí, sí tienes algo más de qué hablar —dijo Fausto y su hijo se giró hacia él—. Esa periodista, ya te he visto hablando demasiado con ella.

Entendió que Cornelia o Úrsula habrían hecho algún comentario al respecto.

—Pero si lleva aquí un día. —Se defendió.

—Ya viste el resultado de dejar que alguien de fuera metiera sus narices aquí dentro. No vuelvas a cometer el mismo error. —Fue duro, rotundo, firme—. No habrá más oportunidades, Andrea.

Que su padre lo amenazase con echarlo, tampoco era algo que ya le doliese. Nunca sería más doloroso que cuando Cornelia lo amenazó, delante del propio Fausto, y este no lo defendió. Desde aquel día se hizo inmune a sus amenazas.

Ya no esperaba nada de su padre. Adam, Matteo y Adela eran la única familia que le quedaba allí, y a Adam ya lo había perdido por completo. A él tenía que agradecerle que ahora llevase también el apellido Caruso, a lo que siempre se opusieron Cornelia y Luciano. Pero solo logró devolvérselo metiendo la oscuridad en el circo y dejándolo inmóvil, no lo culpaba por distanciarse de él. Adam llevaba razón, su padre llevaba razón en ese sentido. Úrsula no estaría allí si no fuese por él y el circo quizás estaría mejor desaparecido.

—Tú nos metiste en esto y luego lo empeoraste con creces —seguía reprochándole—. Así que ahora déjate de trucos e idioteces con esa mujer. Solo hará que Úrsula se cabree más y lo pague con todos nosotros.

Andrea sacudió la cabeza abriendo la puerta para salir.

#

7

Tal y como le había dicho Úrsula, los monos alados estuvieron encantados de colaborar con ella. Uno de ellos era malabarista, otro un comefuego, y una de las parejas de piruetas de Luciano.

Aún le quedaban varios más. Úrsula había decidido que nadie tuviese demasiado protagonismo y por eso fue aumentando la lista a medida que avanzaban los días. Una visión global, le dijo. Supuso que sería la propia Úrsula la que diese esa visión global durante la grabación según el *planning* que le había hecho.

A la carpeta de «sugerencias de personajes», se le habían unido guiones y una serie de ideas que Vicky ni siquiera le rebatió, aunque supiese que eso estaba bien lejos de lo que se solía hacer en un programa de televisión. A Úrsula se le iba la cabeza por días, a veces hasta se contradecía a sí misma y le ofrecía ideas contrarias a las del día anterior, lo cual anulaba parte del trabajo que iba haciendo. Vicky sabía que, si seguía trabajando según las directrices de Úrsula, llegaría la hora de grabar con los cámaras y aún no tendrían nada claro.

Vicky se había transformado en una especie de seguidora de ideas de Úrsula. Silenciosa, invisible, trabajadora como no lo había sido en su vida, recibía cada idea y hacía lo necesario para cambiar todo lo planeado y volverlo a rehacer a su gusto. Si había algo que se le diese bien en la vida, era hacer teatro. Su madre siempre le dijo que hubiese sido una buena actriz. Quizás la timidez de sus primeros años no le permitió soñar con aquel tipo de trabajo y como una cámara, al fin y al cabo, era una cámara, pues se inclinó por el periodismo. Sin embargo, jamás pensó que aquella profesión la llevaría a acabar en un circo.

Aunque con lo payasa que soy, tampoco es algo disparatado.

—Victoria. —La llamaba en cuanto se la cruzaba—. Quiero

que hagas un montaje con la entrevista de cada artista y su número. He pensado que Lucinda sería también una buena opción. Prepara una entrevista con Lucinda.

Lo que tú digas.

—Victoria. —Comenzaba a odiar su propio nombre—. ¿Qué haces perdiendo el tiempo con los empleados de vestuario? No vas a grabar a las costureras. Vete con los malabaristas.

Voy volando.

—Victoria. —Parecía tenerle puesto un GPS en cuanto se salía de lo ordenado—. Los juegos de espejos no interesan. Ve con Luciano.

Sí, señora.

—Victoria. —Lo pronunciaba perfecto para ser italiana—. Ya no quiero a Lucinda en el reportaje. Mejor Cristaline. Sí, ella es mucho más interesante.

Lo imaginé cuando Lucinda te dijo esta mañana que no pensaba ponerse ese bodrio de traje de fantoche que le has diseñado.

—Victoria. —La voz de Úrsula resonaba en su cabeza—. Ya tenemos fecha para el aniversario Caruso en Milán. He conseguido que vengan personalidades de toda Italia. Quiero que grabes allí. Será una gran presentación del espectáculo.

Eso no estaría mal. Joder, una vez que dice algo con sentido.

—¿Victoria? ¿Qué haces en esta carpa? —Solía preguntarle cada vez que se asomaba a la carpa donde solía ensayar Andrea—. Prepara las preguntas a mi entrevista. Quiero tenerlas ya.

Esto no está pagado. Ni con el tesoro del Carambolo me pagan a mí por soportar a esta.

Sin embargo, su plan de seguir al pie de la letra las órdenes de Úrsula, no había surtido el efecto que esperaba. Úrsula parecía haber tomado el control de su entorno hasta en las horas fuera de trabajo. Ninette desviaba la mirada en cuanto la veía pasar. Matteo no desviaba la mirada, pero no cruzaba más que un saludo rápido con ella. Adam sí la miraba, pero si había algún saludo por su parte, este era inaudible e invisible. Y ya lo de Andrea eran palabras mayores, este parecía evaporado la mayor parte del tiempo. Su primera semana en el circo había sido completamente inútil, no tenía nada de trabajo real que pudiese comenzar de manera decente, solo una pila de entrevistas para tirar a la basura, y encima se había aburrido como una ostra.

Sorteaba con los pies algunos cables y llegó hasta las caravanas. Quería soltar su maletín antes de ir a comer. Se equivocó de camino una vez más, aquellos malditos espejos estaban colocados a mala leche. Tuvo que llegar hasta el final de la carpa para dar la vuelta y finalmente entrar en su calle. Justo en la esquina había una especie de cerca. Cinco Yorkshire que estaban en su interior comenzaron a ladrarle. Acostumbrada a los perros enormes que entrenaba su hermano y a Nanuk, el perro Inuit de Natalia, aquellas miniaturas defendiendo su cerca no dejaban de ser tremendamente graciosas. Enseguida vio aparecer a Adela callándolos.

—Son inofensivos —le dijo la mujer atrayéndolos hacia ella con algo que se sacó de su bolsillo.

—Con ese tamaño no esperaba otra cosa. —Rio Vicky acercándose aún más a la pequeña valla.

Se apoyó en la madera y los miró. Todos eran negro y fuego, un hermoso pelaje bien cuidado.

—¿Trabajabas con ellos? —preguntó recordando lo que Adela le había contado el día que llegó.

—Esta es la tercera generación con la que he trabajado. —Adela se inclinó en el suelo y cogió a uno de ellos—. El abuelo de este era extraordinario. Fue el que me metió en este lío.

Vicky sonrió. Adela lo acarició y lo volvió a poner en el suelo. Luego se acercó a Vicky.

—¿Tienes perro? —preguntó.

Vicky negó con la cabeza.

—Vivo sola —respondió—. Pero suelo tener contacto con algunos perros de mi hermano. —Torció los labios—. Más o menos. Aunque sus perros son enormes y sus trucos van más destinados a los cuellos ajenos.

Adela se llevó las manos a la boca.

—Entrena perros para fuerzas de seguridad, brigadas de rescate y antidrogas. Y tiene una organización en la que preparan perros para la defensa de mujeres maltratadas y amenazadas por sus exparejas.

Sonrió orgullosa.

—Los he visto en acción y son tremendamente útiles. —Apretó los dientes sonriendo y recordando a Nanuk.

Uno de los perros de Adela se alzó en las patas traseras para oler a Vicky. Esta bajó la mano hasta él para dejarse oler.

—Ese es el problema de los míos. Son inútiles según Úrsula. —Los miró con una expresión apurada que Vicky pudo entender—. De momento me deja tenerlos aquí, pero ya me ha dicho que los dé en adopción antes de comenzar la gira.

La joven frunció el ceño. Supuso que, para una persona dedicada a los animales, separarse de ellos sería algo impensable.

—Pero los necesitarás cuando recuperes tu número —respondió Vicky.

La mujer negó con la cabeza.

—Los años que me queden en este circo creo que está quedando claro cuál es mi trabajo. —Volvió a mirar a sus perros y suspiró.

—Sigo pensando que, aun así, deben seguir contigo. —Bajó la otra mano hasta otro—. Son parte del circo, ¿no?

—Y de mí. —Se inclinó de nuevo en el suelo para darles algo más. Vicky pudo ver que eran diminutas galletas.

—¿Úrsula lo sabe? —preguntó y Adela alzó los ojos hacia ella.

—Ya se lo he dicho varias veces, pero no atiende a razones. —Suspiró.

La Úrsula de los cojones, el por culo que está dando a esta pobre gente.

—Para ella no son diferentes a toda esa decoración de números desahuciados de los que nos hemos deshecho.

Adela se mordió el labio inferior. Vicky se apoyó con ambos brazos en la valla.

—¿Y no has pensado en tomar tú el mismo destino que esos decorados? —preguntó y la mujer la miró con una expresión extraña.

—Fueron a un basurero.

—No, no me refiero a eso. —Inclinó su cuerpo para dejar el peso sobre la madera—. Me refiero a salir de aquí.

La vio coger aire de manera profunda.

—Después de tantos años aquí, no sé cómo me desenvolvería ahí fuera. —Esbozó una leve sonrisa—. Es algo que tendría que pensar bien.

Se puso en pie.

—Date prisa, o cuando llegues al comedor estará lleno. Y ya sabes que después de una mañana de trabajo, devoran.

Vicky acarició a uno de los pequeños perros y se apartó de la valla.

—Si no vuelvo a perderme, creo que llegaré a buena hora —respondió y Adela rio.

Siguió caminando hasta su caravana, allí soltó el maletín. Cogió el móvil, como siempre, eran los mejores momentos del día. Allí podía desahogarse a gusto, soltar improperios, disparates y echar unas carcajadas.

—Estoy hasta el coño de la Úrsula de las narices —grabó—. Me trata como una empleada más y ya sabes el trato que le da a los empleados.

—Decidiste seguirle el juego, ¿qué esperabas? —Se oyó la voz de Natalia.

—Esperaba que eso me diese margen para trabajar de verdad —respondió.

—Vicky, «trabajar». —El audio de Natalia llegó con rapidez—. Trabajar no es esperar a que las cosas caigan del cielo. Trabajar es ponerle empeño, empeño de verdad. Como cuando le das la tabarra a tu padre porque quieres un coche nuevo.

Apretó los labios con fuerza. A veces Natalia y sus palabras de dura ironía, le producían el mismo calor en el pecho que Úrsula o Luciano Caruso.

—Me están ignorando los tres. Es como si fuese una apestada, o de verdad fuese invisible —rebatió.

—Busca al mago. —Sonó la voz rápida de Claudia en un audio de segundos. Supuso que estaría con los niños. Sus audios se abreviaban al máximo cuando estaba con ellos.

—Encontrar al mago es difícil como no imaginas. No sé dónde se mete. Ayer no lo vi en todo el día. Ni siquiera lo veo en el comedor. Y cuando lo veo, se evapora a los pocos segundos. Me estoy agobiando, no avanzo una mierda. Y soportar a Úrsula es complicado de cojones.

Resopló. Tenía que darse prisa o quedarían los restos de comida. Cuando se paraba a pensar que pasaban los días y estaba exactamente igual que al principio, comenzaba la presión en el pecho. Esa ansiedad que experimentó tantas veces en el ático de Madrid.

Entró un audio de Mayte, como casi siempre, sin sonido.

—Mayte, cómprate un móvil nuevo. —Se oyó decir a Natalia.

Volvió a entrar el audio de Mayte.

—Se me acaba de venir a la mente el camino de baldosas amarillas. En la película, el inicio del camino tenía forma de espiral. Vicky se ha quedado en la espiral.

—Lo que viene a decir Mayte, con palabras bonitas, es que no avanzas una mierda porque no estás haciendo una mierda. —Natalia entraba a matar en cada uno de sus audios—. Invisible, una apestada, me ignoran, pasan de mí, el mago se evapora. ¡Venga ya! Comienza a andar.

Vicky se sentó en la cama. Ya comenzaba a acostumbrarse a aquel colchón demasiado fino.

—No habéis visto lo que yo. Comienzo a entender el miedo que todos le tienen a Úrsula. Para ella este circo y todos los que lo componen no dejan de ser un juguete, un juguete que no permite que nadie toque. En cuanto comience a andar, no me va a dejar avanzar demasiado.

Se hizo el silencio. Supuso que ya se habrían marchado, así que se levantó para salir. Sin embargo, llegó un nuevo audio de Natalia.

—Recuerda a la bruja del Oeste. —No había ironía ni dureza. Era la voz grave y tranquila de Natalia, la que podía erizarle el vello y hacer que le brillasen los ojos. Una aguja, una inyección directa al pecho, que lo hacía grande hasta explotar—. Ella sabía que Dorothy desconocía el poder que llevaba en sus pies y que por eso sería fácil vencerla. ¿Necesitas unos zapatos plata o rojos? Camina.

Notó cierto picor en la garganta. Mayte y Claudia permanecían en silencio, quizás ellas sí se hubiesen marchado, o bien estaban sin palabras como ella. ¿Por primera vez desde que comenzó su aventura profesional, Natalia la estaba apoyando? ¿Era un voto de confianza?

Se agarró al armario, notó cierta humedad en los ojos. En medio de la soledad extrema y la sensación de fracaso, necesitaba la voz de Natalia diciéndoselo claro. Se acercó el móvil a la boca.

—Dímelo, Natalia —le pidió.

No tardó en llegar el audio.

—De eso nada. —Resopló al oírla—. Sigue el camino de

baldosas amarillas y ya veremos.

Natalia dejó de estar en línea. Miró la hora, ya iba tarde.

8

Mientras se ponía en la cola con una bandeja, echó una ojeada a las mesas. Encontró a Matteo en una de ellas, dibujando en aquellas grandes hojas que siempre lo acompañaban.

Con que el camino de baldosas amarillas, ¿no? Pues empecemos. Paso uno, el espantapájaros.

En cuanto llenó la bandeja, se dirigió hacia él. Vio cómo el rostro de Matteo emblanquecía cuando la vio sentarse frente a él.

—Llevo una semana trabajando según las directrices de Úrsula. —Se apresuró a explicarle—. ¿También te tiene prohibido hablar conmigo? Me evitas todo el tiempo. ¿Qué coño te dijo Úrsula sobre mí?

Lo vio hacer una mueca.

—Solo dijo que cuando se emitiera ese documental, yo estaría en un albergue para los sin techo si participaba en él.

Vicky frunció el ceño.

Hay que ser hija de puta.

—Pero ya no vas a participar en el documental, así que…—Levantó ambas manos—. Harás la gira. Y podrás hablar conmigo, supongo.

La Fatalé llevaba razón, joder. He estado perdiendo el tiempo como una imbécil sin avanzar una mierda. Con lo fácil que era.

Removió el caldo y miró de reojo el filete de pollo.

Tiene pinta de estar seco de la leche.

Se lamentó de no haber cogido pasta, pero ahora la cola era aún más larga y pasaba de volver a esperar y comerse la comida fría.

—¿Y a ti qué te hizo cambiar de opinión? —preguntó Matteo con curiosidad—. Al principio parecías muy decidida a no dejar que ella dirigiese tu trabajo.

Vicky sonrió.

— Una llamada de mi jefa me aclaró un poco las ideas.

Sonaba convincente y Matteo pareció estar satisfecho con la respuesta.

—No hay nada que hacer contra Úrsula. —Miró de reojo hacia la mesa donde se sentaban Cornelia y Fausto. Vicky tuvo que girarse para ver lo que observaba Matteo—. Fausto cayó en la ruina. Cornelia no se adapta a ese nuevo modo de vida de un circo con pocas ganancias…

Mantener el Botox cada seis meses es lo que tiene, una necesidad de flujo de dinero continuo.

—Y la alternativa fue una niña malcriada —intervino Vicky.

Matteo alzó las cejas, casi le daba miedo asentir a aquellas palabras.

—Al principio no lo vimos mal, ella parecía otra cosa. Pero poco a poco fue ganando confianza aquí dentro y empezó a cambiar las cosas. Luego pasó lo de Adam.

—¿Fue su culpa? —Estaba deseosa de preguntar aquello.

—Fue ella quien compró aquellos nuevos aparatos, sí. Era un buen número, pero los trapecistas nunca habían trabajado con ellos. Así que fue Adam el primero en probarlos. Al principio fue bien, pero un día, en un ensayo. —Abrió las manos y las movió en el aire—. La red falló y… bueno, ya lo has visto. Realmente no tuvo la culpa de forma directa.

Vicky negó con la cabeza. Era cierto, no fue su culpa. Pero aún no entendía ciertas cosas.

—¿Y por qué Adam no está haciendo ningún tipo de terapia? —Matteo alzó las cejas de nuevo con sus palabras. Aunque Adam la hubiese ignorado por completo, ella no había dejado de observarlo. En ningún momento lo vio ejercitarse ni recibir la visita de ningún terapeuta—. Hace de eso, ¿un año?

—Algo menos —respondió enseguida Matteo.

—Y no hay cirugías, ni tratamiento, ni un rehabilitador, ¿nada? —Se inclinó hacia delante—. Llevo toda la vida rodeada de médicos de todo tipo. Es imposible que lo sienten en una silla y ahí quedó. Va a atrofiarse por completo.

—Yo no entiendo nada de eso. Adam no habla con nadie sobre el tema. —Miró a su alrededor, comprobando que nadie los oía—. Pero sé que hubo problemas con el seguro. Al parecer, aquellos artilugios no estaban homologados, no pasaron ningún control, y se lavaron las manos.

—¿Qué importa el seguro? —Se cruzó de brazos.

—¿Qué importa? —Matteo negó con la cabeza—. Un trapecista inútil con un padre arruinado. ¿Quién paga las terapias?

Vicky alzó las cejas.

—Pues la persona que se ha hecho cargo del circo y de todo lo que hay dentro —respondió Vicky.

Matteo negó con la cabeza. Abrió la boca para añadir algo más, pero enseguida alguien puso la bandeja en la mesa de manera sonora. Los orificios de la nariz de Vicky se redondearon. Andrea sí había escogido pasta. Olía de maravilla.

La conversación sobre Adam se detuvo y Vicky entendió que no debía retomarla. De hecho, aquella conversación se había cortado gracias a un repentino bandejazo en la mesa. Fue consciente de que los habían escuchado, al menos una persona: el mago. Si Matteo y ella hubiesen estado hablando de otra cosa, el mago habría pasado de largo, como solía hacer siempre las pocas veces que se había dejado ver.

—¿Ha ido bien con tus nuevos elegidos para el documental? —le preguntó con ironía.

La joven sonrió.

—Muy bien, sí. —Miró de reojo a Andrea.

Ahí está Ciudad Esmeralda.

No podían ser otra cosa aquellos ojos. Si el camino de baldosas amarillas la llevaba hasta allí, miedo le daba recorrerlo.

—Ya he hablado con… —Matteo se dirigía hacia Andrea e hizo un ademán con la cabeza hacia sus papeles—. La tendrán en un par de semanas.

Él asintió.

—¿Esa es la esfera gigante de la que me hablaste? —preguntó Vicky.

Matteo le acercó los papeles. Vio a Andrea hacer un gesto extraño, un intento de detenerlo, pero Vicky fue más veloz y los cogió para ponerlos frente a ella.

Todo lo que no quieras que alguien vea, provoca más curiosidad. Esto es de primero de básica en el mundo civilizado, señor mago.

—Esta es la primera que diseñé, pero se nos fue de presupuesto —decía Matteo y Vicky comprobó que tenía escrito el presupuesto—. Esta es la que hemos elegido.

—Y todo esto a las espaldas de Úrsula. —Ella entornó ambos ojos. Los vio a los dos desviar la mirada—. Sin embargo, me decís a mí que es imposible ir en contra de ella. Buen ejemplo, sí. ¿Tenéis plan B? —preguntó Vicky con frescura—. Por si os despide, digo.

Matteo rio.

—A este no va a despedirlo en la vida —dijo señalando a Andrea—. A mí en cuanto tenga ocasión.

Claro que no va a despedirlo en la vida. Perdería el control sobre él. Si no deja tocar este circo, ni me imagino lo que es para ella que lo toquen a él.

Aquel pensamiento le produjo una sensación placentera en el estómago.

Anda que si esto me llega a coger en mi mundo de unicornios, acompañada de mis locas y con una botella de Moet, hubiese sido tremendamente divertido.

Volvió a mirar a Andrea de reojo.

Porque este no se me iría de rositas y, por ende, la Úrsula tampoco.

Tuvo que expulsar el aire con cuidado para que no fuese notable. En aquella materia, los pensamientos se le sucedían demasiado rápido.

A estas horas el calor que hace bajo las carpas.

Le ardía hasta la nuca. Se abanicó con la servilleta, lograba centrarse de nuevo en la conversación.

—Y esto lo he diseñado para Ninette. —Le enseñaba Matteo—. Sería un número precioso —. Ella iría completamente pintada de dorado.

Vicky entornó los ojos mirando los dibujos.

—¿Una mariposa? —Los dibujos se sucedían tomando forma. Podía verla bien, una crisálida que iba evolucionando.

Luciano no la dejaría salir del capullo. Las mariposas vuelan y no podría atraparla ni tenerla bajo su mando.

La buscó con la mirada. Allí estaba, entre monos alados. A un lado de la mesa, junto con Cornelia y Fausto. Luciano estaba al otro lado, hablando con Úrsula y el resto.

—¿Y Adam? —preguntó. No lo había visto en el comedor.

—Cuando yo he llegado, él ya salía —respondió Matteo.

Vicky dirigió sus ojos hacia los de Andrea.

—Tengo dos hermanos, como tú —le dijo—. Uno es entrenador personal. Tiene un gimnasio, trabaja todo el día, de lunes a domingo. —Acabó aquel filete seco y dejó los cubiertos sobre el plato—. El otro es entrenador de perros. También trabaja todo el día, de hecho, tiene varios trabajos, uno de ellos voluntario. Y yo ando de un lado para otro siempre, como ahora.

Andrea la miraba perplejo.

—Y a pesar de eso hablamos cada día. De hecho, no puedo dormir si mis hermanos mayores no me dan las buenas noches, y me recuerdan que el monstruo del armario no existe. —Vio que Andrea contuvo la sonrisa—. Vosotros, sin embargo, vivís aquí los tres y no cruzáis palabra. No deja de ser llamativo.

Vio a Matteo apresurarse de forma exagerada con el postre.

Se pira. Linea roja, Vicky. Tema delicado. Aquí hay hilos por todas partes.

—Yo os veo luego. —Se excusó.

—Ya te dije que no son del todo mis hermanos. —Desvió la mirada de Vicky—. Adam es el mayor. Su madre murió de un cáncer fulminante. Luego mi padre se casó con Cornelia.

Hostias.

—Ellos no tuvieron hijos los primeros años —continuó—. Sin embargo, mi padre sí que me tuvo a mí. Soy hijo del director del circo y una bailarina.

La madre que me parió. Pa' qué pregunto.

—Luego nació Luciano —añadió. Miró hacia la mesa donde estaba su padre—. No es fácil tener que demostrar continuamente que soy tan hijo suyo como el resto.

Vio a Andrea coger la bandeja y levantarse. Vicky lo agarró por instinto. Un gesto inconsciente, como un reflejo. Andrea volvió a sentarse, o más bien, la forma de engancharlo de ella lo hizo regresar a la silla. Él miraba la mano de Vicky con las cejas alzadas, sorprendido por su gesto.

Da igual cómo me mires, no tengo vergüenza.

—Lo siento, a veces pregunto demasiado. —Se disculpó.

—No lo sientas. No es tu culpa que las respuestas no sean las esperadas —concluyó él.

—¿Tu madre sigue en el circo? —Sabía que tampoco debía preguntarlo. El talante fresco del mago se había disipado, dejando una estela oscura, extraña, la misma estela triste que desprendía Ninette y que desprendían Adam y Matteo.

Vicky fue consciente de que aún le agarraba la muñeca. Dejó resbalar sus dedos para retirar su mano de él.

—Cornelia la despidió enseguida —continuó—. Supongo que nadie esperaba que me dejase atrás, ni siquiera mi padre. Yo tenía unos meses de edad. Adela se hizo cargo de mí.

Miró de reojo a su padre y Cornelia.

—Ella aceptaba a Adam, aunque siempre hizo distinción con Luciano. Pero no me aceptó a mí. —Levantó los ojos hacia Vicky—. Hasta hace un par de años no llevé el apellido Caruso. Y aún no reconozco ese apellido en mí. Sigo siendo Andrea Valenti.

Vicky supuso que sentirse diferente al resto de hermanos durante toda la vida, no habría sido fácil en un mundo cerrado como aquel. La sombra de dos hermanos, quizás el desprecio de una madrastra que no tenía el valor suficiente de reprocharle a su marido una infidelidad, y que pagaba su frustración con el hijo bastardo.

Algo que le pega sobremanera a esa mujer absurda y superficial.

Volvió a acercar su mano a la muñeca de Andrea y sacó de su bolso la bola. Lo vio sorprenderse porque aún la llevase consigo. Lo cierto era que Vicky no se separó de ella desde el momento en el que él se la regaló. Lo último que veía antes de cerrar los ojos y lo primero al abrirlos. Algo que sumar a las unicornio, a la hora de no sentirse sola.

—Ser diferente puede convertirse en algo extraordinario —repitió las palabras de Andrea, que ahora entendía mejor, mientras miraba la flor en el interior de la esfera—. Yo también soy diferente a mis hermanos. Ellos son gemelos, eso siempre desplaza al que está fuera de ese vínculo. No puedo competir con ellos, ¿sabes? Ellos nacieron juntos. —Su ironía lo hizo sonreír—. La diferencia es que yo no tengo nada de extraordinario.

Soy la hija inútil, la vaga, la caprichosa. Esa ha sido mi vida.

Retiró la mano de la muñeca de Andrea. Lo vio levantar los ojos hacia el frente. Úrsula los observaba. Vicky la miró de reojo.

¿Victoria? ¿Qué haces ahí?

Pudo oírla en el interior de su cabeza. Todo intento de Úrsula de ocultar su desagrado a lo que estaba presenciando, fue en vano. Vicky sabía que no le gustaba en absoluto que ella se acercase al mago y aún menos el objeto «especial» y tuneado que ella había sacado de su bolso.

Ya te pueden dar por delante y por detrás. Arrea, bonita.

La ignoró y volvió a dirigirse hacia Andrea. Sin embargo, a este sí parecía importarle que Úrsula los estuviese viendo. Lo veía tensarse por momentos.

—¿No intentaste ser trapecista? —preguntó sabiendo que él estaba deseando marcharse.

Andrea negó con la cabeza.

—Lo tenía claro desde el principio —respondió—. Puedes preguntarle a Adela.

Ella sonrió imaginándolo de niño y aquello la llevó a recordar los trucos de magia de aquel juguete que le regalaron una vez. A pesar de ser infantiles y sencillos, ella solía ser un completo desastre. Sacudió la cabeza intentando volver a su conversación con Andrea.

—¿Tienes algún contacto con tu madre? —preguntó. Ya había pasado la barrera, qué más daba indagar algo más.

El mago bajó la vista.

—Ella no apareció nunca más. —Fue su respuesta.

Vicky entornó los ojos.

—¿Nunca te ha entrado curiosidad por saber de ella? —Se extrañó y él negó con la cabeza.

Siendo ella curiosa al límite, no lograba entenderlo.

—Si no volvió es porque no quiere ningún vínculo conmigo.

¿Por qué buscarla? —dijo cogiendo la esfera que Vicky había puesto en la mesa.

—Por egoísmo —respondió Vicky y él alzó las cejas, sorprendido—. Que ella no quisiera volver no significa que tú no necesites saber.

—Yo no necesito nada, créeme —intervino él con rapidez. Demasiada rapidez, como solía hacerlo Natalia cuando su soberbia la alzaba demasiado del suelo. Y ella ya sabía lo que aquello significaba.

—Es bueno no necesitar nada. —Vicky volcó el vaso de plástico vacío del flan y lo estrujó contra la bandeja—. Os veo a todos aquí realmente autosuficientes.

Sonrió a su propia ironía.

—No esperabas tanta mierda, no me digas más. —La acompañó en la ironía.

Ella alzó las cejas hacia la mesa de Úrsula, Cornelia, Luciano y Fausto. Ladeó la cabeza mientras los miraba.

—No es tanta —respondió—. Unos pocos nunca pueden apestar tanto.

—Cuando mandan sí que pueden —rebatió.

Vicky volvió a sentir la mirada de Úrsula. Lejos de incomodarla, la hacía querer permanecer allí más tiempo. Sin embargo, sí que notaba a Andrea tensarse cuando Úrsula miraba.

—He estado hablando con Adela. —Volvió a comenzar Vicky antes de que Andrea tuviese oportunidad de escapar—. Me ha contado lo de los perros.

—Eso es solo un ejemplo. —Andrea soltó la esfera que rodó por la mesa hasta Vicky, ella la detuvo con el dedo índice—. Adela es una más de tantos aquí.

—¿Es lo que teméis Matteo y tú? —Vicky alzó las cejas.

Andrea negó con la cabeza.

—Eso es lo que teme Matteo. —Bajó los ojos de nuevo—. Y si

te soy sincero, es lo que pienso que terminará pasando.

Lo vio mirar de reojo a Úrsula.

—Ella siempre termina eliminando todo lo bueno que queda aquí —lo dijo en voz baja, casi en un susurro.

Por eso te tensa que te vea hablando conmigo. Y esa es la razón por la que piensas que va a eliminar a Matteo, que es alguien cercano a ti. Represalias contra los que te rodean; Adela que es como una madre, Matteo, que parece ser un buen amigo, e incluso yo puedo causar represalias si sigues regalándome esferas con flores dentro.

Vicky bajó los ojos.

— Y aun así nadie piensa en irse. —Se extrañó.

Andrea la miró como si estuviese diciendo un disparate.

—Este es nuestro mundo, ¿qué hacemos fuera de aquí? —respondió.

—Lo que hace todo el mundo fuera de aquí. —Su frescura hizo que él se sobresaltara—. Podéis buscar trabajo en otro circo, o simplemente dedicaros a otra cosa. El fin del mundo no está en la puerta de estas carpas.

Andrea se levantó enseguida, esta vez no fue capaz de agarrarlo. Luego se inclinó hacia Vicky.

—Cuando no perteneces a esto, nunca entenderás lo que significa para los que estamos dentro —le reprochó.

Ya se me fue la lengua. Es cuestión de tiempo cuando hablo demasiado. No volveré a echarle la culpa al Vodka o al Moet. Soy así, es innato.

—Ese ha sido uno de los problemas de Úrsula —añadió—. Y esa es la razón por la que nadie esté de acuerdo con que estés aquí, ni para lo que estás aquí.

Hala. Ya se me ha cabreado el mago.

Lo vio alejarse de las mesas y salir de la carpa. Observó que Úrsula también lo miraba.

Vicky suspiró. Guardó la bola en el bolso y sacó el móvil.

«Soy una Dorothy de pacotilla, como dice Natalia. Se me ha cabreao hasta el mago».

A esa hora nadie estaría pendiente del móvil, así que no esperó respuesta y lo guardó. Se levantó para dejar la bandeja vacía con el resto y salió de la carpa, pero por el lado contrario, por la que llevaba al campo, donde noqueó a Cornelia con la maleta.

Soy un puñetero desastre.

Por un momento imaginó allí a sus amigas. A Natalia seguramente le hubiese llevado un par de días prender fuego a las carpas y entonces todos hubiesen colaborado con ella. Mayte hubiese hecho su trabajo como un autómata, siguiendo las indicaciones de Úrsula sin inmutarse, como había hecho ella toda la semana. Y, a pesar de las trabas, hubiese hecho un reportaje bueno con tan pocas herramientas. Claudia, sin embargo, hubiese luchado por hacer dos documentales, uno oficial a los ojos de todos, y otro sutil extraoficial. Y podía imaginarse la mezcla en el montaje final.

Rio a sus propios pensamientos.

Pero yo soy Vicky.

Y no sabía qué podría hacer Vicky en medio de aquella gente, de sus conflictos internos, de un mundo que desconocía y que tal y como le había dicho Andrea, no comprendía. Supuso que para ellos la única vida era esa, no había más fuera de las carpas.

¿Estos no saben lo que es una juerga? ¿Un resort? Joder, la vida fuera de aquí es maravillosa.

—¿Victoria? —Se sobresaltó con la voz de Úrsula. Se giró hacia ella. Estaba acompañada de Cornelia, que tras la comida, gustaba de fumar una especie de finos puros mentolados en aquella parte de la parcela. Supuso que era lo que había salido a hacer el día que ella la golpeó con la maleta.

A pesar de tener frente a ella a dos de las personas menos

gratas de todo el circo, logró sonreír. No solía gustarle cómo la miraba Cornelia, mujer alta y elegante, bien cuidada para su edad. Ni siquiera parecía vivir en un circo, más bien podría imaginarla en un club social fumando con amigas y tomando café. Con media melena oscura y recta, tan planchada que parecía una peluca, solía mirarla con sus ojos oscuros y pequeños. Una versión femenina y más atractiva del orangután Luciano.

Úrsula también tenía el pelo castaño, cortado a capas hasta mitad de la espalda. Tenía que reconocerlo, por fuera era hermosa. De hecho, tenía unos de los labios más sensuales que había visto, quizás estaban en el pódium justo detrás de los de Natalia. Unos labios gruesos que ya intentó emular, pero con los que no obtuvo buen resultado. Al fin y al cabo, no había forma de imitar la belleza natural.

Los ojos de Úrsula eran también castaños y enormes, como los de Mayte. Aunque la mirada de Úrsula era más despierta, menos dulce y más escudriñadora. Era exactamente lo que estaba haciendo ahora, mirarla con aquel interés extraño que le producía Vicky cuando Andrea había estado cerca.

—Creo que quedó claro desde un principio que Andrea y Matteo no son parte de tu trabajo —le dijo y Vicky asintió sin dejar de sonreír—. ¿Por qué pierdes el tiempo con ellos? Te he dicho que todo lo que necesites saber de este circo, seremos Cornelia, Fausto, Luciano o yo los que te informaremos.

—No tengo costumbre de trabajar durante las comidas —respondió y vio cómo Úrsula apretaba los labios. Aquella muchacha tenía un gran problema de contención. Lo había visto en demasiadas compañeras de aquel colegio elitista y especial al que la llevaban sus padres. Por eso eligió una universidad pública, se sentía más cómoda entre otro tipo de gente—. Pero, aun así, pienso que teniendo una visión menos segmentada del circo me facilitaría el trabajo.

—¿Más fácil lo quieres? —Alargó la mano para que Cornelia

le diera uno de sus puros—. Si poco más y tendría que ser yo la que cobrase lo que sea que te paguen por este trabajo.

Lo que sea que me paguen.

Reconoció el tono con el que Úrsula lo decía. Toda una vida entre lujos, una realidad distorsionada. El dinero perdía valor cuando se tenía una tarjeta de crédito con pocos límites que parecía producir dinero por arte de magia. El valor del dinero se distorsionaba tanto, que no se paraba a pensar que había gente trabajando durante un año para ganar lo que ella podía gastarse en un día de compras, en un viaje corto, o en cualquier estupidez. Estaba claro que para Úrsula aquel «lo que sea que te paguen», era una miseria.

Y para mí también.

No lo hacía por dinero, lo hacía por otro tipo de necesidad, una necesidad profunda que nacía desde dentro, en el centro del estómago, desde las entrañas. Le había costado un tiempo diferenciar el «querer» del «necesitar». Quizás por eso esta vez se enfrentaba al nuevo reto con algo de más fuerza que lo emprendido otras veces, y por eso su miedo a fallar era también mayor.

Úrsula echó un vistazo al bolso de Vicky.

—También quería decirte otra cosa. —La joven la miró a los ojos—. Apropiarse del material del circo tampoco creo que sea relevante para tu trabajo.

Vicky espiró aire. Si Úrsula se estaba refiriendo a la esfera de Andrea, no sabía cómo iba a terminar aquella conversación, porque no estaba dispuesta a dársela. Desde que Andrea se la regalase no se había separado de ella, una especie de talismán que le gustaba mirar por las noches, a través del cual podía ver como real todo lo que se le había pasado por la cabeza desde que había puesto un pie en el circo Caruso.

Vicky señaló hacia las carpas.

—No cabe mucho más que mis maletas en esa caravana —le dijo con cierto tono irónico—. En ese sentido puedes estar tranquila.

—Pero hay cosas pequeñas que caben en un bolso —replicó y Vicky alzó las cejas, cada vez le gustaba más usar aquella expresión ingenua de «no sé lo que me dices».

Vio a Cornelia dirigir la mirada también hacia el enorme bolso *shopper* de Vicky.

—Quiero que quede claro que este circo y todo lo que hay en él, es mío —añadió—. No puedo permitir que uses de souvenir materiales que necesitamos.

Ojo a la frase. Tiene migas. Todo lo que hay en el circo es suyo. Me está diciendo en mi puta cara que el mago también es suyo.

Tuvo que hacer un gran esfuerzo por contener la sonrisa. Era divertido pensar en lo que solía disfrutar con aquellas situaciones de soberbia y celos en otras circunstancias, y lo complicado que eran manejarlas en un ámbito profesional.

¿Y si asomo a Vicky por la puerta? ¿La dejo para que la vea? Solo un momento. Aquí delante de Cornelia. Las brujas del Este y del Oeste. A Vicky le resbaláis las dos por el unicornio.

Cogió aire.

Venga va, asomo la patita por debajo de la puerta.

—Salvo lo necesario para mi trabajo, no quiero nada que tú poseas. Y eso que me encantan tus trajes y tus zapatos —respondió con cierta frescura—. ¿Hay algo que yo tenga que quieras tú? Quitando los guiones de las entrevistas.

Vio un leve sobresalto en Úrsula. Cornelia abrió la boca sorprendida por la frescura. Vicky enseguida volvió a poner la expresión ingenua del comienzo.

—Lo que sea, solo tienes que pedírmelo —añadió ya con otro tono más dócil.

Dio unos pasos hacia atrás. Úrsula miró de nuevo hacia el bolso. Vicky sabía que con aquellas palabras, la bruja del Oeste tendría que pedirle la esfera explícitamente. Algo complicado para alguien altivo, pedante y soberbio. Úrsula estaba acostumbrada a que en cuanto se envalentonaba con alguien, este enseguida la complacía y se disculpaba por respirar y existir. Pero tenía delante a Vicky, el ser transparente, invisible e insonoro que le habían enviado de la productora, que la retaba a rebajarse hasta el punto del bochorno si quería conseguir eso que llevaba dentro del bolso.

Esperó paciente a que Úrsula reaccionara.

Eres consciente de que sé lo que quieres. Pídeme la esfera que me regaló el mago.

Úrsula miró la hora.

—Ya ha acabado la hora de comer —dijo—. Vuelve al trabajo.

Que aquella niñata engreída le hablase como si mandase en ella de alguna forma, era algo que le removía el estómago y le producía ganas de *peerse*. La vio tirar el puro al suelo y pisarlo con más ímpetu de la cuenta. Vicky se giró para darles la espalda y soltó la sonrisa contenida. La sensación de haberle causado cierta tensión a Úrsula le estaba encantando.

Mola ser Vicky.

Se metió de nuevo en las carpas. Su sonrisa se amplió sin poder remediarlo.

Mola mucho ser Vicky.

Se tapó la cara con la mano sin dejar de reír.

9

Úrsula le había dado más trabajo de la cuenta aquella tarde. Supuso que era en represalia por lo de después de la comida. Le había hecho trabajar con nuevos artistas. Conversaciones y preguntas que ella anotaba en sus libretas. Después de una semana, casi que podía decir que los conocía a todos, aunque a veces se le cruzaban los nombres o las historias; algunas aburridas, otras interesantes, otras simplemente historias.

Había llegado tarde a la cena, el salón ya estaba vacío y solo quedaban biscotes y algo de paté. A aquella hora, la mayoría se retiraba a ver la tele o a dormir. Le resultaba extraño que después de llevar un año enlazando series de televisión una tras otra, no las echase de menos desde que estaba allí. Era impensable, no podría concentrarse en ninguna historia y menos teniendo tantas personas dentro de su cabeza.

Por las noches, antes de dormir, ordenaba el trabajo que tendría que tirar a la basura al día siguiente, investigaba por internet sobre otros circos, y hacía los informes periódicos que tenía que enviar a la productora. Cati parecía estar satisfecha, al parecer, Úrsula no la había vuelto a llamar hasta aquella misma tarde. Tenía cierto interés por si los cámaras podían comenzar a grabar en la gala del aniversario del circo Caruso que preparaban en Milán. Un espectáculo cerrado para unos pocos donde presentarían la gira. Una fiesta, un banquete para gente importante, periodistas y más cámaras de televisión. El postureo que tanto le gustaba a Úrsula.

Había podido ver los números, a pesar de no entender absolutamente nada de aquel mundo, le habían parecido bastante buenos. Y eso que los había visto en vasto, sin las luces, ni los trajes, ni la música. Los que componían el circo eran buenos artistas a pesar de haber caído en la ruina. Y se les veía entregados a su trabajo, incluso con Úrsula tensándolos hasta el límite.

Oyó la silla de Adam camino a las caravanas. Estaba todo más silencioso que de costumbre y el sonido parecía retumbar. Vicky alzó la mano hacia él para saludarlo, pero este apartó la vista de ella sin hacer gesto alguno.

Con este no hay forma.

Tras él pasó un grupo de trabajadores. Los andares con las puntas de los pies hacia fuera de Luciano formaban una silueta inconfundible. Junto a él iba Ninette, a ella no había conseguido acercarse ninguno de los días. Vicky les dio las buenas noches y los vio alejarse. Se detuvo y entornó los ojos hacia ellos. Sintió algo frío en el empeine del pie y enseguida lo apartó.

Coño.

Era la diminuta nariz húmeda de uno de los perros de Adela.

¿Qué hace aquí? Se habrá despistado.

Adela solía pasearlos a aquellas horas fuera de las carpas. Era el momento en el que más solitario estaban los alrededores del circo, ningún camión, coche o furgoneta se movía, y ellos tampoco molestaban a nadie.

El perro se apartó de Vicky con la nariz pegada al suelo camino a la carpa del *buffet*, aún olía a salchichas cocidas con vino, un olor que a la propia Vicky le hacía rugir el estómago. Salchichas que no llego a catar esa noche, pero que le encantaba comer junto a la ensalada.

—Psshh —llamó al perro. No sabía el nombre. Pero el animal ni se giró para mirarla—. Eh, ven aquí. No puedes entrar ahí.

Dio unos pasos hacia él.

—Psshhh. —Esta vez el animal, que no levantaba un palmo

del suelo, la miró un instante. Volvió a pegar su nariz al suelo, oliendo como un loco. Vicky anduvo rápida hacia él—. Como Úrsula te vea por aquí, mañana comeremos Yorkshire a la barbacoa. Ven aquí, no seas tonto.

Se inclinó y lo cogió en brazos. Era tremendamente ligero, no llegaría al par de kilos. Vicky lo giró para ponerlo de cara a ella.

—Hay una bruja por aquí que no os quiere —le susurró—. Así que como te vea fuera de tu cerca o lejos de Adela, acabarás al otro lado de la puerta de la parcela. Y hay moscas, y avispas, y de día hace un calor horrible.

Sonrió ante los ojos negros y redondos del perro, parecían dos botones curvos. Este le respondió sacando la lengua que llegó hasta su nariz, un lametazo rasposo y demasiado húmedo. Vicky la encogió enseguida y se la limpió con una mano.

Cogió al perro con un brazo y miró los pasillos, no sabía si con la tenue luz que a aquellas horas alumbraban las carpas, sería capaz de llegar hasta Adela.

—Podemos pegarnos media noche dando vueltas.

Decidió llamarla al móvil, pero Adela nunca lo cogía. Hizo dos llamadas y desistió. El perro olía interesado el móvil de Vicky. Oyó unos pasos. Notó el culo del perro moverse, supuso que el olor le era familiar y movía el rabo.

Vicky giró la cabeza, Andrea pasaba veloz por delante de ellos. Iba a pasar de largo, como siempre hacía cuando se la cruzaba, pero su mirada reparó en el perro, alzó las cejas y se detuvo.

—Otra vez se ha escapado. —Lo oyó decir acercándose a ella.

—Intento hablar con Adela, pero… —Alzó su móvil. Andrea pareció entenderla.

—Ya lo llevo yo —le dijo mirando a su alrededor—. Como lo vea Úrsula por aquí, mañana están todos en la calle.

—¿Hay algo que a Úrsula le guste de este circo? —Vicky

sonrió con ironía.

Andrea, que había alargado los brazos para coger al perro, se detuvo para mirarla con el ceño fruncido. Se oyó un gruñido procedente de la garganta del perro. Vicky recordó el gruñido de Nanuk, o el de los perros que entrenaba su hermano. Aquel gruñido era tan poco amenazante que tuvo que reír.

—¿No quiere volver? —preguntó ella mirando de reojo al mago para comprobar si el enfado con ella se le había pasado.

Pero Andrea ni siquiera la miraba a ella.

—Prefiere curiosear por donde no debe. —Ignoró el gruñido del perro y lo cogió. Vicky notó el roce en el brazo de las manos de Andrea. Luego dejó de sentir el leve peso del animal y el calor que este desprendía se alejó. No recordaba que antes de encontrar al perro tuviese frío con la rebeca de algodón. Sin embargo, ahora su brazo comenzaba a enfriarse con rapidez. Se quedó mirándose el antebrazo, pendiente de la sensación.

Volvió a oír el gruñido del perro y levantó los ojos. Aquel animal diminuto se retorcía resistiéndose a las manos del mago, que a pesar de ser tremendamente diestro con bolas, cartas y aros, se veían torpes agarrando al perro. Andrea tuvo que inclinarse para que el perro, que se había lanzado al suelo desde sus manos, no se diese tremenda caída.

Lo oyó soltar un improperio. Vicky apretó los labios para no reír. El perro rodeó a Vicky y se sentó tras ella. Él suspiró.

—Es difícil de atrapar —le dijo a Vicky.

—Sí, con ese tamaño de patas debe correr muy rápido —respondió y él la miró de reojo.

—Es ese tamaño el que le permite esconderse. —A Andrea no pareció hacerle mucha gracia la ironía de Vicky y se inclinó hacia el perro—. Es muy joven, solo seis meses. No hace caso a nadie.

Vicky se giró para mirar al animal.

—¿Cómo se llama? —preguntó observando de nuevo los ojos redondos y brillantes del perro. Sin duda era un peluche enano con dos botones por ojos.

—Ludo.

Ella se sobresaltó y miró enseguida a Andrea. Él alzó las cejas, desconcertado por su reacción.

Haces los mismos trucos que el rey de los Goblins. Y ahora este perro se llama como mi bicho superpreferido de Dentro del Laberinto. ¿Hola? Lo tengo de figura de resina, de peluche, y de Funko Pop. O sea…

—Que me gusta el nombre. —Excusó su reacción.

Se oyeron risas y unos pasos. El sonido de unos tacones y solo había dos mujeres en el circo que usasen tacones altos que sonasen así al pisar.

—Que no lo vea —dijo Andrea inclinándose hacia Ludo, pero este se zafó de él de nuevo.

Vicky se inclinó también y ella sí logró alcanzarlo. Se puso derecha y se pegó de frente a Andrea para darle la espalda a Úrsula y Cornelia, que ya estarían cerca de ellos. Interpuso el bolso entre su cuerpo y el del mago, y echó a Ludo dentro. Enseguida se colgó el asa en el hombro y el bolso cayó a un lado con cierta diferencia de peso al que estaba acostumbrada.

Miró a Andrea con el pulso que se le iba a salir del pecho y pudo comprobar en los ojos del mago que él no estaba muy diferente a ella.

No entiendo por qué me produce presión esta tía. Si a mí no puede hacerme nada.

Lo vio desviar la vista con incomodidad y Vicky cerró los ojos.

No sé si es mejor que hubiese visto al perro.

Fue consciente de que si no hubiese llevado sujetador reductor, su pecho estaría pegado al de Andrea. Si bajaba la cabeza, rozaría con la frente la nariz del mago. Y a pesar de que Natalia soliera decirle que tenía la cara de lona dura, no era capaz de darse la vuelta para mirar a las dos mujeres, que por el olor que desprendían, vendrían de fumar desde la puerta de la carpa.

Fue Andrea el primero en retirarse. Oyó un «buenas noches» en un tono que desprendía lo que de verdad sentía Úrsula al verlos en aquella situación.

Ludo, ni respires.

Con el cabreo que tendría Úrsula, si encima veía a uno de los perros de Adela suelto por el circo, no quería ni imaginar dónde irían todos de inmediato. Siete días habían sido suficientes para conocer la respuesta de Úrsula a cada estímulo. Supuso que si de Andrea se trataba, esas reaccionen aumentarían sobremanera. El sonido de los tacones se detuvo y no tuvo más remedio que girarse.

—Victoria. —Hasta comenzaba a odiar su nombre cuando lo pronunciaba Úrsula—. Sí, quiero algo que tienes. —Dirigió la mirada hacia el bolso de Vicky. Ella notó la tensión en Andrea y aquello hizo que también se reflejase en su propio pecho—. Algo que llevas en el bolso.

Él enseguida miró a Vicky mientras ella separaba las asas. Metió la mano dentro de él, notó la lengua húmeda de Ludo sin parar mientras buscaba la esfera.

—Úrsula. —Oyó decir a Andrea, pero se apresuró a empujarlo con disimulo. Aunque su gesto no escapó a los ojos de la joven, que pareció aumentar aún más su enfado.

Vicky sacó la bola y se la ofreció en su palma.

Ahí la tienes. Puedes metértela esta noche si te urge. Aunque yo las prefiero de silicona.

Aquella hubiese sido su respuesta y de buen gusto la hubiese dado en voz alta de no estar allí por un trabajo en el que se había propuesto no fracasar.

Úrsula miró a Andrea mientras cogía la bola de la mano de Vicky, parecía satisfecha.

—Mi material —dijo ya con la bola en la mano—. Yo decido en qué emplearlo.

Cornelia dio unos pasos para rebasarlos mientras negaba con la cabeza, como si lo que sea que significase aquello fuera una aberración.

A la tía palmera esta la tengo atragantada también.

Notó un movimiento en el interior de su bolso, volvió a colgárselo en el hombro esperando que ninguna de las dos notase nada. Miró de reojo a Andrea, este no respondió a Úrsula, él miraba su esfera. Podía apreciarse bien la grieta que le había hecho Vicky al dejarla caer. La bola crujió de repente y se partió en tres trozos, que se abrieron como gajos de naranja. Vicky pudo apreciar la pequeña flor de dentro, ya liberada del cristal. Una flor seca de un color rosa claro.

Úrsula dirigió los ojos hacia la palma de su mano.

Te acaba de decir quién es el dueño de las bolas y que no te pertenecen. Ahora es cuando la niña caprichosa empieza a berrear.

La vio lanzarle una mirada a Andrea que bien hubiesen sido cuchillos de los que lanzaban contra el tapiz. Hasta Vicky pudo oírlos clavarse dentro de su cabeza. Pero Úrsula no dijo nada más, supuso que el bochorno le había aumentado la ira de manera considerable, así que siguió su camino tras Cornelia.

En cuanto se alejaron lo suficiente, Vicky se quitó una de las asas del bolso para que se abriese. Con el ímpetu porque no viese al perro, no sabía si lo tendría medio asfixiado allí dentro. Oyó a Andrea resoplar. Ludo se asomó por el borde del bolso.

—¿Cómo leches has roto la bola? —le preguntó al mago sin reponerse aún de lo que había visto.

Él la miró con una expresión de sorpresa parecida a la de ella.

—¿Cómo has hecho tú desaparecer a un perro? —respondió y ella sonrió.

La tensión se había disipado por completo y daba paso a una oleada que la empujaba a sonreír sin remedio mientras espiraba aire de forma placentera.

Andrea acercó la mano al bolso de Vicky para coger a Ludo, pero este volvió a gruñir. De nada le sirvió, acabó en una de las manos de Andrea. Vicky le acarició la cabeza.

—No vuelvas a escaparte —le dijo a Ludo cogiéndole los pelillos bajo su hocico. Los ojos redondos del perro se dirigieron a ella—. Siempre no va a haber un mago cerca, ni una periodista con un bolso enorme. —Andrea rio al escucharla.

Que es capaz de hacer desaparecer a perros y hace sonreír a magos enfadados.

—Gracias —le dijo él sin perder aquella sonrisa tranquila, mientras daba unos pasos para alejarse de ella.

Vicky hizo un ademán con la mano, quitándole importancia. Volvió a oír los tacones a lo lejos mientras Andrea se perdía por los pasillos. Úrsula quería cerciorarse de qué camino cogería cada uno de ellos. Supuso que en los próximos días, el enfado de Úrsula pasaría factura también sobre ella.

Pero a mí las brujas no me dan ningún miedo.

Se dirigió hacia su caravana, lo había hecho sin perderse, por primera vez desde que pisase el circo. Sobre el escalón para acceder al habitáculo brillaba una nueva esfera, esta vez sin grieta alguna. La flor de su interior era de un rosa más intenso, casi fucsia, lo que la hacía aún más llamativa que la que se había roto en pedazos momentos antes. La cogió y volvió a sentir el cosquilleo en la muñeca.

Sigue el camino de baldosas amarillas.

Se giró para mirar a un lado y a otro del pasillo, no había nadie, aunque supuso que el dueño de las bolas no andaría lejos.

10

Vicky se peinaba en aquel baño diminuto para salir a desayunar.

—Entonces, según esa teoría de Natalia en la que hay que analizar la reacción en los demás, Úrsula tiene unos celos que se muere, ¿no? —Era un audio de Claudia.

—Pero esa reacción no vale. —Acababa de entrar un audio de Mayte—. Realmente podía malinterpretarse la situación.

—Con Vicky no cabe malinterpretación. Si no la ves con las tetas sobre el mago, es que no hay nada. —Reía Claudia.

—Pero esa tía no sabe nada de Vicky —rebatía Mayte.

—Chicas, solo un audio y me piro que tengo trabajo. —La voz de Natalia hizo que Vicky se asomase por la puerta del baño para oírla con detenimiento—. Vicky, tía, ¿el trabajo te merma el ingenio? Acabo de ver la foto de tu nueva bola.

Cogió el móvil enseguida.

—Es bonita, ¿a que sí? —Estaba sobre la mesa. La miró sonriendo mientras grababa el audio.

—Ese tío hizo estallar la otra, qué fuerte —decía Claudia—. Conociendo a Vicky, la habrá dejado loca.

—Más loca ya no se puede. —Reía Mayte.

—Dejaros de pamplinas. Vamos cumpliendo años y parece que no habéis pasado de los veinte —les reñía Natalia—. Vicky lleva allí una semana y aún ninguna os habéis dado cuenta de nada. Y menos Vicky, que mucho camino de baldosas, pero va a ciegas.

—Habló la sabelotodo, venga —protestó Vicky. Ya temía que Natalia la bajase de aquella nube de positividad que le había producido lo de la noche anterior.

No podía dejar de pensar en el cambio en la expresión de

Andrea, en la forma de mirarla cuando Úrsula se fue, y le encantaba su nueva bola personalizada. De hecho y aunque no hubiese dicho nada en el chat, había estado más tiempo de la cuenta mirando la bola la noche anterior

—En parte, estas locas llevan razón. Úrsula posiblemente comenzó su cabreo el primer día que te vio con una bola del mago. Si la memoria no me falla, en la puerta de Caruso. Sin embargo, era una bola como cualquier otra, vacía —decía La Fatalé—. Pero esa bola regresó a su dueño y después recibiste una segunda bola, esta vez no estaba vacía, y por lo que se apreciaba a través de la cámara, la flor era de un color rosado. Un regalo de ese mago que a veces te huye. Sin embargo, la bola llega a manos equivocadas y la hace estallar. No le pertenece a esa nueva dueña, no la hizo para ella, sino para ti. Y ahora te acaba enviando una bola con una flor de color más intenso. ¿Sois lelas?

El audio se acabó y nadie más tuvo que añadir nada. Vicky estaba de nuevo en el baño, se había ido escondiendo en aquel pequeño habitáculo a medida que iba entendiendo las palabras de Natalia. Levantó los ojos para mirarse en el espejo, hiperventilaba. Sin embargo, un nuevo sonido hizo que se asomase de nuevo.

—Sí. Sois lelas. Las tres. Tú más que ninguna, Vicky. Está claro que hay una conexión mágica entre él y esas bolas. —Se oyó resoplar—. Bueno, realmente es una conexión mecánica con algún tipo de dispositivo, pero no vamos a romper el truco.

Vicky hizo una mueca de desagrado.

—Pensemos que hay una conexión mágica —rectificó Natalia—. Por alguna razón no se acerca a ti, pero lo está haciendo de la única forma que sabe, que siente, o que puede. Es un mensaje, Vicky. Tómalo como quieras. Mi teoría es que le molas más cada día. Pero que no le molas todos los días.

—Natalia —le respondió Vicky—. No sé si eres consciente de

que no me ayudas. Siempre haces lo mismo: primero me abres el camino de algo bueno que ni siquiera se me pasa por la cabeza, pero luego me hundes.

—Último audio que ya voy tarde. Voy a decírtelo claro. No confío en que vayas a conseguir una mierda y el tiempo me está dando la razón. Y me dan lo mismo esas estúpidas gafas, el peinado de los setenta o la ropa de estudiante de *Grease*. Lo que me importa es esa personalidad irreal que te has montado para nada. ¿No lo ves? ¿En serio no lo veis ninguna? Solo avanzas cuando eres Vicky. No se trata de hacer ese trabajo siendo otra persona. Se trata de hacer lo que puedas siendo tú. Cuando eres tú, la esfera deja de estar vacía, y cada vez que eres tú, su interior cambia. Míralo por donde quieras.

El audio de Natalia se acabó y se hizo el silencio. El tiempo justo para que todas se repusiesen de las palabras de Natalia. Vicky cogió el móvil con cierto tembleque en la mano.

—¿Me estás diciendo que me comporte como siempre? ¿Tú?

Abrió los labios y apretó los dientes. Natalia era, sin duda, la que más caña le daba siempre con que tenía que hacer algo con su vida, dar un cambio drástico.

—¿Yo? No he dicho absolutamente nada.

Vicky negó con la cabeza.

—Vale. —Era Mayte—. La pregunta es: ¿Qué diría Vicky ahora mismo?

Ladeó la cabeza para reír mientras guardaba las cosas en su bolso.

—Lo que diría sobre el mago, me lo reservo. —Guardó la esfera mientras llovían los emoticonos—. En cuanto al resto: «Preparadse, que voy».

Se miró al espejo y sonrió.

11

La mañana había sido una más de las que llevaba allí. Nada relevante. Úrsula la había ignorado por completo, algo que agradeció. Al menos no andaba tras ella llamándola sin parar como si fuese su secretaria.

Después del almuerzo salió de la carpa, justo donde Úrsula y Cornelia salían a fumar. Pero ya hacía rato que las había visto entrar.

Enseguida las moscas la rodearon atraídas por su perfume floral, como habían hecho el primer día. Supuso que estar cerca de los contenedores de basura tampoco ayudaba mucho.

Acabo de descubrir que el dicho «me comían las moscas», en circunstancias como esta, es literal.

Rodeó la carpa hacia la otra parte del campo ya sin grúas ni coches, donde el aire corría un poco y hacía que el sol no diese tan fuerte.

Encontró a Adam en su silla. Estaba parado mirando el campo, no eran unas vistas espectaculares, pero al menos era mejor que las lonas y las caravanas.

A ti te estaba buscando.

Él se sobresaltó al verla.

Y haces bien en sobresaltarte.

—¿Qué haces aquí? —preguntó con el mismo tono poco cordial de siempre.

—Tomar el aire. Lo mismo que tú, deduzco. —Se acercó a él.

Adam se giró aterrorizado viéndole las intenciones. Pero Vicky ignoró su gesto y agarró el manillar de la silla y lo empujó.

Hostias, pues sí que está duro esto. Entre lo que pesa y el suelo del campo me voy a joder bien la espalda.

—¿Qué haces? —protestó.

Seguir el camino de baldosas amarillas.

—Para. —Sonó a orden.

—No voy a lanzarte por la pradera, tranquilo —respondió ella con ironía.

—Nadie me echaría en falta. —Volvió a apoyar la espalda en la silla.

—Pero yo necesito que me aclares algunas cosas antes —dijo ella—. Luego si quieres buscamos un barranco y te ayudo a tirarte.

Él volvió a girarse en la silla para mirarla con ambos ojos guiñados.

Sí, hoy no traigo la máscara. Soy Vicky. Encantada de conocerte.

Empujó a Adam, alejándolo de la carpa.

—Vas a lastimarte la espalda.

—A nadie le importaría tampoco. Soy tan invisible como tú aquí.

No responde. Ahí le he dao.

—¿Y qué quieres saber? ¡Para ya!

—Antes vamos a acercarnos más a la pendiente. —Notaba cómo empezaba a sudarle la espalda. Adam se giró de nuevo, esta vez aún más sorprendido.

Era una ladera empinada con algo de hierba seca y roca. Ahí tuvo algo de más facilidad al empujar la silla aprovechando la inclinación de la pendiente.

—Para ya, luego nos va a costar volver —protestaba.

—Pues llamas a tu hermano el forzudo y que nos ayude.

—¿A Luciano? Él preferiría que me dejases caer por aquí.

—¿Por qué? Ya no tiene que competir contigo —dijo Vicky ya con las sienes sudorosas. Adam se sobresaltó con sus palabras. Cuando él se giraba la silla cedía con más facilidad.

—¿Quién te lo ha dicho? ¿Andrea?

—La verdad es que no me lo ha dicho nadie. Pero no es difícil deducirlo.

—Ha sido Andrea, ya lo he visto un par de veces hablando contigo. —Negó con la cabeza. Lo vio morderse el labio inferior—. Es su problema, piensa que todo el mundo es… —Negó con la cabeza de nuevo, esta vez en un gesto rápido, desprendía reproche, coraje, decepción—. Por eso hemos llegado a esto.

Pufff, mal rollo también entre estos dos. ¿Más mierda por ahí?

Detuvo la silla, pero no podía soltarla o Adam rodaría. Buscaba algún tipo de mecanismo de freno. Adam agarró una palanca y tiró. Se oyó el anclaje de la silla.

—Mejor así —dijo ella mirando la palanca—. Si quitas el freno yo no habré tenido nada que ver.

Levantó las manos. Adam volvió a guiñar ambos ojos sin dar crédito a lo que oía.

—¿Me dejarás en paz? —preguntó.

Ella alzó las cejas.

—Si te respondo a lo que cojones quieras saber. ¿Me dejarás en paz?

Vicky se mordió el labio inferior y miró hacia un lado. Las gafas se les resbalaban de la nariz con el sudor. Se las quitó, eran terriblemente molestas.

—Tenía pensado preguntarte ciertas cosas, pero tu hermano ayer me dijo algo que me ha hecho pensar y ahora me suceden otras cuestiones —dijo y Adam alzó las cejas.

—Me dijiste que me preguntarías sobre Ninette, no sobre mi hermano. —Adam se cruzó de brazos.

Más mierda, venga.

Vicky se quedó mirándolo allí anclado con los brazos cruzados y con una expresión de cabreo aún mayor a la que le vio a Andrea el día anterior. Ella se sentó sobre una piedra algo estrecha e incómoda. Pero al menos era mejor que estar de pie. Esperó un rato en silencio. Solo se escuchaban los insectos a su alrededor.

—¿Vas a preguntar ya? ¿O vas a esperar a que nos derritamos los dos? —dijo él y su tono sonó a niño frustrado.

Vicky contuvo la sonrisa. La verdad era que a pleno sol hacía un calor de la leche.

—Estoy esperando a que descruces los brazos —respondió tranquila.

Él la miró como si hubiese dicho un disparate. Luego puso el codo en el reposabrazos y apoyó la frente en su mano.

—Ya lo que nos hacía falta. —Lo oyó murmurar—. Encima nos mandan a una pirada.

Vicky torció los labios. Adam negó con la cabeza.

—¿Y todo esto no puedes preguntárselo a otro? —Adam guiñó los ojos de nuevo. Repetía tanto aquel gesto que Vicky supuso que necesitaba un oculista. La joven negó con la cabeza.

—Llevo aquí una semana y dos días. —Ladeó la cabeza—. Pero solo he recibido información sesgada, modificada y adaptada a quien mueve los hilos de las marionetas. —Negó levemente—. Matteo teme irse de la lengua y que Úrsula se moleste. Ninette teme que hasta sus pensamientos enfaden a tu hermano, así que imagínate verbalizarlos. Y Andrea tiende a huir de mí.

—Y hace bien. —Lo oyó murmurar mirándola de reojo.

Ella inclinó su cuerpo hacia delante y pegó el pecho en las rodillas. Ignoró el murmullo de Adam.

—Tu madrastra solo sabe contarme las grandezas de tu hermano —continuó—. Tu padre habla poco, solo murmura cosas extrañas, algo parecido a lo que tú haces. —Volvió a contener la sonrisa—. Y Adela está demasiado sumida en la preocupación de su futuro inmediato o más bien en el de los perros que dependen de ella. El resto de trabajadores y artistas no andan mucho más libres. Nadie está en condiciones de ayudarme.

—Y yo sí. —La ironía de Adam era más que evidente.

—Sí. —Ella respondió con frescura, tanto que él se sobresaltó.

—¿Por qué yo? —Volvió a cruzarse de brazos.

—Porque naciste aquí, sabes todo lo que hay que saber de este circo. Y tienes más tiempo que otros para observar. —Ahora fue ella la que guiñó ambos ojos hacia Adam—. Me eres más útil que el resto.

Vicky apoyó los antebrazos sobre sus propios muslos.

—Ninette era bailarina —añadió y lo vio mirarla de reojo—. Tu hermano dice que el problema de Úrsula es no haber nacido aquí y no pertenecer a este mundo. ¿Por qué Ninette no tiene ese problema?

Adam bajó la cabeza y apretó la mandíbula.

—Es diferente. —Al fin pudo apreciar un cambio en su tono de voz—. Ninette nació en Rusia y creció en un orfanato hasta que entró en la escuela de danza. No sé si sabes cómo son ese tipo de escuelas, las niñas viven allí y el tiempo que no estudian, trabajan. Trabajo y sacrificio, dos palabras que Úrsula desconoce.

Adam seguía sin levantar la cabeza. Vicky se inclinó un poco más para verle la cara. Él se sobresaltó al verla tan cerca. Lo vio querer rodar la silla, pero esta estaba frenada.

—¿Cómo acabó aquí? —preguntó, aunque podía imaginarlo.

—Luciano la conoció en una convención. Ella estaba de gira con una compañía de ballet. Aquí siempre hubo bailarinas así que se unió al circo, pero luego comenzó con lo que has visto que hace.

—Abandonó una compañía de ballet para venirse aquí —confirmó ella.

Qué bonito. Para estar junto al príncipe azul. Pero el príncipe azul resultó estar hecho en escala de grises.

Cerró los ojos recordando en el estado en el que encontró a Ninette la primera noche.

—¿Y Luciano era así de capullo ya de antes? ¿O necesita de Ninette para sentirse importante? —soltó y Adam levantó la cabeza con rapidez hacia ella.

—Luciano siempre ha sido diferente a Andrea o a mí —respondió sin ofenderse en absoluto—. Cornelia también ha puesto de su parte para que así sea.

—Para diferenciarlo. —Alzó las cejas.

Adam volvió a guiñar los ojos.

—¿Qué tiene que ver esto con el documental? —protestó.

—Tengo que construir la historia del circo Caruso. De cómo y qué os ha llevado hasta aquí —explicó—. No voy a contar que estáis de mierda hasta el cuello ni que una niñata caprichosa y sin experiencia ni más méritos que el dinero os dirige. Pero necesito entenderos para hacerlo bien.

Vicky cogió aire y resopló.

—Me esperaba algo más sencillo —confesó con media sonrisa y casi pudo ver a Adam sonreír.

—No sé lo que esperabas, pero esto es lo que hay.

Aquí nadie es feliz, ni siquiera los malos como en los cuentos.

Sonrió a sus propios pensamientos.

—Si lo haces como te dice Úrsula será sencillo —le dijo.

—Tu hermano dice que Úrsula suele destruir todo lo bueno. —Cortó una rama que había junto a su pie.

—Mi hermano dice la verdad. —Adam volvió a mirar hacia la ladera.

Por un momento Vicky lo observó. Ahora sí parecía estar relajado, la satisfacción de haber conseguido que Adam diese un pequeño e inapreciable paso hacia ella la inundó.

—¿Qué clase de documental voy a hacer entonces si hago lo

que dice Úrsula? —Partió de nuevo la rama y suspiró. Lo vio mirarla de reojo.

—¿Qué tiempo vas a estar aquí? ¿Un mes y poco más? Sé inteligente. Haz el trabajo que te permitan hacer. Vete y olvídate de nosotros.

Vicky tuvo que reír a pesar de que esta vez la voz de Adam no tenía una pizca de ironía.

—Llevo aquí poco más de una semana. Dentro de un mes. —Torció los labios—. Estaréis todos en mis pesadillas.

Esta vez Adam no pudo contener la risa.

El hombre de hojalata comienza a moverse despacio.

—Sigo queriendo a Ninette en mi trabajo —murmuró Vicky. Dirigió los ojos hacia Adam—. ¿Cómo puedo convencerla?

—No hay forma de convencerla —respondió—. Están Úrsula y Luciano. —Negó con la cabeza—. Ya has visto a Matteo y solo tiene encima a Úrsula. Suma a mi hermano.

—Pero Ninette sí tiene a dónde ir fuera de aquí. Ya ha conocido el otro mundo. No es como Matteo.

Lo vio fruncir el ceño.

—Ninette lleva sola desde que nació —intervino Adam tranquilo—. Ha conocido el otro mundo como tú dices, pero estaba vacío. Aquí tiene una familia.

Vicky lanzó la rama y esta rebotó contra una piedra.

—Pues menuda familia. —Negó con la cabeza, ni siquiera Cornelia la trataba bien—. Ser el saco de frustraciones de los demás no es ser parte de una familia.

Aguantó con frescura la mirada sorprendida de Adam.

Para qué andarse con correcciones. Lo pienso, lo suelto. ¿Hola? Soy Vicky.

Alzó las cejas hacia Adam por si este tenía algo que objetar.

—Llevas razón, pero no hay nada que hacer, créeme. Lo han

intentado Andrea y Matteo, y yo también lo intenté. No ha habido forma.

—A lo mejor no habéis dado con la forma. —Volvió a recibir la misma mirada de sorpresa—. Para ser personas de trabajo y sacrificio os rendís demasiado rápido.

Adam apretó la mandíbula.

—Y tú eres demasiado insistente. —Lo vio quitar el freno de la silla—. Y ya te he dado demasiado de mi inútil tiempo.

Vicky no se movió de su lugar. Observaba cómo Adam, con gran dificultad, intentaba girar la silla sin dejarse caer por la pendiente. La joven volvió a apoyar los antebrazos sobre los muslos. La dificultad que tenía Adam era considerable. Esperó con paciencia.

Espero que no salga rodando porque entonces ya sí que la lío parda.

Él le lanzó una mirada de reproche, dudó si era por llevarlo hasta allí o por no ayudarlo.

—¿Te divierte? —Le caía el sudor por las sienes.

—No. —Fue rotunda—. Pero no me pides ayuda, así que seguramente no la necesites.

Se puso en pie y dio unos pasos.

—Y encima te vas —protestó.

Vicky se giró hacia él. Adam ya le había dado la vuelta a la silla y había avanzado algo, pero su peso era demasiado para ir contra la pendiente.

—Te rindes —le dijo ella.

—No me rindo, ¿no ves que no puedo? Ni siquiera creo que podamos los dos —farfulló mientras echaba de nuevo el freno.

—¿Por qué no haces terapia? —preguntó y él volvió a guiñar ambos ojos.

—Porque es para nada, ¿sabes lo que es roto? ¿Inservible?

—Que no puedas volver a hacer esas cosas que hacen tus

compañeros no significa ser inservible.

Adam negó con la cabeza.

—No hay arreglo para mí. —Exhaló aire con fuerza. Realmente había sido costoso para él darse la vuelta.

—En menos de un año no se sabe aún si hay o no arreglo. —Adam hizo un movimiento brusco que hizo que la silla se desplazase aún con el freno echado. Vicky corrió para detenerla.

Hostias, ahora sí que pesa.

—Te lo he dicho antes, que no podríamos volver. Pero eres...

—Una pirada, ya lo has dicho antes. —Empujaba, pero apenas conseguía que avanzaran.

—Vamos a caer los dos —seguía protestando él.

—Eras trapecista, no me digas que te da miedo una caída desde una silla.

Lo oyó resoplar.

—¿Por qué leches no haces terapia? —Volvió a repetir ella—. Recorrer especialistas, siempre hay algo que hacer.

—¿También eres médico?

—No, pero el entorno de mis padres está rodeado de ellos —respondió—. Hay prótesis y andadores.

—¿Qué dices? —Negó con la cabeza.

—¿Es mejor una silla sin más? —Resopló. Ahora sí que el sudor le caía por la espalda.

—Sola no puedes.

—Dándome esos ánimos seguro que caemos los dos, sí. —Espiró con fuerza—. Echa el freno un momento.

Se detuvo a tomar el aliento. Adam la observaba perplejo. Sin duda estaba viendo la realidad de la periodista y no daba crédito. Ella lo miró agarrando la silla.

—O empujamos a la vez, o rodamos hasta el final de la pradera—le advirtió—. Y después del número de Cornelia, si te dejo peor de lo que estás, van a pensar todos que me ha enviado la competencia.

Esta vez la risa de Adam no se quedó en un intento. Se tapó la cara con una mano.

—¿Eras la única periodista libre de tu productora? ¿O estaban deseando perderte de vista? —le soltó él sin dejar de reír.

Ella sacudió la mano.

—¿Preparado? —Empujaron a la vez y la silla se movió.

Fue duro y tuvieron que detenerse de vez en cuando para que Vicky cogiese aliento, pero llegaron hasta el final. Una vez en la zona de los tráileres, Adam pudo tomar solo el control de la silla. Vicky tenía la espalda completamente mojada e hiperventilaba.

—Ya he descubierto una manera de que estés callada —dijo Adam con ironía girando la silla.

Pero para sorpresa de Vicky no avanzó con ella para perderse de su vista. Estaba esperando a que ella recuperara la respiración. Adam miró el camino recorrido, la pendiente era considerable.

—No andas mal de fuerza —dijo.

Ella negó con la cabeza.

—Uno de mis hermanos es entrenador personal. —Vicky también miró la pendiente—. Pero esto… —Resopló.

Adam esbozó una leve sonrisa.

—Creo que tengo algo que puede ayudarte. —Vicky se sobresaltó con el ofrecimiento de Adam. Él desplazó las ruedas—. Voy a buscarlos, luego te los doy.

La joven alzó las cejas mirando perpleja cómo Adam se perdía entre los tráileres. Al ahogo se le unió cierto escozor en la garganta y le brillaron los ojos.

Hostias.

Seguía hiperventilando.

Se mueve. He logrado mover al hombre de hojalata.

Espiraba con fuerza y más alivio. Se llevó las manos a las sienes.

Puffff.

Se giró hacia las enormes carpas y se mordió el labio. La positividad volvió a inundarla.

Ahora solo me quedan el espantapájaros y la leona.

Arrugó la nariz.

E ir sorteando a las dos brujas y a los monos alados.

Arrugó aún más la nariz.

Y el mago.

La positividad momentánea se iba disipando. Su respiración se normalizaba, pero aún respiraba con fuerza por la boca. Cogió el móvil.

—Soy un crack —Grabó—. Me he jodido la espalda, pero soy un puto crack, ¿lo sabéis?

Comenzó a reír mientras guardaba el móvil. Luego recordó que le faltaba algo.

Hostias, las putas gafas otra vez.

Miró hacia la ladera. Recordaba habérselas quitado, pero juraba que se las había vuelto a poner. Resopló con fuerza.

Qué coño un crack. Soy un desastre, no tengo remedio.

12

Subía los peldaños que llevaban a la oficina del director, pero frenó en seco antes de chocar con Andrea.

Joder.

El mago casi ni la miró. Lo vio enrollar los papeles que llevaba en la mano y tirarlos al contenedor que había junto a las escaleras.

—Suerte con él —le dijo sin detenerse.

Vicky lo miró entornando los ojos. Reconocía los papeles que había tirado a la basura, ya los había visto en la mesa del comedor. Dirigió la mirada hacia el contenedor.

—No tengo tiempo para pamplinas ahora. —Oyó decir a Fausto cerrando la puerta que su hijo había dejado abierta—. Ven mañana.

Vicky cerró los ojos con el sonido del portazo. Cogió aire y bajó los escalones.

Y que yo tenga que soportar que los tontos estos me traten así.

Hizo una mueca hacia la puerta.

Ni el imperio de Úrsula es tan grande como el tercio que voy a heredar yo.

Sacudió la cabeza. Había estado indagando por internet quién era Úrsula. Y cierto que su padre tenía negocios y numerosas acciones en empresas importantes, pero no alcanzaba al imperio de su familia. Algo que no pensaba ni mencionar en el tiempo que estuviese allí. Ya había podido apreciar que ser una mujer similar a Úrsula produciría rechazo. Y entonces podía despedirse por completo del trabajo que quería hacer.

Echaba de menos su vestidor, la bañera de hidromasaje y,

sobre todo, su cama de dos por dos metros. Miró de reojo el gran habitáculo de Úrsula.

Se iba a cagar esta con los modelazos que tengo en Madrid.

Hizo otra mueca dirigida a la puerta de Úrsula. Se apoyó en el container de plástico para bajar los escalones, pero se detuvo y abrió la tapa. Pudo ver el papel hecho una bola casi en el fondo. Se inclinó a ver si llegaba a alcanzarlo.

¿Es por el dinero, Úrsula? ¿O es por joderlo a él?

Por mucho que estirase el brazo apenas llegaba a rozarlo con la punta de los dedos. Se inclinó aún más hasta que metió medio cuerpo dentro. Había restos de alguna comida en la basura porque el olor era vomitivo. Aguantó la respiración, casi lo alcanzaba, solo tenía que inclinar el contenedor. Pero no contaba con que este tuviese ruedas. Así que en cuanto lo levantó un ápice del suelo, rodó y su cuerpo basculó tras él. No le dio tiempo de recobrar el equilibrio, el container se volcó y ella cayó desde los escalones aún con medio cuerpo dentro.

Vaya pedazo de hostia.

Tuvo que agradecer que el plástico duro cubriese su cabeza, dar contra el suelo hubiese sido peor. Tuvo suerte de que estuviese medio vacío, no quería ni imaginar que encima de la caída se hubiese visto envuelta en basura.

—¿Estás bien? —Era la voz de Adam.

Vicky sacó la cabeza del contenedor. Esperaba no tener nada pegado en el pelo y aún menos que la falda midi de vuelo no le hubiese jugado una mala pasada.

—¿Qué haces? —le preguntó con aquella expresión de ojos guiñados que ya le era familiar.

Lo que suelo hacer siempre, el imbécil. Y eso que no traigo botellas de vodka. Ibais a ver un espectáculo de verdad.

Agradeció que al menos el mago no estuviese cerca para verla.

—Iba a tirar un pañuelo a la basura, pero se me ha escapado el móvil. —Se excusó cogiendo el bolso que había caído a un lado.

La esfera de Andrea había rodado hasta la silla de Adam. Este se inclinó desde su silla para cogerla. Vicky aprovechó para guardar los papeles arrugados en el bolso, notó algo blanducho pegado a ellos, pero no tuvo tiempo de quitarlo. Adam ya se ponía derecho y no quería que la viese guardando nada que no fuese un móvil.

Qué asco, por Dios.

No quería imaginar qué habría metido en el bolso junto a la bola de papel. Se llevó los dedos con disimulo hasta la nariz temiendo comprobar qué leches era aquello blando y pegajoso.

Plátano.

No sabía si sonreír con la alegría de que no fuese algo peor, aunque tampoco le hacía gracia llevar un trozo de plátano pasado y sin piel dentro del bolso.

Me va a poner perdido todo lo que llevo dentro.

Sonrió a Adam, sin embargo. Este ahora miraba la esfera y la flor de su interior.

—Tiras el móvil a la basura y olvidas las gafas en lugares extraños. —Rio levemente—. Claro que querían perderte de vista.

Le dio a Vicky sus gafas doradas.

—Llevo toda la tarde clavándome algo en la espalda —añadió—. Aunque no creo que las echases de menos. Tu miopía debe de ser casi inexistente.

Vicky torció los labios cogiendo las gafas.

¿Y lo bien que me sientan?

—Toma. —Adam cogió tres libros que llevaba sobre sus muslos—. Aquí tendrás material para al menos iniciarte.

Vicky frunció el ceño mirándolos. Libros sobre circos antiguos, el origen de aquel mundo.

Adam, eres Dios.

Se apresuró a cogerlos y le dio las gracias. No podía meterlos en el bolso o se los devolvería hechos una pena.

—Espero que te ayuden —añadió él. Finalmente le devolvió la bola.

Guardó la bola en el bolso con gran pena. Iba a ponerse perdida de plátano, como todo lo que llevase dentro.

Toallitas húmedas, la solución para todo. Las inventaron los dioses.

Le dio las gracias a Adam y este giró las ruedas para seguir el camino hacia la otra carpa. Aunque antes se detuvo ante la puerta de su padre. Luego miró a Vicky de reojo.

—A lo mejor tienes razón y nos rendimos demasiado pronto.

Vicky alzó las cejas y abrió la boca para responder. Siendo sincera con ella misma y siendo consciente ahora de la sarta de sandeces que le había soltado a Adam en el campo, si este le hubiese dado con una piedra en la cabeza ni se lo hubiese reprochado.

Adam negó con la cabeza antes de que ella pudiese disculparse y siguió su camino.

Vicky miró el contenedor aún en el suelo. Los tres escalones tenían una altura considerable, agradeció no haberse hecho daño. Se sobresaltó al oír la puerta de Úrsula abrirse. Esta salió con rapidez y la miró de reojo. La vio detenerse, mirar el contenedor y luego a ella con una expresión extraña.

—Me he resbalado en los escalones. —Se apresuró a explicar—. Y me agarré al contenedor.

La joven frunció el ceño, mirándola como si fuese lela.

—No estoy muy acostumbrada a estos escalones de chapa que tenéis por aquí —añadió.

Úrsula sacudió la cabeza.

—¿Y qué haces parada? Recógelo —le soltó mientras daba unos pasos.

Vicky abrió la boca más sorprendida que indignada con el descaro y la forma de hablarle de aquella mujer que ya le daba la espalda.

Qué-pedazo-de-capulla.

Se inclinó para poner derecho el contenedor.

Iba a recogerlo, lo he tirado yo. Pero vaya forma de decírmelo.

Negó con la cabeza mientras ponía aquello en pie.

Y menuda peste a plátano me está quedando en el bolso.

Oyó una voz, cada vez la reconocía mejor. Era la voz de Luciano, después de haber hablado con él varias veces podía diferenciar que esa voz no era para cuando le hablaba a los demás. Sino cuando le hablaba a Ninette.

—¿No pensabas decírmelo? —Oyó ya claramente en italiano.

Vicky se entremetió entre unas casas prefabricadas.

—Era un proyecto, no había nada decidido. —La oyó responder despacio y tranquila.

—Tira de una vez esas estúpidas zapatillas —decía él—. Tíralas, no vas a volver a ponértelas.

—No quiero tirarlas. —Ahora sí que la voz de ella dejaba de sonar tranquila. Comenzaba la angustia. Vicky notó cómo sus pulsaciones se aceleraban hasta quemarle en el pecho.

—¿Por qué? ¿Piensas volver a los teatros? ¿Es por eso? —La voz de Luciano cada vez subía más de tono.

—No pienso volver a los teatros, no es por eso.

—Claro que es por eso —rebatía—. ¿Ah no? Demuéstralo y tira toda esa mierda.

Se oyó un portazo.

No hay por dónde coger a este tío.

Se oyó otra vez la puerta, un abrir y cerrar rápido.

—Tíralas de una vez. —Lo volvió a escuchar, esta vez más

alterado.

Voy a salir a ver si conmigo delante se corta ya. Porque yo esto no lo soporto.

Se los encontró de frente. Ninette estaba en el último escalón por el que se accedía a la casa, Luciano estaba dentro. La puerta estaba abierta, los portazos supuso que serían de empujar ella desde fuera y él desde dentro.

Enseguida se fijó en las manos de Ninette. Llevaba unas zapatillas de tacos de ballet, cogidas por las cintas. Tenían la punta algo sucia, no sabía por qué, pero le alegraba saber que aún las usaba.

Les sonrió a ambos mientras se colocaba frente a ellos. Luciano la miraba deseando que se marchase.

Pero voy a estorbar aquí un poco más.

Miró las zapatillas deteniéndose en ellas el tiempo suficiente para que Luciano pudiese comprobar que las había visto.

—Bailarina, ya me lo han dicho —dijo y vio cómo el tono rojo de la tez de Luciano se volvía más llamativo—. Es la hora de la merienda, ¿me acompañas?

Ninette miró a Luciano sin saber qué responder, pero Vicky alargó las manos hacia las zapatillas y se las quitó de las manos.

—Me encantan —añadió sabiendo que Luciano iba a explotar de la ira—. Yo hice danza cuando era niña. No usaba de estas, las mías eran de media punta. Mi profesora decía que debía trabajar años para conseguir ponerme de puntillas. ¿Con que edad lo hiciste tú?

—Nueve —lo dijo bajito, mientras desviaba la vista hacia un lado.

Vicky frunció el ceño.

—Hubieses superado las expectativas de mi profesora con sus alumnas. ¿Es normal que alguien con nueve años se mantenga en punta?

Ninette no la miraba, ni siquiera respondió. Vicky miró de

reojo a Luciano.

—Debe ser un genio del ballet, ¿no? —La pregunta la dirigió hacia él, que tampoco respondió—. ¿Tienes vídeos? Me encantaría verlos. —Se dirigió de nuevo a Ninette. Esta volvió a mirar a Luciano—. ¿Los tiene?

La mandíbula de Luciano se movió. Luego se metió dentro y cerró la puerta dejándolas en la calle.

—Vamos a merendar. —Vicky tiró de ella.

—No tengo hambre.

—Nunca tienes hambre y acabarás cayendo de las telas. —Tiró de ella de nuevo—. Pero antes voy a soltar esto y el bolso.

El bolso comenzaba a desprender cierto olor dulzón que desagradaba. Notó que Ninette apreció algo.

—Olvidé un plátano dentro este medio día —le dijo guiñando los dos ojos—. No quieras saber qué ha pasado con él.

La vio contener la sonrisa.

No hay nada que hacer por ella, dice Adam. Qué poco espíritu tienen.

—Dime, ¿hay vídeos o no? —preguntó.

—Sí, los hay. —La chica se había cruzado de brazos y miraba al suelo mientras andaba a su lado.

—¿Y vestidos? ¿Guardas alguno?

—Solo uno —respondió.

Llegaron hasta la caravana de Vicky. Esta le dio las zapatillas a Ninette.

—Tardo dos segundos. Póntelas, quiero verlo —le pidió.

No le vio ningún entusiasmo, sin embargo, ignoró su expresión y entró a soltar los libros y cambiar el bolso. Cuando salió, Ninette estaba sentada en el escalón que accedía a la caravana atándose las zapatillas.

Vicky sonrió satisfecha. La rodeó y se puso frente a ella

mientras limpiaba la esfera de Andrea con una toallita, la guardó y se inclinó en el suelo, junto a los pies de Ninette.

—Te formaste en una de esas escuelas rusas —le dijo tocando las zapatillas—. Dicen que las alumnas tenéis que pasar pruebas durísimas para ser admitidas a pesar de ser niñas. —Tocó la puta de las zapatillas—. ¿Cómo era estar dentro?

—Yo vivía en un orfanato, para mí fue como Howard para Harry Potter —respondió y Vicky comenzó a reír.

—Entonces debió de ser una alegría superar las pruebas de acceso —intervino Vicky—. ¿Recuerdas ese día?

Dio una palmada al empeine de Ninette mientras ella asentía.

—Cómo olvidarlo —dijo la chica.

Vicky entornó los ojos.

—¿Qué edad tienes?

—Veintitrés.

Vicky sonrió, asintiendo.

—Cada vez que alguien, quien sea, te sugiera tirar a la basura las zapatillas y todo lo que eso conlleva —La vio encogerse al oírla—, recuerda el día que te dijeron que estabas admitida.

Vicky se puso en pie sin dejar de mirarla. Si las piernas de Ninette ya impresionaban con unas deportivas, con aquellas zapatillas pasaban a otro nivel. La joven se puso en pie y se alzó en las puntas.

—Desde el primer día supe que jamás sería «primera bailarina» —dijo Ninette y Vicky la miró sorprendida—. Hay que reunir una serie de aptitudes y yo no tenía la estatura. Pero, aun así, no me importó. Ser parte del reparto también era un regalo.

En punta aún Vicky era más alta que ella. Eran una pena esos cuantos centímetros de estatura. Aquella chica era hermosa y de perfil elegante, hubiese sido una belleza de primera bailarina.

Ninette volvió a bajar sus talones y se inclinó para desabrochárselas.

—¿Hubieses dicho que sí? —preguntó Vicky y Ninette se sobresaltó—. A la propuesta de Matteo y Andrea, ¿la hubieses aceptado?

Ninette inclinó la cabeza y Vicky le puso un dedo en la barbilla y se la levantó.

—Vale, no lo digas. —No quitaba el dedo de debajo de su barbilla—. Solo mírame y piensa en la respuesta. Sin pensar en nadie más, solo en ti.

Vio el brillo en los ojos de la muchacha.

Era evidente.

El brillo en los ojos de Ninette aumentó. Vicky miro a su alrededor, el olor a cacao, leche y café significaba demasiada gente en los pasillos. Tiró de Ninette hacia el interior de su caravana y cerró la puerta. La chica aumentó el llanto, era lo que Vicky quería evitar que viese el resto.

—Tranquila, siéntate —le dijo

Ninette se sentó en la cama y Vicky en el asiento de la mesa donde había dejado los libros. Sacudió la mano en el aire.

—Acaba cuando quieras. No hay prisa —añadió y Ninette la miró sorprendida—. Venga ya. No me conoces de nada, pero te puedo asegurar que he visto llorar a más gente de la que recuerdo. No me sorprendo ni me asusto. Hasta las piedras lloran, ni te imaginas.

Sintió que aquello no disipaba el bochorno de Ninette.

—Si tuviese Moet o Vodka… —dijo y Ninette alzó las cejas casi asustada—. Es broma.

No, no es broma. Te digo yo que echaríamos unas risas aunque ahora te parezca imposible reír a carcajadas.

El móvil de Vicky vibró.

—Con permiso —le dijo a Ninette levantando el móvil—. Una urgencia.

Era un audio. Siendo Ninette rusa, hablando italiano e inglés, supuso que no entendería una mierda de español. Así que activó el audio de Claudia.

—¿Entonces volverá eso de ponerse un vestido de Lagerfeld y cagarse en su puta madre? —Se oyó claramente en la pequeña caravana la voz de Claudia. No vio reacción alguna en Ninette, así que no lo había entendido.

Se acercó el móvil a la boca.

—De momento olvida los Lagerfeld y todo eso. Solo estoy yo, esa bruja que me toca los cojones y demasiados imbéciles. Pero no ha sido tan mal día. Aunque tengo aquí ahora mismo llorando a la leona.

—¿Ahí? ¿Contigo? —Se sorprendió Claudia.

—Sí, saludad. —Acercó el móvil a Ninette—. Pero habladle en inglés.

Ninette levantó la cabeza contrariada.

Se fueron sucediendo los audios de cada una saludando a Ninette. Vicky pulsó el botón y le indicó con la mano que saludase.

—Hola, soy Ninette. —Se apartó del móvil como si este fuese un aparato del demonio.

Vicky ladeó la cabeza con expresión picaresca.

—Mis ángeles de la guarda —le explicó—. Las unicornio.

Ninette frunció el ceño.

—Amigas, amigas de las de verdad. —Ladeó la cabeza hacia Ninette.

Le dio a Ninette en la barbilla con el móvil.

—Tenemos la costumbre de hablar durante todo el día, cada vez que podemos en este chat —comenzó—. ¿Sabes por qué? Nunca podemos estar juntas, cada una ha seguido un camino y la distancia no nos permite reunirnos en la realidad. Al principio el estar separadas fue difícil, los caminos de cada una de nosotras son todos en solitario y es complicado enfrentar las cosas cuando te sientes sola. Entonces llegamos a un acuerdo y era contar dónde estábamos, qué hacíamos o de qué personas estábamos rodeadas en cada momento. Es como tener una cámara acompañándote todo el día y que las demás puedan verlo. Descubrimos hace tiempo que era una manera de no sentirnos solas jamás. Al final del día puedo hablar con ellas de ti, de cualquiera que habite en este circo y es como si os conociesen. Y puedo meditar, ver las cosas desde otra perspectiva. Si estoy decaída, ellas me levantan. Si decido abandonar, ellas harán lo posible para que yo siga adelante.

Ninette se limpiaba las lágrimas, sus ojos estaban abiertos como platos mirando a Vicky.

—Aunque me veas deambulando por este circo sin compañía, nunca estoy sola.

La muchacha sonrió. Vicky le echó el pelo hacia atrás.

—Cuando estoy enfadada, asustada, o cuando tengo ganas de llorar —Miró su móvil—, acudo a ellas. No tengo que esperar a una hora concreta, solo tengo que escribir o enviar un audio. Y me siento mejor.

Ninette miró el móvil con las cejas alzadas. Ya no tenía lágrimas, ahora miraba el teléfono con la boca entreabierta.

—Las cuatro nos dimos cuenta de que cuando estamos solas solemos perder demasiado el tiempo lamentándonos y reprochándonos, al fin y al cabo, tratándonos mal a nosotras mismas. En compañía se disipa el miedo, se aclaran las dudas y se forja una armadura. Solemos buscar soluciones, que es de lo que se trata, porque complicaciones tendremos siempre, a cada paso.

La joven frunció el ceño con desconfianza.

—No toda compañía es capaz de hacer eso —rebatió la joven—. Llevo toda la vida rodeada de gente. El orfanato, la escuela de danza, la compañía de ballet y este circo. —Negó con la cabeza—. Siempre he estado sola.

Vicky le agarró el brazo para que se levantase.

—Claro que todas las compañías no son iguales. Por eso tienes la libertad de elegirlas. —Entornó los ojos sonriendo—. Libertad. —Cogió las zapatillas de ballet que Ninette ya había dejado en el suelo e hizo un nudo con las cintas—. La que seguramente sientes cuando andas dando vueltas por esas telas o sobre estos tacos.

Estiró las cintas con el nudo hecho, había quedado un asa y se las colgó en el hombro a Ninette.

—Tú elegiste el ballet porque te daba algo que necesitabas. —Le colocaba las zapatillas sobre la espalda—. Tienes que hacer lo mismo con todo lo demás.

Abrió la puerta.

—Ahora sí, ¿vamos a comer algo?

Ninette se miró cómo las zapatillas colgaban de su espalda y hombro. Vicky la vio dudosa de salir allí, con temor de que pudiesen verla. Vicky tiró de ella.

Teme que explote el orangután.

No sabía el límite que podía tener el enfado de Luciano. No creyó que llegase más que a los gritos. A pesar de que Ninette dijera que estaba sola sabía que había al menos tres personas que vigilaban aquel tema de cerca. Adam se lo había dejado caer, Matteo, Andrea y él. Hubiesen intervenido con más ímpetu si la cosa llegaba a más. De todos modos, a sus ojos la forma con la que Luciano trataba a Ninette no tenía nombre. Y ya que su propia madre lo respaldase era para plantar un pino en medio del pasillo Caruso. De esos abundantes después de unos días de estreñimiento.

Vicky cerró la puerta. Aquel pensamiento la llevó a recordar que no había plantado ninguno desde hacía dos días. Siempre le costó hacer de cuerpo en sitios ajenos y aquel baño era realmente estrecho e incómodo. Ya los compartidos de las carpas mejor no considerarlos.

Llegaron a la carpa del *buffet*. Úrsula se había cambiado de ropa. Ahora llevaba un vestido vaquero con botones delante.

Ese también lo tengo, creo.

Entornó los ojos.

Pero yo lo conjunto mejor.

Cogió las mismas rosquillas que solía merendar y se sentó. Vio a Ninette mirar de lejos la mesa de Luciano. Matteo pasó por su lado y las miró, contrariado.

—Puedes sentarte —invitó Vicky—. A no ser que una nueva orden te impida hablar conmigo.

Él frunció el ceño pensativo, estaba claro que no se atrevía a sentarse.

Ya le era familiar el sonido de las ruedas de la silla de Adam. Se giró hacia él, también le contrarió ver a Ninette con Vicky. Esta le sonrió con suficiencia.

Soy más efectiva que vosotros tres.

—Iba a ir a por un zumo —le dijo al trapecista—. Pero seguro que entiendes la máquina mejor que yo.

Él abrió la boca para replicar, pero Vicky lo ignoró. Andrea pasaba por el otro lado de la mesa. Ella enseguida apoyó el codo en la mesa y dejó caer la barbilla en su mano para mirarlo con cierto descaro. Lo miró orgullosa de tener a aquellos tres reunidos y de que él lo viese. Se mordió el labio inferior conteniendo la sonrisa mientras Andrea la miraba de reojo.

—Veintidós días y medio —le dijo Vicky. Era el tiempo que le quedaba allí. Lo vio girar la cabeza hacia un lado para reír.

Andrea se inclinó y puso las manos en la mesa para mirarla.

Por algo soy el Hada Madrina. Ahora enfádate otra vez, quiero volver a probar lo que tardo en quitarte un mosqueo.

Adam ya volvía con los zumos. Vicky comprobó que llevaba tres, todo un logro con una sola mano. Le ayudó a ponerlos en la mesa y él arrastró uno hasta Ninette.

—Gracias —dijo Vicky mirando a Ninette y haciendo un gesto con la cabeza hacia Adam.

Ninette, que estaba pensativa, se sobresaltó.

—Gracias —añadió Ninette en cuanto fue consciente del detalle.

Vicky entornó los ojos.

Vaya panda. Aquí tengo trabajo de sobra.

Matteo seguía en pie. Ni iba a por rosquillas ni café, pero tampoco se sentaba.

—Matteo —lo llamó—. Te vas a quedar sin nada.

Este reaccionó y dio unos pasos hacia las bandejas de la comida. Vicky miró a Andrea, este tampoco se movía.

—¿Intentas atraer una silla con la mente o algo así? —preguntó ella riendo. Hasta Adam pareció reír.

Andrea entornó los ojos, una expresión parecida a la que hacía Adam cuando ella decía alguna estupidez. Vicky estiró un pie y le dio con la punta del zapato a una silla de la mesa contigua, esta se desplazó hasta Andrea chocando contra sus piernas. La risa de Adam aumentó.

—No quería una silla —soltó él. Luego se detuvo en su hermano. Vicky miró a Adam de reojo. Era cierto, reía. Andrea frunció el ceño agarrando la silla y la colocó bien para sentarse.

Notó el desconcierto en Andrea mientras miraba a Adam. El trapecista había cogido una de las zapatillas que Ninette llevaba colgadas del hombro. Vicky dio con el codo un sutil toque al brazo de Andrea para atraer su atención.

—La magia en el mundo real es inútil, ¿no? —susurró sin mirarlo. Matteo ya se sentaba al otro lado de Vicky. Ella levantó la mirada hacia el mago. Los ojos de Andrea bajo aquella carpa blanca le hicieron comprobar de primera mano dónde estaba Ciudad Esmeralda en aquel extraño cuento—. No tienes ni idea.

Apartó la vista de él. No quería ver su expresión y aún menos su sonrisa. Se mordió el labio.

—¿Poco más de una semana aquí y ya entiendes de magia? —

respondió

Magia la que te daría yo en otras circunstancias. Así que mejor cállate.

Pensamientos encadenados que tenía que parar de inmediato. El calor bajo la lona ya era suficiente.

—Tu hermano me ha dejado unos libros, en unos días sabré algo más —respondió y Andrea alzó las cejas.

Miró a Adam aún más sorprendido que antes. Él hablaba con Ninette y no era consciente de la mirada de su hermano.

—Pues sí que se te dan bien los hechizos —dijo casi impresionado—. Con lo cual, lo mejor es permanecer lejos de ti.

Lo vio alzarse en el asiento para irse.

—Un mago que teme a los hechizos. —Rio.

Andrea volvió a acomodarse en el asiento al oírla. Matteo, que sí que los estaba escuchando, parecía divertido.

—No temo a los hechizos, pero no tengo buena experiencia con las brujas —respondió con ironía inclinándose levemente hacia ella.

Vicky se giró para mirar la mesa de los otros Caruso donde estaba el resto de la familia y Úrsula.

—Por eso no te preocupes. —Vicky volvió a dirigirse hacia él—. «Solo las brujas malas son feas».

Matteo casi se atragantó con la rosquilla. Andrea giró la cabeza para reír.

Ando fina. Ha tenido que ser del subidón de esta mañana con Natalia y el haber conseguido «avanzar algo» con Ninette y Adam. En cuanto me dan carrete no respondo.

—¿Quién dice eso? —intervino Adam. No sabía en qué momento Ninette y él habían terminado la conversación y los atendían a ellos.

—Lyman Frank Baum, el autor de *El maravilloso mundo de*

Oz. —Lo miró con picaresca—. Pensaba que te gustaban los libros.

—Ese en concreto no lo he leído. —Los cuatro rieron. Adam cogió su móvil—. Pero ahora mismo voy a pedirlo.

Vicky miró a Matteo.

—Siento lo de vuestro proyecto —dijo.

Matteo negó con la cabeza.

—Ya estoy acostumbrado. —Matteo miró a Andrea—. Nunca hacen caso a nada de lo que propongo, ni lo miran.

—¿Qué era? —preguntó Adam y Matteo miró a Andrea. Este negó con la cabeza.

—Lo tiré a la basura. —La decepción se apreciaba en la cara de Matteo al oírlo—. Era para nada insistir.

Matteo suspiró.

—Puedes volver a dibujarlo —dijo Vicky—. Será por dibujos. —Le empujó con el hombro—. Y por proyectos —añadió.

—Sí, tengo un cajón lleno de proyectos. —Matteo se oyó desesperado.

Adam miraba a Matteo, no tenía ni idea de qué proyecto hablaban. Vicky sacó la esfera del bolso y la puso en el centro de la mesa.

—Imagínala a tamaño grande —explicó ella—. Y que la flor es Ninette.

Ella la hizo girar con la mano como si fuese una peonza, dio unas cuantas vueltas y estaba a punto de detenerse. Pero Andrea se puso en pie. Vicky entreabrió los labios, el cosquilleo sobrevenía. La bola giraba sobre sí misma ahora con más velocidad. Vicky se inclinó hacia delante, perpleja, Andrea podía moverla sin tocarla.

Ay, madre.

La carpa desapareció y con ella el murmullo de los que estaban dentro. Y también Matteo y Adam, y Ninette, y hasta la mesa pareció desaparecer. La esfera levitaba. El pulso se le aceleró y se le humedecieron los ojos hasta el punto de que se le enturbió la vista, ni siquiera era capaz de pestañear. Andrea cogió la bola en el aire.

Y en cuanto el mago atrapó la bola regresó la carpa, el murmullo, la mesa y sus acompañantes. Pero ella aún hiperventilaba como si acabase de empujar a Adam por la cuesta hasta las carpas.

Desconocía si los demás estaban acostumbrados a aquellas dotes de Andrea, pero su pecho desde luego que no, ni su estómago, y ya no quería ni pensar en las partes de más abajo de su cuerpo. Cogió aire hasta inflar los mofletes. Andrea la miró divertido.

—¿Os han dicho que no a esto? —Adam no salía de su asombro.

—Ya los has oído —respondió Vicky—. Son los parias del circo.

Adam estaba perplejo.

—Es realmente grandioso, no pueden decirle que no a esto. —Miró a Ninette—. Sería…

Ella negó con la cabeza.

—Tú lo has dicho, «sería». —Lo cortó su hermano—. Pero no lo va a ser.

Vicky puso la palma de la mano para que Andrea le devolviese su esfera.

Lo que se da no se quita y si se quita, estalla y se rompe. Trae pa´ acá.

Él la dejó caer en su mano.

—Esta me da suerte. —Excusó su forma de pedírsela.

—Chicos, insistid —continuaba Adam—. Para la fiesta del aniversario sería brutal. Además, podéis contar conmigo. —Levantó las manos. Vicky vio cómo Andrea alzaba las cejas con las palabras de su hermano—. Puedo ayudaros a presionar un poco.

No está acostumbrado a que su hermano le eche una mano.

Sonrió, aquella sensación que le comenzaban a producir las

reacciones de unos con otros le estaba encantando. Ninette miró la hora. El descanso se acababa.

—Yo tengo que irme —dijo levantándose. Adam le cogió una mano.

—Tú, ¿aceptarías ser parte del número? —le preguntó el trapecista.

Ella lo miró, contrariada.

Venga, Ninette, responde.

Adam dirigió su mirada hacia las zapatillas de ballet.

—Ya te han dicho que no va a poder ser. —Fue su respuesta y Vicky resopló.

No pasa nada, solo ha sido el primer día con el Hada Madrina. Hacen falta algunos más para que la leona ruja.

Ninette soltó despacio la mano de Adam y se marchó. Vicky la siguió con la mirada. La chica ni siquiera se detuvo en la mesa de Luciano, pasó de largo sin mirarlos.

Bien. Que se note que algo, por poco que sea, está cambiando.

Se volvió hacia los otros tres.

—Insistid —dijo ella también—. Si os sirve de algo mi ayuda, contad con ella.

Miró a Adam de reojo.

—También soy una paria aquí. Pero puedo ser tremendamente persuasiva. —Lo vio reír con sus palabras.

Matteo se levantó también.

—Voy a buscar a los míos. —Miró a Vicky—. Ya he visto que ninguno estará en el documental de Úrsula. No le interesamos a nadie.

Vicky le hizo un ademán con la mano indicándole que acababa de decir una sandez.

—Y yo voy a ver qué andan haciendo los míos —dijo Adam girando las ruedas de su silla—. Aunque os parezca masoquista me gusta verlos ensayar —añadió rodando hacia el pasillo.

Vicky lo siguió con la mirada y luego se giró hacia Andrea.

—La soledad del mago —dijo. Era el único que no tenía compañía alguna en su número.

—Mejor así, créeme. —Se levantó y ella lo imitó.

Cuando Andrea vio la acción de Vicky, se detuvo. Ella sintió una especie de halo de rechazo, era evidente que él no quería que lo siguiese ni siquiera hasta la puerta de la carpa. Verlo con intenciones de huir aumentó las suyas de seguirlo.

No hagas eso conmigo, que estás a punto de despertar a un monstruo.

Tuvo que contener la risa y se pegó a él aún más.

Me encanta.

Él la miró contrariado.

—¿No tienes que seguir trabajando? —Andrea ladeó la cabeza hacia la mesa de los monos alados.

—Es precisamente lo que estoy haciendo ahora mismo. —Cada vez se notaba más fresca. Natalia llevaba razón, no conseguiría absolutamente nada intentando ser alguien que no era. Además, era tremendamente aburrido.

—El mago no estará en el documental —le aclaró él, mismas palabras de Úrsula, y ella sonrió.

Vicky se cruzó de brazos.

—Ni el joven que está en la silla, ni la novia del trapecista, ni tampoco el payaso. —Entornó los ojos hacia Andrea.

Él negó con la cabeza a la ironía de Vicky.

—Das auténtico miedo. —Tuvo que reír él. La rebasó aligerando el paso. Ella corrió para ponerse de nuevo a su lado sin importarle estar a la vista de Úrsula.

Sí, es lo que parece. Estoy persiguiendo a tu mago.

Salieron, desconocía hacia dónde se dirigía Andrea, pero iba junto a él.

—Necesito un favor —pidió Vicky y Andrea se detuvo. Ella temió que el perfume volviese a atraer a insectos en presencia del mago y que él pudiese ver sus bochornosas reacciones a los bichos.

Miró a su alrededor, a aquella hora de la tarde parecían haberse dispersado.

—¿De mí? —Se sorprendió él.

—No se me ocurre nadie más. —Encogió la parte derecha de sus labios y se le formó un hoyuelo en esa mejilla.

—Tienes a Úrsula. Ahora que vas a hacer lo que ella quiere no te pondrá impedimento en nada.

Vicky alzó las cejas y él la entendió enseguida.

—No es sobre el documental precisamente —añadió ella—. Es sobre tu hermano.

Levantó ambas manos ante la expresión de Andrea. Sabía que a veces su empeño y efusividad podrían malinterpretarse.

—Me resulta llamativo que se cayese y quedase en la silla sin más. —Se apresuró a decir.

Bajó la cabeza, no lo estaba arreglando.

Que se va a pensar este que quiero lío con el hermano.

—Sé cómo fue, sé lo que pasó con el seguro. —Hizo un ademán con la mano ante el gesto de sorpresa de Andrea—. Pero ¿por qué no buscó ayuda por su cuenta?

Andrea miró a un lado, no respondió. Luego rebasó a Vicky y siguió caminando hacia unos tráileres que había al fondo de la parcela.

¿Otra vez se ha cabreado? Me han dado el mejor trabajo del mundo.

A aquellas horas el calor se había ido por completo y corría la brisa. Hubiese agradecido una rebeca. Sin embargo, se alejó de las carpas tras él.

—Si sigue así, sin tratamiento, va a acabar…

—Ya sé cómo va a acabar. —La cortó él abriendo la puerta

trasera de uno de los camiones.

Vicky miró lo que había dentro, más trastos como los que llenaban las carpas. Reconoció cierta caja que formaba cuadros, esas en las que los magos metían a alguien y luego desplazaban las partes centrales haciendo el efecto de desmontar un cuerpo. Se sacudió, siempre le dio reparo aquel número.

—Me alegra que lo sepas. —Él entró y ella se quedó en la puerta—. Así me ahorro explicártelo.

Él se giró hacia ella ante su frescura. Ahora sí se veía realmente enfadado.

—¿Sabes por qué acabó así? —replicó—. Porque cometí el error de dejar a alguien de fuera meter las narices aquí dentro. Y no se volverá a repetir.

Vicky abrió la boca para responder, pero Andrea ya le había dado la espalda. Así que dio un salto hacia dentro del camión. Él frunció el ceño ante el gesto descarado de la joven a pesar de haber recibido una respuesta un tanto grosera.

—A mí me importa poco a quién metieras en el circo ni el por qué, y mucho menos el poder que le dieseis dentro entre todos —replicó ella—. Yo solo quiero que me consigas los estudios que le hicieron a tu hermano.

Metió la mano en su bolso y sacó un pendrive.

—No puedo pedírselos a nadie más. —Abrió la palma para que él lo cogiese.

Lo vio contrariado mirando el pequeño chip de memoria.

—Quiero que los vea alguien que conozco —añadió.

Ahora es cuando se te tiene que caer la cara a trozos de la vergüenza, con lo estúpido que acabas de ser conmigo.

Lo vio coger el chip.

—Siento haberte… —comenzó a disculparse.

—Bla, bla. —Lo cortó saltando fuera del camión.

Oyó el sonido a su espalda de los pies de Andrea sobre la hierba. También había salido del camión. Se giró para ponerse frente a él.

Vicky hizo un gran esfuerzo por no sonreír, pero le encantaba la forma en la que él la estaba mirando, exactamente la misma mirada que la noche anterior tras lo de Ludo. Y aquello en las muñecas que le producían las bolas al moverse no tardó en aparecer.

—Hacía mucho que no veía a mi hermano reír ni mucho menos estar cómodo rodeado de gente —confesó Andrea.

—No es solo mérito mío. —Ahora sí sonrió—. Creo que le encanta todo lo que se balancea en las alturas.

Mi leona cobarde es toda una hermosura.

Andrea alzó las cejas con las palabras de Vicky y parecieron gustarle. Entendió que él no había sido consciente de ello hasta ese momento, quizás nadie en el circo lo habría notado. Adam no es que fuese completamente invisible para el resto, pero nadie quería mirarlo por un motivo evidente. La reacción que el trapecista solía tener con todos: miradas, acercamientos. Un aura que no se debía traspasar.

—Veintidós días —repitió él con media sonrisa.

Se giró para coger unas cuerdas y cerró el camión. Vicky observó las cuerdas.

—¿También escapista? —Alargó la mano para tocarlas. Parecían unas cuerdas comunes.

—Y de los buenos. —Rio él.

Se me están disparando los pensamientos. No puede ser.

Se mordió el labio inferior.

—Pues eso sí es útil en el mundo real. —Lo miró de reojo mientras regresaban a la carpa—. ¿Puedes escapar de periodistas molestas que hacen preguntas incómodas?

Lo vio sonreír. Andrea se detuvo y Vicky se paró junto a él con curiosidad.

—Sí, si son lo suficientemente molestas.

—No si le pongo empeño. —Rio ella.

Él asintió con ironía mientras pasaba las cuerdas por la espalda de Vicky.

—No querías que te siguiese. —Sonrió y la expresión de él lo confirmó. Andrea hizo un nudo y las cuerdas envolvieron su cintura—. Y no quieres que te siga ahora.

—No quiero que te metas en problemas. —Volvió a tirar de las cuerdas y estas se apretaron en los muslos de Vicky.

Busca al mago. Los consejos de las locas suelen llevar directo a los problemas.

Volvió a pasarle las cuerdas por la espalda y esta vez se acercó tanto que pudo olerlo.

Me están entrando unas ganas terribles de seguir el camino hasta Ciudad Esmeralda.

Volvió a sentir cómo las cuerdas le apretaban, esta vez a la altura del pecho. En esa parte eran más incómodas, ya bastante tenía con el sujetador reductor. Miró a Andrea, estaba realmente cerca y pudo fijarse en su mandíbula, en el perfil de su nariz o en la fina barbilla.

Llegar a Ciudad Esmeralda.

Dejó caer el bolso al suelo mientras volvía a sentir una nueva vuelta de las cuerdas. Lo miró a los ojos, si bajo la carpa le gustaban, a la luz del sol eran una completa locura.

Al fin y al cabo, nunca me dieron miedo las brujas.

Andrea volvió a tirar y esta vez todas las vueltas de cuerda alrededor de su cuerpo se tensaron.

—¿Me vas a enseñar a escapar? —preguntó sonriendo.

Él negó con la cabeza y Vicky frunció el ceño sin entenderlo.

—Yo soy el escapista —respondió soltando la cuerda—. Y es lo que voy a hacer, escapar.

Se apartó de ella sin dejar de sonreír con satisfacción.

La madre que lo parió.

Vicky intentó dar un paso, pero no podía desplazarse más que unos pocos centímetros y con el riesgo de perder el equilibrio y caer. Lo miró contrariada aunque comenzaba a subirle cierto enfado que le haría soltar una de sus burradas. Sin embargo, la sonrisa burlona de Andrea no desaparecía con la expresión de Vicky. Seguía alejándose de ella y le dio la espalda para seguir su camino.

—¿Piensas dejarme aquí? —Dio un par de saltos para comprobar si así podía desplazarse mejor.

Y a ver cómo cojo el puto bolso.

—¡Andrea! —lo llamó.

Él no atendía a sus voces.

Cuando les cuente esto a las locas no se lo van a creer. Me acaba de convertir en un gusano.

Dio dos saltos más.

Esto es hacer el capullo literalmente.

Levantó los ojos hacia Andrea.

—¡Eh! —lo llamó y esta vez sí se giró hacia ella, él estaba ya en la puerta de la carpa.

Intentó erguirse, pero por mucho que lo hiciese seguramente estaría igual de ridícula.

Y me he dejado atar como una imbécil.

Lo miró con furia y él retomó la risa.

La próxima vez vas a hipnotizar a tu puñ...

Andrea alzó una mano y chasqueó los dedos. Las cuerdas se aflojaron y cayeron al suelo de inmediato.

Hostias.

Bajó la mirada para verlas en el suelo, luego volvió a mirar a

Andrea. No sabía si ahora se sentía más ridícula que envuelta en cuerdas. Él aumentó la risa y entró en la carpa.

Vicky volvió a mirar las cuerdas.

Qué fuerte.

Recogió el bolso y las cuerdas sabiendo que no había forma de recoger las bragas porque las había perdido por completo. Comprobó que las cuerdas eran aparentemente normales, como tantas que había cogido otras veces. Aun así tiró de ellas dos veces para cerciorarse.

De esta o salgo cuerda, o este tío me tara del todo.

Resopló.

13

—Entonces te has dejado atar como una imbécil. —Reía Natalia.

—Y te has pegado una hostia de la leche dentro de un contenedor de basura. —Mayte se tapaba la cara.

Vicky pasaba las páginas de uno de los libros de Adam sin mirar la pantalla del *iPad*, que permanecía en el soporte con el rostro de sus tres amigas llorando de la risa.

—Ha sido decidir ser tú y tener un día glorioso, no esperábamos menos —decía Claudia. Apoyó la barbilla en la mano—. Vaya con el mago. Ha sido más inteligente que el resto de hombres que se te han cruzado. Cuando te pones pelmaza es lo último que se me hubiese ocurrido, atarte.

—No se me ha ocurrido ni a mí en todos estos años —decía Natalia haciendo una mueca.

—Te está molando de verdad, ¿a que sí? —Mayte entornó los ojos.

Vicky levantó la mano aun siguiendo atenta al libro y a las fotos en blanco y negro que contenía.

—Dejadme de mago hoy que me tiene negra, de verdad —soltó y sus amigas aumentaron la risa.

—Venga, Vicky, que te conocemos —continuaba Claudia—. ¿Qué pensabas mientras te estaba atando?

—En el *satisfayer* —respondió Mayte con ironía.

—En serio, ya vale con las bromas. Estoy loca pero no tanto. El mago no es para mí.

Natalia la estaba observando en silencio.

—¿Por qué no es para ti? —preguntó La Fatalé.

—Porque esto no es un juego a los que estoy acostumbrada. —Al fin levantó la cabeza del libro—. Este es de los que te cogen, te empotran, y te dejan *tocá pa' to* la vida. Que te lo digo yo, que lo tengo cerca.

Las carcajadas de sus amigas se oyeron en toda la caravana.

—Tías, en serio. —Vicky acercó su cara al *iPad*—. Hace levitar cosas sin tocarlas, deshace nudos de cuerdas a distancia.

—Y todo eso te da un morbo que te cagas —añadió Claudia.

—Exacto —confesó y las carcajadas resonaron de nuevo. Vicky se tapó la cara con las dos manos—. No quiero ser Vicky.

—¡Qué dices! Con las risas que echamos —le decía Claudia.

—Eso es, la payasa del grupo. —No se quitaba las manos de la cara. Resopló.

—Yo todavía no me explico cómo te has dejado atar así por las buenas —intervino Natalia.

Vicky movió la mano.

—Que me hipnotiza, es ilusionista o yo que sé. Me deja tonta. No tenéis ni idea. Ya en la carpa hizo algo parecido. —Resopló.

—Eso está bien —dijo Claudia con ironía—. Si intenta algo más intenso, puedes hacerte la loca.

Todas volvieron a reír y Vicky se tapó la cara. Negó con la cabeza.

—Y verás la bruja del Oeste. —Ella también tuvo que reír—. Hoy con el subidón me he vacilado más de la cuenta. Tiene que estar fina. Mañana me llamará Cati de la productora, no tengo dudas.

—Es lo que te ha dicho el mago, no quiere que te metas en problemas. —Mayte torció los labios.

—¿Tienes ahí unos zapatos rojos? —Natalia sonrió con malicia—. Los vas a necesitar.

14

Aquel día había elegido un vestido verde de media manga. No le gustaba la tela, era de la que como sudara, le haría cercos bajo los brazos. Era entallado, de las pocas cosas sin vuelo que llevaba. Y tenía una hilera de botones en toda la parte frontal. Se ajustó el cinturón y se miró al espejo.

Se desabrochó los botones y aparecieron los corchetes de aquel sujetador incómodo. Los soltó, las tetas de goma no necesitaban sostén alguno. Sonrió, sin aquel sujetador el vestido no le abrochaba hasta arriba. Entornó los ojos imaginando lo que pasaría si se pasease por el circo con semejante escote. Negó con la cabeza y volvió a abrocharse los corchetes. En un rato se acostumbraría a la presión. Era una de las cosas que se había propuesto a su vuelta a Madrid, ponerle un remedio menos tenso al exceso de aquel atributo que decidió aumentar exageradamente por voluntad propia. Ahora que se comenzaba a acostumbrar a su silueta en versión reducida y más disimulada, no le disgustaba tanto como creía.

A primera hora la había llamado su padre. Diez días de trabajo de su hija lo habían hecho sentir con cierta esperanza de que esa vez pudiera ser el principio de algo duradero. Y eso hizo que ella también se sintiese mejor.

Antes de salir le echó un ojo a los papeles arrugados que tenía sobre la mesa con unas enormes manchas que aún olían a plátano. Tenía que darse prisa si quería pillar a Matteo en el desayuno.

No tardó en encontrarlo en una de las mesas, pero la cola de las tostadas era demasiado larga. Así que cogió unas galletas y un vaso de leche, y se apresuró a sentarse frente a él.

—Buenos días —dijo mirándola con desconfianza.

Vicky fue consciente de que a pesar de llevar las mismas

gafas, las mismas horquillas y ropa de siempre, quizás su rostro se iba poco a poco transformando al fresco y sinvergüenza de siempre.

—Buenos días. —Mojó una galleta en la leche. Eran sin azúcar, de algún tipo de cereal.

Mil demonios estarían más buenos que esto.

—Me ha surgido una duda esta mañana —le dijo—. ¿Quién se encarga de la compra del material?

Matteo frunció el ceño, sorprendido por la pregunta.

—Úrsula. —Hizo una mueca.

—¿Y antes de Úrsula? —Mojó otra galleta.

—El encargado de cada número —respondió Matteo.

Vicky entornó los ojos.

A ver cómo consigo que no se me vea el plumero.

—Entones entiendo que los proveedores son diferentes. —Cortó la frase para que él continuase y le hizo un gesto con la mano por si no lo había pillado.

—Antes sí —comenzó Matteo—. Cada encargado era el especialista y el que se encargaba del material y maquinaria. Cada uno tenía su fabricante.

Vicky sacó la libreta.

—Pero Úrsula comenzó a pedir presupuestos por su cuenta. —Matteo se detuvo mientras observaba a Vicky pintar—. Hay que saber a quién pedirle la maquinaria.

Ella alzó las cejas. Viendo a Adam, era evidente lo que Matteo quería decir.

—Y los proveedores de ahora, ¿son buenos?

Matteo ladeó la cabeza.

—A mí los últimos con los que negocia Úrsula no me gustan. Después de lo de Adam tendría que mirar más por la calidad que por el dinero.

—Ese proyecto tuyo, la esfera, ¿el presupuesto es de ese

fabricante que no te gusta?

—Pedí varios presupuestos. La versión simple sí era de ese fabricante. Había otra versión, pero esa solo puede fabricarla una empresa en concreto, en Japón. Los mismos que hicieron las esferas de Andrea.

No me nombres las esferas de Andrea.

Vicky le tendió la libreta.

—¿Puedes explicarme la diferencia entre las dos versiones? —pidió.

Matteo garabateaba, acompañando sus explicaciones. Hasta pintó las telas de Ninette, sobre las que volaría cuando saliera de la bola gigante. La cabeza de Vicky fue construyendo las imágenes según el payaso narraba. Aquello era mucho mejor de lo que en un principio pensaba.

—Pero no lo quieren —concluyó él.

—¿Se lo habéis explicado así?

Él negó con la cabeza.

—Ya te he dicho otras veces que a mí no se me tiene en cuenta y Andrea no lo tiene fácil tampoco.

Vicky miró la libreta.

—Apúntame el nombre de la empresa —le pidió—. Quiero indagar sobre fabricantes de este tipo de aparatos. He estado hablando con la productora y hemos tenido la idea de ampliar algo más el reportaje. Unos compañeros se pondrán en ello. Sería interesante visitar esas fábricas. —Sacudió la mano.

La trola ha quedado bastante creíble.

Matteo apuntó un nombre.

—Ponme la empresa buena —añadió ella—. No voy a hacer viajar a un compañero hasta Japón para grabar a una fábrica mediocre.

Matteo negó con la cabeza.

—Son los mejores —dijo—. Andrea solo quiere trabajar con

ellos, pero no sé qué va a hacer a partir de ahora. Úrsula no está por la labor de invertir en él.

Las últimas bolas mágicas que le quedan. Y yo casqué una.

—¿Y el vestuario? —Se asomó a la libreta.

—Lo mismo, antes podíamos elegir. —Le hizo un gesto con la cabeza.

Úrsula, ya.

Vicky le señaló el cuaderno.

—Ponme la empresa también —dijo.

Matteo anotó un nombre. Vicky cogió la libreta.

—¿El diseño del traje se lo dais vosotros o lo hacen ellos? —Faltaba el último elemento.

—Pueden hacerlo ellos, pero yo había pensado —le quitó el cuaderno a Vicky—, algo como esto.

Ella observó cómo dibujaba el traje: un vestido de bailarina con varias capas en la falda y las alas de mariposa.

—¿No importa el color? —preguntó y él alzó la cabeza, extrañado—. Quiero decir que las mariposas son de colores.

Matteo frunció el ceño, pensativo.

—El color da igual —dijo él—. Hay telas con las que se pueden hacer juegos de luces, suelen ser neutras, una especie de beige. Y la luz es la que le da el color.

Vicky recordó uno de los números de Eurovisión. No recordaba el país, ni el artista, ni la canción, pero sí aquel juego de luces en un vestido.

—Es así cómo lo imaginé. —Apoyó la mano en la barbilla—. Perfecto.

Vicky sonrió observando el rostro de Matteo mientras visualizaba su creación. Sabía que él era capaz de verlo real dentro de su cabeza, así eran las personas creativas. Y a juzgar por su expresión, lo que estaba viendo tendría que ser tremendamente maravilloso.

—Yo tengo que irme —le dijo Vicky levantándose.

Que la bruja me tendrá hoy preparada otra tanda de biografías. Es peor que mi jefa.

—Ojalá pudiese darte algo como eso para tu reportaje —le dijo Matteo sonriendo y Vicky le devolvió la sonrisa—. Pero solo hay lo que ves.

Yo veo demasiadas cosas. Siempre fue mi problema.

Le dio un golpe en el hombro a Matteo y se fue hacia el pasillo para cambiar de carpa. Vio un grupo de gente más numeroso de lo habitual. Se acercó enseguida.

—Llevo diez años de mi vida aquí. —Oyó—. Y aposté por este circo cuando se hundió.

—Lo siento, Lucinda. —La voz era de Fausto Caruso.

Que despedían a Lucinda lo estaba yo viendo venir. Todo el que vacila un poco a la bruja, termina en la calle.

—Todos los espectáculos están cubiertos a estas fechas —reprochaba la mujer a gritos—. Hasta el próximo invierno no encontraré trabajo.

Vicky noto cómo le tiraban del brazo. No le dio tiempo a reaccionar, su cuerpo atravesó unas cortinas negras. Se vio en un habitáculo pequeño y lleno de trastos.

—¿Así es cómo haces desaparecer personas? —le dijo a Andrea riendo.

Y su risa hizo que se disipase la tensión de tener su cuerpo pegado al de él. Dejó que fuese Andrea el que se apartase de ella. El mago le cogió la mano y se la alzó.

—Aquí tienes los estudios que le hicieron a mi hermano. —Le puso en la mano el pendrive y se la cerró.

Vicky notó que le cerró el puño más fuerte de lo que debiera, como si no quisiera que aquel chip de memoria se le perdiese o cayese al suelo. Ella se miró la mano, se estaba clavando aquel cacharro.

Luego miró a Andrea, este tenía una expresión extraña y le notó cierta oscuridad bajo los ojos.

No ha dormido una mierda.

Alzó las cejas sin dejar de mirarlo, lo notaba con cierto bochorno.

—¿Has tenido que robar esto de madrugada? —Tuvo que desechar la ironía de la frase, desconcertada con el comportamiento del mago.

Andrea giró la cabeza, era evidente que no quería que Vicky lo siguiese observando de aquella manera.

—Crees que esa persona que conoces, ¿puede ayudarlo? —preguntó.

—Claro que sí. —Se miró la mano de nuevo, envuelta en la de Andrea, que no dejaba de hacerle presión—. Pero si sigues apretándome, lo romperemos y no podré enviar nada.

Él retiró la mano de inmediato.

—Perdona. —En la disculpa notó cómo aumentaba su bochorno.

Vicky entornó los ojos hacia él. Lo vio tomar aire despacio y de manera profunda. Andrea al fin giró la cara hacia ella.

—En cuanto sepas lo que necesite y cuánto cuesta, quiero que me lo digas a mí. Ni a mi padre, ni a Adam, ni mucho menos a Úrsula.

Vicky asintió despacio mientras Andrea se apoyaba en la pared. El mago levantó la cabeza para volver a coger aire. Vicky miró a su alrededor, aquel lugar era sumamente pequeño y hasta a ella le faltaba el aire.

—Ahora vete, antes de que te vea Úrsula aquí —añadió.

Vicky se cruzó de brazos sin moverse del sitio.

—Ya has visto lo que ha hecho con Lucinda esta mañana. —Andrea hizo un ademán con la cabeza señalándole el exterior.

—A mí no puede echarme, ¿qué va a hacer? ¿Convertirme en

sapo? —le soltó aún cruzada de brazos.

Andrea se tapó la cara con la mano, solo fue capaz de sacarle una leve sonrisa que enseguida desapareció.

—Ahora dame otra razón para que te deje aquí solo mientras te da... —Guiñó ambos ojos—. No sé si es asma, una crisis de ansiedad... —Guiñó aún más los ojos mientras Andrea volvía a girar la cabeza para que no lo mirase—. ¿Qué te pasa?

Andrea resbaló la espalda por la pared hasta que se sentó en el suelo.

—Vete, Victoria, por favor. —Encogió las rodillas.

Vicky se acuclilló frente a él.

—Me repiten demasiado ese nombre aquí. —Inclinó la cabeza para encontrar su cara —. Vicky mejor.

Lo oyó espirar aire tan fuerte que llegó hasta ella y le movió la parte izquierda del pelo.

—¿Por qué haces esto? —Andrea levantó los ojos hacia la joven.

—¿Esconderme en un cuarto oscuro contigo? No suelo esconderme en cuartos oscuros con nadie. Lo hice porque me hiciste aparecer aquí —respondió y ahora sí lo pudo ver reír.

No es asma ni ataque de ansiedad. Llevas un peso encima que te rompe la espalda. Como la tiene rota tu hermano.

Andrea negó con la cabeza.

—Me refiero a lo de mi hermano —añadió él, pero Vicky sabía desde el principio a lo que se refería.

Ella se sentó en el suelo frente a él, también apoyó la espalda en la pared y encogió las piernas. Las puntas de sus zapatos rozaban con las del mago.

—Porque os veo perdiendo el tiempo en reproches en vez de emplearlo en buscar soluciones —respondió.

Andrea dirigió los ojos hacia la mano de Vicky, donde aún

llevaba el pendrive.

—¿Sabes por qué tengo todo eso? —comenzó él. Ella abrió la mano para mirar el chip—. Fui con mi hermano a todos los especialistas a que le hiciesen todo tipo de estudios. —Negó con la cabeza—. Unos fueron más optimistas que otros, pero al menos todos coincidían en que podría lograr ponerse en pie.

Andrea tuvo que dejar de hablar y de nuevo aspiró hondo.

—Úrsula compró el material equivocado. —Bajó los ojos—. Aun así, no es su culpa, la engañaron. No hubo seguro ni indemnización. La única solución de Adam era denunciar al circo y a su propio padre, y no quería. Entonces Úrsula se ofreció a correr con los gastos.

Vicky frunció el ceño y despegó la espalda de la pared para inclinarse hacia delante.

—Mi relación con Úrsula no estaba en su mejor momento —continuó—. Lo de Adam me terminó de descubrir el mal que yo había traído al circo. —Volvió a tomar aire—. Y Úrsula se negó a pagar el tratamiento de mi hermano. Mi padre me culpa de haberlo convertido en un sainete. Me culpa de que una desconocida sin experiencia maneje el circo a su antojo, y me culpa de lo de Adam. Tanto de la caída como de que no haya recibido tratamiento.

Negó con la cabeza.

—Que mi padre me evite es algo a lo que ya estaba acostumbrado. Pero no soporto ver así a mi hermano —confesó—. Él también me culpa de alguna manera. Adam no es así, nunca ha sido así. Está muerto y yo he perdido a mi único hermano.

Vicky supuso que Luciano nunca fue un hermano aunque compartieran apellido.

—Adam le insistió a mi padre durante años para que yo llevase el apellido Caruso. Aunque eso significara un tercio del circo cuando mi padre no estuviese. Luciano siempre se opuso y aún más Cornelia.

Pero a Adam nunca le importó compartir nada conmigo. Y así se lo he agradecido yo.

Apoyó la cabeza en la pared de nuevo.

—Podría haber esperado a que Adam terminase el tratamiento como me reprocha mi padre en cuanto tiene ocasión. —Miró a Vicky—. Pero me estaba ahogando. Y lo de Adam fue el castigo que Úrsula decidió para mí.

Andrea volvió a aspirar y espirar con fuerza.

—Todo lo que he ganado en el circo desde aquel día lo tengo guardado para Adam —le dijo—. No es suficiente, pero pediré un préstamo, lo que sea. Si hay algo que pueda hacer por mi hermano.

Ella lo observó en silencio. Era extraño, llevaba allí un rato con él y no se le habían desviado los pensamientos. Solo atendía y escuchaba mientras percibía aquel halo de tristeza y culpa que desprendía Andrea.

—Pero tampoco sé cómo hacerlo sin que Úrsula se entere de nada —añadió—. En cuanto se entere hará lo posible por bloquearlo. Tener a mi hermano en ese estado es mi castigo, mi castigo para siempre.

Vicky bajó los ojos.

—Veintidós días —murmuró. Era poco tiempo, luego eran unos días más para grabar, pero, aun así, en total no pasarían de las cuatro semanas, cinco si se dejaba llevar con el rodaje. Eso para una terapia era una mierda—. Pero es algo.

Andrea la observaba murmurar sin entender, aunque el español se pareciese bastante al italiano. Vicky sacudió la cabeza.

—Mientras yo esté aquí no habrá problema —dijo—. Ya pensaremos después.

Andrea frunció el ceñó sin comprenderla.

—Hice desaparecer a un perro, puedo hechizar a un terapeuta para que no lo reconozcan, no me subestimes —añadió y Andrea rio.

Ella hizo una mueca.

Lo vio mirarla en silencio. De nuevo la misma mirada que la noche de Ludo o de la tarde anterior cuando le pidió los estudios médicos de su hermano.

—Tu trabajo no es hacer desaparecer perros, ni hechizar a terapeutas, ni traer al mundo real a mi hermano, ni acompañar a Ninette en un momento malo. —Lo oyó decir.

—Cierto, me siento completamente explotada —respondió con ironía y él rio de nuevo.

Y me encanta que rías.

—¿Sabes que en todo este tiempo nadie ha conseguido atravesar esa aura de Adam? Ni siquiera mi padre. Ni Matteo, ni yo, que llevamos toda la vida juntos.

Vicky movió la mano.

—Soy persuasiva. —Andrea volvió a reír—. Y él no es un escapista experto.

El mago aumentó la risa. Ella se mordió el labio.

—No voy a dejarme atar de nuevo, así que ve inventando otro truco conmigo —añadió y esta vez él dio unas carcajadas.

Vicky sacó la bola del bolso, la puso en el suelo y la hizo rodar hasta él. Andrea la detuvo con los dedos.

—Me gusta más que la otra —dijo ella recordando las palabras de Natalia y lo vio sonreír—. Gracias. Siempre quise una bola mágica.

Andrea frunció el ceño.

—No es una bola mágica —respondió y ella se inclinó de nuevo hacia delante. Andrea bajó los ojos hacia la bola—. Funcionan por ondas. Esto… —Se sacaba algo del bolsillo.

—Cállate la boca y guarda eso. —Vicky desvió la vista enseguida para no verlo. Lo señaló con el dedo—. No me lo estropees.

El mago volvió a reír. Levantó la mano y la bola fue rodando de nuevo hasta su dueña. No le interesaba saber cómo hacía aquello, no quería encontrarle explicación. Le gustaba que fuera así y le gustaba sentir el cosquilleo que le producía en las muñecas y el tornado en el ombligo. No necesitaba más. Si la magia desaparecía, quizás las buenas sensaciones también. Aunque cada día tenía menos dudas de que esas sensaciones las producía Andrea y no sus artilugios. O eso, o ella era sensible también a las ondas del aparato.

Volvió a hacer rodar la bola hacía él. Parecían imbéciles, dos niños pequeños jugando a pasarse la bola a pesar de rondar los treinta. Ser consciente de ello lo hacía aún más divertido a sus ojos. Un cuarto estrecho, con poca luz, y a tan corta distancia del mago. Las locas no la creerían cuando les dijese en qué ocuparon el tiempo después de hablar.

La bola regresó de nuevo a Vicky. Andrea ni siquiera la tocaba, simplemente la detenía cuando llegaba hasta él y la enviaba de vuelta.

Lo dicho, como dos imbéciles. Sin varita ni polvos mágicos. Una pérdida de tiempo.

Sonrió a sus pensamientos. La antigua Vicky estaba cambiando sin duda. Esa vez, cuando la bola regresó a ella, la cogió. No quería irse, hubiese estado allí toda la mañana jugando a un juego absurdo con Andrea, pero tenía que irse. Trabajar significaba no poder hacer lo que le diese la gana. Quizás era la primera vez que se apartaba de la compañía de un hombre en contra de su voluntad. Lamentó que precisamente ese hombre fuese el mago.

Andrea reconoció el gesto de Vicky y se incorporó con rapidez. Le tendió la mano para ayudarla y ella no se la rechazó. En cuanto lo sintió tirar de ella se alzó a pesar de tener margen de espacio y pegó su cuerpo a él.

Y te libras de más por este sostén del demonio. Lo ibas a flipar, magia estética. Dos obras de arte. Con lo que te gustan las bolas...

Lo miró sonriendo a pesar de tener la barbilla de Andrea demasiado cerca de su nariz.

—Si encuentras por ahí a un sapo con unas gafas y una libreta, es porque Úrsula se ha enterado de que llevo un rato aquí dentro contigo. —Le guiñó un ojo.

Andrea le dio un toque en la nariz y ella contuvo el aire con el gesto.

—No bromees con eso —le advirtió —. Es aún más persuasiva que tú. Conseguirá que te echen.

Vicky negó con la cabeza.

—No la hay más pelmaza, te lo aseguro. —Rio saliendo de las cortinas.

Se detuvo para observar quienes había en la carpa. Ningún mono alado a la vista, buena noticia. Anduvo unos pasos mientras oía a Andrea salir a su espalda.

Este tendría que haber esperado más tiempo dentro, así nos pillan fijo. Lo cual a mí me es completamente indiferente. Pero no sé qué más castigo puede darle a él la imbécil esa.

Apresuró el paso. Podía ver la oficina de Úrsula. Enseguida su mirada reparó en una pequeña montaña de pelo marrón.

La madre que lo parió. Otra vez se ha escapado.

Aligeró aún más y se inclinó cogiendo a Ludo, que lo pilló de improviso, sin ni siquiera detenerse. Lo dejó caer en el interior del bolso. Se alegraba de usar un *shopper* enorme sin cremallera para llevar los cuadernos. Giró su cabeza hacia Andrea, este reía. Vicky se encogió de hombros.

Tuvo que entremeterse entre los pasillos de espejos dirección a la cerca de Adela.

15

Veinte días.

Repetía su mente. Llevaba un cuaderno con las cosas del trabajo. Cada vez se acostaba más tarde terminando los informes. Cati parecía estar satisfecha y los libros de Adam le estaban ayudando mucho. Había puesto al corriente a su jefa de que estaba preparando algunos cambios finales, pero aún no estaban definidos. Aquello no parecía hacerle mucha gracia a la jefa, pero le dio un voto de confianza. Además, le habían ofrecido un segundo reportaje en una revista. Dos trabajos en uno, caído del cielo. El escrito era sumamente fácil y era una buena revista. Tenía material suficiente para hacerlo bien.

Su padre había vuelto a llamarla para felicitarla. Al parecer Cati le había dedicado unas buenas palabras y estaba tremendamente satisfecho con la colaboración en la revista. Algo que le subió aún más el ánimo.

«Cuando tu padre sea consciente de todo lo que estás haciendo lo vas a flipar, loca». Le había escrito Claudia.

«No me amargues ahora. Intento encontrar al mago».

«Eso suena bien». Había escrito Mayte.

«¿Tu padre sabe lo del hombre de hojalata?».

«Claro que lo sabe. Le expliqué lo de Adam, de todas formas se lo iba a decir mi padrino».

«¿Y qué ha dicho?».

«Un montón de cosas que no entiendo, pero hoy llega el rehabilitador para comenzar y medirle para las prótesis».

«Digo tu padre».

«Que no tengo remedio. Pero que no puede reñirme por algo

como eso».

«Tu padre, ¿puede adoptarme?».

«Con una loca creo que tiene bastante».

Sabía que Andrea dormía a dos casas de Adela. Una de las veces que devolvió a Ludo a la cerca pudo verlo.

Rodeó la casa de Adela. Los perros le ladraban como siempre. Ludo saltaba sobre uno de los tubos de juego que tenía Adela para hacerse notar.

—No hace falta que hagas eso, te veo siempre. —A pesar de ser el más pequeño en tamaño era el primero que acudía a ella siempre. Adela le decía que era un perro sumamente difícil, independiente, y que su tendencia al escape le traería problemas. Podría acabar atropellado fuera de las carpas o a la vista de Úrsula. Una de las condiciones que le imponía a Adela era que los perros no podían deambular por el circo. Le daban tremendo asco los animales, su olor y, mucho más, sus defecaciones.

Vicky no tenía dudas de que, de haber sido perro, le hubiese dejado a Úrsula tremendo regalo puntiagudo y humeante en su puerta. Pero para un humano eso se hacía complicado sin ser descubierto.

Observó cómo Ludo empujaba el tubo hasta colocarlo pegado a la valla. Allí se subía encima y desde ahí saltaba fuera. Esta vez cayó dando una vuelta en el suelo y emitiendo un gemido.

—Si es que te vas a matar en una de estas, so loco —le dijo.

Enseguida corrió hasta ella para saludarla. Le encantaba la cara de aquel perro. No sabía si era realmente un Yorkshire enano. Tenía las patas muy cortas, pero más anchas que el resto. Y la cara era como la de un Ewok de morro más chato. A sus amigas se lo había descrito como el perro de la película *Mejor imposible,* era exactamente igual.

Lo cogió para meterlo de nuevo en la cerca, pero el perro se lanzó directo a su bolso.

—Como si no fuese bastante con el peso de las libretas —

protestó ella. Lo miró, él se había sentado entre las numerosas cosas que solía llevar en el bolso y la miraba con cara de pena.

—Eso es trampa —le dijo—. Con esa cara llevas ventaja.

—Son unos magníficos actores. —Oyó la voz de Andrea y levantó la cabeza abochornada por estar hablándole a un perro—. Solo quiere que lo transportes hasta donde le interese ir.

Vicky bajó los ojos de nuevo hacia el perro.

—Le has descubierto un medio de transporte cómodo y sin riesgos. —Aunque seguía mirando a Ludo, el olor le indicaba que Andrea estaba ya cerca—. Por eso te busca todo el tiempo.

Ella sonrió.

—Fantástico —respondió suspirando—. Ahora si lo pilla Úrsula será culpa mía.

Ludo apoyó las patas delanteras en el borde del bolso y asomó la cabeza. Vicky lo miró de reojo. Parecía más un muñeco que un perro en aquella postura, y la imagen hizo que parte del peso del bolso dejara de tener importancia.

Andrea acercó la mano para cogerlo, pero el perro gruñó y esta vez se lanzó a su dedo para morderle. El mago apartó la mano, pero Ludo había sido más rápido. Vicky abrió la boca mientras apretaba los dientes y Andrea se miraba el diminuto mordisco en la mano. Ludo solo le había clavado los colmillos que tendrían que ser como agujas, pero no lograron hacerle herida alguna. Un simple marcaje en señal de protesta.

—Es la segunda vez que me muerde en dos días —dijo él.

—Un auténtico peligro de perro. —La ironía de Vicky hizo que él levantase la cabeza hacia ella—. Cuéntaselo a Úrsula. Lo mismo ahora sí deja que los perros se queden.

Me encanta que sonrías.

A Andrea ya no le hacían falta bolas ni trucos para hacerle sentir el hormigueo en las muñecas y el tornado en el ombligo. Con mirarla era suficiente.

—El rehabilitador está ya en el hotel —le dijo al mago—. Esta tarde viene para medir a Adam y empezar el tratamiento. —Torció los labios—. Pero tenemos un problema.

Él asintió con la cabeza.

—Úrsula —dijo.

¿Úrsula un problema para mí? Y una mierda, ya quisiera esa.

Ella negó con la cabeza moviendo una mano.

—Eso déjamelo a mí. El problema es tu hermano. —Alzó las cejas y Andrea bajó la mirada—. No sabe nada. Me dijiste ayer que lo hablarías con él.

—No esperaba que llegase tan rápido. —Se apartó de Vicky con cierto bochorno.

—Claro, no hay prisa. Yo voy a estar aquí toda la vida. —Frunció el ceño —. No van a ser más de cinco semanas. Y cuando yo no esté no sé cómo lo vais a hacer.

Vicky desvió la mirada y se puso la mano en la frente. El médico, su padrino, le había dado plazos muy largos. Aún no había meditado bien qué haría cuando ella tuviese que regresar. En cuanto a Andrea, no sabía hasta qué punto él conocía los precios de un rehabilitador alojado en un hotel para dedicarse en exclusiva a Adam. Vicky no había tenido más remedio que aceptar el dinero de Andrea o sospecharía algo raro. Así que, sin saberlo, el mago pagaba el hotel del profesional.

Entornó los ojos hacia Andrea. Era evidente que le iba a costar hablar con su hermano. Ella negó con la cabeza.

—Pues sí que se te da bien el escape. No me sirves —le soltó y sus palabras sobresaltaron al mago. Vicky enseguida reaccionó—. Para convencerlo, digo.

No pienso enumerarte para todas las cosas que me servirías.

Rio mirándolo y él guiñó los ojos hacia ella.

Y aún no has visto ni media Vicky.

—Necesitamos magia de la del mundo real —añadió colgándose el asa del bolso bien. Ludo seguía asomado.

—Y tú eres experta en ese tipo de magia, ¿no? —dijo y ella sonrió ante la ironía del mago.

—Ya lo verás. —Dio un segundo paso atrás—. A las cinco en la caseta de tu hermano.

Él no pareció muy convencido. Vicky se dirigió hacia el pasillo y Andrea abrió la boca para decirle algo, aunque ella ya sabía que era para avisarle de que aún llevaba a Ludo dentro del bolso. Ella hizo un ademán con la mano.

—Mientras esté ahí no andará deambulando. —Se apresuró a decir.

Tuvo que aguantar la risa ante la expresión de Andrea.

—Van a convertirte en sapo, ¿lo sabes? —le advirtió.

Vicky se detuvo y se giró de nuevo hacia él.

—Entonces le pediremos a Matteo que nos monte un número sobre un sapo que salta a través de tus aros —respondió. Andrea negó con la cabeza—. Siempre hay alternativas.

Él tuvo que reír. Vicky volvió a girarse, pero Andrea le cogió la mano para detenerla. En ese momento en la expresión del mago había desaparecido la ironía.

—Arriesgas demasiado —le dijo a la joven.

El hormigueo de las muñecas se hizo más intenso y no era solo porque él la estuviese tocando. Su tono serio, sereno y, sobre todo, sincero, le transmitió preocupación real. Andrea apenas la conocía, pero temía represalias contra ella. Y ser consciente de ello hizo que el tornado del ombligo la azotara con fuerza.

No arriesgo nada.

Arriesgaba una discusión con Úrsula y que Cati volviese a llamarla. A las malas renunciar al reportaje y volver a casa con el rabo entre las patas. Pero lo haría sabiendo que había hecho lo que sentía hacer, como siempre. Moverse por impulsos y estímulos sin explicación, no había cambiado un ápice. Seguía siendo quien era, sin remedio. Pero ahora ser quien era la hacía sentirse bien. Era eso lo que le quiso decir Natalia en el chat, no se trataba de hacer lo correcto e impecable siendo alguien que no era. Se trataba de hacerlo lo mejor posible siendo ella. Y ella nunca podría mirar a un lado en ciertos asuntos. Claro que no estaba arriesgando nada, al contrario. Estaba salvándose a sí misma. Mientras estaba allí, en el circo, trabajando en su reportaje e ideando cómo ayudar a Adam, a Ninette, a Matteo, o a Adela, no se sentía una inútil.

Bajó la cabeza. Le encantaba que él aún no la hubiese soltado. Le gustaba notar el tacto suave de la mano de Andrea.

—Lo que hago no tiene importancia, créeme —respondió.

Andrea miró hacia el bolso de Vicky y en cuanto Ludo vio que el mago lo miraba se escondió por completo. Tuvo que reír.

Cada vez que el mago ríe, no me siento una inútil.

Se giró y fue soltando la mano de él mientras se alejaba. Y mientras lo hacía fue consciente de cómo se despegaba de la sensación cálida que le desprendía el tacto de Andrea. Resopló en cuanto dio unos pasos lejos de él.

Ya se estaba habituando a los pasillos, las casas prefabricadas, las caravanas y los trastos. Estuvo a punto de pedirle a Matteo un mapa, pero ya no le hacía falta.

Llegó hasta la casa de Adam, él no tenía escalones, tan solo una rampa. Su puerta era visiblemente más ancha, adaptada a su nueva situación. Llamó a la puerta. Tardó unos instantes en abrir y la miró perplejo.

—¿Tienes un momento? —le preguntó y él retiró la silla de la puerta para dejarla pasar.

La casa de Adam era más amplia de lo que parecía por fuera.

Tenía una especie de salón con un sofá y una tele. Y dos puertas, supuso que una daría al dormitorio y la otra al baño. Esperaba encontrar tantos libros como encontró.

Adam vio que ella había reparado en ellos.

—¿Necesitas algo más? —preguntó cerrando la puerta.

Vicky se giró para colocarse frente a él.

—Realmente sí, pero no es sobre mi reportaje. —Levantó la barbilla y entornó los ojos hacia abajo para mirarlo—. Es sobre Ninette.

Adam frunció el ceño, era evidente que era una sugerencia que no entendía.

—Me dijiste que ya habíais intentado ayudarla y no fue posible —comenzó—. En mi opinión, no insististeis lo suficiente.

Lo vio apartar la vista de ella.

Eso es. Si te avergüenzas me será más fácil.

—Sigo viendo cómo la trata tu hermano y no me gusta.

—A mí tampoco. —Fue tan rápido en replicar que Vicky sonrió.

—En estos días que he podido hablar con ella me he dado cuenta de que el principal problema de Ninette es estar sola. —Adam seguía sin mirar a Vicky—. Lleva tantos años sola que ni siquiera sabe lo que es tener compañía. La soledad lleva a una necesidad y esa necesidad lleva a una dependencia.

Tuvo que dar unos pasos para ponerse a la vista de Adam y este levantó los ojos.

—¿Y qué pretendes que haga yo? —Le notó el cambio en su voz. De nuevo parecía estar enfadado como los primeros días—. Solo conseguiré discutir con Luciano. Y luego ella lo defiende y se pone de parte de él.

—¿Luciano? Claro que lo defiende, es su Dios, su protector todo poderoso. La tela con la que se balancea en el mundo real. Pero él no es un Dios ni un protector, y esa tela a la que ella cree estar sujeta no existe, por eso se cae todo el tiempo, sin parar. —Negó con la cabeza—. Yo no quiero que hagas nada con Luciano. —Él frunció el ceño, desconcertado—. Pretendo que la acompañes a ella. Al principio, lo mismo le costará. No es muy dada a abrirse y… tiene tremendo miedo a tu hermano. Es terror, un miedo atroz a que se enfade con ella, ¿sabes por qué?

—¿Teme que le pegue?

Vicky negó con la cabeza.

—Lo que tu hermano hace con Ninette le duele más que un golpe. La castiga haciéndole el vacío y haciendo que su dependencia penda de un hilo. Juega con su miedo a estar sola, cuando la realidad es que tu hermano no es ninguna compañía.

Dejó unos instantes para que Adam meditase sus palabras.

—Quiero que Ninette compruebe lo que es estar en compañía —añadió.

—¿Y piensas que va a querer pasar tiempo conmigo? ¿Que Luciano va a dejarla? No conoces a mi hermano.

—Tu hermano no me preocupa, siempre se le podría poner una excusa durante algún tiempo. Y si se enfada con ella, pues ya tenemos eso adelantado.

Adam abrió la boca para replicar. Vicky le dio la espalda girándose hacia la puerta.

—Esta tarde te la traigo a las cinco. No seas pelmazo, no la aburras y, sobre todo, motívala. —Ladeó la cabeza para mirar al trapecista—. Motivación: tener un objetivo o sentirte útil para hacer algo importante. Eso suele hacer emerger el valor y la fuerza. Tú en eso eres un experto.

Adam se inclinó hacia delante.

—¿Llevas en el bolso a un perro de Adela? —dijo con ambos ojos guiñados.

Vicky se miró el bolso, Ludo se había asomado. Ella le quitó las patas del borde para que se metiese dentro.

—Sí.

Eso, mírame como si estuviese loca. Pero tiene su explicación, no deja de perseguirme por el circo y como lo vean lo van a mandar a la calle.

Abrió la puerta y salió.

—A las cinco —repitió.

16

«¿Cómo vas, loca?». Preguntaba Mayte.

«Estoy a punto de cazar una mariposa». Respondió.

Alzó los ojos. Ninette daba vueltas cerca del techo de la carpa enganchada a aquellas telas. Luego dirigió su mirada hacia la puerta. Cornelia y Úrsula entraban.

«Pero esperad, que en el examen voy para nota».

Se dirigió decidida hacia ellas.

—Úrsula —la llamó.

—No tengo tiempo ahora. —Le hizo una señal con la mano.

—Es importante. —Les cortó el paso.

—¿Tan importante como el trabajo que no has hecho hoy? —le soltó Úrsula.

—Quería hablarte precisamente sobre eso —respondió con frescura—. Después de comer llega un compañero de la productora. Es el que va a dirigir el rodaje.

Úrsula alzó las cejas.

—No me han informado nada sobre eso. —Levantó la barbilla.

—Es habitual preparar un estudio de imagen. —Se acababa de inventar la expresión, pero lo dijo tan segura que estaba convencida de que estaba colando—. No te molestes en llamar a Cati. Lucas, mi compañero, es ahijado del dueño. Suelen darle trabajos sencillos, simplemente trabajará un rato por las tardes. Está alojado en el hotel. —Hizo una mueca—. El enchufe es lo que tiene. Es un flojo y un inútil, para el rodaje llegarán los trabajadores de verdad. Él no hará más que perder el tiempo.

Vicky dirigió la mirada hacia Ninette.

—Ni siquiera sabe hablar italiano o inglés. —Suspiró de manera exagerada—. Yo no pienso perder mucho tiempo con él. Es de esas personas que llegan, les gusta dirigir y luego no acaban el trabajo, para mí será un auténtico estorbo. Y como no quiero que afecte a lo que estamos preparando. —Entornó los ojos hacia Úrsula—. He pensado que es mejor que no haga perder el tiempo a los artistas con los que ya trabajamos.

Volvió a mirar a las dos mujeres.

—Había pensado en Ninette o en Andrea. —Vio el rostro de Úrsula transformarse de inmediato—. Lucas trae medidores y varios trastos. Adam me ha dado permiso para que deje el material en su casa. ¿Lo ves bien?

Úrsula miró a Ninette, que daba vueltas sin parar.

—Y también, como tiene tiempo libre ha accedido a hacer de traductor —añadió—. Del español al italiano no hay mucha diferencia. Al menos diferencia con el ruso o el inglés, en el caso de que tuviese que trabajar con Ninette.

Contuvo el aire. Ninette no entendía mal el italiano. Era la parte más coja de su invento.

—Cuenta con Ninette —respondió Úrsula.

Ninette o Andrea, no había forma de que no metieses el pie en el cepo.

—Perfecto. —Se apresuró a aceptar—. Pondré de mi parte para que Lucas no interfiera.

Se apartó de ellas.

—Victoria —la llamó en cuanto se hubo girado—. ¿Qué parte de tu trabajo hacías con Andrea en uno de los almacenes la otra mañana?

Vicky se giró enseguida.

—Me estuvo enseñando el funcionamiento de las esferas y ese aparato que lleva en el bolsillo. —Contaba con que de un momento a otro se lo referiría. Demasiados ojos en el circo—. Ya sabes cómo es la gente de fuera, les encanta considerar la magia como un engaño.

Úrsula entornó los ojos observándola con atención.

—Tengo a otro compañero investigando sobre fabricantes japoneses, los que hicieron esas esferas. Pero para el reportaje escrito. —La señaló con el dedo índice—. No se grabará magia en el circo Caruso.

Apretó el bolso, lo último que quería era que Ludo asomase la cabeza por él ahora que la jugada le había salido de final de Eurocopa.

—¿Puedo quedarme con Ninette entonces? —preguntó con rapidez.

Úrsula dirigió los ojos hacia la joven.

—Toda tuya, pero que no pierda demasiado el tiempo —añadió. Vicky negó efusivamente con la cabeza.

—Un rato por las tardes. —Se apresuró a explicar—. Ya te he dicho que ese tío es un flojo. —Volvió a hacer una mueca—. Ya lo comprobarás. No paseará mucho por el circo.

Úrsula asintió seria. Esperó inmóvil a que fuesen ellas ahora las que se alejasen.

Os la he metido doblada a las dos. Voy a tener que ir apuntando las trolas en la libreta. Estoy viendo que me voy a hacer un lío y voy a acabar metiendo la pata.

Entre lo que tenía planeado y lo que iba improvisando, teniendo en cuenta que a cada uno le estaba contando una película diferente, se estaba enredando de verdad. Y tenía que sumar lo que aún le quedaba por delante.

Resopló. Su móvil vibró en su bolso y notó a Ludo moverse.

«Y cuando se descubra el pastel y se líe parda, ¿qué vas a hacer?». Era la pregunta de Natalia.

«Si retirarme es lo que esperas oír, que sepas que es lo último que considero. Ya sabes que ando corta de vergüenza».

Llovieron los emoticonos.

«Eres un puto huracán». Le decía La Fatalé.

«Soy el aire, ¿no? Claudia provocó un tsunami. Tú los hiciste arder en llamas. ¿Por qué no puedo yo poner a esta gente patas arriba?».

Volvieron a llover los emoticonos. Vicky miró de reojo a Ninette, que bajaba de las telas lentamente.

«Os dejo que mi mariposa está a punto de posarse».

En cuanto la chica puso sus pies descalzos en el suelo se acercó a ella con tanta rapidez que la asustó.

—Necesito hablar contigo un momento —le dijo y vio menos susto en los ojos de Ninette del que esperaba. Algo que le alegró—. Pero no aquí. Mejor fuera.

Esperó a que la chica se colocase unas deportivas. Salieron de las carpas y como a esa hora sí había jaleo también fuera procuró alejarse tanto como lo hizo aquel día con Adam. Vicky encontró la misma piedra en la que se sentó la otra vez y allí plantó el culo.

Breve, porque aquí nos derretimos las dos.

—Le acabo de soltar una trola de la leche a Úrsula. —No se anduvo con rodeos y Ninette se sobresaltó.

La vio girar su cuerpo e inclinar uno de sus pies preparada para huir, no quería seguir escuchando.

—Si es sobre ese documental, yo no puedo…

—No es para ese estúpido documental. —La cortó Vicky y Ninette se detuvo—. Ahora quiero saber si puedo confiar en ti, o si el miedo que le tienes a ese primate de novio tuyo va a hacer que todo el esfuerzo que vamos a hacer por Adam se vaya al garete.

Los ojos de Ninette se abrieron como platos.

—Adam puede volver a ponerse en pie —siguió Vicky sin darle margen a responder o huir—. Un familiar mío trabaja en ese campo y esta tarde llega un rehabilitador. Le harán unas prótesis y podrá andar dentro de un tiempo. Andrea corre con los gastos.

En una pequeña participación.

—Pero si Úrsula se entera de algo, lo impedirá —continuaba—. Si su palmera Cornelia se entera, no tardará en contárselo a Úrsula. Y si Luciano se entera, correría a contárselo a su madre. Con lo cual, estaremos jodidos.

Ninette alzó las cejas, volvía a estar tan asustada como de costumbre. Vicky se puso en pie por si tenía que detenerla si salía corriendo.

—¿Sabes por qué Úrsula no quiere que Adam haga tratamiento? Porque quiere que Andrea no deje de culparse por verlo en una silla de ruedas. El castigo de Andrea es el castigo del propio Adam. No es una cura, él no volverá a volar como hace Luciano o como haces tú. Solo podrá ponerse en pie, andar primero con andador y luego sin ayuda. Llevar una vida medio normal. Pero ni siquiera se le permite eso.

Cogió el brazo de Ninette para asegurarse de que no saldría corriendo. Con semejantes piernas sería rápida de cojones y no la alcanzaría.

—Adam necesita ayuda —añadió.

Ninette miraba al suelo.

—¿Y qué tengo que ver yo? —preguntó desconcertada.

—Que Andrea y él no tienen buena relación desde hace un tiempo. Y Adam no aceptará lo que le brinda su hermano. Está completamente cerrado a su situación. Imagínalo en el fondo de un agujero, oscuro y solitario. Es imposible salir de ahí sin ayuda cuando ni siquiera estás entero.

Ninette asintió despacio.

Algo parecido a lo tuyo, solo que lo de él se ve por fuera y lo tuyo no.

—Andrea solo no podrá convencerlo y yo soy una desconocida. Pero tú perteneces a «la familia» —siguió y al oírla Ninette levantó la cara enseguida. Vicky sonrió al ver la expresión de la chica a sus últimas palabras—. Puedes ayudarlo. Te he conseguido un salvoconducto para que estés con él y con el rehabilitador el tiempo suficiente mientras yo esté por aquí. No será fácil ni rápido. Adam tendrá que soportar dolores y habrá veces que tendrás que sostenerlo por fuera y por dentro. Se caerá hasta que se haga a la prótesis. —Se apartó un poco para mirar las piernas de Ninette—. Aunque no creo que te cueste levantarlo.

Apretó el brazo de Ninette.

—Pero tarde o temprano se pondrá en pie —concluyó—. ¿Puedo contar contigo?

Ninette apartó la mirada.

—¿Y si se entera Úrsula? —preguntó la joven.

—Ninette, mírame —le pidió, pero la chica seguía inmóvil.

Vicky le cogió la barbilla y la obligó a mirarla.

—Confía en mí —le dijo intentando imitar el tono de voz de Natalia—. Solo confía en mí como yo estoy confiando en ti ahora mismo.

Le cogió ambas manos.

—¿Recuerdas lo que te dije el otro día sobre las unicornio? —le preguntó y Ninette asintió con la cabeza—. Ahora tú debes de ser el unicornio de Adam.

Ninette volvió a bajar los ojos.

—En compañía se disipa el miedo —recordó—. Si quiere abandonar…

—Exacto. —La cortó Vicky.

Ninette levantó los ojos despacio hacia los de Vicky.

—¿Y si soy yo la que tiene miedo? —preguntó la joven con voz tenue.

—Cuando tengas miedo piensa que somos varios los que nos estamos tirando al hoyo contigo. Andrea, Matteo, Adam y yo. Así que ni siquiera a las malas estarás sola. —Le apretó las manos—. Hasta cuando estés sola frente a Luciano estaremos contigo de algún modo. Si nos pillan. —Ladeó la cabeza—. Ya improvisaremos.

Ninette pronunció una leve sonrisa.

—¿Puedo contar contigo? —preguntó Vicky y Ninette asintió.

El bolso de Vicky se movió y Ludo asomó la cabeza. Ninette enseguida se fijó en él, desconcertada.

—Considéralo parte de los que tendríamos problemas si nos descubren. —Rio Vicky acariciando la cabeza del perro. Ninette rio también.

—Úrsula no los quiere aquí —le confirmó la chica.

—Y estoy intentando pensar en cómo ayudar a Adela. —Suspiró mirando de nuevo a Ninette.

Pero es que sois tantos que no sé ni por dónde empezar. Y el tiempo pasa y es finito.

—Ahora voy a explicarte cómo lo vamos a hacer y qué es lo que tendrás que decirle a los demás —comenzó.

No sabía cómo se desenvolvería Ninette frente a Luciano y a Úrsula con tantísima inseguridad y teniendo que inventar cada día. Contaba con ello, con que pudiese meter la pata. En fin, fuera como fuese, no le quedaba otra que arriesgarse.

Tiró de ella de nuevo hacia las carpas mientras le explicaba cuál era el plan.

17

Esperaba a Lucas en la verja. Adela le había dejado las llaves de las cadenas. El taxi llegó a la hora prevista. Lo vio descargar varias maletas, una de ellas bastante aparatosa.

—La leche —profirió ella en cuanto tiró de uno de los bultos.

—Traigo la cam…

—La cámara, ya. —Lo cortó ella.

Lucas alzó las cejas. Vicky ya le había explicado por teléfono cuál era su papel allí. Aun así el joven estaba contrariado.

Lucas era uno de los mejores rehabilitadores de su padrino. El trabajo lo comenzaría él al menos durante unas semanas. Luego tendrían que sustituirlo ya que era necesario en Madrid. Vicky lo conocía de haberlo visto alguna vez, no era alguien con quien tuviese confianza y supuso que oírla decir que iba meterlo allí dentro de una manera un tanto fraudulenta no le hacía ninguna gracia.

—Mejor no abras la boca —le dijo cargando con los bultos.

Entre los dos apenas eran capaces de cargar con todos los aparatos. En cuanto entraron en la carpa, Lucas quedó perplejo mirando a su alrededor. Vicky supuso que ella tendría la misma cara de imbécil el primer día.

Atravesaron las carpas hasta llegar a la última, la de las casas. Pasaron por delante de las oficinas de Caruso y Úrsula.

Delante de sus puñeteras caras.

Úrsula estaba en la puerta de Fausto y se giró para verlos pasar. Vicky ni siquiera reparó en ellos. Aquellos bultos enfundados parecerían cualquier cosa. Por mucha imaginación que ellos le echasen, nunca imaginarían lo que iba dentro.

Vio a Ninette saliendo de su casa y los miró contrariada. No se esperaría tal cantidad de parafernalia y no tardó en cogerle a Vicky algunas cosas. Gesto que le agradeció, le dolían ya hasta las muñecas y le estaba costando trabajo no aplastar a Ludo dentro del bolso.

Se detuvieron en la puerta de Adam. Según sus cálculos Matteo y Andrea ya estarían dentro. No tenía ni idea de qué le habrían dicho a Adam para que los dejara entrar. En la comida cada uno de ellos se sentó en una punta de la carpa para no levantar sospechas.

Tampoco sabía hasta qué punto Matteo sabría del plan ni siquiera Andrea era consciente de lo que Vicky le había dicho a Úrsula. No había querido acercarse al mago, el cabreo de Úrsula le dificultaría las cosas.

Fue Matteo quien abrió la puerta. Vicky vio a Andrea sentado en el sofá, tenía los antebrazos apoyados en los muslos. Por un momento vio a un Andrea real, quizás la primera vez que no lo veía en pasillos llenos de trastos o en la carpa. Aquello era lo más parecido a una casa que podía encontrar allí, una imagen a la que no estaba acostumbrada. No pudo describir la sensación, pero el mago acababa de traspasar el fino velo entre el mundo de fantasía y el mundo de Vicky. Y en su propio mundo Andrea podía dejar de estar en el escaparate de una tienda en la que ella no podía comprar.

Recibió un latigazo en el pecho que no tuvo tiempo a digerir. Adam los miraba con las cejas alzadas. El trapecista se detuvo en el desconocido que las acompañaba.

Este es el momento en el que tener la cara de lona dura es una ventaja.

—Pasad —les dijo Vicky a Ninette y Lucas.

Adam abrió la boca, seguramente para protestar. Llevaban tantos trastos que Vicky no supo cómo podría moverse con la silla allí en medio. Colocó uno de los bultos en la puerta, así Adam no podría escapar.

—Lucas, este es Adam —le dijo con una amplia sonrisa, aquella que siempre funcionaba, pero no surtió efecto en Adam, que comenzaba a emblanquecer siendo consciente de la encerrona que acababan de hacerle todos.

Vicky señaló a Adam con el dedo índice. Vio de reojo que Andrea la miraba esperando a ver cómo lograría deshacer el entuerto. Su expresión medio divertida, medio contrariada y altamente sorprendida al ver a Ninette, la hizo que volviese a azotarla el tornado. Los cuchillos se clavaban en el tapiz uno tras otro y sin parar.

—Todos los que estamos aquí tenemos un marrón de narices —le soltó a Adam antes de que él pudiese decir nada. Sintió en el bolso cómo Ludo se asomaba para comprobar dónde estaban aunque supuso que, por el olor, ya sabía que no había brujas cerca. Vio la cara de Lucas emblanquecer—. Menos tú. —Se apresuró a decirle—. Tú no cuentas—. Volvió a mirar a Adam—. Así que pon de tu parte para que al menos merezca la pena.

Adam frunció el ceño. Le lanzó a su hermano una mirada de reproche.

—Sí, él tiene toda la culpa —añadió con frescura—. Es el que va a pagar el tratamiento. Enfádate, grítale, insúltalo cuanto quieras. Discutid mientras nosotros vamos montando la camilla. Matteo, cierra las persianas.

Les dio la espalda dejando a Adam, Matteo y Andrea con la boca entreabierta.

—¿Habéis organizado todo esto sin pedirme permiso? —protestó Adam.

—Sí —respondió Vicky ayudando a Lucas a sacar la camilla de la funda—. Lucas ha venido desde España y se dedicará a ti durante unas cuatro semanas. —Se giró para mirarlo—-. En unos días tendrás aquí unas prótesis para las piernas. Va a ser su trabajo, enseñarte a andar con ellas. Y Ninette va a ayudarlo.

Le guiñó el ojo a Adam. Este ahora abrió la boca ampliamente.

—¿Y si yo no quiero? —Movió su silla por el concurrido

espacio que le dejaban los bultos.

—Entonces Lucas habrá perdido el tiempo. Yo habré perdido una mañana inventando qué excusa ponerle a Úrsula para que Ninette y él pasen las tardes contigo. Tu hermano habrá perdido dinero. Y Ninette habrá perdido la oportunidad de hacer algo por ti y por ella misma.

Notó cómo Ninette se sobresaltó con sus palabras. Adam miró a Ninette.

—¿Tú has accedido a esto? —le preguntó sorprendido.

Ninette asintió con cierto bochorno.

—Quiero que vuelvas a andar —le dijo la chica en un tono tenue, como si alguien peligroso pudiese escucharla.

Lucas desplegó las patas de la camilla y le dio la vuelta. Era grande y ocupaba gran parte del salón.

Lucas se irguió hacia Adam.

—Habrá que subirte aquí —le dijo. Andrea y Matteo enseguida se dispusieron a levantarse para ayudar, pero Vicky levantó las manos hacia ellos.

—Lucas ya trae ayudante. —Sonrió ella sin dejar de mirar a Adam. El trapecista enseguida miró a Ninette.

La joven se puso al lado de Lucas.

—Es técnica además de fuerza —le dijo Lucas a Ninette.

—No subestimes las piernas de *Wonderwoman.* —Lo cortó Vicky y vio cómo hasta Adam contuvo la sonrisa.

Lucas le dio una serie de explicaciones a Ninette. Unas maniobras que tendrían que llevar a cabo al mismo tiempo. Adam también tenía su función. No tardaron en tenerlo sentado en la camilla. Vicky fue consciente de que en pie sería tremendamente alto, aún más que Luciano.

Dio unos pasos atrás para retirarse de la camilla y dejar a Lucas trabajar. Lo vio tocar las rodillas de Adam, los tobillos. Él seguía en silencio. Cuando Lucas le pidió que se tumbase, Vicky aprovechó para mirar a Andrea. Este le sonrió levemente.

¿Ves? Esto es magia del mundo real.

Ninette era la pieza clave, no tenía dudas. Adam sabía que no lo había engañado por completo. Le hizo comprometerse a acompañar a Ninette, acercarse a ella un rato cada día. Era precisamente lo que iba a hacer de manera indirecta. También era consciente de que Adam sabía la consecuencia para la joven si Luciano se enteraba de lo que estaba haciendo en la caseta. Y de todo lo que estaban arriesgando los presentes. Por mucho mal genio que demostrase y por muy asocial que se comportara, Vicky estaba convencida de que había algo dentro de él guardado en una caja, y era grande y glorioso. Adam nunca consentiría que todos arriesgasen demasiado para que él y una soberbia irreal e inventada, que usaba como armadura, lo echara todo por la borda.

Lucas le explicaba a Adam, que aún estaba estupefacto, lo que iban a hacer y el funcionamiento de las prótesis. Lo que podrían alcanzar a pesar de su rotura y el camino para llegar a ello.

Andrea y Matteo estaban ya de pie escuchando a Lucas. Adam miró a su hermano.

—Y todo esto para tan solo ponerme de pie. Andar con un andador durante meses. —Espiró aire con fuerza.

Ninette se inclinó sobre la cara de Adam y este la miró.

—No es solo ponerse en pie o andar con ayuda —le dijo ella y hasta Vicky alzó las cejas—. Es llegar al límite que se te permite después de lo que te ha pasado. —Puso una de sus manos en el hombro de Adam—. La directora de la escuela de danza solía decirnos que en el agua, cuando dejas de moverte, te hundes. Que nuestra carrera artística era como estar en el agua. Y que nuestra propia vida, para siempre, era estar en medio del mar. Y tú llevas meses sin moverte. —Sonrió—. Ninguno de los que estamos aquí queremos que te hundas.

Vio a Adam mirar a Ninette.

—¿Tú has valorado las consecuencias? —le preguntó y Ninette desvió la vista. Adam señaló a Vicky—. Porque esa es capaz de enredar hasta el tronco de un roble de cien años.

Vio de reojo cómo Andrea giraba la cabeza y se tapaba la boca para reír.

Una descripción acertada más, sobre mis facultades, que agregar al libro Vicky.

—¿Las estás valorando tú? —respondió Ninette.

Joder, qué buen fichaje he hecho.

Adam guardó silencio. Vicky aprovechó para empujar a Lucas.

—Ve midiéndolo. —Se apresuró a decir, ahora que el hombre de hojalata parecía estar blandito. Desconocía el tiempo que le duraría aquel estado.

El tiempo que Ninette esté en esa postura mirándolo.

Notó a Andrea pegarse a su espalda y cogerle con los dedos el antebrazo. Abrió la boca y contuvo la respiración al notarlo cerca de su oído.

—Claro que eres experta en la magia del mundo real —le susurró.

Vicky tuvo que sonreír. Lo miró de reojo.

Porque esto parece el camarote de los hermanos Marx con tanta gente. Pero no te atrevas a mirarme así cuando estemos sin compañía.

Andrea se apartó de ella y al apartar la mano notó un leve roce, quizás un amago de caricia justo en la parte final del antebrazo. Una parte sensible al más mínimo contacto. Se le erizó el vello.

Él miró a Ludo, que aún estaba asomado en el bolso. Intentó acariciarlo, pero recibió otro marcaje del perro que esa vez logró zafarse. Hasta Adam, Lucas, Matteo y Ninette miraron.

—Vaya genio para tan poco tamaño. —Lucas reía. Enseguida volvió a concentrarse en las piernas de Adam.

La cabeza de Ludo no era más grande que un puño y sus dientes eran diminutos. Aun así, sus finos dientes no eran del todo inofensivos por mucho que Vicky bromeara sobre ello. Un tamaño pequeño le permitía ciertas libertades que no se le consentiría a un perro de tamaño mayor.

—Ya he hablado con mi hermano hoy. —Ella dio unas palmadas en la cabeza de Ludo—. Adela va a dejármelo unos días y a ver lo que podemos hacer con él.

Andrea acercó despacio un dedo hacia Ludo. A medida que se iba acercando el gruñido del perro aumentaba.

—El resto de los perros de Adela no son así —decía él mientras Ludo ya empezaba a enseñarle los dientes—. Llevo toda la vida con ellos, este es diferente. Desobediente, independiente, testarudo.

—Ser diferente no tiene por qué ser malo. —Vicky recordó las propias palabras de Andrea mientras lo sacó del bolso. Andrea se fijó en que el perro en las manos de Vicky parecía completamente inofensivo. Alzó a Ludo y lo puso de cara a ella. Tuvo que echar la cabeza hacia atrás, ya sabía que cada vez que lo ponía en aquella postura no tardaba en sacar la lengua y lamerle la nariz.

Sonrió al ver su cara. Era lo que le provocaba la cara chata y peluda de aquel híbrido de Ewok y perro, una sonrisa que no podía remediar.

—Hasta a él le has echado un hechizo —dijo. Vicky vio como el perro miró a Andrea de reojo, una mirada de desconfianza, temiendo que le volviese a acercar las manos. Era la primera vez que veía la parte blanca de los ojos de Ludo. Le hizo tanta gracia la expresión del perro que tuvo que aguantar las carcajadas.

—El hechizo consiste en que se porte así con todo el mundo, no solo conmigo —respondió ella.

—¿Y tu hermano le ve solución? —Se extrañó él.

Vicky asintió con la cabeza.

—Partimos con la ventaja de que podemos ir probando con él tantas veces como queramos. —Rio ella—. No sabes el trabajo que le cuesta a mi hermano encontrar voluntarios para socializar a los Rottweiler.

Andrea alzó las cejas guiñando los ojos. Vicky lo vio contener la sonrisa. Ella acababa de caer en la cuenta de que nunca le había dicho a Andrea a qué se dedicaba su hermano. Era algo que solo había hablado con Adela. Ser consciente de que el mago había mantenido una conversación sobre ella con alguien, hizo que el tornado la azotase de nuevo.

—¿Y qué clase de hechizo has usado con Úrsula para que no se dé cuenta de esto? —preguntó él con una curiosidad divertida.

Le hizo un resumen y Andrea pareció satisfecho.

—¿Tan segura estabas de que no me elegiría a mí? —respondió él a su relato.

—Si no vuelves a hacerme aparecer en cuartos estrechos y oscuros contigo, no tendré muchos más problemas con ella —le susurró y él rio.

Lucas volvió a sentar a Adam.

—En pocos días estarán aquí los portes —dijo el terapeuta—. Pero podemos ir empezando a trabajar mientras.

Vicky supo que era hora de marcharse.

—Ninette. —La llamó—. Acompaña luego a Lucas hasta la puerta, pero antes enséñale el circo.

Le guiñó un ojo y la joven asintió. Era bueno que vieran a Ninette en compañía de Lucas.

Matteo fue el primero en salir.

—Estarán preguntando dónde ando —dijo haciendo una mueca—. O quizás no. —Negó con la cabeza—. De todos modos, tengo que irme.

Alargó la mano hacia Vicky e hizo un gesto con la cabeza. Una especie de señal de agradecimiento. Ella metió de nuevo a Ludo en el bolso mientras Andrea la observaba.

Luego abrió la puerta para dejarla salir primero. En cuanto salió el mago se puso junto a ella. Ya olía a leche con cacao y café.

—¿Te apetecen unas rosquillas? —preguntó Andrea.

A Vicky le hizo gracia que, a pesar de apenas cruzárselo en el comedor, él fuese consciente de lo que ella solía merendar cada tarde. El tornado se hacía intenso. Se le vino a la mente de nuevo las palabras de Natalia: «Cada vez que eres Vicky el interior de la esfera cambia de color».

Abrió la boca para coger aire. Sintió a Ludo sacar la cabeza con el olor, pero ella movió el bolso para que se metiera de nuevo dentro.

—¿Ya no te importa que me conviertan en sapo? —respondió con ironía y él rio.

—No me disgusta la idea del número de los aros. —La risa de Vicky aumentó—. Pero mientras Úrsula esté pendiente de nosotros menos posibilidades hay de que se entere de lo de Adam. Y creo que tú y yo le tenemos el mismo miedo.

Vicky se apartó un poco de él mientras le observaba la cara. Con aquella sonrisa la invitación a rosquillas parecía el más maravilloso plan al que la hubiesen invitado en su vida. Asintió y Andrea le empujó con su hombro para que se dirigiese hacia la carpa del *buffet*.

Pasaron por delante de la puerta de la oficina de Úrsula y Vicky vio que había alguien en la puerta, Cornelia hablaba desde el exterior con ella. Supuso que con la puerta abierta los vio pasar. Miró de reojo a Andrea, él también fue consciente de ello.

—No ha sido mala idea —dijo Vicky—. No se te daría mal la magia en mi mundo.

Lo vio sonreír de nuevo.

—La magia en tu mundo, ¿consiste en el engaño?

Vicky negó con la cabeza.

—No exactamente en el engaño. —Se echó el bolso hacia la espalda para que Ludo tuviese más espacio que bajo su brazo—. Solo tienes que ponerle delante lo que quiere ver, el resto se forma solo.

Andrea frunció el ceño sin entender.

—Pero Úrsula no quiere ver esto. —La rodeó por la espalda para acercarla a la bandeja de rosquillas.

Ay, madre. Que voy a llegar a Ciudad Esmeralda sin frenos.

Vicky llegó hasta la mesa de rosquillas y sacudió la cabeza para liberar pensamientos extraños. Cogió la merienda y buscó una mesa. Andrea llevó los zumos.

Está en todo.

—¿Nunca has tenido miedo a la oscuridad? —preguntó Vicky—. Cuando estás en la cama y hay una toalla colgada en el pomo de la puerta, la sombra toma una forma monstruosa. Sigue siendo una toalla, pero ves un monstruo. Pues nosotros ahora mismo somos esa toalla para Úrsula. Ella teme ver un acercamiento tuyo con cualquier mujer y en cuanto te ve hablando conmigo, su imaginación hace el resto. ¿Es así cómo funcionan tus trucos?

Andrea alzó las cejas.

—¿Mis trucos? —Se extrañó.

—¿Ilusionismo? —Él negó con la cabeza—. ¿Hipnotismo?

El mago se echó a reír.

Entonces ¿qué coño me hiciste con las putas cuerdas?

—Nunca he hipnotizado a nadie que yo sepa. —Guiñó levemente los ojos—. Tienes una visión distorsionada de la magia de espectáculo.

Vicky tragó saliva.

Entonces fue todo mi imaginación.

Apoyó el codo en la mesa y la barbilla en el torso de su mano, y lo miró con interés.

Y yo creyendo que hipnotizaba mis bragas.

Vio a Úrsula entrar en la carpa. Estaba segura de que quería seguir observándolos. Andrea fue también consciente de su entrada. Miró a Vicky.

—¿Ella puede hacer que te echen de la productora? —preguntó.

—Aunque prenda en llamas las carpas no me echarían. —No pudo evitar la sonrisa.

—¿Y por qué entonces haces lo que te dice? ¿Por qué te dejas mandar de esa manera?

A Vicky volvió a sorprenderle que Andrea fuese conocedor del trato que Úrsula tenía con ella.

—Porque era la única forma. —Sonrió. No había cogido muchas rosquillas o se las había comido sin conocimiento.

—¿La única forma de poder trabajar?

Vicky hizo un ademán con la mano.

—La única forma de que me dejara vía libre en mi trabajo —respondió y el rostro de Andrea reaccionó a sus palabras. Vicky sintió cierto orgullo ante la mirada impresionada del mago—. Y la única forma de poder acercarme a vosotros.

Desvió la vista con cierto bochorno, pero él pareció divertido.

—Veinte días —añadió Vicky recordándole a Andrea los días que le quedaban allí.

Se hizo el silencio un instante, el que Vicky permitió que él la siguiese observando. Si Úrsula podía ver a Andrea de frente, supuso que saldría ardiendo sola. Aquel pensamiento la divirtió sobremanera.

—¿Cuál fue tu anterior trabajo? —preguntó el mago. Cada vez le veía más curiosidad en su voz.

—Algo diferente. —Alzó los ojos hacia él—. Matones y

narcos.

La expresión impresionada de Andrea aumentó en gran medida.

—Ahora no me sorprende que no tengas miedo aquí —dijo cuando pudo hablar.

Vicky negó con la cabeza, confirmándolo.

Lo único que temo son las represalias contra vosotros.

Acabaron las rosquillas. Pero no quería abandonar la compañía del mago. Y no era por Úrsula para su sorpresa. Por mucho que le divirtieran aquellos juegos en otras situaciones, esta vez Úrsula no solo había pasado a un segundo plano. No existía. Aunque no hubiese existido Úrsula ella tampoco hubiese querido prescindir de su compañía.

Andrea se puso en pie y dejó las bandejas con el resto que estaban sucias.

—Vamos —le dijo a Vicky y ella se levantó de inmediato.

Y no es hipnotismo.

Tuvo que contener la risa. Miró a Andrea que caminaba a su lado.

—¿Quieres volver a probar nuevos números de escape? —preguntó con un tono que ya Andrea conocía bien.

Él giró su cabeza hacia ella.

—¿Qué te dice que quiera escapar?

Vicky se detuvo.

Encaja eso sin volar.

Él tiró de ella.

Sin bragas soy muy peligrosa. Te aviso.

18

Les enseñaba a Ludo a través del *iPad*. Se formó un revuelo de grititos y sonidos cuquis.

—Es como un muñeco —decía Claudia sonriendo—. Me encanta.

—Yo quiero uno de esos. —Mayte se llevó las manos a la boca y se las mordió—. ¿Cómo puedes no espachurrarlo?

Vicky miró a Ludo.

—No puedo no espachurrarlo —les dijo y apoyó la barbilla en el lomo del perro. Recibió un lametón—. Mi hermano se ha reído lo más grande cuando se lo he enseñado en la videollamada. Aunque ya le he pasado unos vídeos de cómo intenta morder a Andrea.

Mayte se acercó a la cámara.

—¿Tu hermano ha visto al mago y nosotras no? —reprochó Claudia.

—Mi hermano necesitaba el vídeo de las cosas que tiene que corregir de Ludo —respondió Vicky—. Vosotras solo queréis cotillear.

—Así que tienes a la bruja del Oeste ardiendo, ¿no? —La sonrisa de Natalia era maliciosa.

Vicky movió la mano.

—Es solo un juego de despiste y poco más —le dijo a La Fatalé y esta asentía con la cabeza.

—Un juego de despiste que acabará con una varita, unos polvos mágicos y un empotre épico —respondió Natalia y sus amigas rieron. Vicky torció los labios—. ¿Esa pobre muchacha, Ninette, sabe lo que suele ocurrir cuando se te hace caso en algo?

—Eso es diferente, Natalia —dijo Claudia—. Ese chaval no está en condiciones de nada.

Natalia volvió a asentir despacio de la manera que lo hacía

cuando nadie la bajaba de su convencimiento.

—Qué sabrás tú de las condiciones de cada uno —le respondió. Luego negó con la cabeza—. La vas a liar en proporciones industriales.

Vicky negó con la cabeza.

—Los estoy ayudando. —Volvió a dejar caer su barbilla en Ludo—. Ser Vicky, como me dijiste.

Natalia negó enseguida con la cabeza.

—Yo no te dije nada de eso. —Rio su amiga.

—¿Y dónde está el cacharro ese que has comprado? —preguntaba Mayte.

—Lo están fabricando —respondió—. Estará en Milán cuando lleguemos y casi lo prefiero. Úrsula se alojará en su casa familiar y estará muy ocupada esos dos días hasta la fiesta de aniversario. Es el momento perfecto.

—Sí, pero ¿cómo piensas hacerlo? ¿Un paquete anónimo?

Vicky negó con la cabeza.

—Tengo una idea, pero aún… —Sacudió la cabeza—. Estoy iniciando demasiadas cosas y ni siquiera sé cómo organizarlas, y… tengo un lío de narices. —Resopló. Quedó pensativa un instante—. A los de vestuario les he pedido también un traje para Andrea —Sonrió—. Hasta uno para Adela y la familia de Ludo.

Natalia entornó los ojos.

—¿Otro número creado por Matteo? —preguntó y Vicky negó con la cabeza.

—Ha sido idea mía.

—¿Ahora también diseñas espectáculos?

—No es un número, solo es un traje. —Rio—. Les he pedido un traje de bruja buena del norte o Hada Glinda, como queráis llamarla. Y varios trajes de Munchkind de tamaño Yorkshire enano.

Mayte y Claudia rompieron en carcajadas.

—Tía, eres la puta leche —le dijo Claudia.

Vicky encogió los hombros.

—Caminas en busca de Ciudad Esmeralda con un perro metido en el bolso mientras la bruja del Oeste te acecha. Ayudas a que un hombre relleno de paja pueda demostrar su verdadera valía, intentas darle valor a una leona miedosa, y estás decidida a darle movimiento y sentimiento a un hombre de hojalata petrificado. —Claudia sonrió señalándola con el dedo—. ¿Ahora el Hada Glinda y los Munchkin? Dime cuándo actúan en Londres. Porque pienso comprar las entradas en primera fila.

—¿Y en algún capítulo del cuento Dorothy se empotra al mago? —intervino Natalia y hasta Vicky se tapó la cara.

—Ya está La Fatalé cortando el rollo. —Claudia movió la mano—. Tía, es un cuento para niños.

—Yo no he hecho nada. —Se defendió Vicky.

—Pero te encantaría. —Natalia alzo las cejas.

—Lo que me encantaría o no, es irrelevante.

—Cuando eres Vicky no es irrelevante. —Era inútil rebatir con Natalia, podrían estar así hasta la mañana siguiente.

—Vicky está cambiando, está madurando. —Mayte le echó un cable.

—Vicky está intentando que un grupo de artistas haga un número no aprobado por el director y la productora. Eso sin contar con lo de Adam. —Asintió de nuevo lentamente—. Le falta el Moet y el Vodka. Es el único cambio.

Vicky resopló.

—Pero sigue el camino de baldosas amarillas. —Natalia movió la mano—. Quiero seguir viendo «El puñetero mundo de Oz». —Entornó los ojos—. A ver cómo acaba.

Hasta Vicky tuvo que reír.

19

Acompañó a Ninette a recibir a Lucas. Adam llevaba ya más de diez días de tratamiento. Aquellos cacharros para las piernas y el andador llevaban ya días en la caseta de Adam, pero aún Lucas decía que no estaba preparado para sostenerse sobre ellos ni siquiera ayudado por los brazos.

La buena condición física de Adam a pesar de haber estado parado poco menos de un año, estaba acelerando el proceso y su cuerpo respondió bien a los estímulos. Lucas le había dicho a Vicky que, de haberlo hecho con antelación, los avances hubiesen sido mucho más rápidos.

Vicky había hablado con su padrino. Había algo más para Adam, una cirugía que él mismo podría hacerle en Madrid. Pero ella aún no había dicho una palabra. Cuando todo acabase y ella regresara a Madrid tendría posibilidades de hacerlo viajar. Entonces todos se enterarían de quién era realmente, algo tremendamente parecido a Úrsula. Esperaba que eso no los hiciera renegar de su ayuda.

Abrieron la puerta a Lucas. Vicky oyó el crujido que le indicaba que alguien se acercaba por el camino de arena y chinos. Se giró enseguida. Era Andrea. Llegó hasta Vicky.

—¿Llevas a la fiera en el bolso? —le preguntó y Vicky asintió—. Hoy toca vídeo de los avances.

Levantó unos guantes blancos y los sacudió en el aire. Vicky rio.

—¿Temes quedarte sin algún dedo? —preguntó ella quitándole los guantes.

—Faltan unos días para irnos a Milán, no puedo hacer trucos con las manos llenas de señales de colmillos diminutos.

Le encantaban los ojos de Andrea a la luz del sol. Lucas y

Ninette la miraban esperando a ver qué decidía. Todos los días Vicky entraba con ellos en el circo, estaba un rato en la terapia de Adam y luego salía a hacer lo que fuese que le correspondiera en la tarde.

Uno de los días tuvo que presentar a Lucas a Úrsula, a Fausto Caruso, e incluso a Cornelia y su hijo. Por suerte era cierto que Lucas no hablaba del todo bien ningún idioma compatible con ellos así que no pudieron hacerle demasiadas preguntas y ella traducía a su conveniencia.

Sin embargo, con Adam no hacía falta mucha destreza en el habla. Solo con señales, Lucas le iba indicando cómo ponerse y la terapia avanzaba.

Vicky los miró.

—Ahora voy yo —les dijo y ellos se marcharon.

Andrea tiró de ella y la llevó a la otra parte de la parcela. Donde aquella vez la ató con las cuerdas. Esta vez rodearon un tráiler. Allí al menos había sombra bajo un árbol, algo que agradecer a aquella hora de la tarde.

Vicky puso a Ludo en el suelo. Andrea se acuclilló frente a él mientras Vicky sacaba el móvil para grabar. En cuanto Andrea acercaba la mano para acariciarlo él comenzaba a gruñir.

—Yo le he dado biberones a este perro —protestó—. ¿Por qué me hace esto?

¿Biberones? Seríais una estampa.

Sonrió al imaginarlos.

—No sabemos quién es el padre de Ludo. Una de las perras de Adela se escapó, fue precisamente en Milán. La dimos por perdida, ya nos marchábamos cuando ella apareció. A los dos meses y poco nació Ludo.

Vicky entornó los ojos hacia el perro.

—La madre murió y si te soy sincero pensábamos que Ludo también moriría. —Al ver que el perro se alteraba demasiado, desistió y apartó la mano—. Tuvimos que criarlo a base de biberones. —Lo vio hacer una mueca—. Matteo, Adela y yo nos turnábamos. No sabes lo difícil que es darle un biberón cada tres horas en un sitio como este. —Rio y se tapó la cara—. Había veces que no nos coordinábamos bien y hacía doble toma.

Vicky rio al escucharlo.

—Es más pequeño que el resto y aunque es joven no crecerá mucho más —continuó—. Pero su carácter es tremendamente difícil. Ni siquiera obedece a Adela. No es sociable con los otros perros. —Alzó los ojos hacia Vicky—. Parece que solo le gustas tú.

Vicky se acuclilló también. Alargó la mano hacia el perro y este se dejó tocar sin emitir ningún sonido. Sin embargo, recordó que el primer día que se encontró con Ludo, este movía el rabo cuando olió a Andrea.

—La teoría de mi hermano es que os relaciona fuera de la cerca, con volver a la cerca —le dijo Vicky—. No es que no os quiera realmente. Sois algo así como unos «cortarrollos».

Ella lo acariciaba.

—Luego, contigo se le sumó el relacionarte con sacarlo del bolso. El bolso ahora es parte de su dominio. Es su reino, en mi bolso es Dios —añadió y Andrea sonrió—. A pesar de no medir un palmo es un macho alfa con un carácter un tanto independiente. No considera al resto de los perros de Adela su familia o su manada.

Volvió a acariciar al perro.

—Mucha gente relaciona a los perros alfa con agresividad. Y no tiene nada que ver. Una amiga mía tiene el perro más dominante que puedas imaginar. Y pesa más de cincuenta kilos.

Andrea alzó las cejas.

—Y nunca ha agredido a nadie si no se lo ordenan —añadió y él alzó aún más las cejas. Vicky movió la mano para que olvidase el ejemplo—. Mi hermano ha tenido numerosos perros y ha adiestrado a cientos. No hay dos perros iguales. No podemos mirarlos y querer que sean como nosotros queramos, simplemente entenderlos, adelantarnos a sus reacciones y corregirlos. Son muy simples, estímulo, consecuencia. Si cambiamos la consecuencia, poco a poco se va consiguiendo una convivencia civilizada. Cuando Ludo comience a relacionarte con algo divertido o que le guste, dejará de intentar morderte cuando lo cojas.

Andrea la miró algo decepcionado.

—Si me encuentro a Ludo en el pasillo no puedo ponerme a jugar con él. Urge quitarlo de en medio.

—Pero puedes darle alguna chuche que le guste camino a la cerca —rebatió ella.

—Tú no le das chuches —le reprochó.

—Pero lo paseo, percibe olores que le interesan y a veces le cae un trozo de algo de la comida. Todo eso estando protegido en el interior de un habitáculo que lo hace invisible ante la gente que lo lleváis directo a la cárcel. Sois como esa tarjeta del Monopoly: «Vaya a la cárcel. Vaya directamente a la cárcel, sin pasar por la casilla de salida, y sin cobrar».

Andrea rio ante su comparativa. Acercó de nuevo su mano hacia el perro.

—No se siente parte de la manada—repitió.

Vicky bajó la vista hacia el perro. La frase tenía un significado amplio si lo decía Andrea.

—Puedo entenderlo —añadió y ladeó la cabeza para reír. Miró a Vicky—. Supongo que es como yo.

Ludo se sentó, contrariado. Quizás estuviese esperando a que Andrea intentase cogerlo y llevárselo de nuevo. Ya no le rehuía como hacía los primeros días, ahora había probado una técnica más efectiva: el mordisco.

—¿También muerdes a los Caruso? —Ella miraba a Ludo,

pero sabía que Andrea sonreía.

—Durante un tiempo, sí —respondió—. Yo siempre viví aparte de la familia Caruso. Cornelia no quería tenerme cerca, ella quería enviarme a un orfanato. Pero Adela se ofreció a hacerse cargo de mí y mi padre lo aceptó. Los primeros años viví con Adela, los padres de Matteo también pusieron de su parte para ayudarla conmigo en la etapa más difícil.

Andrea se sentó en el suelo y apoyó la espalda en el tronco del árbol.

—Ahora no hay niños en el circo, pero en aquella época éramos varios —continuó—. Adam y Luciano nunca jugaban con nosotros, siempre solían estar aparte. Pero un día Adam vino a buscarnos y eligió quedarse con nosotros.

—¿Siempre supiste que eras hijo de Fausto? —Era una parte de la historia que tenía turbia y tenía curiosidad por aclararla.

El mago asintió.

—Yo era Andrea Valenti, pero Adela nunca me ocultó quien era mi padre. Incluso me solía hablar de mi madre, Mónica Valenti. —Hizo un ademán con la mano—. Mi padre solía evitarme siempre, crecí con cierto respeto hacia él, casi miedo. —Entornó los ojos hacia el perro—. Me sentía con una necesidad constante de contentarlo con alguna habilidad. Adam y Luciano parecían estar destinados a hacer cosas extraordinarias, pero yo parecía ser invisible para el director del circo. Pensaba que, si lograba resaltar en algo, lograría ser un hijo más. —Negó con la cabeza—. Aunque pudiese hacer levitar todo el circo nunca seré un hijo más para él. Soy un error en su vida, un estorbo que no tuvo más remedio que aceptar. Él no era partidario de enviarme al orfanato, pero tampoco es que me quisiese aquí.

Vicky se sentó en el suelo, sabía que se clavaría en el culo las decenas de chinos, pero ya le dolían las rodillas y no pensaba quitarse de allí ahora que Andrea le estaba revelando esa parte que estaba deseando descubrir.

—Recuerdo que Cornelia le dijo a Adela que no quería verme ni siquiera cerca de su caseta. —Miró de nuevo a Ludo—. Pero a mí me gustaba deambular por el circo. Observar el trabajo de mi padre, cómo enseñaba a mis hermanos a columpiarse en el aire…

—Pero tú no querías ser trapecista. —Entornó los ojos hacia él.

Andrea se encogió de hombros.

—Siempre me gustó la magia. Nunca consideré ser trapecista —seguía él—. Pero si él me hubiese enseñado junto a Luciano y Adam, no sé lo que hubiese pasado.

Levantó los ojos hacia Vicky y esta encogió la comisura de sus labios hacia el moflete derecho.

—La magia mola más —le dijo.

Y no lo dijo solo para contentarlo. No se imaginaba a Andrea vestido de mono alado. Lo prefería haciendo flotar esferas de cristal, manejando de aquella manera las cartas o sacando cosas de la chistera.

—¿Adela conocía bien a tu madre? —preguntó.

—Eran amigas. —Andrea desvió la mirada—. Adela sabía lo de mi padre y ella, y por supuesto, también lo que pasaría si Cornelia se enteraba. —Resopló—. Y pasó.

—¿Qué razones te dio Adela por las que tu madre te dejó atrás?

Andrea negó con la cabeza.

—Adela no esperaba que mi madre me dejase atrás. —Volvió a acercar la mano hacia Ludo y regresó el gruñido—. Fuc todo muy rápido. Tuvo que irse una madrugada y le dejó una nota a Adela diciendo que se encargase de mí.

—¿Y no sientes curiosidad? —Ya era la segunda vez que se lo refería—. ¿Por qué te dejó? ¿Qué ha sido de ella? ¿Si tienes más hermanos?

Andrea negó con la cabeza.

—No tengo hijos, pero ni siquiera sería capaz de abandonar a un perro. —Tiró levemente de una de las orejas de Ludo—. Menos a un hermano o a un amigo, ¿qué razones se pueden tener para abandonar a un hijo?

—Miedo, desesperación, inseguridad, pobreza extrema, imposibilidad de darle una vida digna, temer que acabase en un orfanato… —rebatió ella y él se sobresaltó.

—¿Y cómo pensaba que sería mi situación aquí con alguien como Cornelia? Hubiese sido mejor un orfanato. He tenido que soportar el reproche y la vergüenza de algo que no fue mi culpa, durante años. No he tenido madre, no he tenido padre. Y durante mucho tiempo no tuve hermanos.

—Tuviste a Adela y a Matteo. —Torció los labios.

Andrea apretó la mandíbula y levantó la cabeza para mirar a Vicky.

—Ella sabía bien cómo funcionaba el circo. El poder de Cornelia. Tú la conoces de unos pocos días. ¿Hubieses hecho lo mismo?

Vicky negó con la cabeza.

—Pero yo no pertenezco a este mundo y no lo entiendo, como tú me dijiste. —Le recordó aquel enfado cuando ella sugirió que se fuesen si no aguantaban las presiones de Úrsula—. Nadie quiere verse fuera de aquí por las razones que sean.

Lo vio bajar la cabeza, abochornado.

—Respetas y defiendes que alguien no pueda marcharse con un grupo de perros como Adela o solo como Matteo. Vivir fuera de aquí con un trabajo que nada tenga que ver con una carpa y un escenario. Pero le reprochas a ella que no fuese capaz de llevarte consigo.

La mandíbula de Andrea se apretó aún más.

—¿Ves bien lo que hizo? —Sonó a reproche.

Vicky negó con la cabeza. Sabía que el mago se estaba alterando, era un tema delicado, inmoral hasta para ella misma. Pero no había que tener un instinto analista sobrenatural como el de Natalia para saber que para Andrea era una carencia que aún en la edad adulta no había podido reparar. Ahora entendía algunas cosas sobre el mago. En el chat de amigas Natalia decía que no terminaba de cuadrarle cómo un perfil como el que tenía Andrea, pudo haberse fijado un día en Úrsula, a pesar de que ella al principio tuviese bien enmascarado su carácter. La relación de Úrsula y Andrea no debía de ser muy diferente a la de Ninette y Luciano. Ambos se habían aprovechado de una necesidad, de una carencia. Y tanto Ninette como Andrea se habían ahogado.

—Lo que hizo ya no tiene solución —le dijo ella—. No podemos cambiar la realidad.

Él la miró de reojo con cierta desconfianza y aún ofendido, enfadado, o lo que fuese que le provocara que Vicky no hubiese puesto a parir a la madre que lo había abandonado.

—Y la realidad es que durante años le has recordado a tu madrastra que su marido un día la engañó con otra mujer —añadió—. Por mucho que quisiera alejarte tuvo que verte día tras día hasta que lograste hacerte tu propio hueco en el circo, e incluso llevar el apellido Caruso. —Vicky volvió a acariciar a Ludo—. Y no tienes ningún parecido con tu padre, así que lo más probable es que te parezcas a tu madre y eso empeore las cosas.

Lo vio apretar los labios de nuevo.

—No es tu culpa, claro que no —continuó ella—. Pero no puedes evitar joderles solo con existir. ¿Tu padre pensaba que con ignorarte desaparecerías y su error estaría subsanado? —Entornó los ojos hacia Andrea—. Cornelia es una bruja de tres al cuarto. Cualquier mujer hubiese dejado a su marido después de una traición así, pero mucho me temo que era más fácil quedarse en el circo, disfrutar de la recaudación de la taquilla, y pagar contigo el error de tu padre.

Vicky tuvo que parar para coger aire. Por un momento se sintió Natalia lanzando palabras duras como los cuchillos que se clavaban en el tapiz las mañanas de los ensayos. Andrea se levantó dándole la espalda. Vicky alzó los ojos hacia él. Se había apoyado en el árbol y ella seguía en el suelo.

No era el momento, pero no pudo evitar aprovechar un ángulo de visión privilegiado de cierta parte trasera que marcaba bien los jeans de Andrea. Vicky apoyó la frente en su mano.

No tengo remedio.

Apartó la mirada de él y la dirigió hacia el perro, era consciente de que tendría un cabreo de narices por todo lo que le había dicho.

—Siempre me sentí un estorbo —dijo al fin.

Voy a ponerme en pie porque desde aquí abajo con este de espaldas, es imposible concentrarme. Y el tema es serio.

—Y era un sentimiento real, siempre fuiste un estorbo. —Él se giró sobresaltado por su frescura—. Tu madre te dejó abandonado aquí, tu padre te ignoraba y tu madrastra te ha despreciado siempre. Es la realidad que no puedes cambiar, no es tu culpa, por lo tanto, no tienes por qué agradar a tu padre, ni tratar de ser parte del clan Caruso, ni estás obligado a demostrar que mereces un puesto en el circo más que cualquier otro.

Dio unos pasos hacia él. Tenía la barbilla muy cerca del hombro de Andrea.

—Pero toda la culpa la concentras en tu madre, el centro de todos tus males o lo que sea que haya provocado tu situación, y no es así. Porque si tu padre hubiese hecho frente a su responsabilidad y Cornelia hubiese sido encantadora, tú no tendrías ahora tanto resentimiento. La culpa no es tuya, Andrea, como tampoco es solo de tu madre. La culpa es también de todos los demás.

Alargó una mano hacia el antebrazo con el que él se agarraba al árbol.

—No puedes cambiar la realidad aunque no sea la que tú quisieras. Pero puedes elegir la mejor forma de vivirla —añadió, él volvió a girar su cabeza hacia ella y Vicky fue consciente de que quizás se había excedido en su cercanía. Mientras él miraba al frente no lo había notado, pero tenía los ojos atigrados del mago tremendamente cerca—. Es precisamente lo que todos estamos intentando que haga Adam. Aceptar y elegir. Tú tampoco estás solo.

Apretó el antebrazo del mago y lo vio sonreír levemente.

—Adam fue el único Caruso que me hacía sentir precisamente eso. Por eso todo lo que ha pasado…

—No fuiste tú, no fue nadie. —Lo cortó Vicky.

—Para mi padre sí fui yo el culpable. —Volvió a mirar hacia otro lado y Vicky lo vio cerrar los ojos.

—Es otra forma de hacerte desaparecer. —Le dio un toque en el hombro.

—Él hubiese preferido que me hubiera pasado a mí.

—¿Te lo ha dicho? —Ella alzó las cejas esperando una respuesta. Andrea negó con la cabeza.

—Hubieses sido un doble estorbo. No lo piensa. —Volvió a recibir la mirada del mago y ella le sonrió.

La miró de una forma extraña. Por un lado, Vicky reconoció aquella mirada, la que le lanzaba todo el mundo cuando decía alguna estupidez. Pero sus estupideces siempre tenían sentido.

—Tienes una forma un tanto peculiar de ver las cosas —dijo echándole un vistazo a Ludo—. Hasta las cosas malas, las que duelen. —Luego la miró a ella entornando levemente los ojos—. Y también tienes una forma extraña de decirlas. Como si tampoco les doliese a quien las oye.

—Cuando aceptas la realidad deja de doler y te liberas. Ninette aún no acepta del todo que El Salvador de su soledad es un miserable y se autocastiga permaneciendo al lado él a pesar de las consecuencias. Tu hermano no acepta que está impedido y por eso se castiga a permanecer en la silla a perpetuidad. Y lo de Matteo no es tan fácil de ver a simple vista, pero él también se castiga a sí mismo cuando dice que no volverá a crear ningún número. —Él frunció el ceño—. Es un castigo a su ingenio y creatividad, y si no pone remedio acabará creyendo que es tonto y actuando como un tonto. Cuando son los que le rechazan sus proyectos los que lo hacen pensar así.

Vicky se dejó caer en el tronco del árbol.

—¿Cuál es tu realidad, Mago? —preguntó.

Guiñó levemente los ojos hacia él esperando su respuesta. Andrea bajó la cabeza. Vicky lo observaba tomar aire de manera profunda.

—La que te hace castigarte sin remedio —añadió ella.

Andrea dejó resbalar la mano por el tronco del árbol y lo soltó. Vicky vio cómo le brillaban los ojos. Sintió que se había excedido, había traspasado la línea, llegado demasiado dentro, y ahora se encontraba en un lugar que no le correspondía. Lo correcto era retirarse, dejar al mago solo con sus pensamientos, con sus sentimientos, su culpa y sus frustraciones. Si tenía dos dedos de consideración, no debía ni de estar mirándolo.

Levantó la espalda del tronco del árbol, tenía que marcharse. Se apartó de Andrea, pero sintió su mano agarrando la suya y la apretó. Lo miró sobresaltada, él no se había movido un ápice, seguía erguido mirando hacia la ladera, donde no había más que piedras y algunos setos hasta que se perdía la vista. Lo oyó coger aire de nuevo.

—Fui abandonado por mi madre —comenzó—. Ignorado por mi padre y despreciado por una madrastra y uno de mis hermanos. He vivido todos estos años. —Giró la cabeza hacia Vicky—. Soportando una vergüenza que no me correspondía, viéndome con obligaciones que no me correspondían, buscando de alguna forma la aceptación de mi padre porque pensaba que así conseguiría una familia. Nunca dejé que Adela ocupara el lugar que otros dejaron vacío. Pensaba que, si no era merecedor de mi propia familia, nunca debería de tener ninguna otra. La primera vez que Adam me llamó hermano fue el día más feliz de mi vida. —Vicky sonrió al oírlo—. Cuando mi padre cayó en la ruina y estuvimos a punto de perder el circo, conocí a Úrsula.

Vicky notó cierta tensión en él al nombrarla.

—Abrí una puerta que jamás le había abierto a nadie, ni dentro ni fuera del circo. La soledad desapareció y me sentí capaz de ayudar a mi familia, al circo Caruso, y de ganarme el respeto que buscaba de mi padre. Pero la compañía no resultó la que esperaba o creí ver en un principio. No salvé el circo, lo sometí. Y la persona más importante en mi vida, Adam, cayó y se rompió. Me castigo pensando que la evasión de mi padre o los desprecios de Cornelia, o incluso la decisión que tomó mi madre cuando me abandonó, es lo correcto, lo que merezco. Que llevan razón cuando me sienten un estorbo.

Vicky le apretó la mano. Ni siquiera ella esperaba que el mago se sincerara de aquella manera. No le habría sido fácil y menos en presencia de alguien que no conocía del todo.

—Cuando aceptas la verdad te liberas —repitió las palabras de Vicky mientras se giraba para ponerse frente a ella. Lo vio respirar levemente—. Pero yo me ahogo.

Vio más intensa la transparencia del iris, algo que reconocía que ocurría con los ojos claros cuando iniciaban el exceso de humedad, tal y como vio los de Natalia un año atrás.

Trató de disimular que era consciente del estado de sus ojos. Sin soltarle la mano alzó la otra hasta su cara y le apoyó la mano en su mejilla izquierda

—Respira —dijo y él cogió aire por la nariz. No vio que

pudiese ser una respiración profunda. Pero le sonrió—. Otra vez.

Le acarició con el pulgar mientras lo sentía respirar de nuevo.

Muy bien.

No tuvo que repetírselo, solo inclinar la cabeza en un gesto para que él la entendiese. La parte inferior de los ojos de Andrea se iba llenando y Vicky sabía que con solo moverlos levemente, rebosarían. Andrea también lo notó y movió el cuerpo para darle la espalda a Vicky. Pero ella le apretó la mano y tiró de él para que no se moviese.

—Respira —le dijo tranquila.

Fue el ojo derecho de Andrea el primero en derramarse. Lo vio con la intención de limpiárse, pero ella le retuvo la mano y la lágrima resbaló hasta su mandíbula. El izquierdo también rebosó. El reflejo de Andrea fue el mismo y Vicky lo detuvo de nuevo.

—¿Por qué? —reprochó con la voz tenue y giró la cabeza, aunque ella no lo dejase girarse por completo. Aquel movimiento hizo que más lágrimas cayesen.

—Porque quiero que veas lo que está haciendo tu castigo —respondió apretándole ambas manos para que él no pudiese limpiarse la cara—. Eso no es culpa de tu madre, ni de Cornelia, ni de Fausto, ni de Luciano, ni siquiera de Úrsula. Lo estás haciendo tú.

Andrea la miró de nuevo. Intentaba mantener los labios apretados. Vicky sabía que cuanto más retuviese el llanto más fuerte explotaría después.

—Respira —le repitió.

Andrea negó con la cabeza. Le vio cierto temblor en los labios. Tenía dos opciones: marcharse y dejarlo solo, que se desahogase en soledad, sin bochorno, sin que nadie lo estuviese mirando. O una segunda, la que ella solía hacer con toda la gente que le importaba. Le soltó las manos y se pegó a él para meterle el hombro bajo la barbilla y rodearlo con los brazos. Ese gesto, el que usaba con las personas que quería, el que hacía explotar los llantos, la única alternativa al ahogo.

Esperó inmóvil y paciente a que él la rodease a ella. Sabía que las personas más sensibles, los que más solían ocultar sus sentimientos blandos, se resistían durante más tiempo a dejarse caer en ella. Lo oyó coger aire junto a su oído.

No puedes, te ahogas, solo te queda llorar.

—Después podrás respirar —susurró.

Andrea no respondió. Lo sintió moverse. Primero un brazo y luego un segundo, su cintura eran tan estrecha que se vio envuelta por completo. Eran los momentos en los que se alegraba de ser sumamente delgada y fácil de abrazar.

Esperó en silencio hasta que él se apartó levemente. Sabía que él había puesto de su parte para cortarlo cuanto antes. Ella apoyó su frente en la de Andrea.

—Respira ahora —pidió y él sonrió. Ella también sonrió satisfecha al verlo coger aire. Alejó su frente de la de él.

Lo miró mientras dejaba caer los brazos y él no tuvo más remedio que soltarla aunque se demoró algo más que ella. El gesto la hizo sonreír de nuevo.

Esto también es magia del mundo real. La magia más poderosa de todas.

Pero era algo que no podía decirle en voz alta. Aunque supuso que tampoco haría falta, él lo sabía o lo imaginaba, o quizás acababa de descubrirlo. Tampoco era conocedora de hasta qué punto se extendía aquella soledad extraña del mago. Ni si alguna vez alguien cercano le descubrió aquella magia. Apostaba porque Adam sí era capaz de transmitirlo. De Úrsula no tenía dudas.

Ella no haría esta magia ni con los zapatos mágicos.

—Gracias —dijo con cierto bochorno, todavía estrujándose los lagrimales con los dedos.

Sí, exprime, hijo. No vaya a ser que te lo noten cuando volvamos.

El móvil de Vicky sonó, se sobresaltó al oírlo. Era Lucas. Le pedía que fuese con Andrea a la caseta de Adam. Ella le enseñó el mensaje a Andrea, luego recordó que no entendía el español.

—Que vayamos con tu hermano —le dijo.

Andrea asintió. Vicky bajó la vista buscando a Ludo. El perro levantaba la pata echando pequeños orines alrededor del árbol.

—Ya vale. El árbol es tuyo, entendido. —Lo cogió por las axilas y lo puso frente a Andrea—. ¿Lo sujetas así?

Andrea lo cogió de la misma postura que le había dicho Vicky y el perro no tardó en protestar e intentar zafarse. Vicky rebuscó en el bolso y sacó un paquete de toallitas húmedas. Andrea frunció el ceño.

—Que me llene el bolso de arena, vale. Pero los orines no lo permito —dijo sacando una. El mago dio una carcajada. Ludo tenía el cuerpo colgando desde las axilas y se movía sin parar. En cuanto sintió la toallita fría dejó de moverse y se quedó petrificado. Ya comenzaba a acostumbrarse al aseo.

—¿Ves? —decía ella—. Si se deja limpiar, lo dejo entrar al bolso. Si no, lo pongo en el suelo y me voy.

Vicky sacó una segunda toallita y le limpió las almohadillas. Luego abrió el bolso para que Andrea lo echase dentro.

—Así sumas algún punto —dijo y él rio.

Rodearon el árbol y atravesaron la parte de los camiones. Vicky desechó las toallitas sucias en el primer contenedor que encontró.

Se cruzaron con Úrsula en la segunda carpa. Que miró a uno y a otro con curiosidad al verlos con tanta prisa.

—Victoria. —La llamó.

Vio cómo Andrea también se detuvo a pesar de no haber sido llamado.

—Tu compañero, ¿cuándo demonios va a acabar? —preguntó seria, ignorando la presencia de Andrea.

—La verdad es que no tengo ni idea —respondió encogiéndose de hombros—. Cuando lleguen los cámaras, supongo.

—Dijiste que sería poco tiempo, que era un vago. Pero no falta ni un día. —Sonó a reproche, como si Lucas fuese un estorbo cuando era completamente invisible para todos.

—Pero Roma es preciosa y unas vacaciones por un par de horas de trabajo al día no están mal. —Acompañó su comentario con una sonrisa—. Ahora mismo iba a ir a verle. Necesito hablar con él de algunas cosas.

—¿Qué cosas? —Úrsula se cruzó de brazos.

—Cosas técnicas complicadas de explicar. —Dio unos pasos alejándose de ella—. Ni siquiera creo que las vaya a entender él.

No le dio margen de preguntar nada más. Se alejó de Úrsula y salió de la carpa seguida de Andrea. Resopló en cuanto llegaron al pasillo de las casas.

—No la subestimes —advirtió Andrea echando un vistazo tras de sí.

Vicky negó con la cabeza.

—Es ella la que me subestima a mí. —Rio mientras llamaba a la puerta de la caseta de Adam.

Ninette les abrió con una amplia sonrisa y los dejó entrar. Lucas se puso frente a ellos. Adam estaba sentado en la camilla, tenía las prótesis puestas, unas tiras forradas de cuero marrón y correas atadas desde los lumbares y las caderas, y que iban por toda la pierna.

—Creo que podemos probar ya —dijo Lucas y la sonrisa de Vicky se amplió sin dejar de mirar aquellas tiras de cuero.

Vicky se cruzó de brazos frente a Adam.

—Voy a resolver mi duda de si eres más alto que Luciano —le dijo a Adam, y este y Andrea rieron.

Lucas se interpuso entre ella y Adam.

—Vente al filo de la camilla. —Vicky no tuvo que traducir,

Adam se fue resbalando ayudándose con los brazos.

Lucas le cogió las caderas y las atrajo hacia él. Adam seguía sujetando su peso con los brazos mientras sus pies resbalaban hasta el suelo.

—Al principio vas a marearte. —Esta vez Vicky sí tuvo que traducirlo—. Por eso debemos de empezar poco a poco. —Se giró hacia Ninette—. Tendrá que hacerlo también por la mañana, buscad la manera.

Las puntas de los pies de Adam tocaron el suelo. Vicky miró de reojo a Andrea, que observaba en silencio los pies de su hermano.

Luego apoyó la planta completa. Sus piernas no tardaron en arquearse levemente y su cuerpo basculó.

—No tengas miedo, no van a arquearse del todo, confía —decía Lucas.

Ninette se colocó frente a él, junto a Lucas. Adam se empujó hacia el frente. Enseguida basculó demasiado. Vicky y Andrea también acudieron a él, pero fue Ninette la que cargaba con todo su peso. Vicky observó las piernas flexionadas de la chica, como si estuviese haciendo una sentadilla.

Vicky se retiró observando las piernas y los músculos de Ninette, que levemente alzó a Adam hasta apoyarlo de nuevo en la camilla.

Esto es perfecto.

Adam se apoyaba en los hombros de la menuda Ninette. Y una vez derecho, la miró. A Vicky le brillaron los ojos. Miró de reojo a Andrea, que había girado su cabeza sonriendo.

Entre la llorera de antes y esto, me voy a cargar al mago hoy. Versionando cuentos soy un desastre.

Miró de nuevo hacia Ninette y Adam. Ella seguía sosteniéndolo y él pareció encontrar en ella un punto fiable de apoyo.

Qué dices un desastre. Esto es maravilloso.

Dio unos pasos hacia ellos mientras el brillo de sus ojos aumentó. Adam miraba desde arriba a Ninette, la cara de la joven apenas demostraba el esfuerzo que estaba haciendo al sostenerlo. Estaba feliz, orgullosa, emocionada, quizás más que ninguno, incluyendo al propio Adam. Vicky estaba segura de que él era menos consciente de que estaba en pie, que de tener tan cerca a Ninette. Estaba claro que mientras miraba los ojos de Ninette, el mareo de la verticalidad que decía Lucas se disipaba.

Magia del mundo real.

El mundo real estaba lleno de personas capaces de desprender magia. Solo había que saber rodearse de ellas. Ninette apoyó de nuevo a Adam en la camilla mientras Lucas le acercaba el andador.

—Pero mejor con esto porque vas a acabar con su espalda. —Rio Lucas, pero nadie, excepto Vicky, lo entendió.

Estoy segura de que él la prefiere a ella que a ese cacharro.

Adam giró la cabeza hacia Vicky.

—Sí, eres más alto que Luciano. —Se apresuró a decir y todos rieron.

20

Notó que había menos trastos cada día. Comenzaban a preparar la marcha a Milán. Algunas mañanas había que ir a sustituir a Ninette para levantar a Adam, eran siempre Matteo o Andrea los que iban cuando la chica no podía. Pero aquella mañana les había sido imposible a ninguno de los tres. Los ensayos generales habían comenzado y debían estar presentes.

Vicky había recibido un correo de la empresa de Japón. Su envío ya estaba en Italia y lo entregarían en Milán. Las locas ya le habían dicho que había apurado demasiado el tiempo y aún no había ideado el plan para entregárselo a Matteo, Andrea y Ninette. Y llevaban razón. Úrsula no dejaba de observarla de cerca, cada vez más de cerca. Ya no era extraño verla pasear con Matteo, empujando la silla de Adam, merendando con Ninette o hablando con el mago. Sobre todo, en las cenas, tenían una mesa habitual con cuatro sillas y un hueco libre para Adam. La última semana habían cenado los cinco juntos todas las noches ante la vista de la bruja del Oeste y sus monos alados. También descubrió que Fausto Caruso no veía con buenos ojos su acercamiento hacia sus hijos a pesar de comprobar que Adam se estaba integrando de nuevo en el mundo social. Y algo muy llamativo, comprobó que la mejora anímica de Adam no fue del todo del agrado de Cornelia y, aún menos, de Luciano. Quizás para ellos que Adam volviese a ser él hacía de nuevo tambalear el trono que la madrastra había hecho para su hijo. Ahora era el principal protagonista del espectáculo, aunque este estuviese en ruinas y mantenido por una joven demasiado empoderada.

Fue precisamente con Luciano con quien se cruzó primero.

—¿Has visto a Ninette? —le preguntó él con el ceño fruncido, como siempre que pronunciaba el hermoso nombre de la joven.

Vicky negó con la cabeza.

—Se pierde y no sé dónde demonios se mete. —Lo oyó protestar en italiano.

¿Se lo digo?

—Búscala en el techo de la carpa —respondió con ironía.

Él entornó los ojos hacia ella.

—Ese Lucas amigo tuyo, ¿cuándo va a acabar de trabajar con ella? —Esta vez su tono cambió a algo más brusco.

—La verdad es que no tengo ni idea.

Luciano asintió con la cabeza despacio, le recordó al gesto de Natalia cuando no se creía algo.

—Pues se acabó —le dijo y la señaló con el dedo—. No quiero a ese tío cerca de ella. Y a ti tampoco.

Vicky se cruzó de brazos.

—En el contrato que este circo firmó con mi productora no vi que apareciese tu nombre por ningún lado. —Lo miró a los ojos y eso que estaban altos—. Lo que tú quieras o no, es irrelevante.

Él se inclinó hacia ella.

—Si se trata de Ninette, sí que es relevante —soltó. Luego se alejó de ella, mirándola de arriba a abajo—. A mí no me engañas, periodista. Puedo ver lo que hay detrás de esas gafas doradas.

Eso sí que no, ni lo imaginas. ¿Te lo enseño?

—Y lo que tienes o lo que buscas con Andrea —añadió.

¿Ves? Ahí le has dao. Muy bien, chaval.

—No me engañas —concluyó decidido con más cara de primate que nunca.

Vicky contuvo la sonrisa y cogió aire.

Vale, te lo enseño.

Se quitó las gafas y apoyó la patilla en el labio inferior.

—Llevas razón. —Guiñó ambos ojos hacia él—. No soy lo que

parece. —Se inclinó levemente hacia él—. Y sí, me encantan las varitas mágicas.

Dio unas carcajadas mientras rebasaba al primate que había dejado petrificado. Lo miró de reojo sin dejar de seguir su camino.

A mí monos alados. Cuéntaselo a la jefa. Me resbalan todos los mataos estos.

Llamó a la puerta de Adam. Él no tardó en abrir. Tenían un grupo de *WhatsApp* donde estaban Adam, Matteo, Andrea y ella. Ninette no se atrevió a entrar por si lo veía Luciano. Era ahí donde acordaban quién ayudaba a Adam por la mañana.

—Existe la posibilidad, bastante grande, de que caigamos al suelo —advirtió ella y Adam rio—. No tengo las piernas de Ninette.

—Ya he mejorado —dijo orgulloso.

Vicky lo miró y suspiró.

No me queda otra que hacerlo. Adam es la única posibilidad por más que siga pensando.

Agarró los reposabrazos de la silla y lo retiró del andador. Él ya tenía las correas puestas.

—Antes tengo que hablar contigo —dijo ella—. Pero prométeme no asustarte, no invitarme a salir, no enfadarte ni salir corriendo —pidió.

El guiñó ambos ojos, otra vez le parecía una estupidez.

—Te prometo no salir corriendo —respondió entre risas.

Vicky negó con la cabeza. Se quitó las gafas y las dejó en la mesa. Levantó las manos.

—¿Qué te pasa, Vicky? —preguntó acercando su silla a ella.

—Tu hermano Luciano no quiere que nos acerquemos a Ninette ni Lucas ni yo. —Vio la decepción en Adam—. Dice que no puedo engañarlo. Que puede ver lo que soy.

Se inclinó hacia Adam y apoyó las manos en la silla.

—No tiene ni idea de qué soy, pero lleva razón. —Se irguió y le dio la espalda a Adam. Cogió las gafas de la mesa y las lanzó unos centímetros más lejos.

—Que eres todo un personaje ya lo sabemos todos. —Rio Adam—. Que te enviaron de esa productora porque no sabrían qué hacer contigo también lo imaginamos.

Vicky se giró hacia Adam.

—¿Qué tiempo se tarda en ensayar un número como el que planificó Matteo? —le soltó y Adam se sobresaltó.

—No sé, realmente no tiene más dificultad que la puesta en escena. Es todo mecánico salvo lo de Ninette, pero eso ella sabe ya hacerlo. Así que…

—Tengo una carga que viene desde Japón y que espera en Milán. —Lo cortó y él alzó las cejas—. No sé si viene como un juguete de Lego y hay que montarlo, o es un tráiler, o un camión, o un contenedor de puerto. No tengo ni puñetera idea de qué es lo que he comprado.

Adam estaba inmóvil y no era solo por estar impedido.

—El día que me caí en el contenedor de basura. —Se apresuró a decir. Resopló—. Vi que tu hermano salía del despacho de tu padre y que tiró los papeles a la basura. Luego le pedí a Matteo que me diese el nombre de la empresa. Les pasé el presupuesto de la basura y compré todo eso que ponía en el proyecto.

Adam la miraba estupefacto, no reaccionaba, no movía ni un músculo de la cara. Ella se apoyó con las manos en la mesa y lo miró.

—Yo tampoco entiendo por qué les dijeron que no —añadió y torció los labios. Luego dirigió la mirada hacia las gafas—. No necesito gafas, pero eso ya lo sabes. —Se miró el cuerpo—. No suelo usar esta ropa setentera aunque me empieza a molar. —Alzó las cejas ante la estupidez que acababa de decir.

Levantó las manos de la mesa y se alejó de ella.

—Mi nombre es Victoria Canovas-Pellicer, como las clínicas

Canovas-Pellicer. ¿Te suenan?

Los ojos de Adam se abrieron como platos.

¿Cuál es tu realidad, Vicky?

Volvió a poner la mano en la mesa.

—Tengo la carrera de periodismo, un máster, pero en la vida he sido periodista. —No se atrevía ni a mirarlo—. Crecí sin límites, el único esfuerzo que he tenido que hacer para conseguir algo en toda mi vida ha sido abrir la boca. Vaga, caprichosa y superficial, me he dedicado a divertirme y tengo cierta obsesión por coleccionar bolsos y zapatos que ni siquiera utilizo más de una vez.

Apoyó la otra mano sobre la mesa.

—He intentado varias veces comenzar proyectos respaldados por mi padre, pero los abandoné. ¿Te suena de algo? —Levantó los ojos hacia Adam, que seguía sin reaccionar—. Soy una inútil o eso es lo que siento cuando todos me dicen que tengo que hacer algo con mi vida. Este reportaje es mi última oportunidad para demostrar que sé hacer algo por mí misma. —Negó con la cabeza—. Por mucho que Úrsula se quejase sobre mí nunca me echarían del trabajo. Por eso no le tengo miedo ni a ella, ni a tu padre, ni a tu madrastra. Mi apellido me hace inmune.

Lanzó las gafas aún más lejos.

—Soy igual que la miserable que manda en este circo.

Cerró los ojos. Lo había soltado, y parte del bochorno y del peso que eso le suponía se liberó.

Adam apretó los labios.

—Mi terapia…

—Lucas es del equipo de mi padrino —añadió—. Tu hermano cree que está pagando el tratamiento, pero lo cierto es… —Suspiró de nuevo—. Que solo está pagando el hotel de Lucas. —Miró a Adam enseguida—. Y tiene que seguir creyendo que es así.

Adam desvió la mirada.

—Me quedan aquí diez días —añadió—. Y es la primera vez que estoy haciendo algo que siento que está bien. Me veo capaz de terminar el trabajo, luego me iré y no volveréis a saber de mí. Nadie puede enterarse de esto.

Adam volvió a mirarla desconcertado.

—Nadie me querrá si saben que soy un reflejo de Úrsula. —Notó la quemazón en la garganta, casi no pudo terminar la frase. Empezó segura y decidida. No sintió el bochorno que esperaba cuando confesó quién era y qué era. Pero la invadió algo que no esperaba. Algo que le presionaba el pecho y le provocaba picazón en la garganta. Cerró los ojos—. Me gusta lo que veis cuando me miráis —añadió sintiendo que el ardor le subía hasta los ojos y bajo los párpados—. Quiero que siga siendo así hasta que me vaya.

Abrió los ojos hacia Adam.

—Nunca me había pasado, ser respetada por mí misma, solo por mí. —Le brillaron los ojos—. Sin nada más.

Comenzó a respirar por la boca.

—Por favor, déjame sentirme así unos días más. —El brillo de sus ojos aumentó—. Porque cuando regrese a Madrid volveré a ser lo que era antes. Y volveré a sentir lo que sentía antes.

Tuvo que sorber la nariz. Cerró los ojos de nuevo, el aire que espiraba era caliente. Pasaron por su mente los días que estuvo en el circo desde su llegada. La periodista, aunque fuese en el tono peyorativo que solían usar con ella, sonaba bien dentro de su cabeza. La idea que tenían todos de ella, una profesional, la forma de mirarla. No podría soportar cambiar ante sus ojos, huiría sin dudarlo. Volvió a coger aire, menos aún quería que se enterase Andrea. Era el que estaba más arrepentido de haber permitido dejar que se acercase a él y al circo alguien como Úrsula. Si se enteraba de que ella era una versión aún más aumentada de Úrsula la rechazaría sin remedio.

—Solo unos días más —murmuró.

Sintió una mano en el hombro y se sobresaltó. Abrió los ojos de repente. Adam estaba de pie junto a ella y basculaba de frente.

Fue rápida, lo agarró enseguida para que no cayese al suelo.

—¿Cómo dices que te sientes? —preguntó él mientras ella intentaba ponerlo derecho.

—Aceptada siendo simplemente yo. —Iba a caer de espaldas con Adam encima. Hizo fuerza—. Respetada por tener una profesión. —Tuvo que poner una pierna atrás para hacer contrapeso. Adam era enorme y pesaba como si fuese de yeso—. Útil.

—¿Útil? —repitió—. Vamos a caernos.

Inclinó las piernas como veía que hacía Ninette. Las sentadillas que siempre le hacía hacer su hermano con una barra y discos a los lados. Pero los discos no pesaban tanto como Adam. Intentó levantarlo y solo fue capaz de desplazarlo unos centímetros.

—Agárrate al andador —pidió mientras sus piernas cedían.

—Caprichosa, vaga, superficial, ¿también egoísta? —preguntaba él dejando todo su peso en ella—. Un claro reflejo de Úrsula.

—Adam, nos vamos a caer. —Casi no podía hablar.

—Te gusta lo que vemos cuando te miramos —seguía, parecía no importarle que Vicky estaba al límite de poder sostenerlo—. ¿Te gusta también lo que ve Andrea cuando te mira?

Vicky se sobresaltó y levantó la cara para mirarlo. Su cuerpo basculó del todo y se cayeron al suelo. Adam puso la mano bajo su cabeza y le amortiguo la caída.

—¿Estás loco? —protestó empujándolo en el suelo mientras él reía.

—Me he caído de sitios más altos y no voy a romperme más de lo que estoy —respondió.

Vicky resopló mientras se sentaba en el suelo.

—Vas a decírselo a todos. —Apartó la mirada de él.

—Mírame —le pidió. Adam la miraba con una expresión divertida—. Repítelo. «Soy un reflejo de Úrsula».

Vicky guiñó ambos ojos como hacía él cuando ella desvariaba.

—Llevas tres semanas soportando que Úrsula te hable como si fueses su secretaria, y esas palabras tan amables que te dedica mi padre, ¿solo por sentirte útil? Tres semanas durmiendo en una caravana de un par de metros. ¿Vives en una mansión?

Ella bajó la cabeza.

—En un ático de cuatrocientos metros. —Cogió aire por la nariz.

—¿Por sentirte útil? —Seguía riendo.

Vicky encogió las piernas y apoyó la frente en las rodillas.

—No es tan disparatado. —Se defendió.

—Es un auténtico disparate. —Notó un golpe en el hombro.

—Ya me lo dijiste una vez, soy un disparate. Estoy de acuerdo.

—El disparate es que te sientas un reflejo de Úrsula —dijo Adam y Vicky levantó la cabeza enseguida.

—Dime qué diferencia hay entre esa inútil que dices que eres y entre esta periodista que ha hecho que yo vuelva a ponerme en pie, que Ninette comience a hacer más de lo que permitía Luciano, que Matteo pueda ver hecho realidad su sueño, o que mi hermano no sienta esa culpa que lo estaba matando.

Vicky abrió la boca para responder pero volvió a cerrarla.

—Tenía pensado decirte antes de que te fueses, que me alegraba de que no hubiese nadie más en la productora o que quisieran perderte un tiempo de vista —continuó riendo—. Sea como haya sido, me alegro de que te enviasen a ti. —La miró sonriendo—. Y si vuelves a sentirte inútil cuando regreses, piensa que ningún otro periodista hubiese sido tan útil aquí dentro.

Ella sonrió y volvieron a brillarle los ojos.

—Y ¿qué vamos a decirles al resto? ¿De dónde han salido los materiales del número? —le dijo y Vicky se tapó la cara para reír. Que Adam accediera a ayudarla le quitaba una segunda capa de piedras que llevaba sobre la espalda.

—Que los has pagado tú —dijo y el alzó las cejas—. Que lo estabas guardando para tu rehabilitación o lo que sea. Pero como ahora lo paga Andrea, que lo has gastado en eso. Invéntate cualquier cosa. Pero es un regalo tuyo.

Adam asentía lentamente.

—A mí me dices que paga Andrea, a él que pago yo, y a todo el circo que Lucas es un compañero de la productora. —Adam se tapó la cara para reír—. ¿Y qué piensas decir cuándo comiencen el número en plena actuación y todos vean que lo han preparado a escondidas?

Vicky alzo las cejas.

—Pensad algo vosotros. —Movió la mano—. Todo no lo voy a hacer yo, ¿no?

La risa de Adam aumentó.

—En la fiesta del aniversario —dijo convencido.

Vicky asintió.

—Allí comenzará mi reportaje. —Ladeó la cabeza.

Se hizo el silencio un instante. Lo vio pensativo mirando sus piernas extendidas en el suelo. Se palmeó las rodillas y la miró de reojo.

—Cuenta conmigo. —Lo oyó decir y ella se sobresaltó—. Y con mi silla o con mi andador, lo que prefieras.

Vicky alzó las cejas tanto que pensó que se le separarían los párpados de las cuencas.

—No me importa —repitió.

Ella se puso de rodillas sin dejar de mirarlo.

—¿En serio? —No daba crédito.

—Lo que necesites —añadió convencido.

Vicky se tapó la cara con las manos, reía. Luego miró a Adam y frunció el ceño levemente. El hombre de hojalata se había movido, se había movido mucho más de lo que esperaba cuando planeó llevar a cabo aquella locura en el circo. Ya no era un hombre hechizado, petrificado, vacío. Le brillaron los ojos y regresaron aquellos picores en la base de la garganta. Se lanzó a darle un abrazo de forma tan efusiva que cayeron de espaldas.

—Perdón, perdón, perdón. —Se incorporó enseguida. Miró hacia la mesa—. Volveremos a intentarlo.

Adam levantó las manos.

—De eso nada, llama a mi hermano —dijo y Vicky rompió en carcajadas.

21

Andrea llamó a la puerta y Vicky le abrió. Se había retrasado, los ensayos generales eran exigentes en tiempo. Salió de la casa de Adam antes de dejarlo entrar. Él la miró con sonrisa irónica.

—Lo siento, pesa demasiado. —Vicky torció los labios.

Andrea reía mientras echaba un ojo hacia el interior. Adam estaba sentado en la silla de ruedas y arrastraba el andador.

—Tu hermano es enorme —añadió guiñando levemente un ojo—. No os voy a poder ayudar.

El mago dirigió sus ojos de nuevo hacia Vicky. No dijo nada, solo la miraba. Su risa se había tornado en una leve sonrisa de esas que se profieren sin querer. Vicky notó cómo se fijaba en sus ojos tras los cristales de las gafas y en la nariz donde se apoyaba el metal dorado. Ella aspiró y contuvo el aire.

Le encantaba aquella sensación en el pecho que llegaba desde el ombligo. Andrea la miraba tranquilo y sabía que solo podía ver a una mujer como cualquier otra, sin ningún atributo que la hiciese resaltar. No había delante de su imagen un apellido que significaba un imperio. Tampoco llevaba por bandera lo que solía hacer que pocos hombres la mirasen demasiado tiempo a los ojos. No había artificios, ni ropa llamativa solo accesible para unos pocos, ni enormes tacones, ni un peinado impecable. No había nada destacable ni llamativo en ella. Solo Vicky.

Me encanta lo que ves cuando me miras.

Solo una petición le había hecho a Adam: unos días más, solo unos pocos. En cuanto acabase de recorrer aquel camino de baldosas amarillas y diese tres golpes de talón para regresar a casa, ya no importaba nada. Ella volvería a ser Victoria Canovas-Pellicer en su ático enorme y vacío de Madrid, donde no había nada mágico que hacer, donde se aburría, donde se sentía sola, una soledad que intentaba disipar bombardeando a sus amigas con mensajes absurdos y payasadas. Donde sus hermanos le enviaban un audio cada noche para decirle que no existían los fantasmas, porque si no lo hacían, su hermana menor era capaz de presentarse en la puerta de la casa de cada uno de ellos y, en ocasiones, estropearles el plan. Volvería a aquel limbo que hacía que no notase el tiempo que la hizo crecer, que la hizo mayor. Y una vez fue consciente supo que su madurez no estaba a la altura, ni sus habilidades, ni mucho menos su capacidad.

—Nada de esto te corresponde. —Oyó decir a Andrea y aquello en su pecho se hizo intenso.

Liberarse de un peso, de la culpa, de su realidad. Ella tampoco era capaz de aceptar la suya. Huía de ella sin querer pensar en su regreso a Madrid, como si eso fuese algo lejano cuando lo sentía cerca. Aferrándose a esos últimos días en los que podía sentirse bien.

Miró al mago y sonrió sabiendo que la vuelta al mundo real sería ver ese mundo aún más vacío y sin sentido. Andrea se inclinó hacia ella.

—Me está encantando la magia del mundo real —susurró y ella se sobresaltó.

No le dio tiempo a reaccionar. Andrea la rodeó por la cintura y la pegó a él. Acercó los labios a su oído.

—Gracias —añadió.

Soltó a Vicky, que sintió el cuerpo flojo, como si se hubiese tomado una pastilla de las del terapeuta emocional, pero tipo flash. Andrea entró en la caseta de Adam y cerró la puerta.

El camino llegaba a su fin, llegaba a Ciudad Esmeralda. El cuento acababa.

Se está mejor en casa que en ninguna parte.

Suspiró.

Y una mierda.

Estaba mejor entre brujas, monos alados, el espantapájaros, un león cobarde, un hombre de hojalata, y un mago.

En el mundo civilizado no hay brujas ni magos.

El mundo civilizado no le gustaba, comenzaba a detestarlo.

Bajó la rampa hasta el pasillo. Su bolso pesaba menos que de costumbre. Su hermano le había dicho que los días que le restaban allí tendría que ir independizando a Ludo de ella. Así que a ratos lo dejaba en la cerca de Adela. Cada día el perro pasaría más tiempo con los suyos, hasta que ya no se acordara de ella, ni de su bolso, ni de las toallas higiénicas, ni de los achuchones por las noches, ni de sus conversaciones con una humana que hablaba como si él la pudiese entender.

Le brillaron los ojos camino de la cerca de Adela.

Llevaría a Ludo en el bolso toda mi vida.

Adela llevaría tiempo esperándola. Ludo daba carreras hiperactivo por la cerca. Unos extraños nervios que le sobrevenían cuando Vicky tardaba demasiado y lo cierto era que cada vez tendría que tardar más en ir a por él.

En cuanto notó el olor a Vicky comenzó a saltar llorando. Un llanto un tanto exagerado, como si alguien le hubiese pisado una pata.

—No creas nada —advirtió Adela—. Lo hace para llamar tu atención.

Vicky contuvo el aire. Su hermano ya le había puesto en sobre aviso al respecto. Así que hablaría con Adela ignorando a Ludo hasta que este dejase de llorar y de saltar, y se sentase tranquilo esperando a que lo cogiese.

—Adela, ¿tienes un momento? —preguntó haciendo un gran esfuerzo para ignorar al perro, que saltaba hasta la altura de sus muslos.

La mujer frunció el ceño contrariada. Luego dio unos pasos y le indicó a Vicky que la siguiese. Rodearon la caseta, nunca había estado en aquella parte trasera. Había mesas y sillas, varias casetas formaban una especie de patio. Ahora entendía por qué los pasillos eran curvos. Todas las casetas formaban pequeñas urbanizaciones. Vicky supuso que era allí donde se irían los trabajadores por las noches después de cenar cuando todo el mundo desaparecía.

Miró de reojo hacia la caseta de Andrea. La puerta trasera estaba cerrada, había una lámpara sobre la puerta. Lamentó que a ella la dejasen a parte en el alojamiento y perderse aquella parte de la vida circense, la que más se asemejaba a la del mundo real y familiar.

—Dime —dijo la mujer sentándose en una silla de plástico. Vicky se sentó en otra que estaba frente a Adela.

—Es sobre Andrea. —No supo interpretar la expresión de la mujer. Supuso que después de tantos días cenando en grupo con ellos, de los paseos con el mago a la caseta de Adam y demás, si la imaginación de los habitantes del circo era parecida a la de ella misma, a nadie le cogería por sorpresa que se interesase por él. Ya sabía por Matteo que al mago nunca le faltaron pretendientas allí dentro, la mayoría de ellas eran artistas que llegaron, trabajaron un par de temporadas y luego se marcharon. También sabía que resaltables en su vida solo hubo una, Úrsula, o al menos con la que duró más tiempo. Aunque Matteo solía referirle a una tal Sofía que llegó a convivir con Andrea toda una gira. Pero nada de eso era lo que la llevó hasta Adela.

—Háblame de Mónica Valenti —añadió Vicky y Adela se sobresaltó. Era evidente que hacía mucho tiempo que no oía a nadie pronunciar aquel nombre.

—No es algo que me corresponda a mí contar. —Se excusó la mujer—. Y menos a una periodista.

Vicky se inclinó hacia delante.

—Sé que te encargaste de Andrea cuando ella se fue. Eso hace que tengas cierta debilidad, llámalo vinculo fraternal o lo que sea por él. —Entornó los ojos hacia la mujer—. ¿Cómo era la mujer que lo abandonó?

Adela negó con la cabeza.

—No quiero hablar sobre eso. —Adela se levantó enseguida, tensa, poco cordial.

Vicky se levantó a la par.

—¿Por qué? —Siguió a Adela.

—Porque ese nombre se dejó de pronunciar hace mucho tiempo.

Vicky recordó la loca teoría de Natalia, la teoría tarada de Fatalé cuando se metía en su papel de investigación: alguien le dio un mal porrazo y la tiraron a un contenedor.

—¿Está muerta? ¿Es eso lo que intentáis ocultar los que no queréis que se nombre? —soltó sabiendo que eso era disparatado y posiblemente mentira, pero necesitaba llamar la atención de la mujer sobremanera. Ahora tendría que rebatirle y solo había una forma de hacerlo: contándole lo que quería saber. Adela se giró hacia ella—. Desapareció, ¿no? ¿En el buen sentido?

Adela emblanqueció.

—Nadie la mató si es lo que quieres decir —rebatió enseguida—. Cornelia la echó del circo. La echó sin previo aviso. Le puso las maletas en la calle aprovechando que Fausto estaba de viaje. —Resopló.

Vicky se volvió a sentar en la silla con expresión satisfecha. Adela la miró con desconfianza y se sentó a su lado.

—¿Qué clase de reportaje piensas hacer en realidad? —le dijo la mujer en un reproche.

Vicky negó con la cabeza.

—Olvida lo que soy, no estoy aquí como periodista. Solo quiero saber —respondió—. Quién y por qué lo dejó solo.

Adela suspiró.

—¿Qué interés tienes en Andrea? —La mujer desvió la mirada. Vicky se irguió en la silla recolocándose con cierto bochorno. Era la primera vez que alguien cercano a una figura «materna» le hacía aquella pregunta sobre un hombre.

Bajó los ojos.

—Se ahoga —respondió y Adela la miró con interés.

—Él no quiere saber nada de ella ni porqué ni dónde se fue. —Adela fue recta, rotunda.

Vicky volvió a inclinarse en la silla.

—Solo quiero saber si era una mujer de la que esperabas que fuese a hacer algo como eso —insistió Vicky y Adela ladeó la cabeza y la miró de reojo—. Joder, si era una golfa que encandiló al director del circo aunque él estuviese casado.

Adela volvió a mirarla de la misma forma que lo hizo cuando ella sugirió que Mónica estaba muerta.

—Mónica tenía veinte años, claro que no era una golfa. —Resopló—. Era Fausto el que estaba acostumbrado a encandilar a jóvenes artistas que llegaban al circo. Sobre todo, jóvenes que estaban solas, inocentes, con poca experiencia de vida y de hombres.

Vicky se cruzó de brazos.

—Algo así como Ninette —confirmó y Adela no añadió nada a sus palabras, lo cual quería decir que lo había clavado.

—Ella se ilusionó con Fausto, era bailarina. —Negó con la cabeza—. Yo había visto la misma historia varias veces y le dije a Mónica que en cuanto la temporada acabase, él la acabaría sustituyendo por otra.

—¿Cornelia permitía eso? —Se extrañó.

—Cornelia no era consciente de aquellas cosas, ella por aquel entonces ni siquiera vivía en el circo. Estaba en Milán con tratamientos de fertilidad.

Vicky apoyó la espalda en la silla.

—Pero Fausto esa vez parecía estar más ilusionado de la cuenta con Mónica. De hecho, volvió a renovar la temporada siguiente en el circo. Y poco tiempo después se quedó embarazada de Andrea. Cuando Cornelia se enteró, Mónica ya estaba embarazada. Amenazó a Fausto con prenderle fuego a las carpas, pedirle el divorcio y llevarse la mitad del entonces bien avenido espectáculo Caruso. —Se detuvo para coger aire—. Fausto le decía a Mónica que no se preocupase, que acabaría arreglando las cosas con Cornelia, que aceptaría el divorcio y entonces podrían casarse.

Esto sí que no lo esperaba. Le pegaba más eso de encandilar a jóvenes, embarazarlas, y tirarlas a la basura.

—Pero Fausto marchó a firmar los contratos de la nueva gira. Cornelia aprovechó para viajar hasta aquí, donde estábamos ya preparando el nuevo espectáculo y echar a Mónica del circo. Cornelia aún no se había divorciado y era tan dueña del circo como Fausto. Tenía el poder suficiente para echarla. Una noche cuando regresé a mi caseta, me encontré a Andrea en mi cama y una nota de Mónica. No hubo más.

—¿En la nota explicó algo de a dónde iba? —Adela negó con la cabeza.

—Ella no tenía familia. Se crió en un orfanato. Era lo que decía en la nota; Andrea debe permanecer en el circo. Sé que no quería que acabase en un lugar de esos aunque ella tiene una idea diferente a lo que es un orfanato de hoy día. No tuvo una buena vida. Y no tengo ni idea de la que ha tenido después. Andrea nunca se ha interesado por este tema. Lo borró de su cabeza. Su familia somos nosotros.

Vicky bajó los ojos.

—Vuelvo a repetírtelo, ¿qué interés tienes en Andrea? —Ahora fue Adela la que se cruzó de brazos.

Ella se levantó enseguida.

—Esa es la pregunta que le encantaría hacerme Úrsula. —Rio

Vicky y vio a Adela contener la sonrisa.

La mujer se levantó enseguida.

—Esa forma tan suelta de zafarte de preguntas incómodas solo te sirve con la juventud. Yo soy ya casi una vieja. —La seguía hasta la cerca—. ¿Qué es lo que te pasa con el mago?

Vicky se tapó la cara con la mano sin dejar de apresurarse hacia la cerca.

Lo negaré hasta la muerte.

Ludo volvía a saltar y lo cogió en el aire.

—Luego lo traigo —le gritó a Adela.

—Hey, niña. —Adela se detuvo y le lanzó una mirada firme—. He vivido aquí demasiados años. Y he visto demasiadas cosas. —Ladeó la cabeza hacia Vicky y ella se mordió el labio inferior—. La gente habla, rumorea. Pero a mí nada de eso me sirve.

Entornó los ojos hacia Vicky.

—Te gusta el mago. —Vicky se sobresaltó—. Claro que te gusta el mago.

Se giró dándole la espalda mientras negaba efusivamente con la cabeza.

—¿No sientes curiosidad por saber si al mago le gustas tú? —añadió Adela.

Vicky giró la cabeza con rapidez hacia ella. Adela rompió a carcajadas con su gesto.

Mierda, caí. Como una niña de diez años, con la edad que tengo, qué vergüenza.

Se giró de nuevo para seguir su camino. Notó cómo le ardían hasta las orejas, una sensación que solía experimentar poco. El bochorno no formaba parte de su vida diaria.

Cogió el móvil, buscó en la agenda, y se lo llevó hasta el oído.

—Dime, loca. —Oyó la voz de Natalia.

—Necesito un favor de amiga. —Torció los labios.

—Un favor, ¿de los que te meten en líos?

—No. —Resopló.

—Vale, dime.

—A ver cómo de buena eres en el centro nacional de investigación. —Sonrió—. Necesito localizar a una persona.

—¿En qué país está?

—No tengo ni idea.

—Joder, pues sí que me lo pones fácil.

—Ni siquiera sé si vive.

—No me jodas, ¿la madre del mago? No te metas en marrones.

—No es un marrón.

—Si no la localizo y ha desaparecido por completo, mi teoría de loca comenzaría a tener sentido. Entonces quiere decir que estás en un circo con algún psicópata que se ha ido de rositas por un delito. Y tendré que ir a visitarte con Nanuk y adiós a tu maravilloso mundo de Oz.

—No la mató nadie. Cornelia es mala, pero no una asesina.

—Tú misma. Nombre.

—Mónica Valenti. Creció en un orfanato. —Hizo cuentas con los dedos—. Veinte años, Andrea treinta… tendrá unos cincuenta y uno como máximo ahora. Trabajó dos temporadas para el circo Caruso, quizás así te sea más fácil localizarla.

—Ok. En cuanto lo tenga te lo envío.

—Luego hablamos, un beso.

22

Se habían conectado por la tarde porque Natalia y Claudia no podían hablar por la noche. Hacía varios días que no se conectaban. Vicky estaba más atareada, había hecho las maletas para emprender la ida a Milán. Y ya estaba acabando el trabajo para Cati. Solo quedaba rodar.

Claudia lloraba de la risa.

—En vez de una evolución ha sido una involución. —Natalia la señalaba con el dedo—. Te ha dado vergüenza, te has puesto nerviosa y te has delatado ante Adela.

—Como una adolescente, sí. —¿Para qué negarlo?—. Yo, que me he liado hasta con las farolas.

Volvieron a sonar las carcajadas de Claudia. Natalia negaba con la cabeza.

—¿Y por qué no quieres que nadie lo sepa? —preguntó Mayte—. A ti nunca te ha importado expresar sentimientos en ningún ámbito. Al contrario, siempre has estado a favor de… —Movió la mano sin acabar la frase—. Expresar todo tipo de cosas de manera abierta y…

—De follar cuando le pica. —La cortó Natalia.

Claudia volvió a dar carcajadas. Tenía las manos tapándose la cara.

—Tía, a ver si vas a echar al león por la boca y tu marido nos mata —le riñó Natalia.

Mayte entornó los ojos.

—Puso el otro día el test en el chat, pero estabais hablando de no sé qué y pasasteis de ella —dijo Natalia.

Mayte se apresuró a felicitarla. Ahora fue Vicky la que rio.

—Felicidades —le dijo a Claudia—. Van cinco, ya os queda

menos para parecer los Von Trapp.

Claudia se limpiaba las lágrimas.

—Y córtale ya el rollo al león —dijo Natalia riendo—. Que se embala.

Vicky negaba con la cabeza.

—Te toca ser la madrina —respondió Claudia y Natalia la miró de reojo.

—Pobre criatura —dijo Mayte con ironía e hizo una mueca.

—A lo que íbamos. —Natalia volvió a dirigirse a Vicky—. La involución de Vicky.

Vicky negó con el dedo.

—No es una involución —añadió Natalia—. ¿Entonces qué es? —Entornó los ojos—. ¿Te da miedo llegar a Ciudad Esmeralda?

—Allí tiene que haber polvos mágicos —dijo Mayte y Vicky la miró con el ceño fruncido. No era el tipo de comentarios que solía hacer su amiga más sensata.

Las tres la miraban serias, con interés.

—Me estáis dando un mal rollo de la leche, ¿qué os pasa?

—Que sigues sin ser tú. —Claudia fue la primera en hablar.

—Que aquí no pasa nada con el mago —añadió Mayte—. Te mola, pero no haces ni el intento de seducirlo. Y el cuento se acaba.

—No le pones las tetas en la cara y eso nos chirría —concluyó Natalia.

Vicky movió la mano en el aire.

—No quiero nada de eso con él. No es difícil de entender. Ya os lo dije los primeros días.

—«Te dejaría una tara *pa' tó* la vida». —Recordó Claudia.

—«Un bolso de una tienda donde no puedes comprar». —Recordó Mayte.

—Entonces, ¿por qué te tomas tantas molestias con él? —Natalia sonrió y Vicky se arrepintió de haber recurrido a ella y que supiese su interés.

—Lo hago con todos —respondió enseguida—. Intento ayudar a todos por igual.

Vio a Natalia entornar los ojos y estuvo a punto de cortar la videollamada y zafarse de lo que fuese que estuviera a punto de decir.

—Ayudas a todos. —Negó con la cabeza—. Has ideado un plan para que unos se ayuden a otros. —Natalia bajó la barbilla y la miró con interés—. Pero con el mago no delegas esa ayuda en nadie. Solo lo haces tú.

Vicky abrió la boca para replicar. Si hubiese tenido a Ludo cerca, le hubiese hundido la cara en el pelaje del lomo. Cerró la boca.

No quieres llegar a Ciudad Esmeralda porque sabes que allí acaba todo —añadió Natalia.

Se hizo el silencio.

—Por primera vez meditas las consecuencias. —Oyó de nuevo la voz de Natalia—. No te importa quien sea ni qué vaya a hacer con su vida cuando tú no estés. Estás convencida de que pertenece a otro mundo que es diferente al tuyo y no puedes entrar en él. Pero, aun así, quieres ayudarlo.

Se oyó un suspiro, no supo de quién sería. No las miraba, sentía cómo se le humedecían los ojos. Y esta vez, y eso era raro en el chat, no era de la risa.

—Te ha despertado un sentimiento diferente que el resto de hombres que has conocido —añadió Claudia—. Con este no priman las posibilidades amorosas ni sexuales. Va mucho más allá. Quieres salvarlo.

—Por eso no quiero que se entere de que soy el espejo de Úrsula. —Negó con la cabeza—. No se dejaría ayudar.

Apoyó los codos en la mesa y apoyó la frente en las manos.

—Esa carencia que has descubierto en Andrea, Úrsula la aprovechó para entrar en su mundo y adueñarse de él a su conveniencia y ahogarlo aún más. Algo parecido a lo que hace Luciano con Ninette. Tú quieres liberarlo para que pueda vivir mejor a sabiendas de que va a vivir al margen de ti. Y comprobando que, cuanto más cerca estás de él mientras lo ayudas, más difícil te será volver a casa. No vuelvas a decir que te pareces a Úrsula.

Levantó los ojos hacia Natalia, la humedad en ellos se hizo intensa.

Se sobresaltó cuando llamaron a la puerta.

—Chicas, os tengo que dejar —les dijo y cortó la llamada.

Se levantó y abrió la puerta. Era Adam, le extrañó verlo allí cuando aún faltaba un rato hasta la hora de la comida.

Vicky salió de la caravana.

—No sé si es buena idea que Ninette siga ayudándome —dijo y ella frunció el ceño—. Los gritos de Luciano se oyen en todo el pasillo.

Vicky intentó agudizar el oído, pero a tanta distancia supuso que las voces se perderían.

—Y yo… —Miró los reposabrazos de la silla—. No estoy en condiciones de ayudarla.

—Voy yo. —Se adelantó Vicky, pero Adam la enganchó por la falda y la trajo de vuelta—. No te metas. Hoy está más exaltado que otras veces.

Vicky resopló y se sentó en el escalón de metal.

—¿Por qué nadie le ayuda? —preguntó Vicky.

—Porque es el hijo del director y está protegido por Úrsula.

—Como si es el hijo de Dios. No es una excusa. —Se puso en pie—. A mí no me vale esa excusa.

Adam la miró.

—No quiero que Ninette me siga ayudando —dijo Adam y Vicky abrió la boca—. No es bueno para ella. Ni tampoco para mí.

Vicky se puso frente a él.

—Discrepo. —Se cruzó de brazos y él giró la cabeza.

—Yo no debería de tener derecho ni a mirarla —confesó.

—¿Por qué?

Adam dio una palmada en la silla.

—El soldadito de plomo, ¿tampoco conoces ese cuento? —Adam la miró de reojo—. El soldado con tara no dejaba de mirar a la bailarina.

—El ejemplo exacto. Terminaron los dos quemados en la chimenea.

Vicky se acuclilló frente a Adam.

—El duende, la envidia, no podía soportar que la bailarina pudiera enamorarse de un soldado cojo de una pata. Como si por ese defecto ya no tuviese derecho a tener ciertos sentimientos ni a producirlos en otros.

Adam volvió a mover la cabeza para no mirarla.

—¿Tienes miedo al duende?

—Tengo miedo a que, por mi culpa, el duende le haga daño a la bailarina y yo no pueda impedirlo. —Lo vio coger aire—. No lo soportaría.

—Tu hermano es un miserable, tú no tienes la culpa. —Ella movió la silla hasta que la cara de Adam volvió a estar frente a ella—. Y Ninette necesita salir de ese pozo de mierda en el que la han metido.

Adam se palpó las piernas.

—Por eso necesita a alguien que pueda tirar de ella y sacarla de allí. Yo ni siquiera puedo tirar de mí mismo.

—Ella te ha demostrado que tiene fuerza para sosteneros a los dos —respondió y Adam alzó las cejas.

Vicky dio unos pasos retirándose de él.

—¿Y si esta vez lanzamos nosotros al duende a la chimenea? —le propuso.

Le hizo un gesto con la cabeza para que la siguiese.

—Estás confundida —dijo él y Vicky, que ya había dado unos pasos, se detuvo—. Esta bailarina no quiere al soldado con tara.

Vicky negó con la cabeza. Se acercó a Adam y apoyó las manos en el reposabrazos.

—Esta bailarina ni siquiera es capaz de quererse a ella misma. Está rota, la misma rotura que llevas tú por fuera la tiene ella por dentro. Por eso está con tu hermano. Eso no es amor ni se le parece. Alguien en ese estado es incapaz de moverse por otra cosa que no sea miedo. Has conseguido que comience a hacerse con algo de valor. Por eso Luciano está más exaltado que de costumbre. Necesita aumentar la voz y la agresividad para volver a doblegarla. La leona ruge. No necesita que tú le salves de tu hermano. —Se irguió—. En mis cuentos todas las princesas se salvan solas.

Dio unos pasos hacia atrás para coger el pasillo hacia la caseta de Ninette. No esperó a Adam, se apresuró. A medida que se acercaba podía apreciar los gritos. Luciano estaba notablemente más alterado que de costumbre, la leona le habría rugido de verdad.

Se detuvo en cuanto los vio en medio del pasillo. Ninette llevaba varias bolsas y una maleta.

Pero menuda leona.

Sonrió al verla. Luciano gritaba tras ella. Hasta Cornelia estaba junto a su hijo.

—A ver lo que tardas en volver, ¿dónde vas a ir? No tienes nada.

—Desagradecida, desgraciada. —La increpaba Cornelia.

Vicky oyó la silla de Adam detenerse a su espalda.

—¿Tienes hueco en tu caseta para alguien más? —preguntó y Adam alzó las cejas sorprendido—. Creo que sí. Ve con ella.

Vio a Matteo y Andrea llegar corriendo desde otra de las carpas. Ninette se marchaba por el pasillo cargando con su maleta y el resto de sus cosas.

—Vas a volver —gritó Luciano.

Vicky ya estaba frente a él y se puso las manos en la cintura. Comprobó cómo Matteo y Andrea frenaron en seco al verla.

—¿Y por qué iba a volver contigo? Si eres un capullo. —Le increpó ella. Luciano la miró apretando la mandíbula. Vio a Cornelia abrir la boca para responder, pero Vicky levantó la mano para que callase—. Claro que tiene donde ir. Podría estar bailando de teatro en teatro, y está en esta mierda de circo en ruinas por ti.

Dio un paso atrás.

—Pero ya ha descubierto que no merece la pena —añadió.

—¡Desvergonzada! —Cornelia no pudo contenerse más. Vicky la miró.

La periodista se acercó a ella tanto que Cornelia tuvo que arquear la espalda para alejarse de su cara.

—Sé lo de Mónica Valenti y puedo encontrarla —susurró. Supuso que ni Luciano podría enterarse a pesar de estar a su lado. Vicky dio un paso atrás para comprobar cómo la tez de Cornelia emblanquecía—. Si vuelves a insultarme, insultar a Ninette, o que este *Neanderthall* de hijo que tienes levante un ápice la voz a su… —Miró que Ninette estaba ya casi al final del pasillo—. Exnovia, haré un anexo muy interesante en mi reportaje. Esas cosas les encantan a los espectadores. —Entornó los ojos—. Las brujas siempre venden.

Cogió aire con suficiencia. Cada vez que Andrea le contaba experiencias de su niñez su odio hacia Cornelia crecía. Por mucho que intentase empatizar con ella y el dolor de una traición por parte de su marido en plena crisis de infertilidad, seguía sin entender cómo no cesó en reflejar su odio contra un niño que no tuvo culpa de los actos de sus padres.

—Cornelia. Corne, del latín, «*Cornu*», que significa cuerno. Menudo juego de palabras. Esas cosas encantan en *Twitter*. —Improvisar respuestas que joden, siempre fue su fuerte.

Luciano dio unos pasos hacia Vicky y su madre le puso la mano en el hombro para detenerlo.

Hechizo de inmunidad. La magia me encanta.

—Que comience a respetar a la bailarina. —Miró a Luciano. Ganas de golpearla no le faltaban, su cara lo reflejaba a la perfección.

Se alejó de ellos y se dirigió hacia Matteo y Andrea. Matteo la miraba con cierta admiración, como si fuese Hulk y hubiese echado abajo la carpa. Andrea, sin embargo, la miraba contrariado.

—¿Qué le has dicho? —preguntó con curiosidad.

Vicky sonrió.

—Magia del mundo real. —Movió la mano quitándole importancia.

—Ninette puede quedarse en casa de Adela —dijo Matteo.

Vicky negó con la cabeza.

—Ya tiene sitio. Por eso no os preocupéis. —Alzó las cejas—. ¿Comemos ya? Adam y Ninette vienen en un rato.

Los rebasó. Andrea la miró aún con desconfianza.

—Vamos. —Los llamó Vicky unos metros más adelante.

Andrea echó un vistazo hacia el pasillo, ya no se veía ni a Ninette ni a Adam. Luego siguió a la periodista.

23

Durante la cena había visto darle a Andrea un codazo a Matteo cada vez que este refería algo sobre Úrsula. Por lo que había podido deducir, durante el ensayo general, habría arremetido contra Andrea varias veces y aquello acabó en su despacho, donde los gritos se oían desde fuera.

Menuda mierda de apertura de gira y celebración de aniversario.

No podía imaginar cómo se podría dar un buen espectáculo con aquel ambiente en su interior. Era imposible transmitir lo que se necesitaba en un circo si las carpas ardían continuamente entre números.

Ninette se había trasladado a la caseta de Adam, solo sería una noche. Ya en la gira pasaría a ocupar otro espacio con el resto de trabajadores. Todo el mundo empaquetaba sus cosas y la parcela se había llenado de más camiones y autocaravanas.

Matteo le había explicado a Vicky que los artistas de primera línea y los directivos se alojaban en hoteles durante la gira. Mucho más cómodo, pero bajo su punto de vista un derroche más por parte de Úrsula y Cornelia, que anteponían su comodidad al bien del circo.

Si era sincera, dudaba que con aquel ambiente y el espectáculo consecuente pudiesen hacer frente al gasto, que supuso, conllevaba una gira: anuncios, carteles, transporte, etc. No era problema de talento ni mucho menos de la calidad de los números. Pero eran representaciones vacías, superficiales, sin sentimiento. Así lo percibía ella cuando presenció algún ensayo general ya con las luces, el vestuario, decorado y música. Superfluo, con un lujo excesivo que no concordaba con el mundo irreal y mágico. Úrsula no había montado un espectáculo para la diversión de los ojos que lo miran, sino una ostentación de poder y riqueza sobre el que solo se beneficiaba su ego y ella misma.

Andrea había terminado pronto de cenar y se había marchado. Vicky desconocía si lo había hecho a aquella especie de patio que tenían entre las casetas. Cuando fue a soltar a Ludo no oyó más ruido que el de gente transportando paquetes y maletas de un lado a otro. Los pasillos parecían más anchos y fríos a pesar de que las noches eran más cálidas.

Buscaba un container para echar la bolsa con las cacas de Ludo como aquel en el que una vez cayó dentro. Parecían haber desaparecido junto con los espejos y los trastos. Ella también tenía sus cosas empaquetadas. A la mañana siguiente iría a la estación a tomar cualquier tren que encontrase hasta Milán. Mientras que llegase antes de la noche estaba satisfecha. Era a última hora de la tarde cuando Adam pensó que era buen momento para enseñarles al resto aquel container enorme en el que estaba la maquinaria del nuevo número. Cuando todos estuviesen atareados estableciéndose, otros recorriendo Milán, y Úrsula visitando a su familia. Con Cornelia y Fausto en un hotel, lejos de los ojos de Luciano o de los palmeros de Úrsula que preferían la comodidad a las carpas.

Había luz en el despacho de Fausto. Podía oír voces más altas de lo habitual. Era la voz del director del circo.

Se acercó a ver si podía oírlo mejor.

—Te has ido de la lengua demasiado. —Oía decir a Fausto.

Vicky se entremetió entre las casas metálicas que formaban las oficinas similares a las oficinas de las construcciones metálicas de color crema. Cerca de la ventana podía oírlo mejor.

—Ha amenazado a Cornelia con contar lo de tu madre en el reportaje.

—Yo no he contado nada que no sepamos todos. —Era la voz de Andrea—. Cornelia la echó y se fue. No hay nada más. ¿O sí?

Se oyó un golpe, como si una carpeta hubiese caído con fuerza sobre la mesa.

—Pero es suficiente para que una rata periodista le dé la vuelta y se invente una historia que nos hundiría aún más.

—No uses ese tono con ella. —Vicky sonrió al escucharlo.

—¿Ves cómo has sido tú? ¿Qué intentabas? ¿Darle pena? Es lo que hiciste con Úrsula, ir de desamparado. ¿O es a Cornelia a la que intentas hundir? ¿Quieres vengarte?

—Jamás he querido vengarme de Cornelia. —Andrea parecía tranquilo.

—Desde que te vi acercarte a la periodista sabía que nos ibas a meter en un lío aún peor que el de Úrsula.

—Pero ¿qué estás diciendo?

—¡Que vas a acabar hundiéndonos a todos! Que no sé a qué juegas. Es periodista, Andrea. Todo lo que digas o hagas podrá usarlo a favor o en contra nuestra. ¿No te basta con habernos vendido a una niñata? ¿Quieres vendernos también ahora a los medios?

—Te estás equivocando con Vicky. —Notaba al mago más lejos. Estaría ya en la puerta—. Ella no es Úrsula.

Se le rizó el vello al escucharlo. Espiró por la boca con fuerza.

—Estoy de acuerdo, no es Úrsula. Al menos la otra tenía dinero. —Otra vez el sonido de las carpetas.

—¿Otra vez con eso? —De nuevo se escuchaba a Andrea cerca.

—Sí, otra vez. Tú nos metiste en esto y tú nos tienes que sacar. Pero primero rechazas a Úrsula y ahora no te ocultas en lo que sea que te traes con la periodista, poco favor nos estás haciendo.

—Te da igual lo que sea de mí, solo te importa tu puñetero circo —protestó Andrea.

—¡Claro que me importa mi puñetero circo! ¿Ves cómo estamos? Los trabajadores no soportan a Úrsula. Se irán en cuanto puedan entrar en otro espectáculo. Y tú tienes la culpa. ¡Tú! Hiciste de mi circo un infierno.

—¡Siempre fue un infierno! —Vicky se sobresaltó.

—Tendría que haber dejado que Cornelia te llevase a un orfanato. —Fausto fue rotundo.

Será cabrón. ¿A qué entro?

Se hizo el silencio. Vicky se apoyó en la pared metálica.

—Hubiese sido mejor para todos —respondió Andrea al fin, tranquilo.

—¡Andrea! —Fausto también tendría que estar ya en la puerta.

Mierda.

Se entremetió más entre las paredes para que no la viesen. Se alzó en el suelo para asomarse por la ventana. Andrea estaba ya fuera de la oficina y Fausto estaba en el umbral. La ventana estaba abierta y podía oírlos.

—Aléjate de esa mujer, ¿me estás escuchando? ¡No nos busques más ruinas! Mira lo que ha hecho con Ninette.

—Ella no ha hecho nada malo. Tu hijo es un miserable.

—Solo quiere información del circo para utilizarla en nuestra contra. Por eso se ha acercado a Adam. La miseria vende y es lo único que le importa. Y tú no lo ves, te engaña como a un imbécil.

—No tienes ni idea de cómo es Vicky, así que ni la nombres.

Vicky asomó la cabeza entre los barrotes. Bajo la ventana había un archivador. Se mordió el labio inferior.

Claro que no tienes ni idea de cómo es Vicky. Te vas a cagar, Fausto Caruso.

Se llevó la mano hacia el bolso. Colgando del asa tenía la pequeña bolsa de plástico que Adela solía darle para las cacas de Ludo.

Qué pena que este no cague kilos de mierda como Nanuk.

Recordaba la bolsa pala que tenía que llevar Natalia cuando lo sacaba a pasear.

—Acabarás haciendo trucos de magia en la calle.

—No me importaría. —Se sobresaltó.

Levantó los ojos, por un momento pensó que estaban de nuevo dentro. Pero no, seguían en la puerta con la disputa. Podía escuchar como Andrea le decía que ya estaba harto de que lo amenazase con echarlo, que solo lo mantenía allí con la esperanza de que volviera con Úrsula y salvara el circo.

Vicky rompió la bolsa y la sacudió. Las pequeñas bolas cayeron unas por detrás del archivador, otras se perdieron entre unas carpetas. Y una última cayó en el primer cajón que estaba entreabierto.

Traga, traga. Que lo que no se vomita, se caga.

Recordó las palabras de su nana Dori respecto a su forma exagerada de comer. Le sobrevino una carcajada y se tapó la boca intentando no hacer ruido. Levantó de nuevo los ojos hacia la puerta. Veía la espalda de Fausto. Sacó la lengua en una mueca. Él seguía en reproches con su hijo.

Sacó la cabeza despacio de entre los barrotes de nuevo, pero una de las ornamentaciones curvas chocó en la parte superior cerca del flequillo.

Coscorrón del bueno.

Apretó los dientes.

—¿Te gusta la periodista? ¿Es eso?

Quedó inmóvil, alzó las cejas y el pulso se le aceleró. El dolor del golpe desapareció de inmediato.

—No tengo que darte explicaciones, nunca te importaron.

—Me importa cada vez que nos afecte a todos. ¿Qué crees que va a hacer Úrsula?

—Espero que marcharse de una vez.

—¿Y dejarnos en la ruina? —De nuevo la voz de Fausto resonó.

—¡Ruina! ¡Ruina! Es lo único que te importa. Yo no arruiné el circo. Fuisteis tú y Cornelia. —En ese momento era Andrea el que levantaba la voz—. Yo solo intenté salvarlo.

—¡Pues sálvalo!

—No de esa manera. —La voz de Andrea se alejaba—. Prefiero hacer trucos de magia en la calle, como tú dices.

Vicky rodeó la oficina, pasó por la parte trasera un par de casas más y salió por el pasillo. Se colgó bien el bolso y se dirigió hacia la puerta donde padre e hijo seguían enzarzados.

Se colocó a la vista de Fausto con aquella expresión ingenua que hacía que aquel hombre se desconcertara y se enfureciera, ya sabía de sobra que de ingenua no tenía un pelo. Cornelia había salido corriendo a chivarse, y también lo haría Luciano el día que la increpó y ella le respondió como se merecía.

El director la miró con desprecio.

—Maldita sea la hora que llegaste a este circo —le dijo con la tez enrojecida.

—A ella no la metas. —Se apresuró a decir Andrea.

—Pues que no se meta en nuestros asuntos.

Vicky volvió a dar unos pasos hacia ellos.

—Todo lo que pase será tu culpa —respondió Fausto echando una mirada enfurecida a su hijo antes de entrar en la oficina.

Vicky se colocó junto a Andrea y miró al director ladeando la cabeza.

—Que haya demasiada mierda en este circo no es culpa de tu hijo mago —intervino sin quitarse de la cabeza las bolas de Ludo que le había dejado caer por la ventana. Hizo un gran esfuerzo por contener la sonrisa.

Fausto apretó la mandíbula como la apretaba Luciano cuando se cabreaba.

—Es mierda antigua, de la que apesta —añadió.

Mañana apestará mucho más. Y cuando regreses de la gira y el calor de la chapa haga su parte no se va a poder entrar en ese despacho.

—¡Termina ya el trabajo que tengas que hacer! —le gritó—. Y desaparece. —Dio un portazo.

Pero la mierda ya la tienes dentro aunque yo me vaya.

Tuvo que contener la sonrisa de nuevo. Miró a Andrea.

—Supongo que te pagarán bien este trabajo, ¿no?

Vicky encogió la nariz y negó con la cabeza. No sabía ni la cantidad de dinero por la que estaba haciendo aquello. La nómina la había domiciliado en la organización de perros de su hermano. Los que salvaban a mujeres de la violencia de sus exparejas. No eran gran aporte, supuso, al menos no un aporte notable, pero su hermano lo apreció más que las donaciones que ella hacía con el dinero que su padre dejaba que manejase. Y ahora que lo pensaba bien, estaba claro que ese dinero tenía un gran valor si contaba lo que había soportado aquellas semanas por parte de algunos y algunas.

Pero si miraba hacia el otro lado, el bueno, lo hubiese hecho sin cobrar, sin pensarlo. Sonrió a Andrea.

—Mañana a Milán —le dijo viendo como el pecho de Andrea se movía fuerte en cada respiración.

—¿Ya tienes los billetes de tren? —preguntó él haciendo un gran esfuerzo por dedicarle una media sonrisa. No le salió del todo creíble. Era imposible sonreír de alguna manera después de haber soportado lo que había dicho Fausto.

Vicky negó con la cabeza.

—Mañana iré a la estación y me montaré en el tren en el que no se monten ellos. —Ladeó la cabeza hacia la oficina. Ahora sí que Andrea sonrió con más naturalidad.

Y esta sensación me encanta.

—Ven —dijo él dándole un toque en el brazo.

Lo siguió hasta fuera de las carpas. Anduvieron entre la numerosa hilera de camiones y furgonetas. Andrea se detuvo delante de una autocaravana.

—La compré hace dos años y medio —explicó. Vicky la miró sonriendo—. La idea era que fuese para Matteo y para mí. No solo para las giras, también para hacer viajes. Pero lleva guardada un tiempo. —Bajó la cabeza—. A Úrsula no le gustaba la idea.

La abrió con la llave. Vicky entornó los ojos mientras él encendía la luz.

—Mis primeras vacaciones con mis amigas fueron en una de estas. —Él ya estaba dentro y se asomó al escucharla. Ella alzó las cejas—. La idea fue de Claudia: un verano recorriendo Europa. Había trazado un mapa con un montón de sitios para visitar. —Hizo una mueca—. No hicimos ni medio recorrido, nos perdimos la leche de veces.

Se tapó la boca para aguantar las carcajadas que le producían los recuerdos.

—Fueron las mejores vacaciones de mi vida.

Y mira que las he tenido mayúsculas.

Recordaba abrir los ojos por la mañana y que alguna soltase alguna burrada y medio mearse encima. Era más grande que la de Andrea, por dentro parecía la habitación de un hotel con sillones de piel y un minibar que llevaban más lleno que el propio frigorífico. Las imágenes le sucedieron unas tras otra y se tapó los ojos.

—¿Tus amigas son parecidas a ti? —preguntó él divertido sin dejar de observarla.

Vicky se encogió de hombros.

—La verdad es que no nos parecemos en nada. —Comenzó a reír—. Por eso nos gusta estar juntas. Aunque sea mediante la tecnología.

—¿Les has hablado del ambiente hostil en el que estás trabajando? —Le tendió la mano y ella se la cogió. Tiró de ella para que entrase.

—Siiii —respondió entrando en la casa con ruedas.

Estaba claro que Andrea la había usado poco. Olía a nuevo a pesar de deber llevar guardada dos años.

Andrea bajó una escalera que estaba pegada en el techo.

—¿Y qué te dicen? —Subía los peldaños. En el techo había un mango, una especie de puerta. La abrió y siguió subiendo.

Halaaa, esto no lo tenía la nuestra.

Se subió a la escalera y Andrea la ayudó para salir al exterior. Vicky gateó por el techo de la autocaravana y se sentó. Andrea se sentó junto a ella.

—Seguro que te dicen que nos mandes a la mierda a todos. —Rio él.

—No, a todos no —respondió y él aumentó la risa.

Lo vio respirar profundo y se fijó en su pecho, este rebotó en el movimiento. Andrea podía reír, pero aún no estaba bien.

—Pronto volverás con ellas, ¿no? —siguió él—. Cuando regreses.

Vicky encogió las rodillas y negó con la cabeza.

—Una está en Londres, es corresponsal. —Ladeó la cabeza—. Otra está en todas partes y en ninguna, tiene un trabajo de los que no se puede hablar. —Entornó los ojos hacia el mago, que la escuchaba con atención—. La otra vive en Barcelona. Era periodista como yo, luego estudió interpretación y traducción, y ahora es traductora de textos en una editorial —Suspiró—. Soy la única que está siempre en Madrid —añadió.

La más inútil.

—Bueno, ahora no —intervino él y ella lo miró de reojo—. Si mañana te levantas temprano no hace falta que vayas a la estación. Puedes venir conmigo. —Se giró hacia ella y la señaló—. Pero no puedes retrasarte. He notado que se te pegan las sábanas por la mañana.

Vicky abrió la boca para replicar a aquella afirmación. Aquella podría ser la explicación del por qué no solía verlo a la hora de desayunar.

—No me levanto tarde. —Se defendió—. Seguro que eres tú el que te levantas demasiado temprano.

Andrea rio.

—Vale. —Aceptó ella. Le gustaba la idea.

El teléfono de Vicky emitió un sonido. No era el sonido del chat, eran las primeras notas de la banda sonora de la película *El padrino*.

Mensaje de La Fatalé.

Cogió el móvil y lo desbloqueó.

«Tienes la estrella en el culo. Está viva y está en Milán».

Natalia seguía escribiendo así que se apresuró a quitar el sonido y bloquearlo. No quería que Andrea viese un ápice de lo que Natalia iba a decirle sobre Mónica Valenti.

Él observaba cómo Vicky guardaba de nuevo el móvil, quizás había notado la prisa que tuvo en quitarlo de en medio.

—¿Y hay alguna razón por la que siempre estés en Madrid? —preguntó mirando el bolso de Vicky.

Ahora se cree que tengo un lío, un novio o algo.

—A parte de tener dos hermanos maravillosos y unos padres que aún creen que tengo quince años. —Sacudió la cabeza y él rio—. Pero de momento todo apunta a que Madrid será mi destino una temporada.

Giró la cabeza hacia la carpa.

—Aunque si hago una basura de reportaje me costará lo suyo encontrar a alguien que me contrate. —Se encogió de hombros.

—Estoy convencido de que vas a hacer un buen trabajo.

Alguien que confía en mí. A eso me refiero cuando digo que me encanta lo que ve cuando me mira.

—Y yo estoy convencida de que vas a hacer una gira impecable —añadió—. Espero que el reportaje os ayude.

—¿Es verdad que amenazaste a Cornelia con contar lo de mi madre?

Vicky metió la mano en el bolso.

—Para repartir magia del mundo real, a veces es necesario apoyarse en algún extra como haces tú con eso que llevas en el bolsillo —respondió dándole la bola y él volvió a sonreír al escucharla—. ¿Podrás moverla desde aquí cuando esté en Madrid?

Andrea aumentó la risa y puso la mano bajo la de Vicky. Ella notó que la bola vibraba en su palma, ya no le producía aquel cosquilleo, había comprobado con creces que no eran las esferas, sino el hombre que las controlaba.

Notó cómo el cristal se despegaba de su mano y se alzaba levemente.

Ya se me están aflojando las bragas.

—Hay más —dijo él.

Vicky entornó los ojos hacia la bola. Comenzaba a brillar su interior, un brillo que se hacía intenso como si dentro hubiese una estrella de las que los rodeaban a aquellas horas de la noche.

La luz daba vueltas en el interior del cristal rodeando la flor fucsia. Andrea le cogió la otra mano y la puso junto a la anterior, sobre donde flotaba la esfera en medio de ellos dos. La bola se alzó aún más, el destello moviéndose dentro del cristal hacía parecer que estaba girando, un efecto óptico que, en la oscuridad de la noche, era más que maravilloso. Por un momento apartó los ojos de la esfera y miró a Andrea, cuyo rostro estaba iluminado solo por la luz a través del cristal, como supuso que también ocurriría con ella.

Fue consciente de que él no observaba la esfera, la observaba a ella. El pulso se le aceleró sobremanera. El tornado que le producía el mago y que comenzaba justo en el ombligo se hizo intenso cuando se abrió en su pecho hasta notar punzadas en el esternón. Tuvo que abrir la boca para coger aire.

—No sabía que también existía la magia fuera de aquí —dijo él.

Pero ella ni siquiera sonrió.

Vicky, ni te muevas.

Notó cómo le brillaban los ojos y regresaba la picazón en la base de la garganta. «No eres Vicky». Sus amigas llevaban razón, pero no podía ser Vicky. Tenía que quedarse inmóvil sin dejar entrever lo más mínimo de lo que estaba percibiendo su cuerpo. No podía ser Vicky con Andrea, no en aquel sentido. Natalia había acertado, por primera vez meditaba las consecuencias. En Ciudad Esmeralda acababa todo.

El cuento se acaba.

Dejó caer el peso de sus manos en las palmas de Andrea y bajó los ojos hacia la flor.

Roja.

Seguía respirando por la boca mientras el tornado giraba con fuerza en su interior y con él arrastraba la casa de Dorothy, la mujer de la bicicleta, y hasta a la bruja del Este en escoba. El brillo de los ojos aumentó. Andrea le estaba poniendo terriblemente difícil no ser Vicky. Porque jugaba con todos los elementos que siempre le encantaron en su vida. No quería zapatos rojos ni golpes de talón, en casa nunca se estaría mejor que en ninguna parte. Ella nunca perteneció al mundo civilizado.

Por eso soy el aire.

Era el elemento que le tocó en aquel grupo de amigas. Notó cómo las manos de Andrea envolvían levemente las suyas.

No, por favor.

Estaba acostumbrada a rehuir de hombres que no le gustaban y estaba acostumbrada a seducir a hombres que sí. Pero ahora debía de huir de un hombre que le transmitía una mezcla de sentimientos de todo lo que solía hacerla feliz. Sentimientos que nunca pensó que podrían darse de una vez y que hacían que sacase lo mejor de ella: afectividad, calidez, cercanía como sentía en familia. Confianza y seguridad, como le transmitía la amistad que tenía con las locas. A todo eso podía sumarle el torbellino en su pecho que formaba Andrea cuando estaba cerca, la satisfacción de hacerlo sonreír cuando no se encontraba bien, la atracción cuando tenía cerca Ciudad Esmeralda, y la magia.

La esfera parecía girar cada vez más rápido mientras la luz rodeaba la flor roja. «Cada vez que te comportas como Vicky su interior cambia de color». Oía en su mente la voz de Natalia. Pero no podía ir más allá en aquel sentido. «Aquí no pasa nada con el mago. Y el cuento se acaba». La voz de Mayte llegó hasta su cabeza. Levantó los ojos hacia Andrea de nuevo, aquella orden que había hecho a su cuerpo de no moverse no había funcionado. Había basculado su cuerpo lo suficiente como para que su frente estuviese a unos centímetros de él.

Jamás imaginé tan brillante a Ciudad Esmeralda.

Podría estar hasta el amanecer frente a Andrea mientras la esfera giraba e iluminaba los ojos del mago. Le gustaba Ciudad Esmeralda, pero no podía poner un pie en ella. Bajó la barbilla despacio, su frente rozaba la de él. Fijó los ojos en la bola que estaba a la altura de su pecho, la luz era más tenue, supuso que sería parte del truco, la luz perfecta para completarlo con magia del mundo real, la suya. Notó la frente de él apretarse contra la de ella, quizás no esperaba su reacción y estaba decepcionado. O quizás sí era algo que esperaba, pero tenía que intentarlo. Cerró los ojos y dejó el peso de su cabeza caer contra la de él.

No puedo.

La luz de la esfera se fue apagando a medida que descendía

hasta que volvió a sentir el cristal entre las palmas de sus manos. Estaba templado. Un frío extraño le sobrevino por la espalda en cuanto la luz se apagó. La magia desaparecía, tanto la del mundo real como la de Andrea.

Notaba su pecho moverse al respirar, como había visto que hacía el pecho de Andrea tras discutir con su padre. Era ella la que ahora se ahogaba. Cerró la mano para envolver la bola, se le había erizado el vello del frío, volvió a cerrar los ojos.

Notó que Andrea separaba su frente de la de ella, también dejó de sentir una de sus manos. No quería abrir los ojos, hasta le daba vergüenza mirarlo a la cara después de haber roto el momento de aquella manera.

Notó cierta calidez en la mejilla. Abrió al fin los ojos. Andrea la miraba de la misma manera que lo había hecho todo el tiempo. Ni ofendido ni decepcionado, como si no hubiese pasado absolutamente nada entre ellos sobre la esfera que flotaba.

—Respira —dijo él.

A Vicky le brillaron los ojos. Cogió aire despacio por la nariz. El frío aumentó y comenzaba a sentir cierta presión en el pecho. Lo vio sonreír.

No puede ser.

Aunque ella no había querido besarlo, el mago sonreía. La presión del pecho aumentó y también el escozor de la garganta, y con ellos, la humedad de los ojos.

—Respira —repitió.

Ahora no podía disculparse, no podía hacer referencia a nada. Él actuaba como si no hubiese pasado nada, como si hubiese sido un limbo, un lapsus. Andrea le apretó la mano.

Las locas no van a dar crédito.

Lo había hecho peor que ninguna, estaba claro. Ni siquiera Natalia en su peor situación había cometido una estupidez igual. Ella siempre las arengaba a ir adelante sin importar las consecuencias. Y ahora ella no era capaz de enfrentarse a las consecuencias.

Además de inútil, resulta que soy cobarde, estúpida y con pocos sentimientos.

Y se sintió el espantapájaros, y el hombre de hojalata, y el león cobarde. Hasta la bruja del Oeste, que no dejaba de recodarle a ella. Toda ella era el mundo de Oz, pero el suyo estaba lejos de ser maravilloso, faltaba la magia, el mago, y una ciudad que tenía el color de sus ojos.

Miraba a Andrea sintiendo que lo que él veía en ella era mentira. El dolor en su pecho aumentó y también el ahogo. Miró la esfera, temía que él ahora la rompiese como había hecho con la que cogió Úrsula. Era lo que Andrea debía de hacer, ella no era lo que aparentaba ser y lo que fuese que le gustase de ella era humo, falso, una mentira, no existía. Si él pensaba romper la bola guardaría los trozos, los guardaría toda la vida.

Tuvo que coger aire mientras cerraba los ojos, sintiendo cómo él no dejaba de observarla.

Lo tiene que estar flipando. Esta forma de actuar tan infantil y extraña.

Miró al mago. Si estaba sorprendido, su rostro no lo mostraba.

—No llegues tarde mañana —repitió.

Ella negó con la cabeza riendo.

24

Había sido puntual a pesar de haber estado hasta tarde enredada en el chat de las amigas contado las peripecias de la noche anterior. Habían reído hasta el ahogo con las bolas de mierda de Ludo que Vicky le había dejado a Fausto, y le habían lanzado cuchillos a matar cuando les contó su forma de actuar con el mago.

Pero allí estaba con sus dos maletas mientras Andrea arrancaba la autocaravana. Temió por un momento que una vez que él digiriese aquella especie de rechazo sutil, hubiese cambiado sus humos o su forma de actuar con ella. Pero nada más lejos, él parecía feliz de emprender el camino hacia Milán.

Y eso que no sabe lo que le espera en Milán.

Aún tenía un par de sorpresas para Andrea antes del aniversario del circo. A Vicky también le esperaba algo importante: el trabajo real. Al fin la grabación. Había preparado su verdadero documental a la sombra sin consultar absolutamente con nadie. No había desechado por completo las sugerencias de Úrsula, pero el supuesto documental que aquella niña caprichosa y soberbia esperaba, estaba muy lejos, a millones de kilómetros de lo que Vicky iba a hacer. Encajar a Adam en su trabajo no había tenido dificultad. Tanto él, como Ninette, como Matteo, y como Andrea, siempre estuvieron presentes en su proyecto. Ese trabajo ya lo tenía adelantado y esperando hasta que cada uno de ellos cambiase de opinión.

Pensaba que después de lo de la noche anterior, las casi siete horas de camino iban a ser incómodas. Pero compartir con Andrea un espacio reducido mientras él conducía no tenía nada de incómodo, sobre todo, cuando ninguno de los dos hizo referencia alguna a la magia sobre el techo de la autocaravana.

Solo Vicky se tensó un poco por el extraño interés repentino del mago sobre ella.

—Eres tú la periodista y eres la que haces las preguntas —había dicho—. Pero nosotros no sabemos nada de ti.

Vicky le habló de la facultad, de las locas del unicornio, de un chat sagrado, de sus hermanos e incluso sobre sus padres. Y hasta llegó a hacerle una confesión.

—No es que mi padre sea exactamente exigente conmigo. Pero tengo el listón tan alto que siento que nada de lo que pueda hacer será nunca suficiente. —Fueron sus palabras.

—No tengo dudas de que está enormemente orgulloso de la hija que tiene —había respondido él.

Pero Andrea no tenía ni idea de su realidad. Agradeció sus palabras, sonaban bonitas. Pero no eran ciertas.

Las siete horas de camino sumadas a un par de descansos que hicieron para desayunar y comer, se hicieron terriblemente cortas. Y llegaron a Milán. Vicky reconocía la ciudad, había estado allí demasiadas veces. Le gustaban los teatros de ópera y música clásica, las tiendas exclusivas, y adoraba algunos restaurantes. Sin duda era una de sus ciudades favoritas del mundo.

Andrea condujo hasta un claro donde ya estaban montadas las carpas. Los tráileres y montadores solo habían salido un par de días antes, pero al parecer no necesitaban más tiempo para montar aquella carpa circular enorme con el cartel en el frente del circo Caruso. También había visto por el camino numerosos carteles y banderolas anunciando el espectáculo.

Pasaron por delante de la puerta de la carpa. A Vicky se le erizó el vello. Después de tantos días con ellos los había normalizado. En su mente se habían transformado en gente peculiar que vivían en una parcela en medio del campo. Ahora al ver la carpa era consciente de que era un circo, el que le habían enviado a indagar y a hacer un buen documental.

En la parte trasera estaban las viviendas con ruedas de los empleados. Andrea buscó un hueco y aparcó. Era terriblemente tranquilizador saber que ni Úrsula ni ningún molesto Caruso estarían allí rondando durante todo el día.

Adam le había enviado un mensaje hacía rato. Matteo y él ya estaban allí. Ninette había viajado con ellos, quizás ella y Andrea se habían demorado demasiado en la comida. Pero lo prefería así, Adam ya había recibido la maquinaria, era lo primero que hizo al llegar a Milán. Y Vicky prefería no estar allí cuando eso sucediese.

En cuanto bajó del vehículo vio a Adam acercarse en su silla con una sonrisa radiante. Rebasó a Vicky guiñándole un ojo y se dirigió hacia su hermano.

—Estaba impaciente por que llegases —le dijo—. Quiero enseñarte algo.

Vicky contuvo la sonrisa ante la expresión del mago. Siguieron a Adam entre numerosos vehículos aparcados en línea formando pasillos y llegaron al final, donde acababa el asentamiento circense.

Era un contenedor de chapa enorme de los que solía ver en los puertos de carga.

—¿Os habéis perdido por el camino? —Oyó la voz de Matteo a su espalda.

Vicky miró la hora, tampoco se habían demorado en exceso. No había prisa por llegar aunque supuso que en los días previos a la primera actuación, la hora estaría ajustada para ensayos y pruebas de todo tipo.

Ninette se acercaba junto a Matteo y miraba el container con desconfianza.

—Quería que estuvieseis los tres para verlo a la vez —añadió Adam accionando la cerradura—. Pero no puede verlo nadie más hasta el aniversario.

Abrió la puerta, tuvo que rodar la silla para que esta cediera.

Andrea fue en su ayuda, no podía solo.

Matteo abrió la boca y estiró los párpados haciendo que sus ojos fuesen más saltones que nunca. Le recordó a los ojos de Ludo cuando Andrea quería cogerlo.

Miró de reojo al mago, se había quedado inmóvil, estaba más adelantado a ella, lamentó no poder verle la cara. Ninette tenía una extraña sonrisa, con los ojos algo entornados, como si lo que hubiese dentro de aquel contenedor fuese una luz resplandeciente en medio de la oscuridad. Vicky supuso que eso era realmente para ella.

Andrea miró a Adam buscando una explicación.

—Os lo merecéis —dijo el trapecista rodando la silla hacia el interior. Allí dentro cogió una caja y se la puso en las piernas. Rodó de nuevo hacia Andrea—. Última generación. —Le dio la caja—. Harás maravillas con estas.

Vicky contuvo la sonrisa. Ahora Andrea podría tirar a tomar por culo las bolas de Úrsula. No le debería nada.

—Dentro tienes también la ropa del número —le dijo Adam a su hermano. Luego se dirigió hacia Ninette—. También las tuyas.

Adam vio que Vicky hacía un gesto con los ojos.

—La tuya, quería decir. —Adam bajó la cabeza, contrariado.

Vicky aprovechó el estado de shock del resto y llamó la atención de Adam. Vocalizó lo más claro que pudo para que le leyese los labios.

—También hay un regalo para Adela —añadió guiñando ambos ojos hacia Vicky.

—¿Por qué? —preguntó Andrea sin dejar de mirar la esfera enorme encajada en corcho blanco.

—Porque lleva muchos años con nosotros y… —Vio a Adam sin saber que decir.

—Digo esto. —Lo cortó Andrea.

—Ya os lo he dicho, os lo merecéis —respondió.

—No nos debes nada —dijo su hermano—. No hemos hecho nada que…

—Ya lo tenéis. Es vuestro. —En esa ocasión fue Adam quien lo cortó—. Ahora buscad la manera de montarlo y usarlo en el aniversario sin que Úrsula se entere.

Andrea negó con la cabeza.

—Pero en cuanto lo vea en el aniversario no dejará que lo usemos más —rebatió Andrea.

—Lo grabaré y lo utilizaré en el documental. No tendrá más remedio que dejaros usarlo en cada actuación —respondió Vicky y Andrea se giró hacia ella—. La gente que acuda al circo Caruso buscando lo que vio en televisión, querrá ver exactamente lo que vio en televisión.

Andrea frunció el ceño.

—¿Tú lo sabías? —Sonó a reproche.

Vicky desvió la mirada. Señaló hacia la hilera de casas rodantes.

—Voy a buscar a Ludo —dijo mordiéndose el labio—. Tenéis un marrón de narices ahora. —Miró el interior del container—. A ver cómo sacáis eso de ahí, lo montáis, y ensayáis el número.

Miró de reojo a Matteo.

—Será un gran número, el que soñaste —dijo antes de girarse y dejarlos solos.

25

Se las habían apañado para sacar la maquinaria y meterla en uno de los almacenes. De madrugada un grupo de montadores sobornados por Adam la colocarían para probarla. Primero sin peso y luego con un peso similar al de Ninette.

Matteo no dejaba de escuchar música, apenas se podía mantener una conversación con él. Andrea no había salido de su autocaravana en toda la tarde, Vicky supuso que andaba probando las nuevas bolas.

Vicky ocupó su tarde en hablar con la productora, sus compañeros llegarían al día siguiente para comenzar el trabajo. Y, por supuesto, lo que más tiempo le llevó fue contactar con la madre de Andrea.

Hasta que llegasen las dos casas móviles de la productora compartía habitáculo con Ninette y otras muchachas. Algo realmente incómodo. Tendría que prescindir del chat de las locas y no estaba acostumbrada a compartir baño con desconocidas, aún menos un baño tan pequeño.

A la mañana siguiente se levantó más temprano que de costumbre. Las chicas la habían despertado en la litera. Se apresuraban a ir a desayunar para hacer algunas pruebas de los números.

Vicky estaba deseosa de que Matteo, Ninette y Andrea le contasen cómo había ido la prueba nocturna. No podía preguntarle a Ninette entre aquellas chicas, aunque seguramente parte de ellas habían sido conscientes de que la bailarina rusa había salido de madrugada.

La carpa *buffet* era exactamente igual que la de Roma. Misma comida, mismas mesas, mismos cocineros y, lo más característico, el olor y el murmullo. Vicky cogió las tostadas en la fila tras Ninette y se apresuró a sentarse en la mesa en la que ya estaban Matteo, Adam y Andrea.

—Contadme —dijo poniendo la bandeja en la mesa.

Los tres sonrieron. Ninette puso su bandeja junto a la de Vicky.

—Aún tengo dudas con la música, pero… —Matteo sacudió la cabeza.

Vio a Andrea contener la sonrisa mirando a Vicky.

—¿Es seguro que vais a grabar en el aniversario? —preguntó.

—Mañana estarán aquí las cámaras. —Vicky lo señaló con el dedo—. No te quepa duda de que no se perderán ni un minuto de lo que sea que montéis.

Matteo la miró de reojo.

—Estaré presente de alguna forma en el documental —dijo el payaso.

Vicky se mordió el labio.

—El artífice del número debería de estar más que simplemente presente —respondió y Matteo bajó la cabeza.

Ninette también la miraba.

—¿Tienes aún hueco para una bailarina aeroacróbata? —preguntó la joven y Vicky sonrió.

—Nadie ocupó nunca tu hueco.

Ninette sonrió satisfecha.

—Elegí libertad. —Recorrió con la mirada buscando si Úrsula, Cornelia, Luciano o Fausto habían llegado ya—. Sin miedo.

Vicky la empujó con el hombro. Luego entornó los ojos hacia Andrea y Matteo. Andrea giró la cabeza para evitar su mirada. Matteo sacudió la cabeza y Vicky resopló.

—Dos de cuatro, tampoco está mal. —La consoló Adam y Ninette rio.

Vicky encogió los hombros. Matteo fue el primero en

levantarse.

—La esfera la hemos guardado de nuevo y solo queda la grúa, pero nadie va a reparar en ella —dijo—. Así que hoy a ensayar como siempre.

Les echó una sonrisa a todos y se marchó. Ninette también se levantó.

—Yo me acostaría de nuevo. Dos días así y me quedaré dormida en la bola. —Adam rio al escucharla—. No habrá mariposa, solo un gusano durmiendo.

Adam retiró su silla.

—Y yo a ver qué me invento para que nadie entre en el escondite. —Resopló—. Van a ser los dos días más largos de mi vida.

Vicky estaba deseando quedarse sola con Andrea.

—Lo que vamos a hacer es un disparate —dijo él—. Y no sé hasta qué punto tu documental puede disuadir a Úrsula. Temo que lo pague con Matteo.

—Esa parte me la dejas a mí. —Él levantó los ojos hacia ella—. Soy especialista en hechizos inmunizadores. Mira lo tranquila que está Ninette.

Andrea no pudo contener la risa.

—¿Cómo van las bolas nuevas? —Sabía que eran más avanzadas que las anteriores y que costaban un pastizal, pero no tenía ni idea de lo que podían hacer.

—Son una maravilla. —Andrea sonrió—. Son más complicadas de utilizar, llevan un control doble, pero... las acabaré dominando.

Esos controles que están directamente conectados con las gomillas de mis bragas. Doble, me encanta la idea. Saldrán volando.

—No sé por qué Adam ha hecho esto. No tiene que agradecernos nada —añadió él.

Vicky entornó los ojos. Tenía que darse prisa o se le pasaría la hora.

—¿Tienes muy ocupada la mañana? —le preguntó y él la miró desconfiado—. Tengo que hacer una visita a una conocida y me vendría bien que me acompañases.

—¿Yo? —Frunció el ceño.

—Sí. —Tenía que ser firme. Que le temblasen las rodillas no podía ser un impedimento—. No te ocupará mucho tiempo.

Andrea alzó las cejas.

—De hecho, si nos vamos ahora mismo llegaremos a media mañana. —Tiró de la manga de Andrea.

—Por eso hoy sí te has levantado temprano —dijo con ironía levantándose.

—No. —Encogió la nariz—. Tus compañeras de espectáculo son muy ruidosas.

Andrea rio.

—Ya me parecía a mí —respondió dejándose llevar por el segundo tirón de Vicky—. Si es alguno de tus trucos para convencerme de que aporte en tu documental, es inútil.

Qué dices, chaval. Esto es magia a otro nivel.

Ella sonrió tirando de él de nuevo.

Atravesaron la carpa principal. Era considerablemente más grande que las de la parcela. El centro de la pista estaba lleno de cuerdas y grúas. Seguían montando cosas.

Justo en la puerta se cruzaron con Úrsula y Fausto, que llegaban a supervisar los ensayos.

La bruja, ya estaba tardando.

—Buenos días —les dijo Vicky sonriendo con frescura.

—¿Dónde vas? Hay ensayo en una hora. —Fausto se dirigió hacia su hijo.

—Soy de los últimos. —Andrea ni siquiera los miró—. Creo que estaré de vuelta.

Alzó las cejas hacia Vicky, ella asintió. Vio a Úrsula abrir la boca para añadir algo.

—¿Hoy no trabajas? —preguntó entornando los ojos hacia Vicky.

—Mi trabajo está acabado —respondió—. Mañana vienen los cámaras y comenzaremos con el resto.

—¿Entonces qué haces aquí? —Su tono había perdido cordialidad por completo.

—Seguir observando.

Vicky siguió su camino. Salieron de la carpa.

—Te gusta el alto riesgo, ¿no? —Reía Andrea.

—No te puedes hacer una idea de cuántas como ella me he cruzado en mi vida. —Atravesaron la puerta de hierro y llegaron a la carretera. Vicky miraba su móvil. Había pedido un taxi para una hora concreta, pero la aplicación le decía que aún estaba de camino.

—No creo que sean ni siquiera similares. —Andrea miró a ambos lados de la carretera.—¿Y a dónde vamos exactamente? —preguntó mientras Vicky no dejaba de mirar el mapa que le decía que el taxi estaba a dos rotondas de ellos.

—Ya está aquí el taxi. —Realmente le temblaban las rodillas. No sabía cuál podría ser la reacción de Andrea cuando fuese consciente de lo que iba a pasar.

Notaba el pulso acelerado. Vio al taxi llegar y levantó la mano para que se detuviese. En unos veinte minutos llegaron a una calle de casas grandes de unas tres plantas. Casas de estilo clásico, pero señoriales. Clase alta, de las que Vicky conocía bien aunque no estuviesen al nivel de Úrsula o del suyo propio.

El taxi se detuvo ante una fachada celeste claro. Vicky le dio la tarjeta al taxista y se apresuró a bajar. Andrea se había bajado por el otro lado.

—Pensaba que íbamos a una cafetería o algo por el estilo. —

Se extrañó él—. Yo te espero fuera.

Ella le cogió de nuevo de la manga.

—De eso nada, me has dicho que vendrías conmigo.

—Yo no te he dicho que vendría.

—Me has seguido, que es lo mismo.

—Me has llevado a tirones

Andrea entornó los ojos.

—Haber usado las cuerdas —le soltó con ironía mientras llamaba al timbre y él no pudo contener la sonrisa.

Le abrieron la puerta. Era una señora del servicio.

—¿Victoria? —preguntó la mujer y Vicky asintió—. La señora está dentro. Entren, por favor.

Miró de reojo a Andrea antes de subir el escalón y volvió a engancharlo de la manga, no le veía mucha disposición de entrar. Accedieron a un gran salón. Una mujer de mediana edad, con el pelo liso y recto los recibió.

—No os esperaba tan pronto —le dijo a Vicky y esta le sonrió—. Encantada.

Le tendió la mano a Vicky.

—Es un placer —añadió la mujer.

A que la estirada esta mete la pata.

—El placer es mío. —La mujer tardó en soltarle la mano. Luego miró a Andrea con interés.

—Venid conmigo —les dijo.

Siguieron a la mujer por un pasillo lleno de puertas blancas. Abrió una de ellas. Era una habitación pequeña decorada en amarillo y tono salmón. Había un sofá, dos sillones y una mesa redonda central.

—Esperad aquí, ahora viene —dijo la mujer y los dejó solos.

Vicky le dio las gracias. Andrea estaba delante de la puerta sin atreverse a adentrarse en la sala. Ella tuvo que empujarlo.

—Tendría que haber esperado fuera —protestó.

—Confía en mí. —Volvió a empujarlo hasta el sofá.

Andrea se giró para sentarse.

—Presiento que confiar en ti no es algo bueno —respondió.

Ya me va conociendo.

Ella se sentó a su lado, procuró pegarse lo máximo posible a él por si salía corriendo. Andrea fue consciente de su acción y alzó las cejas hacia ella. Vicky lo ignoró.

La puerta se abrió de nuevo. Una mujer uniformada de la misma manera que la que les había abierto la puerta se dispuso a entrar. Vicky dirigió enseguida los ojos hacia su cara. Podía comprobar de dónde procedía Ciudad Esmeralda, siempre tuvo ese presentimiento, uno de los motivos por los que Cornelia sentía aquel odio por Andrea: era demasiado parecido a su madre.

La mujer se acercó a la mesa y se colocó frente a ellos.

—Andrea. —Vicky se fijó en el pecho de la mujer aunque no se atrevía a mirarlos directamente, el movimiento acelerado de su respiración podía indicarle que estaba nerviosa. Vicky alargó la mano para coger la del mago, prefería tenerlo sujeto—. Ella es Mónica Valenti.

No tenía pensado hacer una presentación tan escueta, vacía y sosa. Pero necesitaba algo rápido. Se mordió el labio ante la mirada de reproche de Andrea. Hizo el intento de levantarse, pero ella pasó la pierna sobre los tobillos de él y le cogió la mano con fuerza.

Lo vio negar con la cabeza, tenía la mandíbula apretada como hacían su padre o su hermano cuando se enfadaban.

—Confía en mí —le susurró.

Consiguió liberar sus piernas y se levantó. La mujer levantó los ojos hacia él. Andrea la miró un instante. Realmente sus ojos eran del mismo color. Volvió a coger la mano del mago, pero este se la apartó.

—Lo siento, pero no puedo —le dijo a Vicky.

Rodeó la mesa, la mujer seguía mirándolo. Vicky notó cómo los ojos de Mónica brillaban y aún hacía más intenso el llamativo color, como le ocurría a su hijo.

—No te vayas, por favor. —Ahora fue Mónica la que lo sujetó.

Andrea se giró hacia ella. Medio metro lo separaba de la mujer. Vicky pudo apreciar que los ojos de la madre se llenaban de lágrimas.

—Por favor —insistió.

Ni por favor ni leches.

Se levantó, volvió a agarrar al mago y tiró de él hasta el sofá. Tan brusca que cayó de culo en los mullidos cojines. Se oyó un leve crujido procedente del sofá.

Encima le vamos a partir el sofá a la señora.

Vicky pasó la mano tras el antebrazo de él para sujetarlo por si acaso volvía a levantarse, formándole una especie de cepo con el codo mientras lo agarraba por la muñeca. Miró a Mónica satisfecha. La mujer aún miraba desconfiada a su hijo temiendo que volviese a levantarse. Ella se sentó en uno de los sillones. Vicky se quedó en medio de los dos, supuso que ella no se fiaba de sentarse muy cerca de Andrea.

Vio a Mónica girarse hacia un pequeño mueble que había junto al sillón, una mesa antigua sobre la que había un teléfono de los que solo se veían en tiendas de antigüedades. Mónica abrió un cajón y sacó una especie de libro de tapas de cartón tan repleto que tenía los bordes rotos. Lo puso sobre la mesa.

Andrea miró el libro, seguía con la mandíbula apretada, pero Vicky notó cómo su respiración también se aceleraba. Palpó con la mano en la muñeca del mago, si se concentraba bien podía notar su pulso.

—No es la primera vez que te veo, Andrea —comenzó la mujer y él la miró de reojo. La mujer empujó el libro a través de la mesa hacia su hijo. Pero este no lo tocaba. Vicky tampoco se atrevió a soltarlo para abrirlo—. Una vez al año.

Pero la curiosidad pudo más. Sin soltar al mago, con la otra mano abrió la tapa del libro. En cada página estaba escrito el año de la gira. En la primera página, Andrea solo tendría unos doce años, ya se veía en medio de la pista haciendo algún truco. Vicky pasó despacio alguna página más para que él las fuese viendo, aunque seguía sin querer mirarlo y con la mandíbula apretada.

—Me alegra que te hayas convertido en una de las estrellas del circo, no esperaba menos —añadió Mónica.

Pero él no respondía.

—Andrea. —Lo llamó y él sí pareció reaccionar y la miró—. Respeto si no quieres saber de mí. Lo entiendo y lo asumo. Pero solo permíteme que te cuente qué pasó, por qué lo hice y qué…

—No me importa. —La cortó y recibió un pellizco en el lateral en el muslo tan fuerte que hasta se levantó levemente del sofá. Miró a Vicky con un reproche similar al del principio.

Vicky miró a Mónica y le hizo una señal con la mano para que siguiese hablando.

Que como te interrumpa otra vez le doy otro aún peor.

Preparó la mano en el muslo del mago. Él negó levemente con la cabeza mirándola de reojo.

—Sí, te llevé conmigo —dijo la mujer y Andrea y Vicky se giraron para mirarla a la vez.

Esto sí que no lo esperaba.

Apretó la muñeca de Andrea, claro que pudo notar sus pulsaciones. Se habían acelerado tanto como las suyas propias.

—Tu padre se había marchado a cerrar algunos contratos. Y a los pocos días apareció Cornelia, nadie la esperaba. Ella nunca solía estar allí, detestaba las carpas, el circo y a todos los que lo componíamos. —Mónica suspiró—. Me gritó e insultó durante demasiado tiempo, pero con eso ya contaba. Me dijo que había preparado los papeles del despido y que me fuera de allí. No me dejó ni siquiera contactar con tu padre para decírselo.

Se detuvo a respirar. Vicky observó cómo a la mujer le temblaban las manos.

—Firmé los papeles, hice las maletas y me fui del circo contigo —continuó—. Cogimos el primer tren hasta aquí, hasta Milán. Según lo que me explicó tu padre días antes era su primer destino. Quería encontrarlo y decirle lo que había pasado con Cornelia.

Mónica negó con la cabeza.

—Pasamos la primera noche en una pensión —seguía. Andrea no dejaba de mirarla—. A la mañana siguiente fui al banco a por más dinero. Sabía que no sería fácil dar con tu padre y aún faltaban unas semanas para que regresase a Roma. Necesitábamos algún sitio para quedarnos un tiempo. Pero alguien había bloqueado mis cuentas.

Los ojos se le llenaron de lágrimas.

—No firmé solo un despido. —Negó con la cabeza—. Firmé una indemnización por más del doble de dinero del que yo tenía en ese momento. El embargo fue inmediato.

Vicky miró de reojo a Andrea.

—Cornelia se aseguró de que yo ni siquiera pudiese regresar a Roma —continuó—. Tenía dos opciones: llevarte a asuntos sociales y que se hiciesen cargo de ti. O intentar de alguna forma llevarte de nuevo hasta el circo y dejarte a cargo de alguien de confianza hasta que pudiese ir a por ti.

Se hizo el silencio mientras la mujer se tomaba su tiempo para proseguir.

—Pedí dinero por la calle durante todo el día para reunir lo que me faltaba para el billete. —Cogió aire de nuevo—. Temí que llegase la noche y pasarla contigo en la calle. Pero pude coger el último tren de la tarde. Y te dejé sobre la cama de Adela, junto a la nota.

Vicky volvió a mirar a Andrea de reojo. La mandíbula se le había relajado.

—Me costó meses salir de la calle. Era imposible regresar a por ti —siguió—. Pero pasó el tiempo y seguí sin regresar, para eso no pido perdón. No lo tengo. Puedo hacerme una idea de lo que ha tenido que ser para ti tener que convivir con Cornelia. Sin embargo, sabía que en el circo tendrías mejor vida de la que yo te podría dar. Y que tu padre cuidaría de ti.

Andrea bajó la cabeza al escucharla. Vicky alzó el dedo índice y negó con él. Vio la sorpresa en el rostro de Mónica.

—Tu padre te adoraba —añadió.

Pues lo ha disimulado muy bien todos estos años.

Vicky volvió a negar con disimulo.

—Te adoraba —insistió.

Vicky hizo una mueca torciendo los labios, luego sacudió la cabeza. Resbaló la mano por la muñeca de Andrea hasta su mano y se la cogió.

—Lo siento. —Oyó decir a la mujer.

Lo sintió moverse a su derecha. No le soltó la mano, pero con la que le quedaba libre pasó una página de libro.

—Pensaba que todo iba bien —dijo Mónica y esta vez miró a Vicky directamente. Esta volvió a negar con la cabeza.

Andrea pasó una segunda página en silencio. Luego una tercera. A Vicky le hubiese gustado ver el álbum con detenimiento, pero no podía ponerse a curiosear en una situación como aquella.

—Sé que nada de lo que haga va a arreglar… —Mónica se llevó la mano a la boca. Los ojos se le llenaron de lágrimas de manera más pronunciada. Andrea seguía en silencio—. No tengo derecho a pedirte perdón. Pero aquí estaré. Andrea, mírame.

Noto cómo él le apretaba la mano mientras alzaba los ojos hacia su madre.

—Ya sabes dónde estoy —le dijo—. Si con el tiempo quieres hablar, aquí estaré.

Andrea seguía sin responder. Vicky notó de nuevo cómo él la apretaba. Se levantó de repente.

—Tenemos que irnos. —Fue lo único que dijo.

Mónica asintió. Vicky se levantó y se situó tras él.

—Gracias por recibirnos —dijo ella sonriendo levemente.

Notó que Andrea tiraba de su mano. No la soltaba. Salió de la sala dejando dentro a Mónica. Llegaron al salón. No pudo despedirse de la señora, Andrea no le dio margen de detenerse. Vicky le dio también las gracias de lejos. Le había enviado un pack de rejuvenecimiento de la clínica de Milán de su familia, como regalo por haber accedido a recibirlos en su casa y permitirles hablar allí con Mónica.

Salieron a la calle y Andrea apresuró el paso calle abajo. Iba tan rápido que Vicky se quedó atrás y tenía que trotar aún con el mago tirando de su mano. Ella se apresuró para ponerse junto a él. No tenía mucha expresión de enfado, algo que le alegró sobremanera. Porque después de llevarlo allí mediante engaños supuso que el cabreo iba a ser de monumento.

Sin mediar palabra, Andrea llegó hasta el final de la calle, cruzó hasta el otro lado de la acera y siguió caminando al mismo paso apresurado, sin rumbo. Vicky no dijo nada, no importaba dónde llegasen, ya volverían al circo. Andrea necesitaba su tiempo para digerir.

Volvieron a cruzar otra avenida y se metieron en otra calle de casas. Entonces él se detuvo y se giró para ponerse frente a ella. Hiperventilaba, como también hiperventilaba ella, en el caso de Vicky más por la carrera que por los nervios.

Andrea le cogió la otra mano y se la puso sobre la mejilla, apretándola levemente contra la cara. Vicky notaba la cara del mago ardiendo. Lo vio inspirar con fuerza.

Respira.

Reconocer el gesto hizo que le sobreviniese aquella desagradable sensación en la garganta. Ver los ojos brillantes del mago tampoco ayudaba. Él volvió a inspirar con fuerza.

Muy bien.

Ella le sonrió aunque esta vez vio que el pecho de él se encogía al tomar aire. Andrea cerró los ojos y volvió a tomar aire. Vicky le apretó la mano. Él abrió los ojos y la miró mientras inclinaba su frente hacia la de ella. Aguantó el leve peso que Andrea dejaba hacer sobre ella.

—Gracias. —Lo oyó decir.

Ella le sonrió.

—¿Duele menos? —preguntó Vicky.

—Ahora mismo no —respondió volviendo a coger aire.

Ella le dio un toque con la nariz en la de él y metió la cara bajo la barbilla del mago. El peso sobre ella fue más notable.

—Gracias. —Lo notó apretarla.

El teléfono de Andrea sonó y Vicky se sobresaltó.

«Media hora». Pudo leer en un mensaje emitido por Matteo. Ella le hizo una mueca mientras se apresuraba a pedir un taxi. En media hora era el turno de Andrea en el ensayo general.

26

Que la productora le hubiese enviado un habitáculo propio al margen de compañeros y personal de circo era algo que agradecer. Allí tenía intimidad suficiente para acabar su trabajo y hablar con las locas.

También le habían enviado dos compañeros: uno que trabajaba la cámara grúa y otro que iría acompañándola en entrevistas y recorriendo el circo. A ellos sí les había contado el plan correcto. Lo de Adam, Ninette, y que grabarían todo el espectáculo del aniversario. Pidió ayuda a Matteo y este le explicó al cámara de la grúa cuál era el punto perfecto para grabar su número.

Vicky había paseado a Ludo por los alrededores y se acercó para soltarlo en la autocaravana de Adela. La cerca portátil era de PVC y red, similar a las infantiles. El perro comenzó a retorcerse en cuanto vio que Vicky lo iba a dejar dentro. Era tremendamente escurridizo y casi se le cayó al suelo. Lo agarró bien y el perro se encaramó en su cuello. Era la primera vez que veía a un animal dar algo parecido a un abrazo. Intentó retirarlo, pero él había clavado sus uñas en ella.

—Mira que eres cabezota —le dijo suspirando.

Levantó los ojos hacia la autocaravana, la puerta estaba entreabierta. Vio a Adela con unos hombres y se acercó para saludarla. No la había visto en todo el día. Adam ya le había contado que le había hecho llegar el paquete con los trajes de los diminutos perros y el de Hada Glinda.

Adela llevaba un clínex de papel en la mano y tenía los ojos hinchados. No le apreció lágrimas, supuso que las habría echado todas en los momentos previos. Hablaba con dos hombres de manera acelerada.

Entornó los ojos hacia los uniformes de los hombres, llevaban un letrero amarillo en la manga.

Perrera municipal.

Ludo seguía encaramado a su cuello.

Otra vez la Úrsula de los cojones.

Vicky miró a los lados. No había nadie. Estaban todos en la carpa grande, Úrsula quería hacer un ensayo especial en la pista para la fiesta de aniversario.

Se acercó y se colocó junto a Adela. Agradeció entender el italiano.

—Seguramente se han confundido al avisaros —interrumpió a Adela—. Estos perros tienen dueño.

Uno de los hombres la miró confuso. Luego miró su libreta.

—Aquí dicen que la propietaria es Úrsula Montaneri. Y que solicita la retirada de los animales —respondió.

Vicky frunció el ceño.

—¿Están a nombre de Úrsula? —preguntó a Adela y esta negó.

Vicky se dirigió de nuevo a los hombres.

—La señorita Montaneri no es dueña de estos animales. Y la dueña no ha pedido ninguna recogida, ni va a donarlos, ni a abandonarlos. Ni se le pasa por la cabeza que se los lleven los laceros. Les han tomado el pelo, seguramente.

Los hombres se miraron uno al otro.

—Nos han dado la dirección y la hora en la que tendríamos que estar aquí. —Miraron la cerca—. Y el número de perros y descripción coinciden.

—Descripción —repitió Vicky—. Una descripción que encajaría con cualquier perro. —Se quitó a Ludo del cuello—. Pelo, cuatro patas, un hocico y un rabo.

—Nos dijeron Yorkshire —le aclaró el hombre.

—¿Usted ve aquí un Yorkshire? Supongo que si le hubiesen dicho un Ewok de S*tars Wars* hubiese sido más acertado. Pero entonces hubiesen deducido que era una broma.

Los hombres volvieron a mirarse.

—Necesitamos hablar antes con el encargado del circo —dijo uno de ellos y Vicky vio cómo la cara de Adela emblanquecía.

—En la carpa principal tienen al director y también a la persona que les ha hecho perder el tiempo —les explicó Vicky.

El hombre asintió y le dio un toque en el brazo a su compañero para que lo siguiese. Adela se giró enseguida hacia Vicky.

—¿Estás loca? —reprochó la mujer—. ¿Por qué les has dicho eso?

—Porque estabas a punto de entregarles a tus perros —respondió Vicky metiendo a Ludo en el bolso de nuevo.

—No puedo hacer nada. Úrsula me dijo esta mañana que esta tarde vendrían a por ellos. —La mujer se giró para darle la espalda mientras se limpiaba de nuevo con el pañuelo.

—¿Quieres que se vayan?

—No. —Adela fue rotunda.

Vicky sonrió.

—Pues déjame a mí. —Dio unos pasos para dirigirse hacia la carpa principal.

—No puedes hacer nada —le advirtió Adela—. Menos ahora, estará furiosa.

La sonrisa de Vicky aumentó.

—O se van ellos, o me voy yo con ellos —añadió Adela—. Esas eran mis opciones.

Vicky negó con el dedo índice.

—Siempre hay opciones. —Se giró para entrar en la carpa.

—Vicky, no lo empeores. —Sintió la mano de Adela en el brazo.

Miró a la mujer a los ojos.

—Confía en mí. —Volvió a sonreír.

—¿Por qué haces todo lo que haces? —Adela entornó los ojos con curiosidad.

Vicky negó levemente con la cabeza. Se liberó de Adela y entró en la carpa. No le hizo falta avanzar mucho. Úrsula ya se dirigía hacia ella, acompañada de los empleados de la perrera.

—Victoria. —La llamó con el mismo desprecio que llamaba a Adela, a Matteo o a otros empleados que no tragaba—. ¿En qué momento te han dado derecho para decidir qué se hace en este circo?

Vicky alzó sus cejas triangulares. Le encantaba como esa expresión enfurecía a los que la miraban.

—Los perros se van ahora mismo —añadió colocándose frente a ella tan cerca que el pecho de Vicky casi rozaba los hombros de Úrsula.

—Igual que se fue Lucinda, que se iría Adela si no acepta tus variables y estúpidas decisiones, o que se irá Matteo. —Guiñó ambos ojos—. No sé qué excusas buscarás para echarlo.

Úrsula se sobresaltó al oírla.

—Poco a poco te estás quitando la máscara para ser la rata periodista que advirtió Fausto —replicó la joven—. Tu compañero me ha dicho lo de Ninette y lo de Adam. Ellos no estaban en el trato.

—¿Qué trato? —Vicky se apartó de ella—. ¿El contrato? No recuerdo ningún nombre en el contrato, salvo tu firma y la de Fausto.

Úrsula se puso las manos en la cintura. Vio que su tez se iba tornando rosácea.

—En lo que quedé contigo que íbamos a hacer. —La fulminó con la mirada.

—No soy tu empleada, no pagas mis servicios. —Vicky sonrió—. Al contrario, es mi productora la que paga mi estancia aquí. No leí ningún epígrafe que me indicase que tenía que seguir las indicaciones de una joven arrogante, soberbia y caprichosa, que compró un circo arruinado y que ha impuesto aquí una dictadura. Con artistas despechados, despedidos, o en silla de ruedas. —Tragó saliva—. Puedo hacer el documental que quiera.

Los orificios de la nariz de Úrsula se redondearon al respirar. Estaba completamente enrojecida.

Vaya vena que le sale en la frente cuando se cabrea. Qué heavy.

—Amenazaste a Cornelia, ¿intentas hacer lo mismo conmigo? —Pero Úrsula seguía vacilante, altiva, la misma actitud que siempre.

Vicky alzó levemente los hombros.

—Sí —le confirmó y contuvo la risa. Luego entornó los ojos hacia Úrsula—. Echa a los perros del circo, despide a Matteo, a Adela, o a cualquiera que integre el circo Caruso, y me aseguraré de que no tengas público aunque regales las entradas.

Inclinó la cabeza para despedirse de ella. Luego miró a los dos empleados de la perrera.

—Siento que hayáis perdido el tiempo —les dijo antes de marcharse.

Se giró dándole la espalda a Úrsula. Vio a Adam a unos metros de ellas, aún tenía la boca abierta. Vicky se dirigió hacia él y cuando lo rebasó giró la silla para seguirla.

—Lo tuyo es muy fuerte —le dijo.

Vicky levantó la mano.

—Las brujas se me dan de maravilla, lo sé. —Rio ella.

—En serio, ¿pueden echarte por esto? —Adam miró tras de sí, donde aún estaba Úrsula recuperándose del debate.

—¿Echarme? Si mi productora supiese la mierda que tenéis aquí, me arengaría a otro tipo de documental. Las miserias siempre venden. —Sacudió la mano—. Y aquí tenéis más miseria que espectáculo. —Rio—. La verdad es que saldría un reportaje de la leche.

Adam frunció el ceño.

—Al menos os aseguráis de que este año ella no podrá asustar a nadie. —Vicky se detuvo y miró a Adam—. Le acabo de regalar inmunidad a tu gente.

—Ya, esa afición tuya por los regalos. —Rio.

Vicky se llevó el dedo índice a los labios y Adam asintió.

27

Era ya tarde. La mayoría de artistas estaban cenando. La carpa estaba medio vacía. Solo algunos montadores quitaban unos barrotes de los últimos números que habían ensayado.

A Vicky le extrañó ver aún por allí a Úrsula tan tarde. Quizás esa era la razón por la que Andrea no estaba en el *buffet*. Siempre alguno de ellos vigilaba el pequeño almacén cubierto por una puerta con cortinas negras donde estaba guardada la esfera.

Y no falló en su intuición. Vio la silueta del mago en una de las puertas de la carpa.

—¿Qué es ese gancho? —preguntaba Úrsula a uno de los montadores.

El montador se encogió de hombros.

—Será de alguno de los columpios —respondió el hombre.

Vicky se mordió el labio al oírla. Reconocía el gancho, pero parecía imposible descubrirlo entre tantas cuerdas y artilugios similares en el techo de la carpa. Se movió despacio hacia la puerta donde estaba Andrea, este la miró con preocupación.

Úrsula seguía ensimismada mirando el gancho, era evidente que no lograba ubicarlo en ningún número.

Vicky llegó hasta Andrea, que seguía medio escondido en una de las puertas. Él se inclinó hacia su oído.

—Lleva todo el tiempo dando vueltas por aquí. —Suspiró—. Si lo ve…

Ella negó con la cabeza. Puso una mano en el hombro de Andrea.

—No sabes hacer desaparecer cosas —le dijo sonriendo.

—No estoy para bromas. —Miró de reojo a Úrsula—. Ya se ha acercado dos veces a las cortinas. —Resopló.

—Aprende, Mago. —Rio Vicky y resbaló la mano por el hombro de Andrea.

Pegó su cuerpo al de él.

—¿Tú sabes hacer desparecer un gancho y lo que tenemos escondido a unos metros de Úrsula? —preguntó él con cierta ironía.

Vicky entornó los ojos.

—Puedo hacer que desaparezca todo —respondió y movió las cejas—. Un hechizo que no suele fallar.

Puso de nuevo la mano en el hombro del mago y esta vez la resbaló hasta su nuca, tenía el torso completamente pegado al de él. Andrea le puso la mano en la parte trasera de su cintura y frunció el ceño.

—El hechizo es para ella, ¿no? —dijo con apuro y Vicky rio.

No hizo falta mirar para saber que su risa atrajo la mirada de Úrsula.

Perfecto.

Dejó caer levemente su peso en Andrea. Parte de las luces de la carpa se apagaron, así lo tendría aún más fácil. Su cara estaba a solo unos centímetros de él.

—Tengo una amiga que dice que los celos son poderosos. Que los celos ciegan y no permiten ver lo más evidente, lo que tienes delante de tus ojos —añadió sacando con la mano libre la esfera de su bolso—. Ahora mismo acaba de desaparecer todo para ella. —Sonrió—. Salvo nosotros dos. —Abrió la palma para enseñarle la esfera a Andrea—. Haz tú el resto.

Andrea sonrió al entenderla. Colocó su mano debajo de la de Vicky y ella inclinó su cabeza hasta lograr hacerse hueco bajo su barbilla. No tardó en notar vibrar la bola y esta, ya encendida, ascendió levemente. Aunque Úrsula estuviese lejos y las luces estuviesen medio apagadas, aquella pequeña luz era suficiente para que apreciara sus siluetas.

Sintió la risa de Andrea. Levantó la cabeza y lo miró. Él volvía a observarla de aquella manera que le encantaba. Notó que la apretaba hacia él.

Ya era suficiente. No hacía falta más. Que con el rollo de despistar a Úrsula vamos a terminar de aquella manera.

—Tu magia funciona siempre —dijo él mirando de reojo hacia el centro de la carpa. Úrsula se alejaba hacia la salida aunque aún se volvía a mirarlos cuando daba unos pocos pasos—. No sé cómo lo haces, pero cuando estás cerca todo va bien.

Vicky miró hacia la puerta principal de la carpa sin mover la cabeza. Úrsula se había detenido de nuevo, justo con un pie en la salida.

—Eres la primera persona que conozco que puede hacer magia de verdad —añadió. Y Vicky sonrió bajando los ojos.

El Hada Madrina.

Levantó la cabeza y se encontró con una Ciudad Esmeralda inesperadamente cerca. Andrea inclinó la cabeza hacia ella y Vicky alzó la mano con rapidez para agarrar la esfera en el aire, envolviéndola por completo para que dejase de iluminarlos.

Contuvo el aire y encogió el estómago antes de sentir los labios de Andrea encajarse en los suyos.

El teatrillo para que lo vea Úrsula nos ha salido de escándalo.

Aunque ella sabía que de teatro no tenía mucho. Esperó a que Andrea se separase, no se atrevía a moverse un ápice, no se fiaba de ella misma.

Sintió la mano de Andrea en su espalda, que la empujó para que se dejase caer sobre él por completo y notó cómo le apoya la barbilla en la frente. El olor del cuello del mago se hizo intenso, tanto que tuvo que bajar la cabeza y apoyar la cara en su pecho o sus pensamientos se dispararían sin remedio. Y esos no solía controlarlos. Miró de nuevo hacia la puerta de la carpa. Úrsula ya no estaba. Ya no tenía sentido que Andrea siguiese con aquello. Pero no notó ningún intento por separarse de ella.

—Hoy he estado pensando —dijo sin soltarla—. Creo que, dentro de un tiempo, volveré a hablar con ella.

«Ella». Sabía que era Mónica.

—Solo necesito tiempo —añadió—. Después de la gira quizás.

Vicky asintió sin separar la cara de la camisa del mago. Cerró los ojos y bajó la mano desde su hombro hasta la cintura para acomodarse mejor.

Y ya se me está yendo la pinza de mala forma.

Se apartó de él y cogió aire.

—La cena. —No sabía qué otra cosa decirle.

—Cierto. —Se pegó a su espalda envolviéndola por completo. Así no podía andar.

Tengo que perfeccionar el escapismo. Esa magia no la pillo bien.

Notó los labios del mago entre el cuello y el hombro.

Tampoco es que tenga mucho ímpetu en escapar.

Suspiró.

—La cena —repitió, a ver si funcionaba.

—Sí —respondió Andrea sin soltarla. Notó de nuevo sus labios, esta vez más cerca de la nuca.

Nada, no hay forma.

Se sacudió liberándose.

—Ya. —Se giró para ponerse frente a él—. Quieto.

Andrea rio.

—Misma palabra y mismo tono que usas con Ludo. —Aumentó su risa.

Vicky ladeó la cabeza.

Si la culpa la tengo yo. Es lo que pasa cuando alguien pasa tiempo conmigo, acaban como yo.

Ella le lanzo una mirada de reproche.

—La cena, ya. —Entornó los ojos con ironía.

Vicky asintió mientras él se acercaba de nuevo a ella. La rebasó, sin embargo, y tiró de su mano. Le puso una mano en la cara y la besó de nuevo. Esta vez fueron varios besos más breves que el anterior, pero Vicky notó que cada vez ambos entreabrían más los labios y eso significaba peligro para su control. Por mucho que quisiera ocultar a Vicky, aquella faceta de ella era terriblemente ligera y difícil de atrapar.

Soy aire, no se puede atrapar el aire con una mano.

Estuvo a punto de envolverle el cuello con las manos y lanzarse a su boca sin timidez alguna, como lo hubiese hecho en otros tiempos no muy lejanos, antes de ser «la periodista».

Andrea le dio un roce de nariz y volvió a darle un beso leve tan sonoro que supuso que llegaría hasta los escasos montadores que estaban en el interior de la carpa. Luego se retiró de ella y la atrajo hasta fuera para ir al *buffet*.

28

Después de la cena Adam les pidió que fuesen un momento a su porche. Allí había una mesa cuadrada con un banco de plástico a cada lado. A un lado se sentaron Matteo y Ninette. Adam subió por la rampa y se metió dentro. Vicky se sentó frente a Ninette y notó cómo Andrea pasaba la pierna a un lado del banco, sentándose a horcajadas de perfil al resto y de cara a ella.

A pesar de haberse comportado de una manera natural en el comedor, ahora a solas con el resto no pareció intimidarse en absoluto y se pegó a ella.

Aparta la varita de mi cadera.

Lo miró de reojo, Andrea pegó su pecho en el hombro de Vicky y le pasó el brazo tras la espalda. Aunque Natalia solía decirle que tenía la cara de lona dura, sintió que se ruborizaba al estar a la vista de Matteo y Ninette. Así que se apartó con disimulo.

La expresión de Ninette no era de sorpresa. Las mujeres tenían un don en aquellos asuntos. Matteo, sin embargo, lo debería de estar flipando aunque intentó no observarlos demasiado. Adam no tardó en salir arrastrando su andador a un lado de la silla. Se colocó frente a ellos.

Vicky vio a Adam mirar a Andrea y sonreír con disimulo. Él no estaba sorprendido y ella sintió una curiosidad arrebatadora por saber cuáles habrían sido las conversaciones de los hermanos sobre ella. Algo que le extrañó porque Andrea solo podía ver una parte de ella, algo que bajo su punto de vista no era del todo real, cosa que no la hacía sentir bien. Sin embargo, Adam sí sabía quién era y qué había detrás de aquellas gafas doradas y de sus faldas de vuelo. ¿A pesar de eso le habría dicho algo bueno a su hermano sobre ella?

El trapecista puso el andador en el suelo.

—Mirad —les dijo sin dejar de sonreír y atándose las correas de los soportes.

Vicky entornó los ojos mientras él apoyaba ambas manos en el andador. Adam colocó los pies en el suelo con firmeza, completamente alineados y se alzó. Que Adam se pusiese en pie apoyado en el andador no era nada nuevo para ellos. Llevaba unos pocos días que podía sostenerse solo.

—Lucas lo está flipando —dijo Adam—. Y yo también.

Desplazó el andador logrando mantener el equilibrio en pie sin ningún apoyo el fragmento de segundo que lo levantó del suelo para volverlo a colocar más adelante. Vicky abrió la boca. Adam logró mover las caderas, aunque con las piernas juntas, y desplazarse unos centímetros ayudado con los brazos. Se oyó un pequeño grito de Ninette, que se había llevado la mano a la boca. Vicky miró de reojo a Andrea, él tenía la boca entreabierta y le brillaban los ojos.

Adam volvió a repetir el movimiento y de nuevo se desplazó. Los miró.

—Ya no necesito la silla para desplazarme. —Hizo una mueca—. Si no tengo mucha prisa, claro.

Los cuatro rieron. La verdad era que a aquel paso no es que fuese a llegar muy lejos en poco tiempo, pero al menos era algo.

Se acercó a la mesa y se puso frente a los cuatro.

—Ya no hará falta sacar la silla en tu reportaje. —Le guiñó un ojo—. Me gusta más este cacharro.

Apoyó los antebrazos en el andador y se inclinó para apoyarse en ellos.

—¿Cuándo piensas decírselo a tu padre? —preguntó Matteo.

Adam se encogió de hombros.

—Pronto. —Sonrió hacia Vicky—. Me verá, no queda otra.

—Sí. —Rio Matteo—. Ahora que Vicky nos ha dado

inmunidad sobre Úrsula es buen momento.

—Inmunidad. —Andrea hizo una mueca—. Cuando vea lo que hemos preparado no sé si le importará que le hundan la gira.

Volvieron a reír. Ninette se levantó enseguida.

—A la misma hora, ¿no? —preguntó y ellos asintieron—. Me voy a descansar.

—Sí. —Matteo se levantó—. Entre media noche sin dormir y los nervios estoy… —Bostezó.

Adam hizo un ademán con la mano.

—Ya quisiera yo estar cansado. —Resopló—. Estoy harto de no hacer nada.

Vicky entornó los ojos, mirándolo.

—¿No has pensado en ocupar otro tipo de puesto en el circo? —preguntó con curiosidad y Adam guiñó levemente los ojos.

—El único puesto que habrá libre es el de marioneta de Úrsula cuando mi padre se jubile. Y Cornelia ni siquiera permitiría eso. Será Luciano el próximo director del circo Caruso.

—Ya. —Vicky torció los labios. También se levantó. Notaba vibrar su móvil. Era la hora de las locas, algo sagrado antes de irse a dormir o a lo que fuese a hacer cada una.

Vio que Andrea se levantó a su par.

No, no. Tú te quedas aquí a hacerle compañía a tu hermano. Que esta es la hora tonta y puedo hacer tonterías a pares.

—Os veo mañana. —Se apresuró a decir y vio que Adam miró a su hermano algo decepcionado.

Levantó una mano para despedirse. Vio a Andrea inclinarse levemente hacia ella.

Que no, que no.

Dio un paso atrás para retirarse.

—Que descaséis y suerte esta noche. —Les guiñó un ojo.

Se alejó aún más de ellos, cruzó al otro lado de la hilera de autocaravanas y se entremetió por ellas hasta llegar a las de la productora.

Sus compañeros no estaban, no había luz alguna. Necesitó un rato para poder abrir la cerradura. No le gustaba el ambientador de aquel lugar, demasiado cítrico, siempre prefirió la canela y la vainilla.

Cogió su móvil. Sus amigas se habían extrañado de que llevase todo el día tan ausente.

«Llegué hasta Ciudad Esmeralda». Cerró los ojos para no ver la lluvia de emoticonos.

—No jodas. —El audio de Claudia saltó enseguida—. ¿Por fin te has empotrado a El Mago?

Se oyó su risa. Vicky suspiró. Le respondió con un emoticono. Luego se acercó el móvil a la boca.

—Si habéis hecho apuestas en algún chat alternativo, que sepáis que es para nada. Esta Vicky no va a ir más allá.

Mayte puso un emoticono de decepción.

—Esta vez es diferente. Lo miro y no pienso en… ¡qué leches! Sí lo pienso. Pero no es lo que quiero. —Miró a través de la pequeña ventana. Se veían las hileras de autocaravanas con pequeñas luces en los porches—. Es un sentimiento diferente. Solo pienso en la manera de que él vea que todo puede ser mejor. Y lo estoy consiguiendo. No puedo cagarla con egoísmo.

—Le vas a dar polvos mágicos, claro que El Mago lo va a ver todo mejor. —Reía Natalia.

Tuvo que reír con las palabras de Natalia.

—Te conozco —respondió—. Estás deseando que la cague, Fatalé. Para luego echármelo en cara.

—Para ti eso nunca fue cagarla así que no sé de qué me hablas.

—Que estás deseando que yo sea Vicky al completo para luego decirme que todo esto lo sabías. Y no lo vas a conseguir.

—Ya. —La respuesta fue como si su amiga no la estuviese

escuchando.

Vicky suspiró.

—No sé realmente hasta qué punto estoy ayudando o no a esta gente. Solo deseo que salga bien. —Abrió la boca para coger aire—. Necesito que salga bien.

29

Llegó a la carpa donde ya estaban todos preparados para el último ensayo general. La noche siguiente era la noche del estreno. Era la primera vez que lo veía con los trajes de la actuación. A pesar de ser la misma carpa y pista que ya había visto los días anteriores, con aquel colorido en los artistas parecía completamente diferente.

Sus dos compañeros cámaras iban tras ella mientras Vicky recorría con la mirada a los circenses buscando al mago. Contuvo la sonrisa y apretó el micrófono con fuerza cuando lo vio. Si aquel traje le sentaba así de bien, no podía imaginar cómo le quedaría el negro de solapas azules que había llegado con la esfera.

Úrsula estaba en medio de la pista con una carpeta haciendo rayas a modo de subrayado. A su lado estaban Luciano, Cornelia y Fausto. Al otro lado de la joven estaban el resto de trapecistas y monos alados que solían llevarse bien con ella.

La oyó nombrar el orden de los números, oía uno tras otro y tanto tardaba en nombrarlo que Vicky se mordió el labio pensando que quizás después de lo que Úrsula habría presenciado la noche anterior, lo hubiera eliminado de la fiesta de aniversario.

—El mago. —La oyó nombrar al fin y soltó el aire despacio. Si Andrea no estuviese en el número, ellos no podrían llevar a cabo el plan.

Sonrió satisfecha. Vio a Adam en su silla a unos metros de los artistas y se acercó. Él sonrió al verla.

—Los últimos —le susurró.

Ella levantó el pulgar en el que llevaba el micro. Era el mejor turno, la sorpresa final. Hasta ella estaba nerviosa, no podía imaginar cómo estarían Ninette, Andrea o Matteo.

Sintió los ojos de Úrsula. Esperaba una mirada de reproche,

enfurecida. Sin embargo, estaba tan altiva y soberbia como siempre.

—Atended todos —dijo la joven y Vicky entornó los ojos.

Sintió un pellizco justo tras el ombligo, como si una hernia molesta quisiese sobresalir y algo lo impidiera. El pulso se le aceleró y sintió una fuerte presión en el pecho, sensación desagradable que presagiaba algo incómodo. Presagio que le confirmó la mirada de Úrsula.

—Hasta anoche no supe del honor que hemos tenido este tiempo en el circo Caruso —añadió.

Mierda.

Abrió la boca para tomar aire. Úrsula dio unos pasos hacia ella. Los artistas se separaron e hicieron un camino invisible entre Vicky y la joven productora.

—Una vulgar periodista. —Negó con la cabeza. Se giró dándole la espalda y tendió una mano hacia ella, la agarró de un brazo y tiró para llevarla a un lugar algo más visible—. Tenemos el honor de tener en el circo a Victoria Canovas-Pellicer. Los Canovas-Pellicer, los de las clínicas, los edificios enormes… En fin, una de las familias más ricas de Europa.

La madre que la parió.

Úrsula hizo una leve reverencia.

—Ahora entiendo muchas cosas de ti —le dijo colocándose frente a Vicky. Había bajado la voz—. Hasta puedo reconocerlas.

Úrsula sonrió y se apartó de ella volviéndose a dirigir al resto, que murmuraban sin parar.

—Así que no tengo dudas de que hará un buen trabajo —añadió—. Un trabajo acorde con el talento que le viene por sangre.

Se le da bien tocar los cojones. En eso sí que nos parecemos.

Vicky estaba tan contrariada que no fue capaz de sonreírle de la manera que le gustaba, ni de alzarle las cejas, ni siquiera de mirarla. Ni a ella, ni a ellos, y mucho menos a Andrea.

Esto sí que es una metedura de pata y no los polvos mágicos.

Resopló, las miradas de su alrededor le decían que el cuento se acababa, solo le quedaban los tres golpes de talón. Había dejado de ser la periodista y ahora era la hija de un magnate con un apellido demasiado conocido. Pero notó que al estar refugiada tras una mujer normal como tantas, había perdido cierta habilidad para soportar aquel tipo de reacción que causaba en la gente, sin importarle en absoluto. La nueva Vicky, la que le estaba haciendo sentir de una forma diferente, se había difuminado y desaparecido de inmediato. Miró a Úrsula de reojo. Comprobó que también aquella bruja, como era lógico, sabía lanzar hechizos y hacer magia. Magia de la que hace desaparecer la felicidad y la ilusión, y hace que te rodee la pena, la oscuridad y el bochorno.

Vergüenza de ser quien era, como si ese hecho pudiese ofender a alguien, como si haber nacido en un lugar concreto fuese algo que reprocharle. Se sintió miserable, mentirosa y, sobre todo, sintió que el hechizo desaparecía de la misma manera que cuando La Cenicienta regresaba del baile y la carroza se rompía en trozos. Solo que ella antes del hechizo era la princesa. Ahora se tornó la realidad ante los que la miraban, incluido Andrea.

A él sí que no era capaz de mirarlo.

Por esa razón no quería poner un pie en Ciudad Esmeralda.

Entre otras cosas, sentía que no era del todo sincera con Andrea. Sabía que él veía algo en ella que no existía. La niña rica, la caprichosa, la vana, la vaga, la superficial. La que había conseguido todo tan solo abriendo la boca. Eso es lo que era y ahora así podía verla él.

Unas palmadas de Úrsula la sobresaltaron.

—Ya está bien de perder el tiempo. ¡Comenzamos! —La oyó decir y enseguida se apartó de la pista.

Vio a Andrea salir de la carpa quitándose la chistera. Vicky cogió aire, no le quedaba más remedio que enfrentarse también a su realidad. Así que se dirigió también hacia la salida. Adam la seguía en su silla, siendo consciente de que ella seguía a su hermano.

Vicky tuvo que morderse el labio al sentir la mirada de satisfacción de Úrsula. Si cabrear a Andrea y joderla a ella era lo que quería, esa parte parecía que la tenía más que conseguida.

Andrea llegó hasta la cancela de la salida. Estaba cerrada con cadenas. Vicky lo vio moverlas, como si quisiese abrir a la fuerza. La puerta rebotó y volvió a su lugar produciendo cierto ruido.

El mago se giró hacia Vicky y cogió aire. Dirigió los ojos hacia su hermano primero.

—¿Tú lo sabías? —preguntó. Claro que estaba furioso, aún más de lo que Vicky esperaba.

Adam no respondió. Andrea miró a Vicky.

—Me has tomado por imbécil —dijo en un claro tono de reproche—. El tratamiento de mi hermano, ahora puedo entender que los precios que trajiste estuviesen tan lejos de los que nos dieron en su momento. —El pecho de Andrea se movía con cada respiración—. ¡La maldita esfera! Las bolas. —Entornó los ojos—. Y hasta lo de mi madre. Un honor, dijo aquella mujer.

Vicky dio un paso hacia él, pero Andrea levantó la mano para que no se acercase más.

—En eso consiste tu magia —añadió—. En engaños.

Él les dio la espalda.

—No contéis conmigo para ese número —dijo furioso.

Vicky frunció el ceño, abrió la boca para responder, pero notó la mano de Adam en un gesto para que callase. Lo miró de reojo y él movió la cabeza para que se retirase. Adam giró la silla para seguirla y dejar a su hermano solo.

Matteo y Ninette estaban a medio camino entre la carpa y la verja. En cuanto llegó hasta ellos vio la mirada sorprendida del payaso.

—No me mires así —dijo Vicky—. Soy la misma de siempre.

Se giró de nuevo hacia Andrea, él se había apoyado en los barrotes de la puerta con la cabeza ligeramente inclinada.

Respira.

Le brillaron los ojos al ser consciente de que todo había cambiado. Recordó la noche anterior en la carpa con Andrea y recordó el momento en el que Adam les enseñó que podía mantenerse en pie unos segundos. Le sobrevino la quemazón en la garganta, esa sensación ya no volvería.

Abrió la boca para respirar. Notó una mano en el hombro, era la pequeña pero fuerte mano de Ninette. Vicky la miró.

—No soy como Úrsula —dijo ella en un intento de defenderse de alguna manera, aunque no sabía ni de qué se estaba defendiendo. Quizás de ella misma, de aquel sentimiento de culpa, de aquel maltrato constante contra ella misma en el que no dejaba de llamarse inútil o vaga.

Sintió la barbilla de Ninette en su hombro. Matteo se puso frente a ella.

—Claro que no. —Sonrió—. Con ella no nos reímos una mierda.

Casi logró que ella sonriese. Notó la mano de Adam apretar la suya.

—¿Está muy enfadado? —le preguntó ella, pero ya sabía la respuesta.

Adam sabía más de Andrea que ninguno de ellos. Miró de reojo a su hermano.

—Necesitarás demasiada magia —respondió con ironía—. Luego hablaré con él.

Vicky cogió aire aunque este rebotaba y salía sin pasar por los pulmones. Notó un cosquilleo en el pie.

—Otra vez se ha escapado este —dijo inclinándose en el suelo para coger a Ludo.

—Otro que tiene impunidad ahora —dijo Matteo.

Vicky alzó a Ludo y le miró la cara. Él, como siempre, sacó la lengua a ver si lograba llegar hasta su nariz para lamerla. Esta vez sí logró sonreír. A Ludo le importaba poco quién era ella o lo que había hecho en su vida. Si era una Canovas-Pellicer o si dormía en la calle. Para él era Vicky, algo parecido a Dios. Entendió cómo su hermano sentía tanta fascinación por aquellos animales desinteresados, sinceros, humildes y tremendamente cariñosos.

Lo estrujó y lo besó en la cabeza. Cuando Ludo se metía bajo su cuello la sensación de calidez era más que placentera. Hasta el pulso se calmó levemente. Volvió a girarse hacia el mago, esta vez lo pilló mirándolos, pero enseguida desvió su cabeza hacia la carretera. Ella volvió a suspirar.

—Mi magia ya no sirve con tu hermano —le confesó a Adam—. Una vez descubierto el truco deja de ser magia.

Matteo se cruzó de brazos.

—Pues lo atamos entre los tres —propuso—. Y lo dejamos tras las cortinas hasta la hora de la actuación.

Adam y Ninette rieron. Vicky no fue capaz y solo hizo una mueca.

—Es escapista —respondió.

Matteo hizo un gesto con la mano.

—Es verdad, soy tonto hasta para dar ideas absurdas. —Negó con la cabeza.

Le echó el brazo por los hombros a Vicky.

—Es hora de las rosquillas —dijo.

—La verdad es que tengo hambre. —Ninette pasó el brazo por la espalda de Vicky al otro lado.

Adam se adelantó en su silla, esperó a que ellos tres comenzaran a andar y cuando lo rebasaron los siguió. Vicky volvió a girar la cabeza para mirar a Andrea. El mago los miraba de nuevo mientras se alejaban. Ella bajó la cabeza. Ciudad Esmeralda se alejaba.

30

Después de la merienda en la que no había hecho más que mover las rosquillas de un lado a otro del plato, se fue a la autocaravana. Se había llevado a Ludo con ella. A pesar de no querer compañía ni de tener muchas ganas de hablar, no quería desprenderse de Ludo. Él hacía que el dolor del pecho no fuese tan malo.

Con las chicas había sido escueta: «Me han descubierto. La bruja me venció. Adiós a Ciudad Esmeralda».

Demasiados mensajes como para oírlos cuando no tenía ganas de hablar de nada de lo ocurrido. Andrea estaba enfadado, no volvería a acercarse a ella. Con mucha suerte Adam lo convencería para que hiciese el número, pero aun así, lo veía difícil.

Oyó que llamaban a la puerta. Abrió, pero no había nadie. En cl cscalón lc habían dcjado una caja. Rcsopló, cran las csfcras nuevas de Andrea, nuevamente precintadas.

Cogió la caja y cerró la puerta. Entendía que no las quisiera, pero eso no significaba que ella no lo sintiese. Puso la caja sobre la mesa y se sentó. Su móvil no dejaba de sonar.

«Videollamada». Pedían las chicas.

«No, de verdad».

—Dale al botón, pedazo de cobarde. —Se oyó la voz de Natalia.

«Sí, soy una cobarde. Pero hoy no. Mañana».

Recordó el aniversario, el comienzo de su trabajo de grabación y de la misma forma que todo eso le había ilusionado sobremanera, ahora se le hacía una cuesta arriba, algo incómodo, desagradable, algo de lo que quería huir.

—¿Me vas a hacer coger un avión? —amenazó Natalia—. Dale al botón.

—Natalia, por favor —pidió Vicky en otro audio. Se le llenaron los ojos de lágrimas—. Mañana.

—Llevas razón. Has cambiado. —Un nuevo audio de Natalia—. Pensaba que era algo imposible, pero lo has conseguido. El problema es que esta Vicky no me gusta en absoluto. Dale al puto botón del vídeo.

—No puedo. —Algunas lágrimas cayeron por sus mejillas.

Se puso la mano en la cara. Todo por lo que se culpaba los últimos años se hizo intenso y la abochornaba sobremanera. Quería salir huyendo de allí, abandonar el reportaje, no volver a ver la cara de satisfacción de Úrsula sabiendo que la había vencido, no volver a ponerse frente a Andrea y comprobar que lo que veía en ella ya no era extraordinario.

—Te doy una hora. —Oyó de nuevo la voz de Natalia—. Llora, patalea, haz las maletas, lo que quieras. Pero en una hora voy a llamarte y me lo vas a coger.

Ni le respondió, tiró el móvil en la cama y se tumbó. Notaba como Ludo saltaba intentando subirse sin éxito. Lo ayudó con la mano. Tuvo que apartar la cara, la lengua ardiendo del perro le lamía las mejillas sin parar. Supuso que la sal de las lágrimas para él era algo que sabía bien, porque nunca le había chupado con tanto ímpetu.

O eso o sabe lo que me pasa.

Su hermano siempre le decía que entre los perros y sus dueños se formaba un vínculo que rozaba lo sobrenatural. Los animales podían detectar el estado de ánimo con tan solo mirarlos. Para ellos no existía la hipocresía ni el «estoy bien para no preocupar». Ellos veían la realidad, sin humo, sin máscaras. Suspiró apartando al perro de su cara. Él le miró los ojos, como si quisiese comprobar si sus gestos habían podido mejorarla.

Vicky sonrió, sin embargo.

—Me encanta lo que ves cuando me miras —dijo recordando

la sensación pasada en el circo.

Ludo desconocía el cambio que había surtido su imagen para todos. Lo acarició y él movió el rabo. Para él todo seguía igual. Le rascó bajo la barbilla.

—Todo sigue igual para ti.

31

Adam rodó su silla hasta la esquina de la carpa donde estaba Andrea colocando sus cosas. Enseguida observó sus esferas de siempre.

—Tú no puedes ser más capullo, ¿no? —le soltó a su hermano mago.

Andrea se sobresaltó. Apretó la mandíbula, como hacían todos los Caruso cuando se enfadaban.

—Nos ha engañado a todos. —Dejó caer una caja al suelo provocando un estruendo y se dirigió hacia una de las puertas, la misma de las cortinas negras donde la noche anterior estuvo con Vicky ahuyentando a Úrsula. El recuerdo hizo que su enfado aumentase.

—Y tú lo sabías y, aun así, no me advertiste —reprochó a su hermano—. Al contrario.

Salieron fuera. Corría viento, algo que Andrea agradeció.

—¿Que te avisara? —Rio Adam—. ¿Que te avisara de qué?

—De que es… —Le dio la espalda.

—Acaba la frase. —Adam lo rodeó y se situó frente a él.

Andrea guardó silencio y Adam lo miró satisfecho.

—Empezando porque ella no tenía que dar explicaciones de su vida, su apellido o su imperio familiar —dijo el trapecista—. Dime una cosa, solo una cosa que ella haya hecho mal aquí como para que yo te advirtiese.

Andrea cogió aire.

—No es una mujer normal —dijo Andrea—. Claro que tendrías que habérmelo dicho.

—Nadie elige la familia donde nace. Tú deberías tenerlo presente más que nadie.

—Lo tengo. —Resopló.

—¿Entonces por qué estás enfadado con ella? Estás haciendo lo mismo que lleva haciendo toda la vida Cornelia.

Andrea giró la cabeza y se puso una mano en la frente.

—No estoy enfadado con ella —dijo y Adam levantó la cabeza, contrariado—. No es con ella.

Andrea dio unos pasos más alejándose de la carpa. Necesitaba que el viento se hiciese más intenso. Adam lo siguió.

—Es con encontrarme dos veces en la misma situación cuando me prometí que no me volvería a pasar algo similar —confesó Andrea. Negó con la cabeza—. Vicky era diferente.

—Lo sigue siendo.

El mago negó con la cabeza de nuevo.

—Le he devuelto las esferas —dijo Andrea y Adam resopló—. Y no pienso participar en ese número. Prometí no repetir errores. Los estoy pagando caros.

—Vicky no es Úrsula y lo sabes. Por eso estás tan enfadado. Porque no eres capaz de aceptar que te has enamorado de otra mujer que vive con demasiadas facilidades en la vida. Lo que odias, lo que Úrsula te ha hecho odiar. Pero ahora ves que puede no tener nada de malo. Va en contra de toda esa mierda que tienes metida en la cabeza. Y te cabreas. Y con el cabreo jodes a Vicky, que no tiene la culpa de que tu ex sea una miserable controladora, posesiva y caprichosa. También jodes a Matteo y el ver cumplido su sueño de tener al fin un proyecto suyo en escena. Y jodes a Ninette, que ha conseguido salir de la crisálida y quiere que lo vean todos.

Andrea apretó de nuevo la mandíbula.

—No puedo actuar como si nada hubiese cambiado. Lo siento, pero no puedo si es lo que me pides.

—Yo solo te pido que aceptes hacer el número mañana —respondió su hermano—. Con Vicky puedes actuar como te dé la gana.

Andrea lo miró de reojo. Adam se acercó a él.

—Puedes hacer lo que quieras respecto a ella —añadió Adam—. Sigue enfadado, ignórala, huye. —Se encogió los hombros—. No va a servirte de nada. —Giró su silla. Andrea se sobresaltó con sus palabras. Adam lo miró con ironía—. Eres mago, pero su magia es más efectiva. No tienes nada que hacer contra ella.

Adam comenzó a reír mientras giraba las ruedas de su silla.

—Voy a darles una alegría a Ninette y Matteo. —Adam ya le hablaba desde dentro de la carpa.

Andrea negó con la cabeza. Volvió a resoplar.

32

—Tu tiempo se ha acabado. —Natalia era siempre puntual—. Las chicas y yo hemos decidido que sea solo yo la que hable contigo. Si no lo coges hay un avión que me llevará hasta Milán esta misma noche. Tú misma, si quieres hablar conmigo o prefieres que vaya y le prenda fuego a las carpas.

Vicky se tapó la cara con la mano. La banda sonora de *El padrino* comenzó a sonar de inmediato. Vicky le dio al botón. Estaba tumbada aún en la cama. En la pantalla apareció Natalia. Se había vuelto a cortar el flequillo, le encantaba la forma de su cara con el flequillo abierto a los lados. La Fatalé entornó los ojos mirándola.

—Te he visto con peor pinta aunque siempre ha sido después de una juerga. —Rio y Vicky tuvo que sonreír—. ¿Has hecho ya las maletas?

Vicky miró el armario.

—No, pero ganas no me faltan.

—Vale, pues hazme caso. Coge las maletas y guarda toda la ropa —le dijo Natalia.

Vicky alzó las cejas y esta vez la pose era sincera. No entendía.

—¿Me estás animando a que abandone? —preguntó contrariada.

—Sabes que nunca he estado de acuerdo con todo ese circo, nunca mejor dicho, que te has montado para que… ¿nadie tenga sospechas de quién eres? —Negó con la cabeza—. Os presento a Victoria —imitó su voz y Vicky se tapó la cara. Era cierto que sonaba absurdo—. No seas imbécil. Dejaste de ser Victoria en el momento que le lanzaste a Cornelia la maleta. Quizás antes cuando huías de las moscas en la puerta de la parcela. Ya has visto que ha sido inútil, no has sabido ser de otra manera. Sin embargo, sigues intentando ocultar una parte de ti. Y no te hablo de un apellido, un estatus, o una vida reservada solo para unos pocos.

Natalia se detuvo para coger su boli, el que le gustaba mover mientras hablaba.

—Ahora te han descubierto. Según tú te han vencido. El mago se ha cabreado y… ¿se ha acabado el cuento? —Negó con la cabeza—. El cuento acaba cuando pongas un pie en Madrid. Pero sigues ahí, con lo cual, aún estás en Oz.

Vicky la miró con interés.

—Me acabas de decir que haga las maletas —respondió alzando las cejas.

—No, de eso nada. Solo quiero que guardes todo lo que te hace no ser tú —continuó Natalia—. Tú has decidido que sea un estilo, hay personas que se meten en jaulas invisibles. —Natalia negó con la cabeza—. Queremos que seas tú por fuera y por dentro, sin límites. Vicky, siempre has sido capaz de hacer cosas maravillosas. Por eso eres el Hada Madrina, nada más tienes que ver el cambio que ha dado la situación para muchos en el circo desde que llegaste. Recuerda el primer día y cómo encontraste a Ninette, a Adam, a Matteo… Y míralos hoy.

—Pero con el mago la he cagado. —Torció los labios.

Natalia sonrió al escucharla.

—Está enfadado, no lo esperaba. Pero no contigo, con el mundo en general. Algo parecido a como encontraste a Adam al principio. Andrea acaba de poner un pie en el mundo real y la parte del mundo real que él ha conocido hasta ahora no ha sido buena. Necesita magia de la de verdad. —Sacudió la mano—. No te hablo de polvos mágicos, que también. —Hizo una mueca y Vicky rio—. ¿Ha roto tu esfera?

Vicky miró sobre la mesa donde solía dejarla. Negó con la

cabeza.

—Pero me ha devuelto las que compré.

—Fantástico. —Natalia volvió a sacudir la mano—. Seguro que les buscarás buena utilidad.

La risa de Vicky aumentó.

—La Vicky que todas conocemos no se deja vencer por brujas. Ya te dije que en el cuento de Oz la bruja del Oeste pensaba que era fácil vencer a Dorothy porque ella no era consciente del poder que llevaba puesto en los pies. Es lo mismo que te pasa a ti. No sabes el don real que tienes. Despiertas un sentimiento especial en todos los que te conocen. —Sonrió—. Siempre fuiste la preferida de todas. Claro que no estaba a favor de este proyecto que has emprendido. Jamás estaría de acuerdo en que emprendas nada que conlleve cambiar un ápice.

Vicky apoyó el codo en la cama y dejó caer la cara en su mano.

—Pero Vicky siempre la lía —rebatió.

—¿Y? —preguntó Natalia sonriendo con malicia.

Vicky levantó una mano. Ella siempre solía dar la misma respuesta a eso.

—Que les den a todos —añadió y Natalia rompió a carcajadas.

—Eso es. Vicky no pide permiso para ser como es —dijo su amiga—. No importa que sea un trabajo, una juerga, un circo, o un barco de mafiosos.

Vicky sonrió.

—Así que vete a por un Lagerfeld y te plantas delante de la bruja, y…

—Ya, ya. —Reía Vicky.

Natalia entornó los ojos.

—Mañana empiezas a grabar. —La señaló con el boli—. A por ello.

33

Después de hablar con Natalia ya era demasiado tarde. Preparó bien el trabajo del día siguiente para dárselo a sus compañeros. Envió los últimos informes a Cati y el trabajo terminado de la revista. Y tal y como le había dicho Natalia hizo las maletas.

El despertador sonó demasiado temprano. Cuando abrió los ojos vio que Ludo había logrado subirse a la cama en algún momento de la noche y se había enroscado en un lado de la almohada.

Se vistió y salió fuera bordeando la parcela hasta llegar a la puerta de la valla que cercaba el circo. A primeras horas de la mañana siempre estaba abierta. Puso un momento a Ludo en el suelo para que hiciese sus necesidades. Vio de lejos a Úrsula hablando con los técnicos de las luces y entornó los ojos hacia ella.

La bruja pensaba que Dorothy era débil.

Sonrió. Ludo había terminado. Lo limpió y lo volvió a meter en el bolso.

—Buscaremos uno más cómodo —le dijo al soltarlo dentro—. Y un collar. —Le dio un toque en la nariz—. No voy a vestirte de fantoche aunque me tiente. —Sonrió. El perro seguía mirándola con aquellos ojos negros y redondos como botones—. Me ves.

Los perros siempre veían la realidad.

—Me ves y te gusto. —Sonrió de nuevo.

El taxi que había pedido ya llegaba. Estuvo toda la mañana comprando todo lo que necesitaba para el resto de días que le quedaban allí. También se detuvo en una tienda de animales. Un collar de cristales rojos de lo más llamativo con una chapa que le grabaron sobre la marcha. Compró algunos bolsos porta perros. Y pasó de largo por la sección de ropa porque si la idea le tentaba al imaginarlo, ver aquella ropa diminuta fue una locura.

Almorzó sola en la terraza de uno de sus restaurantes favoritos. Se hizo varios selfis con Ludo y se los envió a sus amigas.

«Hoy se te ve mejor». Le había dicho Natalia.

«Hemos quedado a las cinco para una videollamada». Le advirtió Mayte.

Vicky miró la hora. Debía de darse prisa si quería llegar a tiempo. Cogió de nuevo un taxi y regresó al circo. Ludo ya iba en uno de los bolsos que había comprado con una ventana donde podía asomarse cuando quería curiosear.

Volvió a bordear la parcela lejos de la carpa donde a aquella hora estarían todos. En la puerta de la autocaravana de la productora estaban todos sus bultos. Las tiendas habían sido rápidas en el envío, tanto que habían llegado antes que ella.

Metió las cajas y bolsas dentro.

—Vicky. —La voz de Adela la sobresaltó. La mujer sonrió mirando el bolso donde llevaba a Ludo. Ella también llevaba una caja—. Ha llegado esto para ti hoy.

Vicky frunció el ceño mirando el papel marrón en el que estaba envuelta. A un lado tenía pegado un sobre. Cogió la caja y la metió dentro agradeciéndole a Adela el habérsela hecho llegar. Cerró la puerta y soltó el bolso con Ludo dentro, encima de la cama.

«A las cinco tenemos videollamada. Ni se te ocurra abrirlo antes».

Sonrió mirando el paquete. Fuera lo que fuese lo que le habían enviado las locas estaba deseosa de verlo. Miró el reloj, aún le quedaban quince minutos. Preparó el *iPad* en el soporte sobre la mesa y se sentó frente a él. Allí esperó mirando la pantalla con los brazos apoyados sobre la enorme caja sin dejar de pensar qué demonios le habrían enviado las locas.

Pudo ver a Claudia en línea. Aquel símbolo que le agradaba tanto ver. Odiaba cuando el chat estaba vacío. Mayte fue la segunda en hacer que se encendiera su símbolo. No le dio tiempo de ver el de Natalia, saltó la llamada de inmediato.

Vio las caras sonrientes de sus amigas y no pudo evitar devolverles la sonrisa. Estaban ilusionadas, ansiosas por algo.

—¿Qué clase de locura habéis preparado para mí? —Dio dos golpes a la caja con la palma de la mano.

Claudia empezó a reír.

—No somos las únicas que tenemos Hada Madrina —dijo Claudia—. De hecho, tú tienes tres. Como la princesa Aurora.

Vicky apoyó la frente en las manos.

—Hoy nos sentimos como sueles sentirte tú cuando lo haces con nosotras —intervino Mayte—. Y es una pasada.

Natalia reía.

—Venga, ábrelo —le dijo—. Queremos verte la cara.

Vicky rompió el papel marrón que dejaba al descubierto una caja blanca con tapa.

—Me estoy poniendo nerviosa, que lo sepáis —les confesó.

Levantó la tapa. Había un vestido celeste, al menos podía ver la parte superior, un top sobre tul del mismo color. Un tul suave y frondoso con algo de brillo. Vicky dio un grito sacándolo de la caja.

—Como últimamente no sé qué te ha dado con los vuelos… —decía Mayte.

Lo cogió con los dedos. La parte superior tenía mangas a la sisa con un escote de ondas en forma de corazón. La parte inferior era de un tul excesivamente frondoso que formaba ondas. Una auténtica pasada. Hasta con la luz que entraba de las ventanas podía notarse el brillo de la tela, de un tono celeste pastel que le encantaba.

—Me encanta —les dijo.

—Pues hay más —anunció Claudia.

Vicky miró la caja. Otras dos más pequeñas que estaban bajo el vestido. Una de ellas tenía una forma alargada. Se sentó de nuevo.

—Acércate a la cámara que quiero verte la cara —decía Mayte.

Vicky cogió la caja alargada. Era una caja de zapatos, no había dudas. Miró a sus tres amigas, todas estaban cerca de la pantalla y ni siquiera pestañeaban.

Por primera vez, les temo.

Hizo una mueca mirando la caja, puso la mano sobre la tapa y la destapó con cuidado, como si de dentro pudiese salir un dragón echando fuego. Dio tal grito que hasta Ludo se asustó.

—No puede ser, no puede ser. —Levantó el culo del asiento de un salto—. ¿De dónde demonios…?

Sacó uno de los zapatos de la caja. Entre el tacón y la plataforma no supo si la alzarían del suelo unos diez centímetros. Eran de puntas redondeadas y estaban hechos de diminutos cristales rojos que producían destellos con la luz.

—La madre que os parió —les dijo y todas rompieron a carcajadas.

Natalia se apoyó en el respaldo del asiento, satisfecha.

—Necesitabas unos zapatos rojos —dijo La Fatalé con aquel tono solemne—. Ahí están.

—Estuvimos debatiendo —continuó Mayte—. En el libro son plateados y en la peli rojos. —La miró con picaresca—. Pero siempre te gustaron las cosas cantosas.

—Se te verá a kilómetros, tu cámara no tendrá problemas esta noche. —Claudia le sonrió satisfecha.

—Chicas… —Se sorbió los mocos mientras giraba el zapato para admirarlo desde todos los ángulos. No pudo seguir hablando. Se llevo una mano a su ojo izquierdo.

—Hay más. —Claudia intentaba ver la caja desde su pantalla.

Vicky soltó el zapato junto al otro y cogió la caja más pequeña.

Se hizo el silencio. Por el tamaño debía de ser un colgante o algún complemento. Abrió la pequeña caja. Era una pulsera rígida, lisa, con un broche circular. De ella colgaba una medalla redonda con un unicornio. Comenzó a reír aunque sus ojos estaban llenos de lágrimas.

—Cada vez estamos más ocupadas —decía Natalia—. Hasta tú sueles estar ausente en el chat.

—Es una forma de tenernos presentes siempre —intervino Claudia—. Las cuatro.

Vicky cogió la pulsera para mirar bien el unicornio.

—Las unicornio —dijo—. ¿Por qué solo hay uno?

Alzó los ojos hacia el *iPad.* Claudia, Natalia y Mayte sonreían. Las tres alzaron sus manos izquierdas. Vicky notó cómo la humedad se derramó de sus ojos. No podía verlos con claridad, pero podía apreciar la forma. Cada una llevaba una pulsera igual a la que le habían regalado.

—Hay cuatro —dijo Claudia—. El mío tiene el esmalte del fondo azul.

—El mío lo tiene marrón —dijo Mayte.

Natalia rio moviendo su mano para que el unicornio se moviese.

—Rojo —añadió a su gesto.

Vicky bajó los ojos hacia el suyo.

Blanco.

—Y ahora te dejamos para que muevas la varita y hagas el resto del hechizo. —Claudia guiñó un ojo.

—Ya veremos las grabaciones. —Mayte le dijo adiós con la mano.

Natalia miró la hora, luego miró a Vicky.

—Sigue el camino de baldosas amarillas. —Sonrió.

Vicky se tapó la cara para reír.

—Sin límites —añadió con su voz grave.

Se lanzaron besos y la llamada acabó.

Vicky miró el vestido y los zapatos. La pulsera no era ni capaz de mirarla porque la hacía llorar sin remedio. Las echaba de menos. Ya quisiera que hubiese un hechizo que las transportara a todas allí. Juntas sí que sería una fiesta de aniversario de la leche.

Las cabronas podrían haberme enviado una botella de Moet.

Rio mientras se limpiaba las lágrimas. Cogió aire y suspiró. Se levantó y se miró al espejo. Su móvil sonó de nuevo. Natalia les había enviado una canción. *Mi reflejo*, la banda sonora de *Mulán*.

Vicky lo accionó.

«Mi reflejo no mostró quien soy en verdad». Oyó de la voz de Christina Aguilera. «No quiero aparentar, quiero ser realidad».

Qué cabrona es La Fatalé.

Se limpió de nuevo las lágrimas. Cogió su móvil y buscó en la agenda a su padre. Él, a pesar de estar siempre ocupado, no solía tardar en responderle.

—Vicky —comenzó—. ¿No empezabas hoy el rodaje?

—Sí.

—¿Y qué haces que no andas trabajando? —Notó la ironía en si voz.

—La fiesta de aniversario empieza en un par de horas —le dijo levantando los ojos hacia el espejo.

—Y necesitarás al menos una hora para elegir el vestido, ¿no? —respondió él riendo.

Ella frunció el ceño.

—Papá. —A pesar del visible buen humor de su padre, ella no quiso seguirle las bromas—. ¿Estás orgulloso de mí?

Lo oyó reírse.

—Siempre me dices que tengo que hacer algo con mi vida y lo estoy haciendo. ¿Estás orgulloso? ¿Es lo que querías?

—Vicky —comenzó—. Siempre te he dicho que tienes que hacer algo con tu vida. Pero nunca me referí al trabajo. Me refería a que hicieses lo mismo que han hecho tus hermanos.

Ella torció los labios.

—Ellos trabajan. —Entornó los ojos hacia su reflejo y se soltó las horquillas del pelo.

—No es eso. Ellos hacen lo que les hace felices. No siempre los gimnasios de tu hermano le rentaron. Y ni te voy a decir lo que cuesta cada mes mantener la organización de tu otro hermano. Pero eso es lo de menos. —Lo oyó suspirar—. Hay una cosa que tu madre y yo tuvimos clara desde el principio y era que todo lo que hiciéramos en la vida, lo haríamos para vosotros. Es lo que queríamos regalaros durante toda la vida.

—Lujos. —Bajó los ojos.

—No, eso es una parte inherente a nuestro verdadero propósito —siguió su padre—. Queríamos para vosotros libertad. La libertad de dedicar vuestra vida a lo que más os guste, a lo que os haga felices. No importa si es un trabajo que produzca millones o un trabajo con un sueldo pequeño. El dinero es solo dinero. Aunque parezca lo contrario o se mida de otra manera, el éxito no tiene nada que ver con el dinero que produzca lo que haces, sino en cómo te hace sentir.

Vicky sonrió.

—Tengo amigos que han creado imperios, pero necesitan tomar medicación; depresión, ansiedad, tensión. Algunos mueren demasiado pronto como para poder disfrutar de su creación. Yo he vivido la mayor parte de vuestra infancia viajando de un lado para otro. Tu madre apenas os veía. Hemos perdido tiempos que no volverán. A eso súmale el miedo de no estar a la altura continuamente, de fallar, de no saber mantener un negocio tan grande y de fracasar. Tu madre y yo llevamos esa carga durante años.

Ladeó la cabeza. Era la primera vez que lo veía de ese modo.

—Nuestra mejor obra no fueron las clínicas ni hacer patrimonio. Nuestra mejor obra sois vosotros. Y es lo que proyectamos, manteneros al margen del negocio y haceros libres. Libres de ser medidos y valorados. Libres de más exigencias que las que os pongáis vosotros mismos. —Rio—. Sea lo que sea que estés haciendo allí te hace feliz. Te lo he notado estas últimas semanas. No me importa si Cati me llama y me dice que tu documental es invendible. Sé que has dado lo mejor de ti en todos los sentidos durante tu estancia en el circo, me es suficiente.

Sonrió al escucharlo.

—Y en cuanto a que si estoy orgulloso de ti. —Rio—. Siempre lo he estado.

Frunció el ceño, contrariada.

—Nunca tuviste ni una sola pataleta cuando te dijimos que no a algo. Jamás nos hablaste mal ni hiciste el más mínimo gesto de enfado en los castigos. Eres familiar, cariñosa, y tienes cierta debilidad por ser feliz haciendo felices a otros. No podía tener mejor hija.

Sacudió la cabeza.

—¿Y cuándo me he metido en líos? —preguntó y su padre rompió a carcajadas.

—Sí, siempre has dado más problemas que tus hermanos, pero eso no te hace peor —respondió—. Nunca le dimos importancia.

—Pues para no darle importancia bien que me imponíais castigos. —Hizo una mueca.

—Somos tus padres, ¿qué podríamos hacer? —Seguía riendo. La risa de su padre se detuvo—. Tengo que dejarte. Me esperan los contables. Te quiero, hija.

—Te quiero.

Sonrió soltando el móvil en la mesa junto a la pulsera. Se sentía afortunada. Tenía una familia maravillosa, era la debilidad de sus padres y de sus hermanos. También tenía tres amigas que eran una especie de extensión de la familia, de la que se puede elegir.

Ellos ven todo lo bueno que hay en mí.

Miró a Ludo que estaba echado y no dejaba de mirarla.

Me encanta lo que ven cuando me miran.

Cogió la pulsera y se la puso. Sonrió al mirar el unicornio.

Mi realidad: Soy una Canovas-Pellicer y una loca unicornio.

Sonrió mientras se miraba al espejo.

Y un Hada Madrina.

Se desabrochaba el vestido de botones y dejó al aire el sostén reductor. Quitó los corchetes y se liberó. Aquello era peor que una puñetera faja. Su pecho sobresalió en el escote. Sonrió de nuevo.

Esta soy yo.

Cogió aire y este entró pleno hasta sus pulmones. Podía sentirse afortunada, querida, respaldada, fuerte.

Esta soy yo.

34

Después de tantos días con sujetadores reductores y de escotes hasta el cuello, ver aquellas ondas pegadas a sus dos delanteras resaltando su forma redonda y con aquel escote más que atrevido, hacía que se sintiera rara.

Pues sí que son grandes.

Rio al mirarse. Ya volvía a no verse tan delgada y mirándose bien con aquella delantera sin opresiones y con la falda del vestido de vuelo, su silueta ganaba mucho. A los zapatos no podía ponerles ni una pega. Tendría que preguntarles a las locas dónde los habían encontrado porque los quería de todos los colores posibles. Los imaginaba en azul azafata, amarillos, verdes, y hasta le sudaban las manos.

Había vuelto a llevar su peinado de ondas de siempre, lo cual le encogía considerablemente el pelo hasta algo pasados los hombros. Y al fin se había hecho un maquillaje en el que se reconocía su cara. Encogió la nariz y se dio de nuevo con la brocha con iluminador de destellos plata.

El brilli que no falte.

Se olió los sobacos. Con las ansias de peinarse y maquilarse a tiempo, no recordaba si se había puesto desodorante tras la ducha o solo el perfume. Pero al parecer era un gesto automático e inconsciente porque no se le había olvidado.

Cogió a Ludo. No podía llevarlo a la carpa, así que tenía que dejarlo en la cerca de Adela. También cogió la caja de las esferas de Andrea, las culpables de que fuese tarde, solo un poco, pero lo suficiente como para que ya no hubiese nadie en las hileras de autocaravanas. No todos los artistas trabajaban esa noche, solo los elegidos por Úrsula para deleitar a sus invitados. Pero todos tenían que acudir a la fiesta como espectadores. Sus compañeros tampoco estaban por allí, ellos ya estarían preparando las cámaras para grabar. Había perdido demasiado tiempo leyendo las instrucciones de aquellos cacharros. A diferencia de las otras, estas venían en distintos tamaños, la más grande era una autentica pasada y había conseguido hacerla levitar. Lo que no sabía es cómo demonios Andrea escondía el mando y las placas que las controlaban por ondas, porque salvo el día que él quiso enseñárselo, no lo había visto ni siquiera de refilón.

Ludo se resistió, pero logró dejarlo con el resto de perros. Se giró hacia la carpa.

Pues allá voy.

Le encantaba el volumen de las ondas de tul de la parte de abajo del vestido y el contraste del tono pastel de la tela con los cristales rojos de los zapatos. Se detuvo en la puerta de la carpa. Había cambiado de manera considerable. Había un telón negro en la pista que la hacía parecer un teatro. En semicírculo estaban los asientos del público, pero aún no comenzaba la función y estaba todo el mundo repartido.

Olvidaba lo que solía ocurrir cuando se era demasiado alta y además se calzaba con unos tacones enormes con plataforma. Si a eso se le sumaba una delantera redonda sin impedimentos, era imposible pasar desapercibido. Notó las miradas de todos y hasta el murmullo se hizo leve.

Pues sí que mola ser Vicky.

Dio unos pasos para entrar con decisión y enseguida divisó a Matteo y a Adam. Los ojos saltones de Matteo se abrieron como platos al verla. Vicky tuvo que contener la risa. Para ella también era extraño verlos vestidos con elegantes trajes: Adam en gris y Matteo en azul.

Adam dirigió enseguida sus ojos hacia los zapatos, supuso que desde la perspectiva a la altura de la silla, eran más llamativos que su escote. Lo vio guiñar ambos ojos hacia ellos. Matteo al ver a Adam también se detuvo en los destellos rojos que producían cuando ella andaba. Vicky se situó frente a ellos, puso un pie al lado del otro, se alzó en las puntas y giró los dos tobillos a la vez. Un golpe de talón, dos, y tres.

—Con dos brujas dando vueltas por aquí he tenido que recurrir a un elemento extra —les dijo. Adam giró la cabeza para reír.

Colgó la bolsa que portaba la caja de las bolas en el mango de la silla de Adam.

—¿Ahora soy también una carretilla? —Se giró para mirar el mango con la bolsa colgada.

—Son de cristal, pesan la hostia para llevarlas a cuestas. —Levantó el dedo—. Además, necesito ambas manos para el micro.

Volvió a mirar a su alrededor. No vio a sus compañeros, tampoco a Ninette ni a Andrea.

—¿Y para qué las has traído? —Adam rodó la silla para comprobar el peso.

—Para El Mago —respondió sin dejar de observar a los invitados. Matteo y Adam la miraron como si estuviese desvariando.

—¿Y dónde están Ninette y Andrea? —preguntó.

Adam y Matteo se miraron.

—Andrea en los camerinos. Ninette ahora vendrá —respondió Matteo.

Vicky observó cómo varios camareros de un *catering* repartían aperitivos y copas entre los invitados.

—Gente influyente de Milán. —Matteo se inclinó a su oído—. Los invitados de Úrsula.

La buscó entre ellos. Adam le dio un toque en la muñeca y ella lo miró.

—Esa es su familia —dijo dirigiendo sus ojos hacia un hombre que hablaba con Fausto Caruso y con Cornelia. Había una mujer que no conocía, rubia y elegante. Ella hablaba con una joven de unos diecisiete años con el rostro muy parecido al de Úrsula, aunque con un pelo de un castaño más claro.

Los invitados comenzaron a tomar asiento entre el público.

—Vamos —les dijo Matteo—. Quiero estar en primera fila.

Los acompañó hasta las gradas. Allí vio un lugar reservado para los periodistas. Había algunas cámaras, entre ellas su compañero, que controlaba la grúa. El otro estaba a un lado de la pista haciendo pruebas de grabación.

—Aquí —dijo Matteo—. Es perfecto.

Y Vicky no lo dudaba, justo frente al centro de la pista. Se oía una música instrumental que ya había escuchado en los ensayos. Las cortinas negras se movían levemente, imaginó el ir y venir tras ellas en los camerinos y pasillos interiores.

Notó un roce tras de sí y se sobresaltó. Se giró, era Ninette. Vicky sonrió satisfecha. Era evidente que no podía ponerse la ropa de mariposa todavía, pero llevaba un maquillaje muy llamativo y el pelo rizado con unas horquillas en la parte delantera que le apartaban el pelo de la cara y se lo dejaba muy abultado por detrás. Imaginó que ya vestida parecería más un hada que una mariposa.

O un león.

La joven la miró perpleja, no sabía si le había impresionado más su escote o sus zapatos.

Ninette se sentó entre Adam y Matteo. Vicky puso una mano en el hombro de Adam.

—Vengo en cuanto empiece el espectáculo. —Entornó los ojos hacia las cortinas—. Comienza mi trabajo.

Resopló y ellos rieron.

—Lo harás de maravilla. —Adam miró sus zapatos—. Además, tu cámara no tendrá problemas para encontrarte entre la gente.

Vicky sonrió apretando los dientes, luego encogió la nariz y se giró para acudir hacia su compañero, el que estaba a pie de pista.

—¿Preparado? —preguntó.

Él sonrió dándole el micrófono.

—Cuando quieras —respondió mientras ella buscaba la cámara grúa.

Sintió una leve punzada en el pecho. Dio unos pasos hacia la pista y se subió a ella. Aquel lugar cambiaba por completo cuando había público alrededor. No podía negar que infundía algo de respeto. Fue girando la cabeza para recorrer las gradas.

Madre mía.

Bajó los ojos hacia su compañero. El piloto de la cámara estaba aún rojo. Él le dio el auricular y ella se lo colocó poniendo cuidado de no engancharlo con el pendiente. Esperaba que el choque con la lágrima de cristal no hiciese algún sonido molesto en el audio. Fijó sus ojos en la luz mientras se concentraba en su respiración.

Estás a un paso de conseguirlo.

Notó cómo se le erizaba el vello de los brazos al pensarlo. La música acompañaba a aquel sentimiento de orgullo y mientras se acercaba el micro a la boca puso su mejor sonrisa. Podía ver su reflejo en el cristal de la cámara, las formas de un vestido completamente ostentoso, las ondas del pelo y unos zapatos que reflejaban en destellos la luz de los focos, sin duda era ella.

El piloto se puso en verde.

—Victoria Cánovas-Pellicer. —Oyó decir al cámara su nombre tras la fecha y la hora. Marcar el orden de los vídeos para el montaje posterior.

Su sonrisa se amplió.

Vamos, Vicky.

Comenzó con el guion que había preparado. No tenía el timbre solemne y grave de Natalia, pero se oía bien. Ni demasiado rápida ni demasiado lenta, tranquila, simpática, natural y sin perder la sonrisa. El cámara la seguía por la pista mientras ella narraba la historia del circo y los artistas que habían pasado por él.

Cuando fue consciente ya estaba en medio de la pista y su compañero grababa las cortinas y al público que ya estaba al completo colocados en sus asientos. Vicky sabía que era el momento de retirarse de la pista. Fue caminando sin darle la espalda al cámara y bajó de la pista sin dejar de hablar, sin perder la sonrisa y sin dar un solo traspiés a pesar de que hubiese escalones.

El cámara la rodeó hasta ponerse frente a ella. Tras su espalda las luces bajaban levemente. Miró de reojo, las cortinas se abrían. Fausto y Úrsula fueron los primeros en salir y comenzaron los aplausos.

Vicky tuvo que detenerse en su guion cuando los vio con micrófonos.

¿En serio? ¿Nos van a dar un sermón ahora? Esto lo quito yo del reportaje.

Se limitaron a hablar de los inicios del circo, de la trayectoria y de los personajes que habían pasado por allí.

Lo mismo que he dicho yo, pero con menos arte y con menos gracia.

Tuvo que contener la mueca porque el cámara grababa su perfil. Se fijó en el vestido negro de Úrsula, un vestido ajustado hasta la rodilla con unas cuerdas por delante que le ceñían el talle.

Esta también ha venido customizada de Oz. Bruja del Oeste modo hot.

Se reanudaron los aplausos y comenzaron a salir los artistas en fila. Alzó las cejas y contuvo el aire. Apretó el micro. El brillo de la tela azul de las solapas del traje del mago se acentuaba con los focos de la pista. Nunca le gustaron las pajaritas en los trajes de hombre, pero nada que se pusiese Andrea le podía quedar mal. Si ya le gustaba con los jeans, y las camisetas o camisas que llevaba a diario, vestido de mago era otro nivel.

Las piruetas, el fuego y los lazos que volaban formando espirales desaparecieron. Solo podía verlo a él y a aquellas bolas de cristal que parecían flotar en sus manos. Entornó los ojos hacia ellas, ya conocía los trucos de Andrea. No le sorprendió cuando una de ellas levitó y la atrapó en el aire. Aunque se oyó alguna ovación.

Tendría que haberme comprado unas bragas de cuello vuelto.

Tuvo que hacer un gran esfuerzo por girarse para darles la espalda y le costó retomar el guion, por un momento había olvidado hasta qué era lo que tocaba. Pero fijó de nuevo su mirada en la cámara mientras a su espalda ellos volvían a perderse entre las cortinas.

Continuó durante unos minutos más hasta que las luces se apagaron por completo. El piloto de la cámara se tornó rojo.

—¿Los camerinos? —preguntó su compañero.

Sí, sí, los camerinos. Buena idea.

Sacudió la cabeza.

—Hoy no —dijo. No tocaba. Estaban escondiendo uno de los números, no podía meterse allí dentro con una cámara—. A partir de mañana, cuando estén todos los artistas.

Notaba cómo le ardía la cara.

—Graba los números y luego seguimos —le indicó y él asintió.

Regresaba de nuevo junto a Adam y Matteo, quería estar con ellos cuando comenzara la sorpresa. Estaba oscuro y tenía que ir mirando el suelo para no tropezar con ninguna pata de las gradas. Se encontró con unos zapatos de punta negros.

Alzó las cejas y levantó los ojos.

—Creo que está bien señalizado el sitio de la prensa —le dijo Úrsula.

Vicky guiñó ambos ojos mirándola como solía hacer Adam con ella y sus estupideces.

—Demasiadas cámaras y cables, muy concurrido —respondió. Tuvo que inclinarse. Ahora con los tacones la diferencia de estatura era más que notable—. Y este vestido necesita mucho espacio.

La rodeó despacio, dejando que Úrsula la mirase bien en todos los ángulos.

Y lo que hay medio fuera y medio dentro también.

—Victoria. —La llamó y Vicky se detuvo—. Siento curiosidad. ¿Has notado algún cambio en los demás ahora que todos sabemos que no eres una mujer cualquiera?

Es bien hija de puta.

—Sé lo que es —añadió—. Esas cosas siempre crean alguna reacción que no queremos.

—Mi relación con la mayoría de tus trabajadores es únicamente laboral y no ha habido cambios. Con la minoría, que la relación va más allá, tampoco ha habido cambios. —Miró hacia las cortinas—. En cuanto a El Mago, que creo que es el verdadero objetivo de tu pregunta, te lo diré en un rato. —Úrsula alzó las cejas con la frescura.

La bruja la cogió del brazo, impidiéndole avanzar.

—Solo te quedan unos días aquí, ¿qué es lo que buscas? —Clavó sus ojos en ella.

—Todo eso que se te pasa por la cabeza. —Volvió a mirar hacia las cortinas—. Y otras cosas que seguramente ni se te pasan por la cabeza.

Vicky rio y Úrsula retiró su mano, como si Vicky pudiese contagiarle una enfermedad mortal. La joven se irguió aunque por mucho que se estirase seguiría viéndose pequeñita cerca de Vicky.

—Llevas razón cuando me dices que firmé un contrato con pocas condiciones —le dijo ya en un tono algo acalorado—. Pero hay una cosa bien clara. La fecha del día que desaparecerás.

Vicky alzó el dedo índice.

—Sí, ese día podrás seguir jugando al circo Playmobil sin mi presencia aquí. —Giró el dedo—. Pero las otras condiciones, las mías —Entornó los ojos—. Continúan hasta el final de la temporada.

Comenzó a sonar la música del comienzo del espectáculo.

—Maldita rata. —La oyó murmurar.

—Que yo haga mi trabajo con la libertad que merezco te molesta. —Dio un paso atrás y negó con la cabeza riendo—. Te encanta tocar la flauta y que todos bailen. Pero la tocas mal. Terrible.

Dio unos pasos para alejarse de Úrsula. La dejó allí en medio, completamente enrojecida de furia y con el pecho acelerado.

Pero lo que le cabrea de verdad es que yo pueda ventilarme al mago.

Negó con la cabeza. La soberbia y pedantería de una mujer que lo tenía todo, pero que no podía hacer nada para controlarlo a él más que patalear e intentar meter la pata.

Penoso, de verdad.

Se sorprendió de ver a Andrea junto a Matteo, Ninette y Adam. Pensaba que estaría dentro todo el tiempo. No se había sentado, estaba de pie, inclinado sobre la silla de Adam. Levantó la mirada hacia Vicky y lo vio girar la cabeza hacia el otro lado.

Pero la ha girado lento. Salvable.

Se puso en pie frente a él para que le dejase paso. Con los tacones lo igualaba en altura. De cerca le gustaba aún más con aquella ropa.

Esta noche te dejas la chistera puesta.

Tuvo que contener la risa. Él, sin embargo, estaba serio, intentaba no mirarla a pesar de que tuvo que erguirse para que ella pasase para tomar asiento.

¿No quieres mirarme? No conoces mi magia.

Vicky levantó la barbilla y estiró los hombros. Se dispuso a pasar de cara a él por aquel pasillo estrecho en el que no cabían los dos. Sin sujetador reductor era fácil plantarle el mostrador cerca de su cara.

Levanta los ojos a la de una...

Pasó demorándose, hasta notó el roce de las solapas del traje del mago.

Levanta los ojos a la de dos...

Se detuvo justo cuando estuvo frente a él. Tuvo que arquearse para que el ala de la chistera no le diese en la cara. Reconoció su olor, el que le había dejado impregnado en su vestido la otra noche.

Y a la de tres.

Andrea no podía mantener la mirada baja, era imposible, no era educado. Subió los ojos enseguida.

Acabo de descubrir que tienes debilidad por las formas redondas en todos los ámbitos.

Sonrió complacida. Aunque él seguía serio y desviaba la mirada hacia un lado.

Mejor me lo pones.

Sacudió la cabeza para detener los pensamientos. Y con su gesto él la miró. Vicky no le dijo nada, al fin se desplazó un poco más hasta sentarse entre Adam y Matteo. Se cruzó de piernas, el tul se abrió extendiéndose a ambos lados y sus zapatos brillaron. Miró de reojo al mago.

Te pillé.

Contuvo la sonrisa. La luz se apagó aún más y la música subió, retumbaba por toda la carpa. El primer número fueron aros de fuego. Un juego de luces y colores bastante entretenido. La oscuridad lo hacía algo más intenso. Matteo fue explicándole algunas cosas que él creía que mejorarían el número. Algunas de ellas no las logró entender ni imaginar, pero otras más evidentes sí que las consideró. Adam debatía con Matteo sobre una de mezclas de números y combinaciones de artistas. Ahí se perdió por completo y fueron pasando los números uno tras otro.

Vio a Andrea tocar el hombro de Ninette. Se tenían que marchar. Notó la tensión en Matteo y hasta ella misma se contagió y comenzó a sentir una leve ligereza en las piernas.

Dejaron paso a Ninette. Adam le apretó la mano cuando ella pasó por delante de él y Ninette le sonrió.

Son tan monos.

Vicky sonrió como una imbécil.

Los cabrones estos me van a hacer llorar lo más grande cuando me vaya.

Miró a Matteo, él se había cruzado de piernas y apoyaba la sien en su mano, estaba tremendamente nervioso. Andrea y Ninette se perdieron hacia los camerinos.

Y lo bien que le queda el traje.

Vicky alzó las cejas ante la mirada de Adam. Por un momento la expresión burlona del trapecista le hizo creer que había podido leer sus pensamientos.

No ha leído nada. Si pudiera leerlos, su expresión sería mucho peor.

—Te encanta mi hermano —le susurró.

—Sí. —Fue rotunda y él sonrió con su frescura.

—Necesita asimilarlo, dale tiempo. —Volvió a decirle él. La música se había detenido por el cambio de número y Matteo lo oyó.

Vicky se ladeó hacia Adam.

—No hay tiempo, esto se acaba.

Él la miró con el ceño fruncido.

—Iremos a Madrid tres días —le dijo él y Vicky asintió.

—Dentro de tres meses. —Sonrió—. Lo tengo apuntado en la agenda. Compraré entradas en todas las funciones.

Adam rompió en carcajadas.

—Me encantará veros. —Le cogió una mano—. Además, ya

os haré alguna que otra visita sorpresa. A Úrsula le encantará verme también.

Hasta Matteo rio. Vicky lo miró con picaresca.

—¿Cotilleando? —le soltó.

Matteo desvió la mirada enseguida. Adam y Vicky se miraron y ella negó con la cabeza. Realmente le daba igual que Matteo se enterase. Se solía hacer el tonto, pero de sobra sabía lo que había dentro de aquella cabeza rellena aparentemente de paja.

Y llegó la hora. Apretó la mano de Adam y alargó la otra hacia la mano de Matteo.

—Chicos —dijo—. Ahí está nuestra locura.

Notó que ambos la apretaban. Reconoció la música. Matteo le había hecho escuchar todas las que barajaba. Hasta última hora no lo tuvo claro.

No tenía ni idea en qué consistía el número. Las cortinas negras rodeaban la pista por completo. Notó cómo las pulsaciones se aceleraban. Se abrieron y un foco iluminó a Andrea.

—Esta parte la hemos dejado igual —explicó Matteo—. Temíamos que Úrsula detuviese el número.

—Esto está lleno de amigos suyos. No va a detener nada. Aquí las apariencias lo son todo —dijo Vicky.

Entornó los ojos hacia El Mago. La parte de los aros no le hacía tanta gracia. Sabía que a Andrea tampoco, Úrsula lo obligaba. Los fue enlazando unos con otros hasta formar una cadena. Luego la hizo flotar y desaparecer. Se oyeron los aplausos.

—Ahora. —Oyó decir a Matteo.

Notó cómo al payaso le sudaban las manos. Se inclinó hacia delante como si por unos centímetros pudiese verlo mejor.

Rebirth. Renacer.

Cuando Matteo se la enseñó, ella la buscó y la escuchó varias veces. Le brillaron los ojos. Matteo no podía haber escogido mejor. Era exactamente lo que representaba a todos: al payaso que nadie echaba cuenta, al trapecista inválido, a la bailarina aprisionada, y al Mago.

Las bolas de cristal parecían pompas de jabón con aquellas luces. Vicky podía dejarse hipnotizar sin esfuerzo. Todo desapareció como aquella vez en el *buffet*, la gente, las gradas, la carpa, todo, salvo la música y él.

Abrió la boca para respirar. Las manos se le resbalaban de las de Adam y Matteo, supuso que ella también sudaba. La música subió con aquella melodía que podía transportar a otro mundo, el de Andrea. Un verdadero renacer, un resurgir. Las tres bolas volaron a la vez a su alrededor, Vicky no pestañeaba. Una de ellas, la del centro, comenzó a llenarse de una especie de humo azul. No dejaba de girar sobre sí misma y se alzaba a la vez que las otras caían al suelo. Y se alzó tanto que se perdió a través de las telas del techo.

Vio a Andrea dar un paso atrás.

—Matteo —murmuró Vicky impresionada mientras le brillaban los ojos viendo cómo la esfera enorme bajaba con el mismo humo en su interior. No se veía absolutamente nada de dónde pendía hasta la grúa. Estaba perfecto. No podía ni siquiera pararse a imaginar la cara que estaría poniendo Úrsula, no merecía perder ni un segundo de aquello.

La esfera se detuvo a la altura del pecho de Andrea y el humo se difuminó levemente dejando ver la crisálida. Entonces varias bolas rodaron por el suelo hacia él y lo rodearon. La música volvió a sonar con aquel estribillo embaucador y todas las bolas se levantaron alrededor de la grande y comenzaron a girar en el aire. El humo azul se hizo intenso alrededor de Ninette. Las esferas cada vez giraban más rápido.

Y el humo desapareció.

Qué puto genio.

Se oyeron los aplausos. El traje de Ninette con aquel juego de luces era más que espectacular. Ahora sabía por qué Matteo le había dado el juego en azul. La culpa fue de ella al escoger el traje de Andrea.

Ninette estaba de puntillas en una postura realmente complicada teniendo en cuenta que la base era curva. Pero no perdió el equilibrio un ápice.

La esfera comenzó a subir despacio mientras ella iba levantando un pie, formando con su cuerpo aquellas figuras que solían tener las bailarinas de porcelana. Vicky sonrió.

Ella tiene su propio cuento.

Tenía junto a ella al soldadito defectuoso admirando a la bailarina. Supuso que el duende Luciano no andaría muy lejos.

Y los lanzaría a los dos al fuego sin dudarlo.

El final de la música era maravilloso, se detuvo un segundo para luego romper con fuerza. Ninette estaba ya fuera y colgada de las telas dando vueltas alrededor de la esfera. Se oían los aplausos con fuerza. Los giros de Ninette aumentaron en extensión, casi podía pasar por encima de ellos tan solo sostenida por sus piernas. La mariposa volaba libre.

Vicky notó una lágrima por la mejilla derecha, Ninette volvía a pasar sobre ellos.

Es tu historia. Pero ya eres libre.

Soltó las manos de Matteo y de Adam para aplaudir. Sus lágrimas aumentaron cuando oyó los vítores del público. Ninette se posó en el suelo junto a Andrea. Lo aplausos no cesaron, al contrario, aumentaron más. Vicky zarandeó a Matteo.

—Eres un puto genio —le dijo.

Él se limpiaba las lágrimas. Verlo así hizo que a Vicky le ardiera aún más la garganta. Adam se inclinó hacia ellos.

—Ahora Úrsula se la va a liar —les dijo—. Así que, rápido.

Vicky se levantó y pasó por delante.

—Déjame a mí delante que llevo los zapatos mágicos —les dijo y ambos rieron.

El espectáculo había acabado. Las luces se encendieron y tal y como lo hicieron, Vicky dio un salto hacia la pista. Le hizo una señal a su compañero cámara, que enseguida estuvo preparado.

Ni píngano ni hostias.

No sabía dónde lo había dejado. Los artistas estaban todos en los camerinos, hacia donde vio a Úrsula dirigirse a paso apresurado.

—Vicky. —La llamó Adam a su espalda, pero ella ya había visto a la bruja.

Agarró al cámara por el polo.

—Graba. —Lo empujó hacia Úrsula.

Tuvo que girar la cabeza para que no la deslumbrase el foco de la cámara. Vicky le metió el micro casi en la boca.

—Estamos con la directora del espectáculo —le decía Vicky a la cámara. Miró a Úrsula, pero no podía ocultar su estado: enfurecida, acalorada, completamente llena de ira.

Y la soberbia le pudo.

—Os habéis reído de mí delante de mi cara —le soltó sin importarle la cámara—. Dije que no y lo habéis hecho a mis espaldas. —La señaló con el dedo—. ¡Deja de meter las narices en mi circo!

Adam puso la silla delante de Úrsula, pero ella lo rodeó y siguió camino de los camerinos. Vicky le dijo al cámara que cortase la grabación. Úrsula ya estaba tras las cortinas y ellos iban tras ella.

—¡Y tú! —se dirigió a Matteo—. El más inútil de todos, ¿qué pretendías? ¿Tú minuto de gloria?

Vicky sacó la caja de las esferas de la bolsa, que colgaba del asiento de Adam. Metió la mano para coger una, pero Adam le sujetó la muñeca.

—No —le dijo él firme y Vicky se sobresaltó.

Alzó las cejas, abochornada. El trapecista parecía que sí era capaz de leerle la mente y en ese momento estaba decidida a estrellarle una bola en la cabeza a Úrsula.

—Vale. —Levantó la mano—. Por el aire no.

Se mordió el labio inferior.

—¡Andrea! —La oyó gritar mientras andaba con paso apresurado hacia el camerino del mago.

Volcó la caja de las bolas.

—A tomar por culo. —La vació entera antes de que Adam pudiese detenerla.

Y rodaron como en los bolos, solo que esta vez había muchas y un solo bolo al que tirar, con lo cual no había margen de fallo.

Tenía que reconocer que no esperaba una caída tan aparatosa, también un estrecho pasillo colaboró en gran medida.

—¡Úrsula! —Oyó el grito de Cornelia.

Fausto y Luciano corrieron a recogerla del suelo.

—¡Andrea! —Oyó gritar a Fausto.

Y el tío mierda este ya está echándole las culpas al hijo, como siempre.

Vicky cogió los mandos que controlaban las bolas y los accionó. Úrsula aún estaba en el suelo. Las bolas rodaban hacia Vicky.

—He sido yo —dijo sacudiendo el mando—. No consigo controlar estos cacharros.

Ellos le lanzaron una mirada que bien la hubiese partido en dos.

—Así que mejor se las llevo a El Mago. —Sorteó a Úrsula, que aún yacía en el suelo. Rodeó a Luciano, que estaba inclinado junto a ella. Y miró con frescura a Fausto—. Ha sido un gran espectáculo. Las grabaciones han salido perfectas. —Bajó los ojos hacia Úrsula—. Esta parte no se ha grabado. —Se giró para andar de espaldas mientras los miraba a los cuatro. Las bolas la seguían en su camino—. Está todo hasta que comenzaste a gritar.

Sonrió y les dio la espalda siguiendo su camino por el pasillo hasta el último camerino.

Pues sí que se me dan bien las brujas.

Rio sin dejar de avanzar. Vio la puerta de El Mago, tras ella estaba Ciudad Esmeralda. Sonrió con malicia antes de abrir.

Andrea estaba solo como esperaba. Pero él no parecía esperarla a ella. Quizás esperaba a Úrsula y su enfado.

Pero Úrsula está en un estado parecido al de Cornelia el primer día.

Cerró la puerta cuando todas las bolas rodaron dentro. Andrea las miró una por una, luego levantó los ojos hacia Vicky. Tuvo que contener la sonrisa al verlo tan contrariado.

—¿Qué haces? —Dio un paso atrás mientras Vicky se acercaba a él.

—Ser yo. —Alzó los controles de las bolas para que él los viese.

Andrea dio otro paso atrás, pero ya solo estaba la pared. Vicky pegó su cuerpo al de él. Con el pecho liberado era más fácil y tremendamente más morboso.

—Vicky, no —le dijo él.

—¿No qué? —Le dio con la mano en la chistera y esta cayó al suelo.

—Úrsula va a venir…

—Úrsula no es una amenaza hasta dentro de un rato. —Rio ella.

Metió el muslo entre las piernas del mago para pegarse más. Andrea abrió la boca para replicar, pero no le dio margen. Pegó sus labios contra los de él dejando caer el peso de su cuerpo sobre El Mago. Recorrió despacio con la lengua cada rincón de su boca hasta que notó que algo se endurecía en su muslo. Cuando creyó que era suficiente se retiró.

Si antes estaba contrariado, ahora no sabría decir qué expresión tenía El Mago. Vicky le metió los controles de las esferas en el bolsillo superior de la chaqueta y dio un paso atrás para separar sus cuerpos. Él se quedó inmóvil, aún pegado a la pared.

—Y ya que se te dan bien los controles remotos… —Sonrió y le tendió un pequeño mando.

Andrea alzó las cejas. Era pequeño, como un llavero, similar al mando de un garaje con un botón superior y tres debajo: verde, amarillo y rojo.

Él cogió el mando y levantó los ojos hacia Vicky. Frunció el ceño.

—¿Qué es? —Lo vio dudoso de querer saberlo.

—Prueba. —Ella miraba el mando en la mano del mago.

Andrea le dio al botón y se escuchó una tenue vibración. Vicky se sobresaltó y él enseguida volvió a pulsar el botón para apagarlo. La miró y ella tuvo que hacer un gran esfuerzo por no romper en carcajadas ante la expresión de Andrea.

—Esos botones de abajo considéralos como un semáforo —le dijo sin pizca de bochorno. Entornó levemente los ojos—. Intenta evitar el rojo si tengo gente alrededor.

Le dio la espalda, no estaba segura de poder aguantar la risa si seguía mirándolo. Llegó hasta la puerta y se volvió para mirarlo una vez más.

Esto no tiene precio. Ser Vicky es la leche.

—El alcance es de pocos metros. —Le guiñó un ojo.

Salió y cerró la puerta estando segura de que lo acababa de dejar completamente flipando. Sacó el móvil del bolso y se lo llevó a la boca.

—Dadme unos zapatos rojos y dominaré el mundo. —Rio—. Vuelvo a ser yo. No os quepa duda.

35

La primera entrevista que rodó fue la de Matteo. Allí mismo, mientras que los invitados volvían a repartirse por la carpa y disfrutaban del *buffet*.

Andrea tardó en salir del camerino, fue de los últimos. Vicky supuso que tardaría en reponerse. Adam no estaba por allí, había ido a por los soportes. Aún quedaba alguna sorpresa para los Caruso.

Acabó de grabar y le dijo a su compañero que hiciese un rodaje rápido de la carpa y los invitados, y que seguirían al día siguiente. Soltó el micro a un lado de la cámara.

Al parecer el número de Andrea y Ninette había tenido gran aceptación entre los invitados, no podía ser de otra manera. No habían cesado las felicitaciones a la chica y estaba abrumada, hasta agobiada. Luciano no dejaba de mirarla en la distancia, su cara ardía. Quizás él sí había entendido el mensaje del número: volar libre.

Vicky miró la hora en el móvil. Tenía un montón de mensajes de las locas, pero no podía detenerse a leerlos. Cuando les contase, seguramente se morirían de la risa. Por muchas que fueran sus anécdotas en el palmarés siempre lograba sorprenderlas.

Sintió el vibrador en el clítoris y se sobresaltó. Fueron solo unos segundos, pero no lo esperaba. Sonrió con malicia. Calculó que era el verde, fue una auténtica sorpresa que El Mago se hubiese atrevido a accionarlo.

Le va la marcha.

Se giró, El Mago la había rebasado, ni siquiera se había detenido en ella. Aparentemente la ignoraba, al menos a los ojos de todos. Entornó los ojos hacia él mientras se le dispararon los pensamientos.

Nunca dudé de que Ciudad Esmeralda estaría llena de sorpresas.

Sabía que Andrea era sensible y estaba lleno de sombras, marcado por una infancia y vida llena de pruebas, y demasiadas carencias. Y ella estaba dispuesta a abrirle todas las puertas de aquella magia real que él desconocía a pesar de ser un mago. Fue un detalle por su parte que al menos esperase a que ella terminase su trabajo. De otro modo, delante de una cámara, podría salir cualquier cosa salvo una entrevista decente. Y ya lo decía Natalia: «Es imposible hacer nada serio con Vicky cerca».

Abrió el chat y se acercó el móvil a la boca riendo.

—Le he dado el mando de «Dios» a El Mago. Y parece que le ha gustado.

Llovieron los emoticonos.

«¿Por qué lo llamáis "Dios"?». Preguntaba Mayte.

«Esta tía no lo ha probado todavía». Respondió Claudia.

«Pues no, no lo he sacado de la caja».

«*Megaorgasmos* en menos de un minuto». Escribió Natalia. «Es Dios».

Tuvo que reír con los comentarios.

«Estás como una cabra. ¿Cómo le das el mando a El Mago en medio de una fiesta? Entre los invitados con cara de *satirona,* ¿eso te pone? ¿En serio?». Le reñía Claudia.

«Tiene su punto». Intervino Natalia. «Máxime con Úrsula cerca».

Llovieron los emoticonos de nuevo.

Bajó los ojos hacia sus zapatos, realmente le estaban dando confianza y poder. Y con ello, suerte y optimismo. Y todo eso llevaba a diversión y risas. Las que siempre la acompañaban cuando todo iba bien, cuando se sentía feliz. Y recordó las palabras de su padre: «Siempre que hagas algo que te haga feliz, no importa lo que sea».

Y ese lo que sea podía ser un trabajo profesional, ayudar a los que necesitaban algo, hacer feliz a alguien que está sumido en una oscuridad invisible para otros, pero que ella era capaz de ver. Mismo circo, misma gente, y cada vez veía más luces y colores a su alrededor. Ver a Ninette volar como una mariposa completamente liberada de un opresor y tirano como era Luciano. Ver a Matteo llorar siendo consciente de que su don era real y no un deseo imaginario. La sonrisa que Ninette le había dedicado a Adam antes de entrar en el camerino decidida a volar. O ver a Adam guardar el equilibrio sin ayuda de nadie.

Bajó los ojos hasta sus zapatos. Había logrado noquear a dos brujas: la del Este y del Oeste, tal y como se merecían. Y con la rebeldía de un número que rechazaron le había demostrado a Fausto que su hijo bastardo, el culpable de las desgracias del circo, tenía un talento que, eliminándole los límites, podía eclipsar al resto del circo Caruso.

Golpeó un talón con otro tres veces aunque no era la hora de llegar a casa, aún le quedaban siete días por delante para seguir por allí siendo quien era. Ya se había lamentado bastante por algo que no podía remediar. Ahora no entendía cómo había podido lamentarse por ser quién era, cuando ser así es lo que le proporcionaba su propia felicidad y, además, tenía el don de transmitírsela a los demás.

Levantó la barbilla estando orgullosa de ser una Cánovas-Pellicer ahora que sabía que la intención de sus padres siempre fue hacerla libre, libre para hacer lo que quisiese sin límites, sin reproches, sin pedir permiso y sin buscar ser aceptada en ninguna parte. Y le importaba poco no ser aceptada en el mundo civilizado, ella nunca perteneció a él. Le era suficiente el ser aceptada por su familia, por sus tres locas y por los nuevos amigos que había hecho en el circo. Y en cuanto a Andrea, una nueva vibración del aparato le decía que comenzaba a aceptarla también tal y como era. Sin reglas, sin condiciones, sin tapujos, y con muy poca vergüenza.

Amarillo, esto se pone interesante.

Esperaba no tener que lamentarse de haberle otorgado tan atrayente poder a El Mago con demasiada gente alrededor. Lo buscó con la mirada y lo pilló observándola de lejos. El aparato tenía más alcance del que esperaba, al menos cinco metros. Aquellos cacharros los hacían cada vez más avanzados. Andrea no lo apagaba.

La madre que lo parió.

Ya notaba cómo la pierna derecha se le comenzaba a aflojar. Le hizo una señal de tijeras con la mano y él comenzó a reír.

Si aquí el que no corre vuela. Con lo modosito que parecía con las bolas.

Resopló. Oyó una voz a su derecha. Matteo se acercaba a ella.

—Me está felicitando todo el mundo —le decía con la sonrisa más radiante que había visto en él desde que pisase el circo—. Les ha encantado.

—Eres un genio. —Le dio con el dedo en la sien—. A ver si te enteras de una vez.

Él alzó las cejas.

—Úrsula quiere crujirme, y a Andrea, y a Adam, y a ti. —Hizo una mueca.

—¿Dónde está? —Echó un vistazo.

—En los camerinos, al parecer se ha torcido un tobillo.

—¿Tú eres Victoria? —Oyó a su espalda.

Vicky se giró sonriendo, pero se quedó petrificada cuando se vio frente a la madre y la hermana de Úrsula. La mujer le tendió la mano sonriendo.

Esta no sabe aún que he escoñado a la hija.

—Soy la madre de Úrsula. —Se presentó—. Y ella es mi hija, Helena.

La joven sonrió. Era mucho más guapa que su hermana.

—Soy clienta asidua de una de tus clínicas de aquí de Milán —le dijo la mujer—. Maravillosos profesionales.

—Gracias. —Vicky le estrechó la mano—. Está usted estupenda.

No podía decirle otra cosa a aquella mujer que la saludaba tan efusiva.

—Es maravilloso lo que ha hecho mi hija con este circo, ¿verdad? —añadió la mujer mirando la carpa.

Siiii, es un auténtico milagro.

—Tiene muy buenos artistas. —Suspiró.

El padre de Úrsula también se acercó y le tendió la mano.

—Encantado de conocerla —dijo el hombre—. Y enhorabuena por el éxito de las clínicas.

Estos no tienen ni idea del plan que tiene aquí la hija.

—No tiene que dármela, son mis padres los que…

Notó una leve vibración en el aparato.

Qué cabrón.

—Los que trabajan en las clínicas. —Terminó la frase.

Tenía que retirarse de ellos con rapidez. El Mago comenzaba a darle velocidad al cacharro.

—Han montado un espectáculo precioso —continuó la mujer—. Espero que puedas difundirlo bien en ese reportaje.

—Claro. —La pierna derecha se le comenzaba a aflojar. Aquel aparato se había desplazado algunos milímetros.

Este no tiene ni puñetera idea de lo que llevo puesto.

No sabía qué idea podía tener Andrea de lo que era un vibrador de última generación con succionador integrado.

—Cuando Úrsula nos dijo que quería contratar el circo tuve mis dudas —le decía el padre—. Sabes cómo son los negocios, y un circo… —Negó con la cabeza.

La mujer movió las manos.

—Ese dichoso mago le llenó la cabeza de pájaros. —Resopló.

Vicky se sobresaltó.

No me toques a El Mago.

—Y ella se obsesionó con el circo. Con el futuro que tenía como diseñadora —añadió la señora.

—Eso es algo que puede retomar, anímela. —Dio un paso atrás, necesitaba irse, algo de urgencia máxima.

—Sí, eso pensamos. Es lo que debería de hacer, ¿verdad? —La mujer estaba deseando que Vicky le diese la razón.

Vicky asintió sin ser consciente de su movimiento. Ni siquiera estaba segura de que su pierna derecha respondiese, notaba un ligero calambre frío en la ingle.

Ay, madre.

—Nosotros lo sabíamos desde un principio: que, en cuanto ese mago le sacara el dinero para recuperar el circo, la dejaría. —La mujer se cruzó de brazos.

—¿Cómo? —Por un momento hasta olvidó el vibrador.

—Que es lo que buscaba esta gente, un patrocinador. Y mi hija es… —Negó con la cabeza—. Le encanta ayudar, ¿sabes? Y estos estaban en la ruina. La engañaron, la embaucaron. —Volvió a negar con la cabeza—. Pero, aun así, has comprobado el espectáculo tan bonito que ha montado. Estamos muy orgullosos de ella.

Vicky frunció el ceño.

—No sé qué película habrán visto ustedes, pero les puedo asegurar que…

—¡Victoria! —Oyó la voz de Úrsula.

Se encogió cuando la vibración ascendió. Y tanto que Andrea ignoraba lo que era aquello. A aquel nivel la vibración era apreciable al oído de forma más intensa. No sabía si con el murmullo era diferente.

Levantó la cabeza. Úrsula cojeaba hacia ella.

—Me has dejado caer a posta con las malditas bolas. —La

acusó—. Y tu apellido no va a librarte de que denuncie a la productora.

Vicky se irguió aprovechando que Andrea había bajado al nivel amarillo de nuevo, o al verde, ya no estaba segura. Exhaló aire por la boca.

He creado a un monstruo.

Úrsula ya estaba frente a ella. Vicky abrió la boca para replicarle.

—Una denuncia por un tobillo lastimado. —Oyó la voz de Adam a su espalda.

Se giró, Ninette iba con él. Vicky se apartó para que Úrsula lo viese bien. La bailarina le puso el andador delante de la silla. Adam se agarró a él y se alzó en pie.

Si Vicky era alta cerca de Úrsula, Adam parecía un gigante.

—Una denuncia por un error con consecuencias peores —añadió Adam.

Úrsula miró las piernas de Adam con las cuencas de los ojos completamente curvadas. Vicky reconoció en su mirada la ira al ser consciente de que su castigo, el que quería para El Mago, estaba desapareciendo. El padre de Úrsula se colocó delante de su hija.

—¿Estás amenazando a mi hija? Después de lo que ha hecho por todos vosotros. —Se encaró el hombre, que no alcanzaba con la cabeza ni el pecho de Adam.

—Tiene usted delante lo que ha hecho por mí —respondió él tranquilo.

El hombre lo señaló con el dedo. Vicky entornó los ojos hacia él, le recodaba terriblemente al tío de Harry Potter y le producía la misma repugnancia.

—Lo que queréis todos vosotros es más dinero —protestó—. Es lo único que os ha interesado de mi hija. Tu hermano la embaucó para que invirtiese en este circo de mierda.

Andrea apareció tras Adam y se colocó delante de su hermano.

El padre de Úrsula dio un paso hacia atrás.

—Nadie engañó a Úrsula —respondió—. Y si hubiésemos sabido lo que pretendía hacer con todos nosotros, nunca la hubiese dejado poner un pie aquí dentro.

—Te has aprovechado de ella —seguía el hombre acalorado—. Eras un muerto de hambre.

—Nunca me interesó el dinero de su hija.

—Por supuesto que te interesaba, querías que yo pagase la terapia de tu hermano. —Señaló a Adam—. No pondré un euro más en este circo. Ni en ninguno de los Caruso.

Miró a Andrea de arriba a abajo.

—Siendo usted empresario, muestra muy poco respeto por las empresas que se vienen abajo —intervino Vicky y él la miró contrariado.

—No te dejes engañar por esta gente —le advirtió—. Ni mucho menos por este. —Miró a Andrea—. A saber qué trucos usó con mi hija.

—Su magia no sirve en el mundo real. —Vicky se puso junto a Andrea—. No usó ningún truco con su hija. —Miró a Úrsula, que había emblanquecido—. Desde que compró este circo a Fausto, su hija ha mostrado el mismo respeto por los que lo habitan que el que está mostrando usted ahora mismo. —Volvió a mirarlo—. Puede comprar una carpa, material, disfraces. Pero la mayoría de personas no tienen precio aunque usted y ella piensen que el mundo debe de estar agradecido con ustedes por el mero hecho de tener dinero. ¿Piensan que son solidarios? ¿Que ayudan? —Puso una mano en el andador de Adam—. Dígame solo una de las maravillas que Úrsula ha logrado en este circo.

—¡Estaba en ruinas! ¡Hundido!

—Y por esa razón merecían la opresión, las condiciones, las advertencias, el control y las amenazas. —Entornó los ojos—. Y las consecuencias. —Dio una palmada al andador de Adam.

—¿Insinúas que mi hija es la culpable de lo que le pasó a él?

Vicky negó con la cabeza.

—Ella no tuvo la culpa. —Lo miró a los ojos, unos ojos pequeños y oscuros—. La tuvo usted.

El hombre se sobresaltó.

—¡Ey! —Úrsula se colocó delante de su padre—. Ni se te ocurra emprenderla con mi padre, rata periodista.

Se giró hacia su progenitor.

—Amenaza con hacer un documental lleno de mentiras para hundirme.

—¿Cómo? —La madre se colocó junto a su hija.

Andrea también puso la mano al otro lado del andador de Adam.

—¿Esto es una mentira?

—¡Te estoy diciendo, infeliz de mierda, que eso no fue culpa de mi hija! —Miró a Vicky—. Y tú me acusas a mí.

—Sí, todo el mal que su hija ha hecho a este circo…—Tiró de Matteo, que estaba a su espalda—. A él. —Lo puso a su lado—. A él. —Tocó a Adam—. A él. —Señaló a Andrea—. A la señora de los perros, o a todos los que ha despedido…

—Ya, unos vagos problemáticos. —La cortó el.

—La culpa la sigue teniendo usted —añadió Vicky.

Giró a Matteo y empujó el andador de Adam para que se alejasen. Ninette llevaba ya rato intentando llevárselos de allí.

—A los hijos hay que saber decirles que no a los caprichos —añadió Vicky—. Usted nunca pensó en la felicidad de su hija, sino en el poder que podía darle con su dinero. Sin pensar las consecuencias que eso tendría en otros. Pero los muertos de hambre, los infelices y los empresarios arruinados, no tienen derecho más que a estar agradecidos con lo que usted o su hija quieran darles, según su ideología.

Les dio la espalda.

—Y tú. —Vicky notó un toque en el hombro. Úrsula la hizo girarse—. Pedazo de imbécil, lo de mi tobillo…

Vicky sacudió la mano.

—Te enviaré un tratamiento de regalo para tu madre por las molestias. —Se liberó de Úrsula.

—¿Te crees que soy idiota? —Ella se puso las manos en la cintura.

—Sí, casi todo el tiempo. —Notó la mano de Andrea en su brazo para apartarla de Úrsula, pero ella se liberó.

—No tienes poder absoluto para hacer lo que te dé la gana, ¿lo sabes?

—Nunca lo he tenido. —Miró de reojo al padre que hiperventilaba, furioso.

Notó el vibrador accionarse, esta vez al nivel máximo y el calambre frío le invadió la pierna desde la ingle hasta el tobillo. Andrea se buscó una forma alternativa para que se alejase de aquella gente.

Se encorvó poniéndose la mano en la barriga. Miró a Andrea, él estaba ya a unos metros, con Matteo y Adam. Úrsula se quedó contrariada.

—Te vi las intenciones desde el primer día, pero no estaba segura de qué pretendías exactamente —le decía Úrsula—. El Mago, ser aceptada, ahora estoy convencida. Quieres ser yo.

Vicky levantó la cabeza y alzó las cejas.

—¿Ser tú? —Logró ponerse derecha—. Pedante, soberbia, egoísta, altanera, caprichosa. ¿Cómo voy a querer ser como tú?

Volvió a encogerse, no sabía dónde demonios le habría dado Andrea, pero aquel calambre frío aumentaba.

—¿Qué demonios te pasa? —Úrsula la empujó en un hombro—. ¿También te ríes de nosotros?

Vicky se giró hacia Andrea.

—¡Vale ya! —le gritó y El Mago alzó las cejas.

Resopló al notar el descenso. Espiró de nuevo, el estómago se le aflojaba. Miró a Úrsula.

—Podría decirte que son gases —respondió Vicky ya derecha de nuevo—. Pero lo cierto es que llevo un óvalo de silicona en la vagina. —Los cuatro emblanquecieron. Vicky sonrió—. De ese óvalo cuelga una especie de gancho que hace contacto con el clítoris, vibra y lo succiona. —Vio cómo la madre de Úrsula tiraba de su hija menor para apartarla—. A usted le encantaría, señora. No creo que este haga grandes hazañas.

El padre de Úrsula se sobresaltó. Vicky entornó los ojos hacia Úrsula, que estaba tan abochornada que no podía responder.

—¿Puedes oírlo vibrar? Mejor no te digo quién tiene el control remoto —añadió Vicky y luego frunció el ceño—. ¿Cómo voy a querer ser tú?

Negó con la cabeza encogiendo la nariz.

—Cuando la verdad es que me encanta ser yo. —Sonrió.

Dio unos pasos atrás para retirarse de ellos. Vio la calva brillante del padre de Úrsula completamente roja.

Los he dejado congelados. Otro super hechizo.

Se dio la vuelta y rio. Llegó hasta Adam, Matteo, Ninette, y Andrea.

—Gracias —le dijo Adam.

—No es nada. Se me da bien poner en su sitio a la gentuza de la alta sociedad. —Rio—. Me ha costado años de formación.

Ellos rieron.

—Os han tocado unos tremendamente capullos. —Entornó los ojos hacia ellos. La madre de Úrsula tenía la mano en la frente.

Vicky bajó la cabeza y levantó los ojos hacia El Mago.

—Ya te vale —susurró.

—Quería que te fueras de ahí —replicó él.

—Me estoy planteando pedirte que me lo devuelvas —advirtió apretado los dientes.

Andrea negó con la cabeza con sonrisa maliciosa.

—De eso nada. —Se tocó el bolsillo derecho de la chaqueta.

Vicky rio con su gesto.

Le va la marcha más de lo que esperaba.

—Pues no subestimes el poder de «Dios» o tendrás un auténtico espectáculo aquí en medio —respondió y él alzó las cejas—. Apaga ya eso.

—¿De qué estáis hablando? —preguntó Adam.

Andrea y Vicky se miraron.

—¿Adam? —La voz de Fausto Caruso los sobresaltó.

Fausto se detuvo a dos metros de ellos, miraba perplejo a su hijo.

—¿Desde cuándo…?

Adam sonrió.

—Andrea llevaba razón cuando era pequeño. —Lo cortó su hijo y Fausto miró a Andrea, contrariado—. La magia existe.

El Mago comenzó a reír.

—Solo hay que rodearse de las personas adecuadas —añadió el trapecista.

—Las Hadas Madrinas —le susurró Vicky a Andrea y este la miró contrariado—. Yo tengo tres.

Lo vio reír.

Se sobresaltó con la voz de Luciano.

—¿A qué estás jugando? —Se dirigía a Ninette.

La joven se giró hacia él.

—Dejé de jugar hace años. —La oyó responder.

—¿Eso es lo que hacías cuando desaparecías? ¿Ensayar a escondidas?

Vicky se alzó de puntillas para verlo, Adam ocupaba casi todo el espacio.

—Eres tonto hasta para deducir —le soltó a Luciano y este la miró—. Cuando ensayaba este número ya te había mandado a tomar por culo. Cuando desaparecía, ayudaba a tu hermano… ¿lo ves?

Luciano miró las piernas de Adam y no le extrañó no ver alegría en su expresión. Tampoco en la de Cornelia, que estaba más cerca de Vicky.

—Eres una descarada y tienes muy poca vergüenza para pertenecer a la alta sociedad —le dijo la mujer.

—Y tú demasiado estirada y soberbia para tener que depender de hacerle la pelota a gentuza como esa. —Hizo una mueca y sacudió la cabeza—. Recoger las migajas a cambio de ciertas condiciones es peor que estar en la miseria. —Movió una mano—. Busca alternativas menos humillantes.

Cornelia abrió la boca para replicar. Pero una voz de Luciano la hizo callar.

—Qué, ¿te vas? —Lo oyó decir.

Vicky enseguida miró a Ninette.

—Renuncio a mi contrato. Vuelvo a los teatros —respondió ella.

Vicky dirigió sus ojos hacia Adam. Este no pareció estar sorprendido, entendió que él ya lo sabía, ella se lo habría contado.

Mi leona, ¿se va?

Alzó las cejas. La mariposa volaba y ella era lo que quería para Ninette, pero no esperaba que volara lejos. Sintió la decepción en el pecho y en el estómago. Su imaginación había diseñado otra realidad futura para Ninette e incluso albergó la esperanza de algunas cosas que ahora le dolía hasta pensar. Exhaló aire despacio.

—Ni te acerques a mí. —La oía decir.

Libertad.

Aunque le doliese la decisión de Ninette tenía que respetarlo.

Seguramente era algo que la muchacha necesitaba.

Vio a Luciano apretar la mandíbula.

—Cuando tengas que dormir en la calle, volverás. —Lo oyó decir.

Vicky se alzó de nuevo de puntillas.

—En la calle no, tiene un ático en Madrid donde puede dormir cuando quiera —intervino.

Sintió la mirada de Luciano.

Cuchillos, cuchillos.

Él negó con la cabeza y se fue. Su madre corrió tras él.

Hala, vete a hacer el mono a otro sitio.

—Sea como sea —añadió Fausto—. Buen trabajo.

Se alejó de ellos. Vicky entornó los ojos hacia él.

—¿Tiene algún tipo de parálisis selectiva en la cara? —preguntó y Andrea contuvo la risa—. No es capaz de poner una expresión positiva.

—Creo que hace tanto tiempo que las ha olvidado —respondió Andrea.

Vicky se sobresaltó al sentir algo húmedo en el empeine.

—Ludo. —Frunció el ceño—. ¿Cómo haces para escaparte siempre?

—Tiene la misma habilidad de su dueña para salirse con la suya. —El Mago la empujó levemente.

Vicky se inclinó para cogerlo.

—Yo no soy su dueña. —Se irguió mirando al perro y esquivando su lengua—. Pues en este bolso no cabes.

—Para él sí lo eres —añadió él acariciándolo y el perro le gruñó—. Y yo ya no sé qué hacer con él.

Vicky rio. Adela llegaba recorriendo con la mirada en el suelo. Matteo la llamó para que atendiese y le señaló a Vicky. La mujer resopló.

Vicky los miró a los cuatro. Ninette aún llevaba aquel traje beige de bailarina que contrastaba con el gris plateado del traje de Adam y el azul de Matteo.

No puede ser.

Contuvo la sonrisa.

—¿Podemos hacernos una foto? —preguntó y vio a Adam mirarla con los ojos guiñados—. Quiero que unas personas os conozcan.

Sacó su móvil y se lo dio a Adela, que iba a recoger a Ludo. Vicky se puso en un extremo, medio de perfil, cogiendo a Ludo con una mano.

Lo van a flipar.

Inclinó uno de los zapatos para que brillasen con la luz de los focos. Adela al parecer solo tomó una foto. Aquella mujer y las tecnologías no iban muy unidas.

—No sé qué hacer con él —dijo la mujer mirando al perro—. Un día de estos se perderá.

Alzó los ojos hacia Vicky y cogió aire.

—¿Tienes sitio donde vives en Madrid? —le preguntó la mujer y Vicky sintió cómo en el pecho se le abría algo invisible. Apretó a Ludo contra ella.

—Más de cuatrocientos metros —respondió riendo.

Adela cogió la barbilla de Ludo.

—Vas a vivir como un rey —le dijo.

A Vicky le brillaron los ojos. La idea de regresar a casa con Ludo se hacía menos oscura. Ludo le recordaría a ellos todo el tiempo, era un trozo de circo que se llevaba con ella. Inclinó la cabeza y besó la cabeza del perro.

—Adela. —Oyeron la voz de mando de Úrsula—. ¿Qué hace un perro tuyo en la carpa?

Tiene un don. Qué oportuna es. Atrae los zascas sola.

Se giró hacia Úrsula despacio para que ella pudiese observar bien el perro.

—Es mi perro. —Sonaba bien. Le gustaba. No había tenido un perro ni ninguna mascota propia porque nunca confió en que pudiese ser capaz de cuidarla bien.

Úrsula la miró apretando los labios.

No pongas esa cara de envidiosa, si ni siquiera te gustan los perros.

Vicky negó con la cabeza.

—Aunque sea tu perro, no quiero perros en mi carpa. —Notó el marcaje en el «mi».

Úrsula se fue, notó que cojeaba menos. No sería una lesión, solo un dolor pasajero. Ni dos días de cojera.

Tengo que perfeccionar el bloqueo de brujas.

Andrea cogió a Ludo e ignoró su gruñido. Se lo dio a Adela para sorpresa de Vicky.

—Pero esta noche que duerma con su familia para despedirse —le dijo.

Vicky alzó las cejas.

A este le he dado el mando y no hay quien lo pare. No quiere ni al perro de testigo.

Contuvo la sonrisa. Andrea tiró de ella y hasta Adela alzó las cejas con el gesto. Adam se echó a reír.

Andrea la sacó de la carpa, lo de fuera estaba oscuro, estaban todos dentro. Se colocó delante de ella.

—Tiras al suelo a brujas, puedes hacer desaparecer cosas, petrificar a la mala gente, que alguien cumpla un sueño, que otro se enfrente a su realidad aunque sea dura, y hasta que cierta joven logre salvarse a sí misma y salga volando. —Hacía que Vicky anduviera hacia atrás hasta que su espalda chocó contra un poste—. Hasta puedes atraer a alguien que quiere alejarse todo el rato, sin que te haga falta ningún control remoto.

Te he puesto como un becerro y contra la calentura no se puede hacer nada. Es el mayor poder de todos.

—Y yo pensaba que era mago. —Rio rodeándola por completo.

Vicky entreabrió la boca para replicar, pero Andrea aprovechó el gesto para besarla. Esta vez fue él el que se apretó contra ella. Sentía la lengua de El Mago ardiendo en el interior de su boca y el calor se trasladó de inmediato hasta su entrepierna, donde aún llevaba metido el óvalo de silicona. Lo apretó con tanta fuerza, que casi lo sacó de su sitio. Lo sintió vibrar, un botón aleatorio, alejó a El Mago de ella.

—Eso es trampa —le dijo y él rio.

Alzó el mando.

—¿Esto no es magia del mundo real? —preguntó tirando de nuevo de su mano—. Empieza a interesarme.

Lo vio mirar el mando con malicia.

—Ni se te ocurra. —Intentó quitarle el mando, pero él apartó la mano.

—Tú me lo has dado y ahora es mío.

Maldita la hora.

Aquellos calambres no eran normales ni para «Dios». Supuso que era la mezcla del aparato y El Mago.

Vicky abrió la puerta de su autocaravana, no era tan amplia como la de Andrea, pero la cama era enorme, suficiente.

Él entró tan pegado a ella que casi la tiró contra el armario. Aún había bolsas de sus compras por el medio, ella nunca recogía nada. Otra de sus malas costumbres de niña privilegiada.

—No traes la chistera —le dijo con ironía y le encantó su expresión al mirarla.

—Das verdadero miedo.

Lo atrajo hacia ella con los brazos.

—Doy demasiadas cosas, pero miedo no —respondió y se mordió el labio con malicia.

—¿No? —Volvió a darle a otro botón. Vicky notaba cómo se aflojaban ambas piernas. En el silencio se oía bien la vibración.

Exhaló aire con fuerza mientras Andrea le bajaba la cremallera del vestido y eso que era difícil de encontrar. Si él no apagaba el vibrador, no sería capaz ni de quitarle la camisa antes del primer orgasmo. Pero Andrea volvió a darle al botón y aquello se detuvo.

El vestido resbaló y cayó al suelo. Lo vio mirarla desnuda.

—Debilidad por las formas redondas —dijo ella y él rio.

Aprovechó que él estaba ensimismado y le quitó el mando para lanzarlo hacia la cama. Pero no pareció importarle, le acarició el pecho. Vicky apoyó la espalda en la pared y levantó la barbilla, la habilidad que Andrea tenía con las bolas podía notarse hasta en su forma de tocarla. Le quitó la chaqueta y dudó si le había desabrochado los botones o se los había descosido. Notó la lengua del mago en su cuello.

—¿Qué es exactamente lo que controlaba eso? —Metió una mano por dentro de sus bragas.

Lo sintió palparla hasta encontrarlo. Luego lo siguió con los dedos hasta su vagina. Vio en su cara la sorpresa de que el cacharro lo tuviese dentro. Tiró de él para sacarlo, pesaba más de lo que esperaba, otra de las partes de su utilidad: endurecer los músculos de la vagina.

Andrea lo miró con curiosidad. Era de una tonalidad verde agua, un color similar a los ojos de El Mago cuando le daba la luz.

Te presento a «Dios».

La miró con el ceño fruncido.

—¿Qué hace?

—*Multiorgasmos* en pocos minutos. —Se lo quitó y lo tiró también, sonó al caer como una piedra. Le importaba poco si se había estropeado. Ahora tenía algo que le interesaba más.

—Me lo pone tremendamente difícil —dijo él y Vicky rio—. ¿Se puede competir con eso?

—Eso es un juego. —Le desabrochó el pantalón—. Prefiero la varita mágica.

Palpó dentro, la tenía completamente dura.

Y vaya varita mágica. Si lo llego a saber iba a esperar al final del cuento Rita la Cantaora. Hubiese llegado a Ciudad Esmeralda el primer día. Haciendo los cien metros lisos.

Sonrió con picaresca. Si no se quitaba pronto las bragas, las iba a dejar para tirarlas a la basura.

Andrea la cogió y ella abrió las piernas. Una vez descubierto donde residía cierta parte de magia, la atraía sin necesidad de control remoto. Pegó su vagina a él, a pesar de que ambos aún llevaban ropa interior, podía notarla y se rozó con ella.

Si seguían así, ella tendría que tirar las bragas y él rompería el bóxer. Rio a sus pensamientos. Andrea la dejó caer en la cama y fue ella misma la que se quitó las bragas y, tal y como suponía, sería mejor tirarlas que lavarlas.

Miró a Andrea que también se había desvestido.

Perfecto en todos los sentidos.

Se tumbó sobre ella y la miró a los ojos. Vicky fue consciente de que él reunía todo lo que a ella solía gustarle en un hombre. Lo rodeó por la cintura con los brazos y se colocó bien. Clavó sus ojos en Ciudad Esmeralda, no tardó en sentirlo dentro. Alzó sus caderas, pero él la sujetó para que no se moviese, aún había más. Andrea volvió a empujar y se encajó por completo. Él la miró para ver su reacción, pero ella levantó las caderas para que la embistiese, apretando la vagina con fuerza. Espiró con ganas y sintió el aliento de Andrea en el cuello. Volvió a sentir el movimiento de Andrea mientras aquello se movía en su interior provocando más fuerte que nunca aquel tornado en el centro de su cuerpo, justo debajo de su ombligo. El Mago fue haciendo desaparecer cada elemento que los rodeaba con cada movimiento y, por un momento, hasta Ciudad Esmeralda desapareció.

Gritó, gritó tan fuerte que él tuvo que taparle la boca con los labios. Lo miró con la respiración acelerada. Volvió a lamentar el haber llegado tan tarde a Ciudad Esmeralda. Le estaban encantando los polvos mágicos.

36

Vicky estaba tumbada en la cama bocabajo. Andrea hacía rodar las esferas por su espalda, desde los hombros hasta la cima de sus glúteos. Le encantaba cuando le hacía eso. Era su última noche en Ciudad Esmeralda y habían vuelto rápido de la cena, aunque ningún día solían demorarse. Vicky ya había terminado el trabajo, solo le quedaba un último rodaje a la mañana siguiente: la entrevista de El Mago.

Consiguió el reportaje que se proponía con Ninette, con Adam y finalmente con Matteo. Y a última hora, persuadiéndolo con malas artes hizo que Andrea aceptase. Aunque a él parecía no importarle dejarse embaucar. Era más, disfrutó de la persuasión todo lo que pudo.

—¿Y no hay nada como eso tuyo, pero para mí? —preguntó y Vicky se echó a reír—. ¿Cómo lo llamas? ¿Dios?

Ella entornó los ojos con picaresca.

—No tengo ni idea, pero, de todos modos, «Dios» es la mano para los hombres.

Andrea le dio una palmada en el culo como protesta.

—El sado no me va. —Rio Vicky con ironía y lo hizo reír también.

Se dio la vuelta y las bolas se extendieron por la cama.

—Iré a verte. A donde estés.

—Una vez al mes, ya. —Lo notó aspirar aire.

—Pues prepárate bien para esa vez al mes. —Se incorporó para empujarlo hacia ella. Andrea cayó sobre su cuerpo.

—Y cuando acabes la gira te pasas por Madrid —añadió.

—Te llevas a Ludo, Adam se quedará mes y medio en tu casa cuando se opere, y has ofrecido tu casa a Ninette. —Notaba la ironía en su voz—. ¿Cabemos todos? Podemos poner una carpa en tu terraza.

Ella rompió a carcajadas.

—No me hace ninguna gracia. —Andrea se sujetó con los brazos para separarse unos centímetros de ella.

—¿Poner una carpa en mi terraza?

Él le hizo un gesto de reproche, no tuvo más remedio que ponerse seria.

—No saber cuándo y cómo te voy a ver.

Ella torció los labios. A ella tampoco le gustaba la idea. Aún no sabía los próximos trabajos que le daría la productora. Aun así, ya adaptaría la agenda a la de él.

—Tienes días libres —dijo ella pasándole el dedo por el pecho—. Puedo viajar y puedes viajar. Todo es adaptable.

Rodeó la cintura de El Mago con las piernas y cruzó los pies en su espalda. Hizo fuerza y él se tuvo que dejar caer sobre ella. Le resultaba extraño que no estuviese preparándose por allí abajo, tardaba poco en recuperarse entre uno y otro de sus polvos mágicos. No tenía que ser muy intuitiva para saber que le preocupaba algo que no lo dejaba concentrarse en nada más. Y la preocupación era ella.

Supuso que era parte de la carencia de Andrea, Natalia se lo advirtió desde días atrás, no era un hombre como el resto que había conocido. Este se aferraría a ella tanto como lo había hecho Ludo.

«Te vas y lo dejas en Oz con dos brujas que se empoderan cuando tú no estás. Teme de nuevo la oscuridad, el control, y todo lo que tenía cuando tu llegaste».

Notar aquel sentimiento en él le transmitió una sensación extraña. Lo abrazó y le besó la frente.

—Nada va a ser igual que antes —le dijo sonriendo.

—No sé cuánto pueden durar tus hechizos cuando no estés.

Vicky tuvo que reír.

—Siempre habrá un avión hasta Madrid. —Le cogió la barbilla y zarandeó su cara. Tampoco ella se imaginaba veinticuatro horas después en su ático de Madrid en una cama de dos metros vacía. Ludo no la rellenaría lo suficiente.

Giró su cuerpo y Andrea cayó a su lado. Puso la barbilla sobre su pecho.

—Será mucho mejor de lo que piensas, ya verás —dijo ella sonriendo.

Él sonrió levemente.

—Cuando lo dices hasta suena a verdad.

Ni te imaginas. Mis hechizos son más fuertes de lo que crees.

Andrea le acarició la cara sin dejar de observarla, como si quisiese memorizarla para el tiempo que estuviese lejos. Le pasó un dedo por los labios.

Me encanta lo que ve cuando me mira.

Ahora, al completo, seguía mirándola de aquella manera.

—Eres maravillosa —dijo y ella sonrió—. Todo es mejor cuando estás tú.

La besó.

—Te quiero, Vicky.

Ella se quedó inmóvil.

No me digas eso que me hago un tour de hotel en hotel durante toda la gira.

Apoyó la mejilla en el pecho de él. Natalia le había dicho que, llegados a ese punto, si él le expresaba sus sentimientos así, era mejor que ella se callara. No entendía muy bien el rollo psicológico que le explicó La Fatalé. Pero le aconsejó que lo hiciese desde Madrid, cuando ya no estuviese allí. Y sería más fácil para Andrea.

Cerró los ojos.

—Te quiero —respondió.

No vaya a ser que Natalia se equivoque y se crea que no lo quiero.

La rodeó con los brazos y la apretó.

—¿Y ahora quién te deja ir mañana?

Puta Fatalé, que siempre lleva razón.

Se concentró en la respiración de Andrea mientras él le acariciaba la cabeza.

37

Soltó el micro. Si no hubiese sido porque en aquel trabajo se había implicado de manera personal hasta la médula y más allá, hasta habría sido un descanso acabar con el rodaje.

En tres horas salía su avión de regreso, pero no quería ni pensarlo. No era de pensar con mucha antelación, entonces hubiese hecho la entrevista llorando.

Adela parecía que le entregaba a un hijo en vez de a un perro. Le había preparado una bolsa con su cartilla veterinaria, la cesión de titular firmada, pienso para los primeros días, el transportín para el avión, y hasta una manta con la que Ludo solía dormir. Aunque Vicky sabía que en su cama no la echaría de menos. Ya tenía cita con el veterinario amigo de su hermano para hacer el cambio de titular y hacerle un chequeo completo. Su hermano estaba deseando comenzar la educación de tan diminuto pero insociable perro. Aunque ya le advirtió Vicky que en cuanto le mirase a la cara iba a ser difícil mantenerse firme sin reír.

Se despidió de sus compañeros, los vería a la mañana siguiente en la productora y visualizarían con Cati las imágenes. Y se fue a hacer las maletas. Después de la entrevista, Andrea había tenido que ir con Matteo a hablar de algo con Fausto. Supuso que el director iba a dar por culo hasta última hora, por supuesto y sin ninguna duda, por orden de Úrsula.

Vicky llevaba un mono vaquero ajustado con botones delante y con un escote cuadrado. Demasiado llamativo para el aeropuerto y el avión, pero ya tenía toda la ropa guardada en las maletas, además, se había deshecho de toda la ropa discreta. No hubiese ido mejor con otro conjunto.

Con la hora a la que salía su avión ni siquiera podía comer en el circo, pero era el avión más tardío que había encontrado. Sacó sus maletas y se sobresaltó, no había visto llegar a Andrea y este no tardaba en lanzarse sobre ella. Vicky dejó caer las maletas al suelo y Andrea la empujaba de nuevo hacia dentro sin dejar de besarla.

La pegó a la pared y se apretó contra ella pasando una mano por su vagina por encima del pantalón elástico. Se apartó de ella y la miró decepcionado.

—¿No lo llevas? —le preguntó.

Ella alzó las cejas.

—¿Crees que entra algo debajo de esta ropa? —respondió y él la miró de arriba abajo.

—Llevo toda la mañana haciendo el imbécil —dijo y ella rompió en carcajadas.

El metió el dedo por su escote y lo bordeó.

—Tú todavía no eres consciente de lo que me provocas.

Y me encanta, me encanta, me encanta.

Lo empujó con la frente.

Pero ya no hay tiempo. Tengo que facturar maletas y ya voy tarde.

Miró los ojos de Andrea, ni siquiera le importaba dejar las maletas atrás. Sacudió la cabeza y lo apartó para salir. Él la volvió a llevar hasta la pared, pero esta vez no se apretó contra ella, solo la miró. Le cogió la cara para darle un beso.

—Treinta días —le recordó y ella sonrió.

—El mando —pidió poniendo la mano y Andrea negó con la cabeza girándose para salir. Ella frunció el ceño y lo siguió hasta fuera—. Sin mando no funciona.

Él cogió las maletas y Vicky se puso delante.

Esto lo estaba viendo yo venir.

—Compraré otro con APP —le dijo y él rompió en carcajadas.

Cogió una de sus maletas y tiró de ella. Entraron en la carpa. Dentro los esperaban Ninette, Matteo y Adam. Ninette aún estaba en el circo, en unos días tenía unas pruebas para una nueva compañía de ballet. La veía ilusionada desde que la llamaron para citarla, su expresión había cambiado por completo.

Atravesaron la primera carpa y vio de lejos a Úrsula. Esta le sonrió con satisfacción y le dijo adiós con la mano.

Tu puta madre.

Vicky se detuvo.

—Tengo que despedirme del señor Caruso. —No sabía quién estaba más sorprendido, si Adam o Andrea.

—¿Seguro? —Se extrañó Matteo.

—Sí. —Soltó la maleta y se dirigió hacia la oficina del director.

Era mucho más pequeña que la de Roma, esta era portátil. Fausto estaba con la misma cara de enfurruñado de siempre mirando datos en un ordenador.

Las ventas de entradas deben de ir como el culo.

—¿Todavía andas por aquí? —Fue su saludo.

—Mi avión sale en un rato.

—Date prisa, no vayas a perderlo. —Alzó una mano para decirle adiós.

Vicky no perdió tiempo, no lo tenía. Sacó unos papeles del bolso y se los puso a Fausto delante. El hombre miró los papeles.

—Ya firmé todo lo de la productora. No pienso firmar nada más.

—No son los papeles de la productora.

Levantó la cabeza, contrariado, y luego miró los papeles.

—Es tu jubilación —añadió. Fausto se puso las gafas para ver mejor—. Rescindirás el contrato con Úrsula y la indemnizarás. El contrato que firmarás conmigo solo tiene una cláusula. El circo pasará a ser de Adam y de Andrea, Matteo sería el nuevo director de espectáculo. Y tú y Cornelia os retirareis a descansar.

Fausto alzó las cejas.

—No me fío de ti, seguro que tiene letra pequeña.— Refunfuñó.

—La única letra pequeña. —Pasó los papeles y le señaló—. Y no es pequeña, está en grande, es que un diez por ciento de los beneficios serán donados a *Wonderdogwoman*, la asociación de mi hermano.

Fausto volvió a mirar el contrato.

—Esto es un precontrato, abajo tienes el número del notario para firmar los oficiales y recibirás el dinero.

Fausto negó con la cabeza.

—¿Y Luciano?

Vicky alzó las cejas.

—Sus hermanos decidirán si seguirá trabajando o no.

—Desheredar a uno de mis hijos.

—No vas a desheredarlo. Vendes el circo al completo a dos compradores que son tus hijos. Y a Luciano puedes darle una parte de tu jubilación. O eso o le dejas esta ruina a los tres. En teoría ese dinero vale más que este circo. —Movió la mano—. Tiene más deudas de las que esperaba y Úrsula no ha quitado ninguna.

Esperó a que Fausto leyera el contrato.

—No tienes que firmarlo ahora mismo —dijo Vicky dando un paso hacia la puerta—. Ya dejé un poder en el notario y tiene tu cheque. Cuando decidas firmarlo, las tres copias, les das una a Adam y otra a Andrea. Ellos no saben nada, así que espera a perderme de vista.

—¿Por qué lo haces? —preguntó y por primera vez lo vio expresar algo que no fuese enfado.

Vicky negó con la cabeza y se acercó de nuevo a la mesa. Sacó una tarjeta del bolso y cogió uno de los bolígrafos de la mesa. Miró en su móvil y anotó un número.

—Es el número de Mónica Valenti. —Lo vio sobresaltarse en cuanto la nombró—. Andrea ya ha hablado con ella. Y volverá a hacerlo en un tiempo.

Esta vez le dio la espalda a Fausto para salir.

—Gracias. —Lo oyó decir.

Se giró hacia él. Era un imbécil, supuso que habría sido un gran esfuerzo decirle aquella palabra. No le respondió y salió fuera, donde aún la esperaban todos.

—¿Te ha dicho que se ha quitado un peso de encima? —preguntó Adam irónico.

—No, pero se ha quitado un peso de encima —respondió sonriendo.

—Estaba deseando que te fueras —añadió Matteo.

Vicky se giró para buscar a Úrsula con la mirada.

—Y no es el único. —La encontró. Vicky también le sonrió y le dijo adiós con la mano.

Yo sí que sé echar hechizos de verdad. Bruja de pacotilla...

No había visto a Fausto firmar el contrato y aún quedaba Cornelia. Pero no tenía dudas de que, aunque le costase un disgusto con su mujer, accedería. Una jubilación sin problemas económicos, quitarse la carga y la presión. La salvación para Fausto.

Mirarlos sabiendo que todo lo que les preocupaba iba a desaparecer hizo que le brillasen los ojos.

Y no volver a ver a la tipa esta.

Cogió aire y siguió andando hasta la salida. En la puerta estaba Adela con el transportín de Ludo. Lo vio mirar por la rejilla. Se detuvo para despedirse de Ninette, Adam y Matteo.

Ninette le dio un abrazo que hasta le crujió la espalda.

—Lo vas a conseguir —le dijo Vicky.

La joven la abrazó otra vez y de nuevo notó que le crujía el hombro. Alzó las cejas, lo de aquella muchacha era sobrenatural. Jamás se caería de las telas.

—Vuela —añadió Vicky.

Matteo fue más suave al darle el abrazo.

—Te vemos pronto —dijo.

—Es lo primero que voy a hacer cuando llegue a Madrid, hacerme el plan del tour. —Le guiñó un ojo y él sonrió.

Se inclinó para darle un abrazo a Adam, pero este la detuvo. Echó el freno a la silla y se sujetó a los reposabrazos para ponerse en pie. Vicky lo sujetó.

—Nos vamos a caer —le advirtió ella.

—El suelo no está lejos —respondió el trapecista y su hermano sonrió.

Notó el peso del enorme Adam y tuvo que atrasar una pierna para guardar el equilibrio. Sintió un beso sonoro en la sien. Ella acercó su boca al oído de él.

—Volverá —le susurró y él se apartó para mirarla con los ojos guiñados. Andrea tuvo que sujetarlo para que no se cayese de espaldas.

Entre Ninette y Matteo lo ayudaron para que Vicky pudiese quitarse. Ella miró de reojo a Andrea que ya tiraba de una de sus maletas hacia la puerta donde estaba Adela. Vicky caminó a su lado.

—Llama cuando llegues —dijo él.

—¿Qué dices? Dentro de un rato me aburriré en el aeropuerto y empezaré a darte por saco con los mensajes. No te puedes hacer una idea de lo plasta que soy.

Andrea rio.

—Como ese grupo que tienes, que está todo el día sonando.

—No, ese es otro nivel. Multiplícame por cuatro.

Levantó los ojos hacia Adela. El taxi ya llegaba, antes de lo previsto.

Mejor, cuanto más rápido, mejor.

Le dio un beso a Adela y ella le dio a Ludo en el transportín. Andrea le pasó el brazo por los hombros y le dio un beso en la sien. Vicky se giró hacia la carpa. Aún Ninette y Matteo sostenían en pie a Adam.

El espantapájaros, el león, y el hombre de hojalata.

Miró a Adela y Andrea.

El Hada Glinda y El Mago.

Bajó los ojos hasta Ludo.

Pues se acabó.

Cogió aire y no le dio tiempo a expulsarlo. Andrea le dio un último beso.

—Buen viaje —le dijo—. Treinta días —añadió en un susurró.

Vicky le guiñó un ojo antes de cruzar la verja. El taxista acudió a por las dos maletas y ella tuvo tiempo de mirarlos de nuevo.

Se está mejor en casa que en ninguna parte. Se está mejor en casa que en ninguna parte. Se está mejor en casa que en... Y una mierda.

Les dijo adiós con la mano antes de entrar en el coche. Se puso el transportín del perro sobre las piernas. Echó una última sonrisa a Andrea.

El taxista no se demoró en poner el coche en marcha y la carpa se hizo pequeña hasta que se perdió entre el resto de edificios.

Cogió su móvil.

—Venga, ya ha acabado todo. Así que contadme. Qué habéis apostado en el chat alternativo, que teorías teníais, y quién llevaba la razón.

Sonrió mientras se enviaba el audio. Miró tras de sí, ya no se veía absolutamente nada de la carpa.

Treinta días.

Estaba deseando volver a ellos.

38

No tardó en recibir la notificación del notario italiano. Agradeció no estar delante. Andrea llegó hasta a enfadarse por lo que había hecho aunque tampoco tardó en que se le pasase el enfado. Esperaba que con el tiempo él fuese desarrollando cierta inmunidad con ella y sus malas artes, no le gustaba que todo se lo pusiese tan fácil siempre. Adam apreció el gesto tan diferente al de Úrsula, trató de negociar otras condiciones menos beneficiosas, pero como no hubo forma con Vicky, decidieron Andrea y él donar voluntariamente otro diez por ciento de los beneficios a *Wonderdogwoman.*

Ya hacía dos semanas que había llegado a Madrid y el reportaje estaba en producción. En un mes estaría publicado. El de la revista también saldría el siguiente mes. Cati aún no había decidido dónde enviarla para su siguiente trabajo y realmente no sentía mucha ilusión por ir a ninguna parte. Solo pensaba en ir tachando una a una cada casilla del calendario hasta el dibujo del avión hecho a boli. Pero Cati estaba asombrosamente satisfecha con el trabajo realizado y decía que tenía más cosas para ella. De hecho, tenían una vacante libre en un programa nacional donde podría tener trabajo de manera semanal. Aún no había propuesta en firme, así que seguían con su plan anterior. Visitar el circo una vez al mes. Andrea tendría que pasarle la nueva gira, ya que habían ideado otro recorrido y solo estaban las fechas de lo que ya no podían devolver.

En cuanto a Úrsula. Después de insultarlos, maldecirla a ella y lanzarse a Andrea y arañarle el cuello, se fue y nada más se supo.

Las brujas malas siempre pierden.

Regresaba con Ludo de una sesión con su hermano. Le había dado indicaciones de las que no le hacía gracia cumplir, tipo: no cama, no sofá, no chuches de perro si no era por algo merecido, llevarlo andando por la calle, etc. La culpaba a ella de parte de las rarezas del perro. Ahora estaba desarrollando algo más: cuando Vicky lo dejaba solo ladraba y destrozaba todo lo que estuviese a su alcance, que no era más que su cama, juguetes, marcos de puertas o patas de muebles. También era su culpa, sobreprotección, cariño excesivo y una lista de reproches que le había dicho. Pero era cierto que desde que regresó a Madrid ella también desarrolló una especie de vínculo especial con Ludo. Él era parte de aquel mundo que tanto le gustó descubrir y para qué negarlo, lo echaba de menos. Lo echaba de menos sobremanera. Ahora el ático le parecía demasiado grande y más oscuro y silencioso que antes.

Ludo se detuvo y ella esperó a que oliese lo que fuera que llamaba su atención. Otra de las cosas que le decía su hermano era que tenía que ser ella quien tenía que pasear al perro y no al contrario. Pero Vicky pensaba que el que te llevasen por la calle y no te dejasen ni pararte en un escaparate era un tremendo aburrimiento. Los olores serían para Ludo lo que para ella era una tienda de bolsos.

El perro siguió oliendo, se ponía nervioso, movía las patas sin parar, levantándolas y poniéndolas en el suelo. Movió el rabo y dio un ladrido. Siguió oliendo.

Orina de perra en celo fijo. En ninguna especie falla, el poder más ancestral y poderoso.

Tiró de Ludo, pero este no se movía, le interesaba más el olor. Al final tuvo que tirar y obligarlo a seguir.

Ya se nos ha puesto en rojo el semáforo.

Regresó a la acera. Ludo ladró de nuevo y Vicky siguió la mirada del perro. Abrió la boca y se la tapó con la mano mientras sentía aquel cosquilleo en las muñecas. Se acuclilló en el suelo junto al perro hasta que la esfera fue acercándose a ellos despacio, decidida, sin desviarse lo más mínimo. Se detuvo a unos centímetros de ellos.

Vicky sonrió mientras alargaba la mano.

—Ludo, el rey de los Goblins está cerca. —Al cogerla sintió de nuevo cómo le transmitía la vibración al resto del brazo y al pecho. Y se le aflojaron las piernas.

Miró hacia ambos lados de la avenida. No había ni rastro de Andrea, observó la esfera. Estaba vacía, como la primera que le envió.

Se oyó un murmullo a su espalda, comenzaba al principio de la avenida. Entornó los ojos. Se oía la música de lejos y Ludo empezó a ladrar.

La madre que los parió.

Malabaristas y acróbatas con trajes dorados, lanza fuegos y varios personajes cuya ropa no reconocía, pero sí sus habilidades. Se acercaban en una comitiva acompañada por música. Enseguida la avenida, ya de por sí concurrida, se llenó de curiosos que grababan con los móviles.

Vicky alzó las cejas.

Más llamativo que los carteles. Buena idea, Matteo.

Se acercó buscando entre ellos una chistera. Pero no había Mago en aquella comitiva. Bajó los ojos hacia Ludo, el perro se había dado la vuelta moviendo el rabo. Vicky se giró, pero no le dio tiempo. Lo notó a su espalda. El tornado del estómago se hizo intenso, demasiados días viéndolo a través de un teléfono donde no se nota el olor ni el tacto, ni mucho menos su calor. Notó la barbilla de Andrea en su hombro mientras la abrazaba por la espalda.

—Hemos decidido cambiar el itinerario y empezar por el final, o por el principio de Europa, según se mire —dijo y Vicky sonrió.

Andrea aflojó los brazos para que ella pudiese moverse, enseguida se giró para ponerse frente a él y le rodeó el cuello. Él la alzó del suelo a la vez que le daba un beso. La puso de nuevo en el suelo, pero Vicky se negaba a soltarlo.

—No pienso soltarte en las próximas… tres horas —dijo y él sonrió.

Volvió a besarla, pero esta vez se detuvo más tiempo en ella. Cuando Vicky ya comenzaba a pensar en salir corriendo con Andrea y subir al ático, él se retiró. Pero ella volvió a él. Él se dejó besar, pero sin mucha demora. Era evidente que quería decirle algo y ella no lo dejaba. Lo miró sonriendo con malicia.

—¿Ya? —Le encantó su expresión al decirlo. Vicky rozó su nariz con la de él.

Dejó de apretar su cuerpo contra el de El Mago y bajó los brazos hasta su pecho.

—Ya. —Rio ella—. Pero por poco tiempo. Sé rápido.

Andrea negó con la cabeza riendo. Luego la agarró y la giró levemente para que mirarse la comitiva que ya los rebasaba. La música sonaba fuerte, era complicado escucharlo si pensaba hablar. Pero él pegó la boca a su oído.

—No hemos elegido Madrid de manera aleatoria —comenzó y ella sonrió al escucharlo—. Tampoco hemos venido como comienzo de gira.

—¿Ah no? —Dejó caer su espalda en él—. Pasabais por aquí.

Andrea la giró para ponerla frente a él y le sonrió.

—Hemos venido a por ti. —Vicky alzó las cejas.

Contuvo el aire y si él no la tuviese agarrada, se habría caído al suelo.

—¿Quieres venir conmigo? —le preguntó—. Ten en cuenta que conlleva entrar en mi mundo.

—Un hogar en ninguna parte —añadió ella.

—Eso es.

Vicky bajó la cabeza hacia sus manos. Con una agarraba la camisa del mago y con la otra la esfera que le había hecho llegar rodando.

—¿Dejarías tu mundo y te vendrías al mío?

Alzó los ojos hacia él.

—En mi mundo no hay magos. —Miró hacia un lado y él rio.

—Decías que había tres.

Vicky movió la mano.

—Desaparecen cuando cumples nueve o diez años.

Él asintió despacio. Vicky frunció el ceño.

—No pienso renunciar a los *resorts*, ni a las juergas, ni a las comidas con mi familia en cuanto el tiempo lo permita —le advirtió.

—Y yo me apuntaré a todo eso. —Entornó los ojos hacia ella, observándola en silencio. La dejó meditar.

—Se está mejor en casa que en ninguna parte. —Sonrió alzando la bola. Podía ver a través de ella a Andrea bocabajo—. Un hogar en ninguna parte. —Sonrió—. Del revés.

La apretó.

—¿Eso es un sí? —Fruncía el ceño, contrariado.

—¿Quieres tú dejarme entrar en tu mundo?

—Sí, y cerrar la puerta y tirar la llave al mar —respondió.

Vicky rio.

—Eso lo dices porque has pasado poco tiempo conmigo —dijo con ironía y él negó con la cabeza.

—Ponlo por escrito. —Inclinó la cabeza para apoyar su frente en la de ella—. Lo firmo ahora mismo, de por vida.

Vicky hizo una mueca y se llevó una mano a la cara.

—¿Nunca te han dicho nada así? —Reía él.

—Sí. —Acompañó con un gesto de cabeza—. Pero es la primera vez que suena real.

Andrea sonrió. Puso una mano envolviendo la suya, que agarraba la bola. Vicky la notó levantarse de su mano. Bajó los ojos para ver lo que ahora habría dentro.

Tres flores.

Tres rosas rojas enlazadas. Andrea apartó su mano y volvió a colocarla a su espalda. Ella fijó la vista en ellas.

—Haz las maletas —le dijo él. Luego frunció el ceño mirándole—. ¿Tengo que pedirle algún tipo de permiso a tu padre, hacerle alguna promesa, firmarle algún contrato?

Ella negó con la cabeza sin dejar de mirar la bola y las tres flores dentro.

—¿Me aceptará?

—Claro que sí. —Levantó la cabeza y lo empujó por la tontería que acababa de decir.

Mi padre se parece tanto al padre de Úrsula como yo a su hija.

—Ni lo dudes. —Lo señaló con el dedo.

Andrea volvió a besarla. Luego le cogió la mano.

—Las maletas. —Recordó ella—. Hay que subir.

Sonrió con ironía.

—¿Me ayudarás con ellas, no? —Él asintió despacio.

Volvió a alzarla en el suelo. Vicky le rodeó el cuello.

—Solo tienes que coger lo justo que necesites para la gira. Después volverás aquí.

—Yo necesito muchas cosas —le advirtió.

La soltó y miró de reojo a Ludo.

—Vuelves al circo —le dijo riendo.

Vicky tiró de él para que la siguiese.

—¿Me enseñarás tus trucos? —le preguntó mientras entraban en el portal.

—Nunca. —En el ascensor se pegó a ella—. No podría sorprenderte.

La besó y apretó su cuerpo al de ella. Vicky lo notó entrar en un estado que solía encantarle. Eran solo unos cuantos pisos para llegar hasta arriba, pero hasta ese tiempo se le hizo largo.

Epílogo

Tenía el móvil en una mano y a la niña en el otro brazo. No sabía cómo Claudia podía hacerlo, pero solía enviar audios hasta con tres y cuatro niños alrededor.

—Suéltalo ya, Claudia, que nos tienes esperando —protestaba La Fatalé.

Se cruzó con varios artistas en el pasillo de los camerinos. Miró a la niña, todavía tenía siete meses, pero ya gateaba a gran velocidad. No podía dejarla suelta por el suelo del circo porque era peor que Ludo.

—-No jodas, tía, dime que no estás embarazada otra vez.

—No.

Vicky resopló.

—Estoy esperando a Mayte —explicaba Claudia.

—Mayte no sabe grabar bien los audios. Lo mismo los está mandando y no se escucha.

—Mayte, haznos una señal.

—Estoy aquí, pero que lo explique Claudia, que yo estoy nerviosa.

—A ver, chicas. Mayte estaba de nuevo buscando trabajo y…

el otro día estuvimos en la casa de un cliente de Christopher y… aquí viene la bomba. Nos dijo que estaba buscando una traductora al español, de confianza. Que le habían robado ya varias novelas y se las habían colgado en internet. Y le hablé de Mayte.

—¿Tiene que traducir una novela? —Se oyó la voz de Natalia—. Pero si lleva haciendo eso varios años, ¿cuál es la bomba?

—Que Mayte es ahora la traductora de Thomas Damon. —Entró un nuevo audio de Claudia—. Sí, flipad.

Se hizo el silencio en el chat. Llegó un nuevo audio de Natalia.

—Sir Thomas Damon. No flipes, Claudia. ¿El maestro del terror?

—El mismo. Christopher le hizo una mansión llena de gárgolas, rollo a las historias que escribe. Es una especie de castillo encantado. ¡Coño, ahora os mando las fotos de la casa! Además, Mayte tendrá que hacer el trabajo desde allí, no quiere riesgos de hackeo ni nada por el estilo.

—Me estás diciendo… —Vicky entornó los ojos—. ¿Que vas a enviar a tu amiga más centrada a la casa de un escritor *mojabragas* que escribe sobre monstruos, psicópatas y fantasmas, y que vive en un castillo lleno de gárgolas rollo Drácula? —Dio unos gritos y se alzó de puntillas—. Yo esto no me lo pierdo.

—Yo todavía no me lo creo. —Entró un escueto audio de Mayte.

—¿Que vas a traducir a uno de los escritores más vendidos del mundo? ¿O que te mudas a casa de un *mojabragas*? —Miró de reojo a la niña, era una suerte que aún no la entendiese.

—Chicas, fuera bromas, por favor. Os lo pido en serio, que es un trabajo que me va a abrir muchas puertas.

—Te voy a decir yo lo que te va a abrir. —Miró de nuevo de reojo a la niña.

Llovieron los emoticonos.

—¿Pero está soltero? —preguntó Natalia.

—Casado no está, y yo no vi allí a más mujeres que las trabajadoras de la casa. No sé si tendrá novia.

—¿Qué más da? —grababa Vicky—. Lyon tenía novia.

—Las brujas no cuentan como novias —rebatió Claudia.

—Cierto —rectificó enseguida Vicky.

—Mayte, te envío un móvil en condiciones, que si no, no nos vamos a enterar una mierda de todo lo que te pase. ¡Thomas Damon! Verás cuando se lo diga a Adam, tiene todos sus libros.

Encontró la cerca de los perros de Adela y metió a la niña dentro.

—Corred, insensatos —les dijo—. Que viene el troll *pegapellizcos*.

Los perros enseguida se esparcieron. Ludo, sin embargo, no huyó. Él aguantaba todos los pellizcos, por fuertes que fuesen, sin emitir ni un solo gruñido. El genio y los gruñidos los reservaba todos para Andrea.

Sintió un empujón. Andrea casi la dejó caer de boca a la cerca.

—¡Adela! —La llamó él y la mujer respondió desde dentro—. Te dejamos aquí a la niña, ven antes de que les haga calvas a los perros.

Le hizo una mueca a Vicky. Era cierto que la niña los intentaba coger y ahí se escapaban los pellizcos, pero lo de las calvas era una exageración. Tiró de Vicky mientras ella se llevaba el móvil a la boca.

—Chicas, os tengo que dejar. Mayte, recuerda, en directo, ¿vale?

—Todo, todo, en directo no. —Reía Natalia.

—Voy a abandonar el chat como sigáis así.

—Menuda sosa —grababa Vicky mientras entraba en el camerino con El Mago—. Tienes treinta y uno, ya habrás recuperado hasta el virgo.

Se oyó la risa de Claudia.

—Y el Lyon, conociéndonos, ¿cómo accede a meter a una unicornio en casa de un tío de esos? —Vicky sintió a Andrea a su espalda. Le hizo una señal con la mano para que parase.

—Porque dice que de la única que se fía es de Mayte.

—¿Con nosotras tres alrededor? Hombre de poca fe.

—¿Veis? Tenéis que dejar las bromas. Ese escritor podría tener a los mejores traductores del mundo y me ha aceptado a mí.

—Las otras no estarían tan buenas. —Volvió a levantar la mano para que Andrea parase.

—No ha visto fotos de Mayte —explicó Claudia.

—Es porque me ha recomendado Lyon. Y no vais a meter la pata ninguna de vosotras. Voy a ser correcta y profesional como he sido siempre. Y no se habla más.

—Mayte. —Se acercó el móvil a la boca—. No te escuchamos. —Se tapó la boca con la mano para que no se le escuchara la risa—. Ya le ha dado a algo y no graba bien el micro.

—Yo oía así como una psicofonía —intervino La Fatalé y Vicky hasta dio una carcajada.

—Bueno, la semana que viene empieza. Así que atentas al chat —decía Claudia.

—Unicornio *forever* —dijo Vicky.

—Os quiero, chicas. —Se despidió La Fatalé.

—Yo también os quiero —dijo Mayte.

—Mayte, no se escucha —grabó Claudia y Vicky dio otra carcajada—. Os quiero. Unicornio *forever*, ahí, en un castillo encantado.

Llovieron los emoticonos.

—¿Qué es lo que pasa? —preguntó por fin, pudiendo alcanzar el cuello de Vicky.

—Mayte va a hacer una traducción a Thomas Damon.

Andrea se apartó de ella.

—¿El de los libros? —Vicky asintió.

—Y se la lleva a su casa. —Ella alzó las cejas con ironía.

—Va a meter a una unicornio, ¿en su casa? —Rio él divertido.

Ella le rodeó el cuello.

—¿Algo que objetar a las unicornio? —Entornó los ojos.

Andrea tiró del escote de su vestido y sobresalió el encaje del sujetador.

—Nada. —La cogió y la sentó en la mesa—. Absolutamente nada.

Se inclinó sobre ella y la obligó a tumbar la espalda sin dejar de besarla. La puerta se abrió y se sobresaltaron. Adam enseguida se giró y cerró la puerta dando un portazo.

Vicky y Andrea se miraron apretando los dientes.

—Poned un cartel. —Lo oyeron protestar—. Que siempre os pillo igual.

Rompieron en carcajadas.

FIN

Nota de la autora:

Gracias por leer El Mago y espero que hayas disfrutado con su lectura. Si te ha gustado la novela, te agradecería que dejaras un comentario al respecto en Amazon.

Si es la primera novela mía que lees, tienes disponible muchas más. Para encontrarlas, solo tienes que escribir en el buscador de Kindle: Noah Evans.

También puedes seguirme en Facebook e Instagram si quieres comentarme algo sobre la historia, o si te interesa estar al día de próximas publicaciones. Suelo publicar una novedad cada mes.

También está disponible la historia de Natalia *La Fatalé* en "El Malo", y la de Claudia, "Mr Lyon". Próximas publicaciones; marzo 2021 "El Fantasma de Venecia", abril 2021 "Mr Damon", la historia de Mayte.

Está previsto que Ninette, personaje que has conocido en esta novela, también tenga novela propia.

Y a mi querida familia Noah: Gracias por seguir conmigo en cada nueva novela, por leerlas, recomendarlas, y por todo el apoyo que estoy recibiendo. Vosotras sí que estáis haciendo magia con mis obras. Es un placer escribir para vosotras. Vendrán muchas más, quedan mil sueños por escribir.

Un abrazo, Noah.

Printed by Amazon Italia Logistica S.r.l.
Torrazza Piemonte (TO), Italy

32286545R00237